MARCUS IMBSWEILER

Heidelberg-tief

TIEFER STURZ Eigentlich ein glasklarer Fall: Die Reinigungskraft Antonia Kumpe hat gestanden, den Heidelberger Start-up-Gründer Nicolas Greven aus seinen Büroräumen im fünften Stock gestoßen zu haben. Auf Bitte ihres Sohnes Sebastian, der trotz des Geständnisses von der Unschuld seiner Mutter überzeugt ist, nimmt Privatdetektiv Max Koller Ermittlungen auf. Immerhin hatte sich Greven kurz zuvor von seinem wichtigsten Geschäftspartner getrennt. Auch eine Beziehungstat ist denkbar. Deckt Kumpe womöglich eine andere Person? Zusätzlich erschwert werden Kollers Nachforschungen durch das Sturmtief, das über der Stadt liegt. Gerade als er erste Erkenntnisse präsentieren kann, erhält er einen neuen, höchst lukrativen Auftrag: Jana, die Tochter von Grevens Investor Wetterstein, fühlt sich von einem Mitschüler bedroht. Und plötzlich spielt auch das aktuelle Weltgeschehen in den Fall hinein …

© Sarina Chamatova

Marcus Imbsweiler, aufgewachsen im Saarland, arbeitet als freier Musikredakteur für Orchester, Festivals und Rundfunksender deutschlandweit. Seit 2005 ist er außerdem als Schriftsteller tätig. Seine Krimireihe um den Heidelberger Privatermittler Max Koller zählt inzwischen zehn Bände. Im Gmeiner-Verlag erschienen zudem der Liszt-Roman »Die Erstürmung des Himmels«, der fantastische Krimi »Himmelreich und Höllental« (als Peter Paradeiser), die Kurzstücke »Luna Tours« sowie der Osterkrimi »Ei mit Schuss«. Imbsweiler schreibt Romane, Erzählungen und Theaterstücke und gibt regelmäßig Einführungen in klassische Konzerte.
www.marcus-imbsweiler.de

MARCUS IMBSWEILER

Heidelberg-tief

KRIMINALROMAN

GMEINER

Bei Fragen zur Produktsicherheit gemäß der Verordnung über die allgemeine Produktsicherheit (GPSR) wenden Sie sich bitte an den Verlag.

Immer informiert

NEWSLETTER

Spannung pur – mit unserem Newsletter informieren wir Sie regelmäßig über Wissenswertes aus unserer Bücherwelt.

Gefällt mir!

Facebook: @Gmeiner.Verlag
Instagram: @gmeinerverlag

MIX
Papier | Fördert gute Waldnutzung
FSC® C083411
FSC www.fsc.org

Besuchen Sie uns im Internet:
www.gmeiner-verlag.de

Im Ehnried 5, 88605 Meßkirch
Telefon 07575/2095-0
info@gmeiner-verlag.de

1. Auflage 2025

Lektorat: Claudia Senghaas, Kirchardt
Satz: Mirjam Hecht
Umschlaggestaltung: U.O.R.G. Lutz Eberle, Stuttgart
unter Verwendung eines Fotos von: © eyetronic / stock.adobe.com
Druck: CPI books GmbH, Leck
Printed in Germany
ISBN 978-3-8392-0784-0

Personen und Handlung sind frei erfunden.
Ähnlichkeiten mit lebenden oder toten Personen
sind rein zufällig und nicht beabsichtigt.

1

Und siehe: Heidelberg kam mit Donner und Blitz über die Welt.

Die es am Ende sogar verdient hatte. Ja, ganz bestimmt hatte sie es: eine Welt, die nichts gelernt hatte aus ihren Fehlern. Eine Welt, in der wieder einmarschiert, gebombt und befriedet wurde, die nur die Panzersprache kannte und Vokabeln aus Stahl. Eine Welt zum Vergessen war das. Also her mit Donner und Blitz, mit den nasskalten Ohrfeigen, den wuchtigen Sturmböen, den peitschenden Backenhieben! Der Menschheit einen Tritt in den Hintern! Ihr habt es nicht anders verdient. Bevor ihr euch gegenseitig abmurkst, sollt ihr lieber in der Flut ersaufen.

Aber ich, was hatte ich mit dem ganzen Mist zu tun?

Den Kopf über den Lenker gebeugt, stemmte ich mich gegen den Wind, der einen packte und durchschüttelte wie ein nasses Handtuch an der Wäscheleine. Wenn der Regen statt von oben direkt von vorn kam, und das tat er dauernd, hatte ich das Gefühl, in den Strahl eines bis zum Anschlag aufgedrehten Gartenschlauchs hineinzufahren. Auch von unten spritzte Wasser und hinten meinen Rücken hoch. Meine Regenjacke klebte an meinem verschwitzten Körper, alles an mir troff, ich trieb wie Strandgut durch die Straßen. Das Einzige, was garantiert keinen Tropfen durchließ, war der würfelförmige Rucksack, den ich trug. So ein Ding mit Spezialbeschichtung,

Liefer-Hightech vom Feinsten. Mochten wir Fahrer auch absaufen – Hauptsache, die Pizza blieb trocken.

»Mit einer Extraportion Anchovis!«, brüllte ich in das Gewitter hinaus.

Ein kräftiger Donnerschlag war die Antwort. Irgendjemand da oben hatte meinen Hilferuf vernommen.

Aber vielleicht war es auch nur himmlisches Gelächter. Ich brüllte weiter; der Regen prasselte. Ich fluchte und spuckte; ein Blitz zuckte über die Stadt. Ich beschimpfte meinen Chef, die Kunden und vor allem Oleg; die Pfützen wurden immer tiefer. Und hinten in meinem Rücken schaukelten fröhlich zwei Pizzen in Gesellschaft einer eisgekühlten Flasche Weißwein. Pervers war das! Die Entmachtung des Menschen durch sein Essen. Der Anchovis-Aufstand!

Vor lauter Regen und Wut hätte ich fast die Abzweigung in die Bahnstadt verpasst. Sah ja nix, nur strömendes Wasser und verschwommene Lichter. Wetten, dass außer mir kein anderer unterwegs war an diesem Abend? Autos, klar. Amphibienfahrzeuge. Faradaysche Käfige, computergesteuert. Aber echte Menschen, Fußgänger, Radfahrer? Fehlanzeige.

»Ich bring dich um, Oleg«, knirschte ich. Die Worte sprühten durch die Dunkelheit.

Oleg war schuld. An allem. Eigentlich ein netter Kerl, Knopfaugen und Segelohren, so was in der Richtung, aber eben auch Besitzer einer wahnsinnig präzisen Wetter-App. KGB-Entwicklung wahrscheinlich, Oleg stammte nämlich aus Kasachstan. Jedenfalls hatte der Typ mich letzte Woche gebeten, seine heutige Schicht zu übernehmen, und ich, nichts ahnend, hatte eingewilligt. Jetzt lümmelte er sich unter Garantie warm eingehüllt auf seinem abgewetzten Sofa und schaute grinsend hinaus in die Apokalypse. Dass sich der Region ein Tief mit dem hübschen Namen »Heidelberg« näherte, hatte ich im Verlauf der Woche auch irgendwann mitgekriegt. Aber da wusste Oleg schon auf die Minute genau, wann es welches Stadtviertel treffen würde, welche Regenmenge zu erwarten war und unter welchem Baum man sich besser nicht aufhielt. Was für Flüche ich ausstieß, wusste er wahrscheinlich auch schon.

Es hätte mich nicht gewundert, wenn er die Pizza mit den extra Anchovis bestellt hätte!

Allerdings wohnte Oleg nicht in der Bahnstadt, sondern irgendwo draußen auf dem Boxberg. Ich wischte so lange über mein Smartphone, das am Lenker angebracht war, bis ich die Zieladresse erahnen konnte. Jetzt bewährte es sich, ein wasserdichtes Handy zu besitzen. Dafür hatte unser Chef sogar einen Zuschuss gewährt, jedem von uns. Ich sage ja, das Material war tipptopp – die einzige Schwachstelle bildete der Mensch.

Aber noch war ich nicht schwach, noch ließ ich mich von einem Biest namens Tiefdruckgebiet nicht kleinkriegen. Ich überholte einen zaghaft schleichenden Toyota, scherte nach links ein, bremste vor einem dunklen Riesenklotz und warf mein Rad gegen die Wand. Wer war eigentlich auf die lächerliche Idee gekommen, dieses Sturmtief »Heidelberg« zu nennen? Die hießen doch sonst Heiner oder Hilde. Wenn das eine neue Imagekampagne des Stadtmarketings sein sollte, war sie gründlich in die Hose gegangen. In die Windhose!

So, »Greven« spuckte mir das Handy als Kundenname aus. Und den Zusatz: »5. Stock, bei BioFuture klingeln«. Tat ich. Klingelte. Wartete. Es blitzte. Dann ein Knacken im Lautsprecher, ein Räuspern, alles Weitere wurde vom

Donner geschluckt. Als ich im Nachhall des Donnerschlags ein Summen vernahm, drückte ich die Tür auf und stürmte ins Gebäude.

Mann, war das trocken! Und windstill! Daran musste man sich erst gewöhnen. Mit schmatzendem Geräusch schlurfte ich zum Aufzug hinüber, drückte die 5, zog während der Fahrt den Rucksack ab. Sogar dort, wo er gegen meinen Rücken gedrückt hatte, war alles nass.

Fünfter Stock, die Türen öffneten sich, direkt vor mir eine Glasfront mit knalliger Aufschrift: »BioFuture«. Auf der Schwelle ein Typ, der beide Brauen hochzog, als ich aus dem Aufzug trat. So was wie mich hatte der noch nicht gesehen. Höchstens in einer Taucherdoku.

»Draußen geht die Welt unter, und Sie bestellen Pizza mit doppelt Anchovis«, blaffte ich den Kerl an. »Wie können Sie das mit Ihrem Gewissen vereinbaren, Sie Dörrpflaume?«

Nee, tat ich natürlich nicht. Dachte ich bloß. Ich reichte ihm die beiden Pizzakartons, sagte, was drin war, schob die Flasche Weißwein hinterher und verabschiedete mich. Bezahlt war die Ware schon.

»Danke«, grinste der Typ. Den Buchstaben nach war es ein Danke, dem Sinn nach eher ein »Alter, hast du einen Scheißjob!« Egal, ich kannte diese Einstellung, und sie juckte mich schon lange nicht mehr. Auch nicht bei Sturzregen. Aber der Typ war noch nicht fertig. Er hielt die Flasche so, dass er das Etikett lesen konnte, dann zwinkerte er mir zu und sagte: »Nur gut, dass ich einen trockenen Weißwein bestellt habe.«

Okay, was will man von einem Anchovis-Fan auch anderes erwarten? Ohne mit der Wimper zu zucken, drehte ich mich um und drückte den Aufzugknopf, als er in meinem Rücken auflachte. »Hey, kleiner Scherz. Wie steht es mit Trinkgeld? Cash ist nicht, aber wenn Sie PayPal haben, lasse ich Ihnen ein paar Euro rüberwachsen.«

»Empfehlen Sie uns weiter«, sagte ich, ohne mich umzuwenden, und betrat den Aufzug. Sein Grinsen war das Letzte, was ich sah, bevor sich die Türen schlossen. Das Allerletzte.

Unten empfing mich der Regen mit unverminderter Wucht. Dafür donnerte es gerade nicht, weshalb man meinen Wutschrei ganz besonders deutlich hörte. Bestimmt hörte man ihn noch im fernen Boxberg, und spätestens jetzt würde Oleg wissen, dass seine nächste Begegnung mit mir kein Zuckerschlecken würde.

Und weiter ging es durch das Tief mit dem dämlichen Namen, von Stadtteil zu Stadtteil. Bergheim, Schlierbach, Altstadt, Neuenheim. Pizza, Asiatisch, Türkisch, Tutti Nazioni. Der Donner grollte, das Geschäft brummte. Anonyme Kunden und Kundinnen lotsten mich durch die Straßen, ich war die Figur auf einem Brettspiel, jede Bestellung bedeutete einen neuen Zug, eine neue Erfahrung von Nässe und Kälte. Koller, ärgere dich nicht!

Nein, ich ärgerte mich nicht. Schaltete auf emotionalen Autopilot, den Kopf gesenkt, strampelte die Arbeitszeit ab, war Maschine, Roboter, Fließband. Vor allem Letzteres. Floss, strömte, tropfte, dampfte. Auf das Heidelbergtief würde irgendwann ein Mannheimhoch folgen oder wenigstens ein Wanneeickelhoch. Dann würde ich in der Sonne sitzen und ein Bierchen köpfen. Nein, noch besser: Ich würde vor dem eingeschalteten Herd sitzen und zuschauen, wie die Anchovis-Pizza Blasen warf.

Mit solchen Gedanken hielt ich mich an diesem Abend – wo? Genau, über Wasser.

Es mochten vielleicht anderthalb Stunden seit der Begegnung mit dem Bio-Witzbold vergangen sein, als mich mein Weg erneut in die Bahnstadt führte. Der Regen war schwächer geworden, der Wind hatte eine Verschnaufpause eingelegt. Am Gadamerplatz rauschte ein Rettungswagen mit Blaulicht an mir vorbei und verpasste mir eine Breitseite Wasser. Er verschwand hinter einem Häuserblock, wo er abrupt zum Stehen kam, dem zuckenden Blaulicht nach zu urteilen. Moment, war das nicht meine Lieferadresse von vorhin? Musste einem jungen Schnösel jetzt der Magen ausgepumpt werden? Hatte ihm der Weißwein, haha, einen trockenen Haken versetzt? Das wollte ich genau wissen. Ich bog ebenfalls um den Häuserblock und sah eine Gruppe von Menschen unter Regenschirmen vor dem fünfstöckigen Klotz stehen. Daneben hielt der Rettungswagen. Niemand beachtete mich, als ich näherkam. Auf dem Asphalt lag ein Körper, um ihn herum wuselten die Sanitäter, einer der Gaffer zeigte in die Höhe, verhaspelte sich beim Sprechen, brach ab.

»Polizei«, sagte jemand.

»Schon informiert«, ein anderer.

Ich schaute nach oben. Trotz Regens und Dunkelheit konnte ich unter dem Dach des Gebäudes ein Geländer erkennen. Dort gab es also eine Art Terrasse oder Balkon. Und im selben Moment erschien ein Gesicht über dem Geländer, das Gesicht einer Frau mit weißem Haar.

»Da!«, machte es neben mir. »Da oben!«

Alle Augen richteten sich in die Höhe. Das Gesicht verschwand. Sofort brach das Geschnatter los, Hektik und Gefuchtel. Da war doch jemand! War da jemand? Und ob da jemand war! Handys wurden in den Regen gehalten, Fotos gemacht, ein Mann stürmte zur Eingangstür und rüttelte an ihr.

»Wo bleibt die Polizei?«, schrie jemand.

Als ich wieder nach unten schaute, sah ich, wie einer der Sanitäter leicht den Kopf schüttelte. Der Körper zu seinen Füßen bewegte sich nicht. Nennt es Karma, Schicksal oder Zufall, Leute: Es war der Kunde aus dem fünften Stock. Er lag auf dem Rücken, die Augen offen. Kein Grinsen mehr, kein lockerer Spruch, dafür ein Schleier von Verwunderung auf dem jugendlichen Gesicht. Aber auch der würde bald weggewaschen sein.

Und dann sah ich noch etwas: ein kleines, flaches Ding, vielleicht einen Meter von Greven entfernt. Außer mir ahnte wahrscheinlich niemand, dass es zu dem Toten gehörte. Heller Boden, rote Tomatensoße, gelblicher Käse. Und eine braune Anchovis, die im Regen glänzte.

2

Als ich am nächsten Morgen vom Läuten der Türklingel aus dem Schlaf gerissen wurde, wusste ich sofort, wer unten vorm Haus stand. Im Laufe der Zeit entwickelt man ja ein feines Gespür für die Nuancen des Läutens. Da gab es das knappe, verschämte Antippen der Klingel durch Christine, wenn sie mal wieder den Hausschlüssel vergessen hatte, das sachliche, unaufwendige Läuten des Heizungsablesers, das hektische, überlange Klingeling gestresster Paketboten – und es gab diesen bohrend schrillen Ton, der entsteht, wenn man den Knopf mit einem Übermaß an Testosteron in die Vertiefung drückt. Genau so eine akustische Kraftmeierei war es heute, und sofort blinkte ein Wort in meiner Hypophyse auf: POLIZEI. Es musste einer von Kommissar Fischers Wadenbeißern sein, der seine morgendliche Energie an einem harmlosen Klingelknopf ausließ.

Ich quälte mich aus dem Bett, fragte mich, warum es im Schlafzimmer so schlecht roch, und schlurfte zur Wohnungstür. Komisch, im Flur roch es auch nicht besser. Nachdem ich den Türöffner betätigt und die Tür einen Spalt aufgezogen hatte, trollte ich mich ins Bad, und was soll ich sagen? Der gleiche Gestank auch dort! Eine ekelhafte Duftnote von alten Socken und vergammeltem Fisch. Was dachte sich Christine eigentlich dabei?

Moment … Fisch? Ich hob einen Arm und brachte meine Nase in die Nähe der Achselhöhle. Verdammt, das war ich selbst, der so roch! Gestern Nacht hatte ich es nicht mehr geschafft, mich zu duschen, sondern meinen mehrlagig durchweichten, durchschwitzten Lieferantenkörper einfach seiner Bestimmung zugeführt. Liegen, schlafen, erholen. Und stinken. Wie hielt es meine Ex nur neben mir aus? Hatte sie Schnupfen?

»Platz nehmen, aber nichts anfassen!«, brüllte ich in den Flur hinaus. »Komme gleich!« Dann schloss ich die Tür und stellte mich unter die Dusche.

Kurz darauf erblickte ein komplett neuer Max Koller das Licht, einer, in den ich mich glatt hätte verlieben können. Nicht nur sauber, sondern porentief rein, so hieß es doch. Dieses Musterexemplar von blitzeblankem Privatermittler schwebte auf einer Wolke von Shampoo und Deodorant zu seinen Gästen, denen pflichtgemäß der Mund offen stand, als sie mich sahen. Wenn auch nur kurz.

»Ziehen Sie sich was an!«, schnarrte Kommissar Fischer in seiner unnachahmlichen Art.

»Sie haben ganz schön zugelegt«, meinte Kommissar Greiner mit Blick auf meinen Bauch.

Das fröhliche Pärchen hatte versucht, es sich in einem unserer Wohnzimmermöbel bequem zu machen. Jeder in einem eigenen natürlich; das Möbelstück, das zwei ausgewachsene Heidelberger Kommissare gleichzeitig aufnahm, musste erst noch erfunden werden. Abgesehen von unserem Sofa, logisch, aber das war von meiner Lieferantenmontur belegt, Jacke und Hose, die ich in der Nacht dort deponiert hatte. Sie waren zusammen mit der Pfütze, die sich auf dem Boden vor dem Sofa gebildet hatte, der Grund gewesen, warum sich Fischer und Greiner lieber in unseren Sesseln niedergelassen hatten, für die man allerdings eine ganz besondere Sitztechnik und viel Erfahrung brauchte, um nicht von den Polstern verschlungen zu werden.

»Ist ja gut«, sagte ich. »Andere Leute würden wer weiß was geben, um mich in Unterhose zu sehen.«

»Anziehen!«, blaffte Fischer. Na, der hatte ja eine Laune!

Zehn Sekunden später stand ich in Jeans und Hemd vor den beiden. Für Socken und Krawatte hatte die Zeit nicht gereicht.

»Was verschafft mir …«, begann ich, aber schon schnitt mir der Kommissar das Wort ab.

»Setzen Sie sich, wir müssen reden.«

Okay, mit Fischers Stimmungen konnte ich leben – aber nicht mit dem unverhohlenen Grinsen des Rottweilers an seiner Seite. Der war doch nur mitgekommen, um Zeuge zu werden, wie sein Chef mich kleinfaltete.

»Nach einem Kaffee immer«, sagte ich kühl und verschwand in der Küche. Mit grimmigem Gesicht holte ich eine Milch aus dem Kühlschrank, griff, ohne hinzusehen, nach der Tasse Kaffee, die mir Christine auf den Küchentisch gestellt hatte – und griff ins Leere. Verdammt, da stand nichts. Überhaupt nichts!

»Herr Koller«, kam es von nebenan. »Wir warten!«

»Wer war das?«, rief ich, ins Wohnzimmer stürmend. »Der war's! Der da! Rück meinen Kaffee raus, sonst mach ich Gehacktes aus dir!«

Kommissar Greiner riss Mund und Augen auf. Schon zum zweiten Mal an diesem Tag!

»Herr Fischer«, zeterte ich weiter. »So geht das nicht. Der Kerl kann doch nicht einfach meinen Kaffee wegtrinken, den meine Frau mir mit viel Liebe …«

»Was?«, stotterte Greiner.

»Meine Ex-Frau, meine ich natürlich, mit viel Ex-Liebe ... Also jedenfalls geht das nicht. Seit wann klaut die Polizei unbescholtenen Bürgern ihren Morgentrunk?«

Greiner warf seinem Chef einen Hilfe suchenden Blick zu. Fischers Gesichtsfarbe wechselte Richtung Avocado.

»Dort drüben«, sagte ich, zur Küche zeigend, »steht mein Kaffee. Jeden Morgen steht er da, seit Menschengedenken. Ich brauche das Zeug. Ohne Kaffee bin ich nur eine Wurst in der Pelle. Und wo ist er jetzt? Wenn Sie ihn nicht geklaut haben, Herr Fischer, dann muss es der da gewesen sein. Ich zeig den an.«

»Jetzt reicht's mir aber!« Der Rottweiler sprang in die Höhe. »Sehen Sie hier vielleicht einen Kaffee, Sie Großmaul?«

Ich wich keinen Zentimeter. »Vielleicht haben Sie die Tasse gleich mit vertilgt. Um keine Spuren zu hinterlassen.«

»Herr Koller!«, donnerte Fischer aus der Tiefe. Er saß ja noch, während wir uns funkelnd gegenüberstanden. »Sie haben die Wahl: entweder einen Automatenkaffee bei uns auf dem Revier oder ohne alles hier bei Ihnen. Entscheiden Sie sich, aber schnell.«

In der folgenden Stille atomisierte ich Greiner mit meinem Blick. Als das erledigt war, setzte ich eine Miene größtmöglicher Verachtung auf und ließ mich aufs Sofa fallen. »Von eurer Bullenplörre kriege ich Ausschlag«, knurrte ich.

Auch Greiner nahm wieder Platz. Dem war das Grinsen vergangen.

»Warum«, stöhnte Kommissar Fischer mit Blick zur Decke, »warum können wir zwei nicht einfach miteinander plaudern? Vormittags-Small-Talk, ganz harmlos.

Warum geht das nicht? Weil Sie Strolch nicht erwachsen werden wollen, darum.« Er schlug mit der flachen Hand auf die Sessellehne, was das Möbelstück plus Kommissar fast zum Kippen brachte. »Also kein Small Talk. Zur Sache! Erzählen Sie mir, was Sie gestern Abend getrieben haben.«

Ich wiegte den Kopf und überlegte, wie ich den Strolch finden sollte. Eigentlich ganz hübsch. Sagte ja kaum noch jemand. Und dann gesiezt! Alte Schule, der Kommissar. Trotzdem, jetzt ging es darum, den Bogen nicht zu überspannen.

»Gestern Abend?«, sagte ich.

Der Kommissar schwieg.

»Als es geregnet hat?«

Der Kommissar schwieg.

»Da habe ich gearbeitet. Bestellungen ausgeliefert. Unter anderem zu diesem Greven, deswegen sind Sie ja hier. Viel sagen kann ich Ihnen aber nicht. Ich drücke ihm das Zeug in die Hand, bezahlt ist es bereits, er will mir Trinkgeld geben, aber da bin ich schon wieder auf dem Weg nach unten.«

Fischer schwieg weiter.

»Was Sie vielleicht nicht wissen«, fuhr ich fort, »ist die Tatsache, dass ich später noch einmal vorbeikam. Ganz zufällig, als er tot auf dem Asphalt lag.«

Jetzt war Schluss mit der Schweigerei. »Wie bitte?«, brach es aus Fischer heraus. »Sie waren noch mal da?«

»Wie gesagt, reiner Zufall. Ich hatte eine weitere Lieferung in die Bahnstadt. Sah das Blaulicht, hab mich kurz zu den Gaffern gestellt und bin dann wieder los.«

»Verstehe ich das richtig? Sie sehen denselben Mann, dem Sie kurz zuvor eine Pizza gebracht haben …«

»Zwei Pizzen. Plus Wein.«

»Sie sehen ihn tot auf dem Pflaster liegen, schauen mal eben – und machen sich dann wieder vom Acker?«

»Was hätte ich denn sonst tun sollen?«

»Mit der Polizei reden! Ihre Aussage zu Protokoll geben!«

»Gestern war die Hölle los bei der Arbeit, die Leute haben bestellt wie irre. Ich hatte schlichtweg keine Zeit, Herr Fischer! Schon die eine Minute Glotzen hat mir einen Anschiss vom Chef eingebracht.«

»Sehr verdächtig«, murmelte Greiner.

»Nicht so verdächtig wie eine verschwundene Tasse Kaffee«, fauchte ich. »Der Mann war tot und kein Polizist in Sicht. Ich wäre heute schon noch zu Ihnen gekommen.«

»Und wann heute, bitteschön?«, grummelte Fischer. »Es ist nach zehn!«

»Ja, es ist nach zehn, Herr Fischer! Wissen Sie, wie lange ich heute Nacht unterwegs war? Ich muss erst wieder ins Menschsein hineinfinden, verstehen Sie? Und ohne Kaffee …«

»Glauben Sie, wir hätten viel geschlafen?«, fiel er mir ins Wort.

»Aber sind Sie bei Ihrer Arbeit nass geworden? Ich meine, so richtig nass, so fischmäßig unterseeisch nass? Hier«, ich warf Greiner meine Regenjacke zu, die er voller Ekel abwehrte, »nehmen Sie mal eine Nase voll! Ein Tauchgang war das gestern, die Durchquerung des Ärmelkanals.« Mit einem Fuß patschte ich in die Pfütze vor dem Sofa, dass es spritzte. »Mir sind Schwimmhäute gewachsen, wollen Sie mal sehen?« Ich spreizte meine Finger und streckte den Kommissaren beide Hände entgegen.

»Selber schuld, bei dem Job«, sagte Greiner.

»Zwischen den Zehen sind sie noch größer.« Zack, hielt ich ihm meinen nackten Fuß hin.

»Ist ja gut!«, rumpelte sein Chef. »Wir sind alle überarbeitet. Also konzentrieren wir uns auf das Wesentliche. Gegen 19.30 Uhr haben Sie diesem Greven seine Bestellung gebracht. Wie hat er auf Sie gewirkt?«

Ich zuckte mit den Achseln. »Anchovis doppelt.«

Fischer verdrehte die Augen. »Das wissen wir, Mann! Die Frage ist …«

»Wie er auf mich gewirkt hat, ja«, unterbrach ich. »Wie ein Typ, der Pizza mit doppelt Anchovis bestellt. Das sagt doch alles. So ein extravagantes Arschloch, dem die normale Speisekarte nicht fein genug ist. Der Salz braucht, viel Salz, ein richtiger Salzjunkie. Und der Wein, den ich ihm gebracht habe, war der teuerste auf unserer Liste.«

Das saß. Die beiden Kommissare starrten mich an, als hätte ich ein Gedicht von Hölderlin rezitiert.

»Sie beurteilen die Menschen nach ihrer Bestellung?«, kam es schließlich von Greiner.

»Wonach sonst? Man bekommt einen Blick für so was. Wenn einer drei Dönerpizzen ordert, betrete ich das Haus nur bewaffnet. Vegetarisch ist nie ein Problem, bei vegan muss man aufpassen. Und wenn der Parmaschinken vergoldet sein soll, weiß ich, da feiern die Hoffenheim-Profis wieder eine Party in der Weststadt.«

Fischer vergrub sein Gesicht in den Händen. Der Rottweiler schüttelte fassungslos den Kopf. »Ich hab's geahnt, Chef. Der Typ ist ein Rassist. Dönerpizzen … Voll die Vorurteilskeule ist das!«

Ich nagelte ihn mit meinem Blick fest. »Bei Ihnen weiß ich genau, was Sie bestellen.«

»Und was?«

»Sag ich nicht. Am Ende zerlegen Sie mir die Einrichtung.«

»Sagen Sie's!«

»Jedenfalls würden Sie einen Kaffee gratis dazu verlangen.«

»Ruhe!«, brüllte Kommissar Fischer.

Er bekam sie.

»Also«, fuhr er mit ebenso leiser wie drohender Stimme fort, »noch einmal: Wie wirkte der Mann? Koller!«

»Arrogant. Schnöselig. Er hat die ganze Zeit gegrinst.« Ich stand auf. »Aber das sind ja alles Vorurteile, können Sie nicht verwenden.«

»Wo wollen Sie hin?«

»In die Küche, ich brauche einen Kaffee.«

»Soll ich Sie vorladen lassen?«

»Wollen Sie auch einen?«

Ich hörte Fischer mit den Zähnen knirschen. Oder mit den Gelenken, der Kommissar war ja schon ein älteres Modell, und so ein Geknirsche tat ihm garantiert nicht gut. Aber es war nicht das, was mich zum Einlenken bewog. Sondern der Zettel, der auf dem Küchentisch lag und den ich bisher übersehen hatte. »Einkaufen«, hatte Christine dort notiert, und dahinter: »Kaffee. Dringend!!!« Ein kurzer Griff zur Kaffeedose, in der ein einsamer Löffel klapperte.

»Okay«, sagte ich und kehrte ins Wohnzimmer zurück. »Geht auch ohne. Was wollen Sie wissen?«

Fischer atmete aus. »Konnten Sie erkennen, ob noch jemand in der Wohnung war?«

»Nein.«

»Aber es waren zwei Pizzen, die Sie gebracht haben.«

»Die zweite war Quattro formaggi. Ganz klar eine Frau.« Greiners spöttisches Lachen wischte ich mit einer Handbewegung weg.

»Und danach?«, fragte Fischer. »Was haben Sie gesehen, als Sie wiederkamen?«

»Den Toten auf dem Asphalt. Eine Gruppe von Menschen, sechs oder sieben Personen, dazu die Sanitäter. Und dann oben unterm Dach ganz kurz das Gesicht einer älteren Frau. Danach bin ich gefahren.«

»Einfach so?«

»Wie gesagt: Termine.« Dass ein um die Ecke biegender Streifenwagen meinen Entschluss bestärkt hatte, erwähnte ich nicht.

»Aha.« Der Kommissar versank noch tiefer in den Polstern. Es sollen ja schon Bessere als er von Möbeln gefressen worden sein. Greiner beugte sich vor und spielte Klavier auf den Kniescheiben.

»War es ein Unfall?«, fragte ich. »Oder hat jemand nachgeholfen?«

»Vielleicht Suizid«, brummte Fischer.

»Kein Suizid. Neben der Leiche lag ein Stück Pizza. Wenn man sich aus dem fünften Stock stürzt, legt man vorher die Pizza aus der Hand.«

Er nickte. »Da ist was dran. Ja, da ist was dran.«

»Also? Unfall oder Mord?«

»Das möchten Sie wohl gerne wissen?«, grinste der Rottweiler. Ich würdigte ihn keines Blickes.

»Sie werden es ja doch erfahren«, seufzte sein Chef. »Wir haben ein Geständnis. Jemand hat Greven über die Brüstung gestoßen.«

»Wer? Doch nicht die Frau mit den weißen Haaren?«

»Genau die.«

»Und warum?«

»Wir arbeiten dran.« Er stand auf, wozu er drei Anläufe benötigte. »Wenn es wegen der Pizza war, kommen wir auf Sie zurück.«

3

»Apropos«, sagte Christine und stellte den Fernseher leise. »Eva hat uns zu Fattys Geburtstag eingeladen. Nächsten Samstag. Sie meinte, wir sollten endlich mal wieder gemeinsam feiern.«

Ich starrte auf den Bildschirm und begriff nicht. Wieso apropos? Worauf bezog sich dieses Apropos?

»Hast du eine Idee, was wir ihm schenken könnten?«, kam es von der Seite.

Mit dem, was in der Glotze lief, konnte es eigentlich nichts zu tun haben. Außer Krieg und Terror gab es in der Tagesschau mal wieder keine nennenswerte Meldung; dass irgendein Rüstungskonzern seinen Börsengang plante, war noch das Harmloseste. Wie kam Christine da auf Fattys Geburtstag?

»Ich meine, in seiner Situation, da frage ich mich wirklich ...«

»Das ist scheiße«, sagte ich.

»Bitte was?«

»Das ist scheiße, was die hier bringen. Lauter deprimierendes Zeug. Leute, die sich in die Luft sprengen, Politiker, die lügen wie gedruckt ... Hat so ein öffentlich-rechtlicher Sender keine Verantwortung dafür, dass man nicht jeden Abend komplett frustriert ins Bett geht? Gibt es denn keine positiven Nachrichten?«

Christine überlegte. »Welche denn?«

»Keine Ahnung. Vielleicht könnte man mal erwähnen, was für schlimme Sachen heute nicht passiert sind. Schon wieder keine Messerstecherei in Wilhelmsfeld! Überraschung: Deutschland ist immer noch keine Diktatur!«

»Du meinst, dann könntest du besser schlafen?«

»Da!«, rief ich und zeigte auf den Fernseher. »Selbst beim Wetter malen sie schwarz.«

Klar, keine Tagesschau ohne Wetterbericht. Ein jovialer Brillenträger kam ins Bild, aber was er zu verkünden hatte, klang überhaupt nicht jovial. Das Tief »Heidelberg« liege weiter über dem Westen der Republik, mit heftigem Niederschlag und starken Böen sei bis morgen Abend zu rechnen, erst in der Nacht lasse der Regen nach. Vorsicht vor herabstürzenden Ästen, Vorsicht vor Aquaplaning, vor steigenden Flusspegeln und der Übernahme der Regierung durch Amphibien. Okay, eine dieser Warnungen ist meine Erfindung, ich sage aber nicht, welche.

»Krass«, meinte Christine.

»Superkrass. Extrem krass. Wenn man das hört, möchte man sich die Kugel geben.«

»Aber du hast doch selbst erzählt, wie heftig es gestern war.«

»Na und? Trotzdem hätte man das anders bringen können. Warum berichten die nie über einen Fahrradboten, der jede Pizza pünktlich und trocken zum Kunden bringt, egal bei welchem Wetter? Da ist alles drin in der Story: Emotion, Hoffnung, Zuverlässigkeit, deutsche Tugenden …«

Christine sah mich skeptisch an. »Alles klar bei dir, Max?«

»Echt, wenn ich bei der Tagesschau wäre …«

»Okay«, unterbrach sie mich. »Zurück zum Thema. Was schenken wir Fatty?«

»Das ist so was von scheiße, das Programm. Wetten, dass die gleich ... Egal.« Ich winkte ab.

Christine schwieg. Ihre Finger spielten mit der Fernbedienung in ihrer Hand, während sie mich nachdenklich anschaute. Aber nicht einfach so nachdenklich, sondern nachdenklich mit Hintersinn. Ich mochte diesen Blick nicht. Da kam immer etwas hintennach, etwas, mit dem man nicht rechnen konnte. Und überhaupt, was hatte sie vorhin mit ihrem Apropos gemeint?

»Meinst du, es wird wieder?«, sagte sie schließlich.

»Das mit dem Wetter?«

»Das mit Fatty.«

Ich starrte sie an. »Was ist denn das für eine Frage? Natürlich wird das wieder!«

»Auch wenn er schon so lange ...«

»So was dauert. Fatty ist ein Kämpfer, der schafft das. Es geht ja auch aufwärts, nicht schnell, aber es wird.«

»Meinst du? Ich hatte diesen Eindruck nicht.«

»Doch. Kleinigkeiten, jeden Tag ein bisschen was. Oder jede Woche. Am Anfang hat er mich überhaupt nicht erkannt. Und jetzt, jetzt ist das ... anders. Das kommt, glaub mir.«

Sie nickte, aber es war kein zustimmendes Nicken. Außerdem glotzte sie immer noch so komisch. Mensch, Christine, du solltest Tagesschau-Sprecherin werden, den passenden Blick hast du ja schon: Wir schalten nun direkt an die Front ... live aus der Katastrophenregion ... so viel für heute von den Krisengebieten der Welt.

»Sehr oft bist du ja nicht bei ihm«, sagte die Tagesschau-Sprecherin.

»Ich? Bei wem?«

Sie runzelte die Stirn. In diesem Moment brummte

mein Handy. Schon witzig: In 99 Prozent der Fälle überhöre ich das Brummen, es ist ja auch sehr dezent. Aber hier drang es ganz deutlich an mein Ohr, obwohl das Handy auf der Kommode am anderen Ende des Raumes lag. Sofort schnellte ich vom Sofa in die Höhe und stürzte zum Telefon. Leg bloß nicht auf, Anrufer, hörst du?

Er hörte. In den nächsten Brummton hinein drückte ich das grüne Symbol und feuerte die drei Silben meines Namens ab.

Keine Reaktion. Nur eine undefinierbare Geräuschkulisse, eine Mischung aus Hintergrundgemurmel, Lachen, Gläserklirren und Musikgedudel. Schade, dass ich es noch nicht gelernt hatte, von der Art des Brummens auf den Anrufer zu schließen. Ein Handy war eben keine Türklingel. Diese doofe Digitalisierung macht alles kaputt.

»Hallo?«, hörte ich eine helle Männerstimme. Das O am Ende des Wortes wurde bis zur Decke hochgezogen.

»Max Koller«, wiederholte ich, nun etwas weniger kasernenhofmäßig.

»Ah, der! Genau!« Mein Heldentenor schien bester Laune. »Du, sag mal, Meister, ich hab was für dich. Was Fettes, aber so richtig fett. Wird dir gefallen!«

Etwas Fettes? Wovon sprach der? Drogen, Prostituierte, Schweinshaxe? Normalerweise habe ich nichts gegen Duzen, aber in diesem Fall fand ich es irgendwie unappetitlich.

»Was haben Sie für mich?«, sagte ich.

»Hä?«

»Was Sie für mich haben? Um welche Sache geht es?«

»Na, so'n … Na? Du bist doch dieser … dieser Dings.« Er bekam einen Hustenanfall. Aus dem Hintergrund schwappte gellendes Gelächter an mein Ohr.

»Wer sind Sie überhaupt?«, begann ich, doch da unterbrach er mich schon.

»Auftrag!«, brüllte er so laut, dass ich das Handy ein Stück weghielt. »Auftrag hab ich für dich, Meister. Das isses! Du bist doch der Typ, der Schnüffler, der …« Er röchelte. »O leck, ich muss brechen.«

Ich atmete tief durch. Eigentlich war es ganz einfach. Den roten Button drücken, Gespräch beenden, Ruhe im Karton. Gab es auch nur einen gescheiten Grund, sich den Feierabend mit so einem Geschwalle vermiesen zu lassen? Ich schaute Christine an. Na ja, einen Grund gab es durchaus.

»Kundschaft«, flüsterte ich ihr zu. »Wichtig!« Damit trollte ich mich nach draußen, verfolgt von ihrem vorwurfsvollen Blick. An welchem Ort hatte man seine Ruhe? Na klar, auf dem Klo. Außerdem musste ich. Nicht brechen, sondern anders. Also schloss ich mich ein, zog die Hose runter und setzte mich.

»Noch dran?«, fragte ich ins Handy.

»Boah, scheiße! Aber geht wieder. Muss ja. Meister, hast du's dir überlegt?«

»Was?«

»Na, das mit dem … mit dem …«

»Auftrag.«

»Sag ich doch. Du wärst schön blöd, wenn du den nicht … Da kannst du dir echt einen Namen machen.«

»Apropos«, sagte ich.

»Hä?«

»Apropos Namen. Ich habe genau drei Fragen an Sie. Am besten schreiben Sie mit, wenn Sie was da haben.« Ich warf einen Blick auf die Klorolle neben mir. »Aber vielleicht geht es auch so. Frage 1: Wer sind Sie? Name,

Adresse und so weiter. Frage 2: Was ist das für ein Auftrag, von dem Sie sprechen? Und drittens: Sind Sie nüchtern genug, um diese beiden Fragen beantworten zu können?«

Zack, das saß. Ich konnte mir die Verblüffung im Gesicht des Anrufers gut ausmalen, auch wenn ich dieses Gesicht überhaupt nicht kannte. Zwei, drei Sekunden hörte ich nur das am Horizont wogende Stimmenmeer der Kaschemme, in der sich der Typ herumtrieb, aber dann ging es los. Das Gelächter. Der Lachanfall. Herrje, der Idiot kriegte sich gar nicht mehr ein vor Heiterkeit! Hi-hi-ho, so ging es in endlosen Variationen die Tonleiter hoch und runter, ein paar Huster mischten sich hinein, Wortfetzen, Schluckauf, Rülpser, und was der Alkoholpegel noch alles hergab. Große Kneipenoper! Ich nutzte die Gelegenheit, um mein Geschäft zu verrichten, sauber und ohne Hektik. Sogar zum Abputzen reichte es noch. Wenigstens einer von uns beiden hatte die Zeit mit etwas Sinnvollem verbracht!

Irgendwann war es dann doch vorbei mit dem Gekichere.

»Du bist gut«, hörte ich am anderen Ende japsen. »Echt, Meister, du bist scharf drauf. Nüchtern! Alter, was ist das?«

»Antworten, oder ich lege auf. Kapiert?«

»Hey«, rief er, nicht mehr ganz so gut gelaunt. »Hey, hey. Nur keinen Stress, ja? Du willst doch in der Zeitung stehen, oder? So mackermäßig: Das ist der, der die Leute aus dem Gefängnis holt. Unschuldige Leute. Kann man doch nix gegen sagen, stimmt's?«

»Ich will nicht in die Zeitung«, sagte ich müde. »Ich will bloß Geld verdienen.«

»Ja, aber in dem Fall kannst du es auch mal für die Dings machen, die Ehre. Ich sag dir, du kommst ganz groß raus, aber hallo. Meister, die werden dich …«

»Und tschüs«, sagte ich und legte auf. Ein Besoffener ist am Telefon nur schwer zu ertragen, ein Besoffener, der ums Geld streiten will, überhaupt nicht.

Mit gemischten Gefühlen kehrte ich ins Wohnzimmer zurück. Christine hatte einen Arm auf die Sofalehne gestützt, ihr Kinn lag in der Handfläche. Der Fernseher war noch immer auf halblaut gestellt.

»Ich hab abgelehnt«, sagte ich und deponierte das Handy wieder auf der Kommode. »Keinen Bock auf solche Typen.« Und als Christine nicht reagierte, fügte ich noch hinzu: »Muss ja nicht alles machen.«

Jetzt blickte sie auf. »Vielleicht sollten wir Eva etwas schenken.«

»Eva?«

Sie nickte.

»Wie, Eva? Am Geburtstag von Fatty?«

»Ja, eben. Ich meine, wer hat die ganze Arbeit mit ihm? Wer sorgt dafür, dass er seinen Geburtstag überhaupt feiern kann? Sie hat ihren Job gekündigt, damit sie sich um ihn kümmern kann. Ich finde, das sollte mal honoriert werden.«

»Klar, absolut.« Ich setzte mich. Irgendwie ging mir das zu schnell, dieser ständige Themenwechsel und die neuen Ideen. Das eine Geschenk war noch nicht in trockenen Tüchern, da kam Christine schon mit dem nächsten!

»Schön. Dann kümmere ich mich um ein Geschenk für Eva, und du übernimmst Fatty. Abgemacht?«

Ich nickte ergeben.

4

Am nächsten Morgen war ich gerade auf dem Weg in den Wäschekeller, wo meine Dienstkleidung auf der Leine trocknete, als das Handy brummte. Ich brummte ebenfalls, schaffte es aber, das Gespräch im Gehen entgegenzunehmen, ohne die Treppe hinunterzufallen.

»Koller.«

»Kumpe hier, guten Morgen.« Der Anrufer verhaspelte sich schier bei dem Versuch, höflich zu klingen. Kein Vergleich zu dem Rüpel gestern Abend! »Sebastian Kumpe. Guten Morgen. Herr Koller, ich würde Sie … hätten Sie Zeit für ein Gespräch? Jetzt gleich vielleicht? Aber nur, wenn es Ihnen passt. Wenn es jetzt passt, meine ich.«

»Worum geht es?«

»Einen Auftrag. Ich hätte einen Auftrag für Sie.«

»Okay.« Komisch, irgendwie kam mir die Stimme bekannt vor. Wann hatte ich die nur zuletzt gehört? »Wenn es sofort sein soll, dann am besten bei mir im Büro. Wo sind Sie gerade?«

»Vor Ihrer Tür.«

Reflexartig hob ich den Blick. War natürlich Quatsch, ich stand ja im Treppenhaus, und selbst wenn ich vor der Haustür gestanden hätte … egal. Jedenfalls musste es sich um einen dringenden Fall handeln, und was soll ich sagen? Dringende Fälle sind mir die liebsten.

»Ich komme runter«, sagte ich und legte auf. Beim Gang zur Haustür stellte ich mir vor, was für eine Art von Klient mich wohl erwartete. Frei nach dem Anchovis-Prinzip: Lass mich deine Stimme hören, und ich sage dir, wer du bist! Demnach stand der klassische Buchhalter vor meiner Tür, mittelalt und hypertonisch, sorgenvoller Blick im rasierten Gesicht, dazu Anzug. Krawatte? Unbedingt. Schon als Friedenszeichen, zur Besänftigung der Gemüter: Normalerweise bin ich nicht so aufdringlich. Aber in diesem Fall, geschätzter Herr Koller, das verstehen Sie doch?

Natürlich verstand das der geschätzte Herr Koller und öffnete milde gestimmt die Tür.

Okay, das mit dem Alter kam hin. Auch die Krawatte war da, aber es war die falsche. So ein Donald-Trump-Lappen, wie ihn nur Donald Trump tragen konnte, zu lang, zu breit, zu rot, außerdem fleckig und schlecht gebunden. Regelrecht verirrt hatte sich dieser Hals in den Schlips! Und auch sonst lag ich ziemlich daneben mit meiner Einschätzung. Von besorgter Miene keine Spur, der Mann strahlte eher Ablehnung aus, Widerwillen. Er war auf unangenehme Weise korpulent, sein Körper kündigte ihm den Dienst auf, an Kinn, Bauch und Hüften floss es nur so dahin, wie bei einem Gummibärchen, das zu lange im Wasser gelegen hat. Gut, in diesen Tagen konnte das schon mal passieren, wenn man sich im Freien aufhielt. Zur Krawatte trug Kumpe eine Lederjacke und ausgebeulte Jeans, Cowboystiefel sowie einen fusseligen dunklen Vollbart. Zwischen den untersten Fusseln und dem Hemdkragen lugten blauschwarze Runen hervor. War das wirklich der Typ vom Telefon?

»Herr Kumpe?«, fragte ich zur Sicherheit. Hätte ja auch ein Spendensammler sein können, Glasfaserverticker oder so was.

Er nickte.

»Dann mal rein in die gute Stube.«

Er gehorchte, und als ich die Tür schloss, hörte ich ihn sagen: »Tut mir leid.« Er räusperte sich. »Das mit gestern. Sorry.«

Kapierte ich nicht. Wieso gestern? Kannten wir uns? Und wenn ja, warum wich er dann meinem Blick aus?

»Reden wir in meinem Büro weiter«, schlug ich vor und ging voraus. Bei dem, was ich Büro nenne, handelt es sich um das streng riechende Innere eines Holzschuppens im Hof, der früher als Voliere gedient hat. Wegen des Geruchs und der Spinnweben in der Ecke sind mir Typen wie dieser Kumpe als Kunde gar nicht unlieb, jedenfalls lieber als damals der parfümierte Banker mit Einstecktuch, der sich partout nicht setzen wollte. Inzwischen sitzt der Kerl doch, und zwar drei Jahre. Bekam den Hals nicht voll mit seinen Cum-Ex-Geschäften. Aber Einstecktuch!

Nein, dann doch lieber teigige, schlecht gekleidete …

Ich dachte den Gedanken nicht zu Ende. Drehte mich stattdessen auf dem Absatz um und richtete den Finger auf meinen Besucher, der eben das Büro betrat.

»Sie waren das«, sagte ich. »Gestern Abend, der Anruf. Im volltrunkenen Zustand.«

War er zerknirscht? Nicht die Bohne. Seinem Mund entschlüpfte zwar eine weitere Entschuldigung, aber die klang eher nach: »Na und? Trinken ist Menschenrecht.«

»Und jetzt schauen Sie mal persönlich vorbei«, sagte ich.

»Bin ja nüchtern«, entgegnete er trotzig. »Keine Fahne, nix. Wollen Sie mal riechen?«

Nee, wollte ich nicht. Was ich stattdessen wollte: meine Ruhe haben. Eigentlich hätte ich diesen Sebastian Kumpe rausschmeißen sollen. Der Kerl war mir unsympathisch, ich ihm bestimmt auch, also tschüs und Auf Wiedersehen. So wie gestern Abend.

Aber gestern war gestern und heute ein anderer Tag. »Mann«, brach es aus Kumpe heraus, »mir geht's halt scheiße. Ich steh voll unter Stress, voll.« Sein Gesicht wurde rot, die Stimme eng. Jetzt erinnerte sie wieder an den Heldentenor vom Abend zuvor. »Gestern musste ich mir einfach was hinter die Binde kippen. Hätten Sie an meiner Stelle auch getan.«

Ach, hätte ich das? Diplomatie gehörte nicht zu den Kernkompetenzen meines Besuchers. Aber gerade das war es, was mich davon abhielt, das Gespräch zu beenden. Denn wenn sich dieser Runenmensch trotz seiner Trampeligkeit und trotz seines Unwillens zu mir aufgemacht hatte, wenn er sich sogar eine Entschuldigung abgerungen und eine Krawatte umgebunden hatte, Letzteres garantiert zum ersten Mal seit der Konfirmation – dann musste es für all dies einen Grund geben. Und der interessierte mich.

»Okay«, sagte ich. »Viel Zeit habe ich nicht, aber nun sind Sie schon mal da. Also nehmen Sie Platz und erzählen Sie mir, was das für ein Stress ist. Und was für ein Auftrag, von dem Sie geredet haben. Aber eins sage ich Ihnen gleich: Ich nehme nicht jeden Auftrag an. Auch nicht von jedem. Und schon gar nicht für die Ehre oder wie Sie das gestern Abend genannt haben.«

»Ja, Mann«, murmelte er, wischte ein paar Regentropfen von der Jacke und ließ sich auf einem Stuhl nieder. Ich ging um den Schreibtisch herum und setzte mich ebenfalls.

»Schießen Sie los.«

»Es geht um meine Mutter, Antonia Kumpe.«

Stille. Ich verschränkte die Arme vor der Brust, lehnte mich zurück und ließ den Satz auf mich wirken. Um die Mutter, schau an. Mit der war mir noch kein Kunde gekommen, schon gar nicht Typen wie der da. Schien ja ein bemerkenswertes Exemplar von Mama zu sein, wenn sich der Sohnemann hierher bemühte. Ob sie tot war? Verschwunden? Betrugsopfer, in Schwierigkeiten?

»Sie ist«, er holte Luft, »im Gefängnis.«

»Ach?«

»Ja. Weil sie angeblich einen umgebracht hat. Deshalb.« Sein Körper straffte sich. »Aber das kann nicht sein, total irre. Meine Mutter hat noch nie … die macht so was nicht. Völlig ausgeschlossen! Das ist die feinste, die liebste, die friedlichste …« Er sah mich an. »Sie müssen beweisen, dass sie unschuldig ist. Dass es ein anderer war. Nicht sie. Oder keiner: Am Ende hat sich der Typ selbst …« Er sah mich hoffnungsvoll an.

»Umgebracht?«, half ich.

Er nickte. »Aus dem Fenster gestürzt.«

Ich schwieg. Mein Besucher war um die 40, seine Mutter also 60. Oder drüber. In dem Alter konnte man schon mal graue Haare haben. Oder weiße. Und wenn Kumpe sich eben etwas unpräzise ausgedrückt hatte …

»Aus dem Fenster?«, fragte ich. »Nicht vom Balkon? Aus dem fünften Stock, in der Bahnstadt?«

Verblüfft starrte er mich an. Irgendwo im Bartgestrüpp klappten Lippen auseinander. »Sie haben davon gehört? Dann wissen Sie ja … Stimmt, ein Balkon war's. Kein Fenster. Genau.«

Also doch. Ich musste an das Gesicht denken, dass ich vorgestern Abend gesehen hatte. Wobei sehen zu viel gesagt ist. Mehr, als dass es sich bei der Person um eine

Frau handelte, hatte ich nicht erkannt. Die weißen Haare, die schon. Das also war Kumpes Mutter gewesen. Ich dachte auch an den Regen, an das Pizzastück auf dem Asphalt und an das, was mir Kommissar Fischer gesagt hatte: Wir haben ein Geständnis.

»Wenn Ihre Mutter unschuldig ist, warum ist sie dann in Haft?«

Er starrte mich an. »Was weiß ich? Weil die bescheuert sind, die Bullen. Weil sie unbedingt einen Mörder brauchen, für die Quote oder so. Vielleicht gibt's dann eine Beförderung oder mehr Kohle, keine Ahnung. Mit uns kleinen Leuten kann man es ja machen!«

»Herr Kumpe«, sagte ich kühl. »Wenn wir zwei zusammenkommen sollen, müssen Sie mir schon alles erzählen.«

»Mache ich ja! Alles. Das Wichtigste ist halt, dass es meine Mutter nicht gewesen sein kann. Ehrlich, die war's nicht.«

»Warum ist sie dann in Haft?«, seufzte ich.

Er begann, mit den Handflächen über seine Oberschenkel zu streichen. »Weil, das ist so: Meine Mutter hat ... jedenfalls behaupten die das ... also angeblich hat sie denen gesagt, sie war's. Sie hätte diesen Greven aus dem Fenster gestoßen. Vom Balkon, meine ich. Das hat sie so bestimmt nicht gesagt, aber vielleicht ... vielleicht was in der Richtung. Sie war ja da, als es passierte, und die haben sie ganz schön in die Mangel genommen mit ihren Fragen und ... und Dings, Unterstellungen ... da hat sie dann ...« Er schüttelte den Kopf. »Eine alte Frau kann man doch nicht so unter Druck setzen.«

»Hat sie ...«

»Ich sag nicht, dass es Folter war«, fuhr er auf. »Aber vielleicht war es das. Man hört ja so Sachen.«

»Was für Sachen?«

»Keine Ahnung. Ich finde nur, bei alten Leuten muss man vorsichtig sein. Wie man die anpackt und so.«

»Wie alt ist Ihre Mutter denn?«

»72.« Bevor ich die nächste Frage stellen konnte, fiel er mir erneut ins Wort. »72, Herr Koller, und deswegen kann das nicht stimmen mit ihrem Geständnis. Der totale Fake ist das! Wissen Sie, warum sie den Greven da runtergestoßen hat? Also angeblich? Weil er sie vergewaltigt hat. Nicht richtig, aber fast. Angegrapscht und so! Idiotisch, oder? Ein junger Kerl meine Mutter!« Er stöhnte auf. »Wahnsinn! Der helle Wahnsinn ist das.«

»Moment, Moment, wer behauptet das? Ihre Mutter?«

»Die Bullen. Also die Polizei. Die sagen, das hätte meine Mutter gesagt.«

»Sie meinen, das ist der Inhalt ihres Geständnisses? Greven soll sie sexuell belästigt haben, woraufhin sie ihn über die Brüstung gestoßen hat?«

Er nickte.

Ich kratzte mich am Kopf. Dieser Greven hatte auf mich nicht den Eindruck gemacht, als würde er älteren Damen hinterhersteigen. Deutlich älteren Damen! Andererseits, wer kann schon in die Leute hineinschauen? Und wenn die Hormone erst mal ihr Recht einforderten ... Anchovis, das neue Viagra! Aber für wen war dann die zweite Pizza?

»Mag Ihre Mutter Pizza Quattro formaggi?«, murmelte ich.

Kumpes Gesicht war ein einziges Fragezeichen.

»Vergessen Sie's. War nur so ein Gedanke. Sie halten es also für eher unwahrscheinlich, dass das stimmt mit der sexuellen Belästigung?«

»Unwahrscheinlich? Völlig gaga ist das! Absurd.« Er tippte sich an die Stirn. »Meine Mutter, hallo?«

»Warum behauptet sie es dann?«

»Weil es ihr eingeredet wurde, weil sie gezwungen wurde, keine Ahnung. Vielleicht haben sie ihr Drogen eingeflößt, und plötzlich erzählt die was vom Weihnachtsmann!«

Stille.

Kumpe sah mich an, wartete, zog die Brauen hoch. Irgendwann hielt er das Schweigen nicht mehr aus und fragte: »Was ist los?«

»Quatsch«, sagte ich.

»Wie, Quatsch?«

»Das ist Quatsch, was Sie da von sich geben, Herr Kumpe. Ich kenne die Bullen, oder sagen wir: Ich kenne ein paar von ihnen, und die sind nicht besser oder schlechter als der Rest der Bevölkerung. Da gibt es Deppen und feine Kerle und alles dazwischen. Aber wenn ich Ihnen etwas garantieren kann, dann, dass bei Polizeiverhören keine Drogen im Spiel sind. Und gefoltert wird auch nicht. Wenn Sie auf dem Gegenteil bestehen, ist unser Gespräch ganz schnell zu Ende. Klar?«

Wieder trat eine kurze Pause ein. Kumpe verzog das Gesicht, als habe er in eine Zitrone gebissen. Hatte mich wohl ebenfalls für einen Anhänger von Verschwörungstheorien gehalten. So ein Privatermittler kämpfte doch einen ewigen Kampf gegen den Deep State und die Echsen in Polizeiuniform, nicht wahr? Aber sollte das seine Hoffnung gewesen sein, gab er recht schnell klein bei.

»Ist ja gut«, maulte er. »Ich sag ja nicht, dass es so war … Sag ich gar nicht. Aber warum erzählt die dann so bescheuertes Zeug? Denn bescheuert ist es, ich kenne meine Mutter. Ich bin schließlich ihr Sohn!«

Ich stand auf, ging zu einem der Fenster und öffnete es. »Ja«, sagte ich mit dem Rücken zu ihm, »Sie sind der Sohn. Fragen Sie Ihre Mutter, wie sie zu ihrer Behauptung kommt. Ob es stimmt, was sie sagt, oder nicht. Sie als Sohn sollten eine Antwort bekommen. Eher als ich jedenfalls.« Ich drehte mich um. »Wozu brauchen Sie mich dann überhaupt?«

Du lieber Himmel, jetzt ging es los. Fusselbart Kumpe begann sich zu winden, sprachlich wie körperlich. Während er vor meinen Augen auf dem Stuhl hin und her rutschte, beichtete er, dass das Verhältnis zwischen ihm und seiner Mutter vielleicht doch nicht so gut sei, wie es sein könnte, seine Mutter treffe da keine Schuld, ganz und gar nicht, es liege an ihm, er habe die großen Erwartungen, die sie in ihn gesetzt habe, nicht erfüllt, auch die kleinen nicht, weil, er sei mehr oder weniger arbeitslos, seine Frau ebenfalls, und dann die vielen Kinder, kein Geld, kaum Unterstützung, und wenn ihnen seine Mutter nicht ab und zu etwas zustecke ... Sein Sermon mündete in den Satz »Ich brauche meine Mutter!«, und dieser dramatische Stoßseufzer hallte noch lange in der staubigen Luft des Schuppens nach.

»Aber Ihre Mutter braucht Sie nicht«, schloss ich messerscharf.

Er schüttelte den Kopf.

»Wie viele Kinder haben Sie denn?«

»Sechs.«

Sechs, na dann. Max Koller – also ich – hat ja keinen Nachwuchs. Und auch keine Ambitionen, daran etwas zu ändern. Insofern steht mir ein Urteil über die Familienplanung anderer Leute eigentlich nicht zu. Aber wenn ich dann sehe, mit welcher Nonchalance Typen wie dieser Kumpe großflächig ihre Gene übers Land verteilen, stellt sich mir die Frage, ob das der Menschheit weiterhilft. Schon klar: kein Sozialdarwinismus im Kellergeschoss der Weltgeschichte! Fällt alles auf einen selbst zurück. Aber wenigstens so seine Gedanken wird man sich noch machen dürfen. Auch wenn sie dämlich sind.

Kumpe jedenfalls schien genau sie lesen zu können. Meine Gedanken nämlich. Er fummelte ein Handy aus seiner Lederjacke und wischte darauf herum. Gleich darauf starrte ich in die Gesichter einer Handvoll Rotzbengel.

»Hier«, sagte Kumpe, und seine Stimme zitterte sogar ein wenig. »Das war beim Geburtstag der Kleinen, im Spaßbad. Der Joshua hatte Durchfall, deshalb ist er nicht mit drauf. Aber auf dem nächsten Bild. Und da, unsere Grace. Und der Dylan und die Bibi, die ist richtig gut in der Schule, ehrlich.«

Was soll ich sagen? Es waren hässliche Kinder. Aber immerhin, es waren Kinder. Sie konnten nichts dafür, dass sie die hervorquellenden Augen ihres Vaters hatten, seine ungesunde Haut, seine Weichlichkeit. Und noch weniger konnten sie dafür, dass ihre Oma jetzt im Gefängnis saß. Als geständige Mörderin.

»Okay«, sagte ich. »Sie wollen also, dass ich in diesem Fall ermittle. Parallel zur Polizei.«

»Die ermittelt doch gar nicht. Der reicht das Geständnis. Klappe zu, Affe tot!«

»Dann habe ich genau zwei Fragen an Sie. Erstens: Wenn Ihre Mutter Greven nicht in die Tiefe gestoßen hat – warum nimmt sie dann die Schuld auf sich? Können Sie mir das erklären?«

»Nein«, rief er verzweifelt. »Genau das frage ich mich ja auch seit gestern. Ich verstehe es nicht! Warum tut sie das? Keine Ahnung!«

»War außer ihr und Greven sonst noch jemand im Gebäude?«

»Sie sagt Nein.«

Ich schwieg. Niemand im Gebäude. Greven tot auf dem Asphalt, eine alte Frau schaut über die Brüstung nach unten. Ihr Geständnis. Eigentlich ein glasklarer Fall. Nur das seltsame Motiv … und die ungewöhnliche Täterin.

So einen Fall hatte ich tatsächlich noch nicht gehabt.

»Na gut«, sagte ich. »Dann die zweite Frage. Habe ich Sie gestern am Telefon richtig verstanden: dass Sie nicht in der Lage sind, mir ein Honorar zu zahlen?«

Kumpe verzog das Gesicht und holte Luft. Für Erklärungen, für Ausflüchte, für Gejammer. Klar, wenn man sein Geld fürs Saufen und Tattoos ausgab … Bevor er die Schleusentore der Rechtfertigung öffnen konnte, hob ich die Hand.

»Hab schon verstanden«, sagte ich.

5

»Übernimmst du den Fall?«, fragte Marc Covet. »Den übernimmst du doch nicht. Du übernimmst dich!«

Ich zuckte die Achseln. Mein Kumpel Covet, größter Journalist seit Watergate, hatte die Füße auf den Tisch gelegt und die Hände hinter dem Kopf verschränkt. Zu Hause erlaubte er sich so eine Haltung nie, der alte Snob, aber hier in der Redaktion gehörte sie offenbar zum guten Ton. Die Fenster des Raums waren gekippt, sodass man das feine Rauschen des Regens hörte.

Apropos guter Ton: Kein anderer als Covet hatte für die Montagsausgabe der Neckar-Nachrichten einen Nachruf auf den Verstorbenen verfasst. Darin ging es um Grevens Firma, seinen kometenhaften Aufstieg und den herben Verlust, den der Innovationsstandort Heidelberg durch seinen Tod erlitt. Über die genauen Umstände dieses Todes hingegen erfuhr die Leserschaft nichts. Und zwar aus dem einfachen Grund, weil auch Covet nicht mehr wusste. Er erwähnte lediglich, was bereits Kommissar Fischer mir gegenüber geäußert hatte: dass eine Person geständig sei, Greven über die Brüstung gestoßen zu haben. Zu weiteren Details gäben die Ermittlungsbehörden aktuell keine Auskünfte.

Von mir bekam er sie genauso wenig. Marc ist mein Freund, aber er ist auch Journalist, und das hier war eine Geschichte, nach der Journalisten nur so gierten. Wenn ich jetzt mit neuen Informationen rausrückte, stand sofort sein Chef im Raum, um mich auszuquetschen. Und darauf hatte ich keine Lust. Solange sich Polizei und Staatsanwaltschaft nicht zu Antonia Kumpes Motiv äußerten, wollte ich das auch nicht tun. Ich hatte Marc nur verraten, dass es sich bei der geständigen Person um eine Frau handelte, deren Sohn mich um Hilfe gebeten hatte.

»Wenn die gestanden hat«, fuhr er fort, »was willst du da ermitteln? Aussichtslos, die Sache. Oder glaubst du, das Geständnis ist falsch?«

»Sagen wir mal so: Das, was mir der Sohn erzählt hat, klang ein wenig seltsam.«

»Seltsam?«

»Ja.«

»Mehr nicht?«

»Nein.«

»Na, dann viel Spaß.« Er nahm die Füße vom Tisch und setzte sich normal hin. »Wenn du neue Erkenntnisse hast, lass es mich gerne wissen, aber mach dir keine falschen Hoffnungen. Mord oder Totschlag gesteht man nicht einfach so, das sollte auch einem Sohn klar sein, der an seiner Mutter hängt.«

»Hm.«

»Außerdem …« Er überlegte. »Ja, das passt.«

»Was?«

»Dass die vermeintliche Täterin eine Frau ist. Kanntest du diesen Greven?«

Ich schüttelte den Kopf. Eine kurze Begegnung an der Tür war nicht kennen, Anchovis hin oder her.

»Lass es mich so sagen: Er war nicht nur ein umtriebiger Kerl, sondern auch einer der attraktivsten Junggesellen der Stadt. Wenn es da zu einer Beziehungstat kam, wundert mich das nicht.« Er hob beide Hände. »Falls es eine Beziehungstat war.«

»Falls, ja«, schmunzelte ich. »Vergiss nicht, die Dame hat bereits einen erwachsenen Sohn.«

»Humani nihil a me alienum, wie der Lateiner sagt: Nichts Menschliches ist mir fremd.«

»Hatte Greven denn eine Freundin?«

»Keine feste. Aber viele wechselnde: potenzielle, ehemalige, solche im Kandidatinnenstatus, in der Warteschleife, was weiß ich.«

»Klingt, als hättest du ihn gekannt.«

Er nickte. »Ein bisschen. Deshalb ließen sie mich ja auch den Nachruf schreiben. Um den ich mich wohlgemerkt nicht gerissen habe.«

»Dann erzähl mir doch ein bisschen was über ihn und seine Firma.«

»Ohne Gegenleistung? Du schweigst dich über die Täterin aus, und ich soll liefern?«

»Heul nicht rum, Marc! Ich weiß ja kaum mehr als ihren Namen, und den verrate ich nicht.« Und weil er sich immer noch zierte, setzte ich hinzu: »Okay, ich erzähle dir, wann und wo ich Greven das einzige Mal gesehen habe. Das war nämlich am Abend seines Todes. Aber erst bist du dran.«

»Na gut. Wenn du meinen Artikel gelesen hast, weißt du, dass Greven aus bescheidenen Verhältnissen stammt. Und das ist noch untertrieben. Vater unbekannt, Mutter Alkoholikerin und früh gestorben, er selbst mehrfach straffällig geworden. Aber irgendwie scheinen sich die richtigen Leute um ihn gekümmert zu haben, Lehrer und Sozialarbeiter, die halfen ihm, die Kurve zu kriegen. Ein schlauer Kerl war er schon immer, und nach einem Auslandsjahr in den USA hatte er auch das richtige Durchsetzungsvermögen. Er hat dann Biotechnologie studiert, in Heidelberg und London, und noch als Student sein erstes Start-up gegründet. Das war zwar ein Flop, aber beim zweiten Mal hat er es besser gemacht und beim dritten Mal noch besser.«

»Bei BioFuture?«

»Genau. Das hat er mit einem Kollegen zusammen aufgezogen. Bis Corona dümpelte die Firma ziemlich vor sich hin, aber seitdem ist sie total heißer Scheiß. Weil jetzt alle kapiert haben, dass man damit richtig Kohle machen kann.«

»Und was entwickeln die da genau?«

Er kratzte sich hinterm Ohr. »Willst du die einfache oder die komplizierte Version?«

»Die Volksversion. Für Studienabbrecher wie mich.«

»Ich verstehe es ja selbst nicht richtig. Im Prinzip machen sie so was Ähnliches wie BionTech in Mainz, also Krebsbehandlung mittels Eingriffen ins Genmaterial, aber zusätzlich kommt noch jede Menge KI zum Einsatz. Die füttern den Computer mit allen Daten über dich, die verfügbar sind, und der spuckt dir dann deine ganz individuelle Therapie aus. So ungefähr. Frag mich bitte nicht nach Einzelheiten.«

»Und wie weit sind sie?«

»Ziemlich weit. Das größte Problem bislang waren die riesigen Datenmengen, aber da hat sich in den letzten Jahren ja viel getan. Außerdem ist es Greven gelungen, einen Investor an Land zu ziehen, der eine Art Gamechanger darstellen könnte. Letztlich ist dieser Investor der Grund, warum sie mich den Nachruf auf Greven schreiben ließen.«

»Das musst du mir erklären.«

»Hast du schon mal von Arnold Wetterstein gehört? Der ist ebenfalls in der Biotech-Branche tätig und hat lange vor Corona ein Vermögen mit Impfpatenten gemacht. Ein absoluter Guru in dem Bereich, ein Mann mit Näschen.«

»Wetterstein … Hat der was mit dieser Unternehmerfamilie aus Mannheim zu tun?«

»Exakt. Seine Vorfahren haben Maschinen und Geräte für die Landwirtschaft produziert, auch schon sehr erfolgreich, er macht jetzt etwas völlig Neues. Und dieser Arnold Wetterstein wollte bei BioFuture einsteigen. In welcher Höhe, sollte bei einer gemeinsamen Pressekonferenz verkündet werden. Und für wann war die wohl angesetzt?« Er machte eine dramatische Pause. »Für heute, Montag. Zwei Tage nach Grevens Tod.«

»Ach nee. Zwei Tage später?«

»Interessant, nicht wahr?«

Ich überlegte. Diese zeitliche Nähe konnte natürlich Zufall sein. Und falls nicht: Welches Mordmotiv ergab sich daraus?

»Okay«, sagte ich. »Das hört sich so an, als liefe es gerade hervorragend mit Grevens Firma. Wenn da einer einsteigt, der nicht nur die Kohle hat, sondern sich auch noch in der Materie auskennt.«

»Es wäre auf jeden Fall der nächste Schritt gewesen. Passend zum Umzug in die Bahnstadt. Da residiert BioFuture ja erst seit ein paar Wochen, und der Hauptteil der Forschung läuft noch am alten Standort in Wieblingen, falls ich richtig informiert bin.«

»Aber was hat dieser Wetterstein mit dir zu tun?«

Covet nickte. »Es ist schon ein paar Jährchen her, da suchte der Mann jemanden, der die Unternehmensgeschichte seiner Familie aufarbeitete. Und wen hat er gefunden? Mich.«

»Du hast über seine Vorfahren geschrieben? Die Wettersteins im 20. Jahrhundert?«

Er spitzte die Lippen. »Ein neues Buddenbrooks ist nicht daraus geworden, aber recht lesbar, würde ich sagen. Warte, irgendwo müsste ich noch ein Exemplar von dem Büchlein herumfliegen haben.« Er bückte sich und begann, die Fächer seines Schreibtischs zu durchwühlen. »Das Interessante dabei«, rief er aus der Tiefe, »war die Tatsache, dass Wetterstein explizit wissen wollte, ob seine Leute mit den Nazis gekungelt hatten. Ob der Reichtum seiner Familie beschmutzt ist, so hat er es ausgedrückt. In dieser Beziehung gab er mir alle Freiheiten. Ich sollte nichts unter den Tisch kehren.«

»Und? Hast du was gefunden?«

»Ja.« Erst kam sein roter Kopf zum Vorschein, dann der ganze Marc. In der Hand hielt er ein schmales, zerfleddertes Taschenbuch. »Hier, mein eigenes Exemplar. Gib's mir irgendwann zurück. Was dagegen die Naziverstrickungen angeht: nichts. Alles sauber. Widerständler waren sie nicht, die Wettersteins, aber Profiteure auch nicht.«

»Die Wettersteins – eine Mannheimer Unternehmerfamilie im Wandel der Zeit«, lautete der Titel von Covets Werk. Ich spielte Daumenkino mit dem Bändchen. »Ein Saubermann, wie er im Buche steht, dieser Arnold Wetterstein«, sagte ich. »Und jetzt auch noch Impfpatente. Gut, dass es solche Menschen gibt.«

Covet winkte ab. »Glaub mir, ich habe wirklich nach Flecken auf der weißen Weste dieser Familie gesucht. Aber da war nichts. Es sei denn, du findest Reichtum per se verwerflich.«

»Sagen wir mal so: Wenn mein potenzieller Auftraggeber ein bisschen mehr von dem hätte, was die Wettersteins dieser Welt zu viel haben, wäre nicht nur ihm geholfen, sondern vor allem mir. Nach aktuellem Stand muss ich nämlich gratis arbeiten.«

»Ich sage ja, lass die Finger von dem Fall. Aber wolltest du mir nicht noch von deiner Begegnung mit Greven berichten?«

»Unter einer Bedingung: dass davon nichts in die Zeitung kommt.« Ich erzählte ihm, wie es mich vorgestern während des Unwetters zwei Mal in die Bahnstadt verschlagen hatte. Erst zum lebenden Greven, dann zu seiner Leiche.

»Na, du lässt aber auch nichts aus«, knurrte Covet. »Und die Pizza war für die Täterin?«

»Glaube ich nicht. Es sieht eher so aus, als habe Greven noch jemanden erwartet. Aber ob der überhaupt kam an dem Abend? Keine Ahnung.«

»Wenn ich das in einem Artikel erwähne, meldet sich vielleicht jemand, der …«

»Vergiss es!«

Kurz danach verließ ich die Redaktion. Mit Covets Informationen und seinem zerfledderten Büchlein im Gepäck. Wie hätte er wohl reagiert, wenn er von der Identität der Täterin und ihrem Motiv erfahren hätte? Eine alte Frau, die einen athletischen Mittdreißiger in die Tiefe stößt, weil er ihr angeblich an die Wäsche gegangen ist? Vielleicht hätte er dann anders über den Fall gedacht. Das ist so schräg, Max, da musst du einfach ermitteln! Du bist der Einzige, der hier was erreichen kann.

Ja, irgendwie reizte es mich, diese scheinbar aussichtslose Sache zu übernehmen. Sogar ohne Honorar. Bezahlte

Aufträge abarbeiten, konnte jeder. Einfache Fälle aufklären, dito. Aber für einen Gotteslohn das Unmögliche möglich machen – das war eine typische Max-Koller-Aktion. Ein Himmelfahrtskommando! Und da wollte ich schon immer mal hin: in den Himmel über Heidelberg.

Ich schrieb Sebastian Kumpe, ob es möglich sei, seine Mutter in der Haft zu besuchen. Versprechen wolle ich nichts, aber zu einem Gespräch mit ihr sei ich bereit. Danach könne man weitersehen.

Gut, dass wenigstens meine Arbeit als Fahrradkurier bezahlt wurde. Unter aller Kanone natürlich, aber immerhin. Insofern kam mir die anschließende Mittagsschicht gerade recht. Im Dauerregen beglückte ich meine Mitbürger und Mitbürgerinnen, von der Altstadt bis Ziegelhausen, von Arnold bis … schade, ein Kunde mit Z war heute nicht dabei. Ein Wetterstein selbstredend auch nicht. Leute wie der ließen sich nichts liefern, höchstens vom besten Restaurant der Stadt, und da setzte sich dann der Chefkoch persönlich ins Taxi, um das Menü zu servieren.

»Mit dem Fahrrad«, staunte ein Rentner, dem ich sein Mittagessen oben ins Mühltal brachte. »Sie sind wirklich mit dem Fahrrad unterwegs. Ohne Motor! Dass es das noch gibt.«

»Wir sterben aus«, sagte ich düster. »Irgendwann werden wir alle durch selbstfahrende Roboter ersetzt, die das Essen nur rausrücken, wenn man ihnen einen Fünfer Trinkgeld überweist.«

»Dann werde ich nichts mehr bestellen«, seufzte der Mann und drückte mir einen knisternden Fünf-Euro-Schein in die Hand.

Kurz danach erhielt ich eine Botschaft von Kumpe. Seine Mutter sei aus der Untersuchungshaft entlassen und auf dem Weg nach Hause. Ich könne jederzeit kommen. Und: Danke, Herr Koller! Es gebe eben noch gute Menschen auf dieser Welt.

»Bedank dich bei den Rentnern, Fusselbart«, knurrte ich, nach dem Fünf-Euro-Schein in meiner Tasche fühlend. Erst noch die Schicht beenden, schrieb ich zurück, direkt im Anschluss gerne. Alles klar, Daumen hoch, Smiley.

Später ließ der Regen sogar nach, dafür versammelte der Schleifer uns Fahrer für eine wichtige Besprechung in seinem Büro. Der Schleifer, das war mein Chef. Ein knochenharter Typ, ehemaliger Judoka mit so viel Empathie wie Haaren auf dem Kopf. Nämlich null. Besprechung hörte sich nicht gut an. Entweder gab es mehr Arbeit zu verkünden, was scheiße war, oder weniger, also dito. Außerdem hatte ich einen Termin. Stattdessen stand ich mit nassen Klamotten im stickigen Büro des Lieferdiensts, zusammen mit meinen Leidensgenossen, die ebenfalls nach Hause wollten, und den eben eintreffenden Kollegen von der Spätschicht. Als ich Oleg sah, setzte ich meinen Killerblick auf und führte den Daumen am Kehlkopf entlang. Ja, tu nur so, als würdest du nichts kapieren, alter Kasache!

»Leute!«, schrie der Schleifer und schritt wie ein General in den alten Kriegsfilmen vor uns auf und ab, beide Hände hinter dem Rücken. »Es gibt schlechte Nachrichten. Sehr schlechte!«

Na, das war ja nun alles andere als eine Überraschung. Waren wir jemals für gute Nachrichten zusammengetrommelt worden?

»Ich habe einen Anruf bekommen«, ging es weiter. Immer volle Lautstärke, immer mit Schützengrabenfalte auf der knallroten Stirn. »Von der Polizei!«

Jetzt breitete sich Unruhe aus. Mit den Bullen wollte keiner etwas zu tun haben. Wegen der Papiere, wegen falscher Abrechnungen, wegen was auch immer. Im besten Fall ging es nur um rüpelhaftes Auftreten. Oder um eine Delle im Tesla, der blöd im Weg rumgestanden hatte. Ich musste natürlich sofort an den Toten in der Bahnstadt denken. Selbst Oleg, den sonst nichts erschüttern konnte, schaute sorgenvoll drein.

»Von der Polizei«, brüllte der Schleifer. »Und wisst ihr, warum?« Er fixierte uns mit stechendem Blick. Die Stille war mit Händen greifbar. »Ihr seid geblitzt worden. Fünf Mal allein in diesem Monat! Verdammt, Leute!«

Ein paar atmeten auf. Das waren die Leichtmatrosen in unserer Truppe, die stets hinter den Quoten zurückblieben, weil sie zu langsam waren. Schleicher! Memmen! Euch betraf das natürlich nicht. Aber mich. Grob geschätzt, war ich für vier dieser fünf Verstöße persönlich verantwortlich. An einen konnte ich mich sogar noch erinnern, bergab in der Römerstraße … egal.

»Fünf Mal«, donnerte es von vorne. »Das ist so was von scheiße!«

Ich schaute zur Decke. Ist ja gut! Bring's hinter dich, Alter, kotz dich aus und dann lass uns gehen. Ich werde mir einen Tempomat einbauen lassen.

»Und wisst ihr, was so scheiße ist?«, schrie der Schleifer. »Dass es nur fünf Mal waren. Nächsten Monat will ich zehn Mal sehen. Zehn Mal, verstanden? Mindestens!«

Wieder Stille. Aber dann brach der Jubel los. Während die Leichtmatrosen vor Scham verdampften, schrien und pfiffen wir anderen, was die Lunge hergab. Na also, hier wurde man noch ernst genommen! Wir waren ein Team! Zu schnell für den Rest der Welt. Klar kriegst du deine

Zehn! Der Schleifer war einfach ein Pfundskerl. Der beste Chef, den man haben konnte.

Zufrieden radelte ich nach Hause.

6

Als ich beim Haus von Antonia Kumpe eintraf, stand ihr Sohn schon rauchend vor der Tür. Ohne Verkleidung diesmal: statt Hemd und Krawatte ein ausgebleichtes Drachenshirt zur unvermeidlichen Lederjacke. Das passte doch schon viel besser, zumal neben den Runen noch weitere Mittelalterschnörkel rund um seinen Hals sichtbar wurden. Der Regen hatte etwas nachgelassen, ungemütlich war es trotzdem.

In Ermangelung eines Fahrradständers schloss ich mein Rad an einen Laternenpfahl. Frau Kumpe wohnte in der südwestlichsten Ecke der Stadt, zwischen Messplatz und Großsporthalle, in einer Gegend, die noch nicht so recht wusste, ob sie für Heidelbergs schäbige Vergangenheit oder seine hippe Zukunft stand. Da gab es halbsanierte Baracken und ehemalige Kasernen, protzige Firmenschilder auf Englisch und einen zugewucherten Spielplatz, aus einer Brachfläche wuchs ein Neubau wie ein riesiger Pilz empor. Auf drei Seiten war das Viertel von Ausfallstraßen und einem Gewerbegebiet eingerahmt, nur in Richtung Kirchheim lockte ein wenig Grün.

»Krasses Rad«, sagte Kumpe und schnippte die Kippe in die Büsche. Er wirkte nervös.

»Nicht halb so krass wie sein Fahrer«, lag mir auf der Zunge, doch ich behielt es für mich. Tatsächlich hatte mich mein Job schon öfter in diese Gegend geführt. Die

Typen, die hier in ihren Labs und Coworking Spaces residierten, hatten einen enormen Bedarf an Fast Food, vor allem abends, wenn die Work-Life-Balance mal wieder aus den Fugen geriet. Nur die Straße, in der Antonia Kumpe lebte, war Neuland für mich. Andere Klientel vermutlich. Kleinbürgertum mit bescheidenem Einkommen; Leute, die lieber selbst kochten.

»Ich hab noch was vergessen«, sagte der Fusselbart. »Meine Mutter … Sie wollten doch mit ihr sprechen.«

»Ja?«

»So einfach geht das nicht.«

»Wie, das geht nicht? Ich bin extra hergekommen, um …«

»Nein, es geht schon«, unterbrach er mich hastig, »aber nicht so, wie Sie denken. Meine Mutter kann nicht sprechen. Sie ist stumm.«

»Ach so.«

»Ja, schon immer.«

»Und wie … wie unterhalten wir uns dann?«

»Ich kann übersetzen.« Er wedelte mit den Händen. »Gebärdensprache. Außerdem hat sie ein Handy, da tippt sie das Wichtigste ein.«

»Okay.« Die Täterin war also nicht nur alt, sondern auch noch stumm. Normal war an diesem Fall wirklich nichts.

Ein lang gestreckter, zweigeschossiger Riegel, die kurze Seite zur Straße hin. Neben der Haustür acht Klingelschilder. Kumpe drückte eins der untersten, ein Summen ertönte, wir traten ein. Ein paar Treppenstufen führten nach oben, und da stand sie schon in der offenen Wohnungstür: Sebastians Mutter. Die Mörderin Grevens. Auf den ersten Blick schien das eine so unwahrscheinlich wie das andere. Antonia Kumpe war eine kleine, zierliche Frau, die etwas ausstrahlte, worum sich ihr Sohn wohl sein ganzes Leben vergeblich bemühen würde: Gepflegtheit. Da floss und fusselte nichts, ihre Kleider waren altmodisch, aber picobello, ihre Frisur saß, um den Hals trug sie eine Perlenkette, und wenn sich unter ihren Nägeln auch nur ein Nanogramm Dreck befand, wollte ich einen Besen fressen. Zur Begrüßung schenkte sie uns ein Lächeln – das hatte ihr Sohn in meiner Gegenwart nicht ein einziges Mal geschafft. Höchstens am Telefon, als er besoffen war.

Und diese Person sollte einen Menschen aus dem fünften Stock in die Tiefe befördert haben?

»Mama, das ist Herr Koller«, sagte Kumpe ohne Begrüßung. »Er wird uns ein bisschen helfen.«

Wir gaben uns die Hand, die alte Frau und ich. Ob sie mich ebenso wiedererkannte wie ich sie? Unwahrscheinlich. Sie hatte ja nur kurz über die Brüstung gelugt, und außer mir hatten da unten noch einige andere Personen gestanden. Genau genommen erkannte ich sie auch gar nicht, nur ihre weißen Haare, die in der Dunkelheit geleuchtet hatten.

Antonia Kumpes Wohnung war genauso gepflegt wie sie selbst, vielleicht auch genauso klein, aber um das zu beurteilen, hätte ich mehr als das Wohnzimmer zu Gesicht bekommen müssen. Der Raum war spärlich möbliert; ich registrierte einen Flachbildschirm, eine Anrichte mit Fotos und Nippes. Um ein Tischchen standen zwei Sessel, eine dritte Sitzgelegenheit gab es nicht.

»Sie kriegt selten Gäste«, erklärte Kumpe. Seine Mutter nickte entschuldigend. Dann machte sie mit beiden Händen eine Mahlbewegung und schaute uns erwartungsvoll an.

»Sie fragt, ob Sie einen Kaffee wollen.«

»Gern.«

Während Frau Kumpe in der Küche verschwand, nahm Sebastian neben mir Platz und flüsterte mir zu: »Ich verstehe nicht, dass sie so ruhig sein kann. Kapiert sie nicht, in welcher Situation sie sich befindet, oder was?«

»Keine Ahnung. Sie sind Ihr Sohn.«

Er schüttelte unwillig den Kopf. Dann stand er wieder auf und begann, sich mit seinem Handy zu beschäftigen.

In der Küchentür erschien seine Mutter. Mit Achselzucken und betretener Miene machte sie eine Bewegung, als würde sie etwas ausleeren. Das verstand sogar ich.

»Kein Problem«, sagte ich. Dass der Kaffee mal ausging, kam in den besten Familien vor. Stimmt's, Christine? Und diese Frau war ja gerade erst aus der Untersuchungshaft entlassen worden.

Trotzdem war es ihr peinlich, man sah es ihr an. Mit verlegenem Lächeln setzte sie sich zu mir. Auf dem Tisch standen zwei Rosen in einem Porzellankännchen.

»Geht auch ohne Kaffee«, beruhigte ich.

Sie nickte mir dankbar zu.

Kumpe steckte das Handy weg und stellte sich zu uns an den Tisch. »Also, Mama«, begann er, »Herr Koller ist Detektiv. Du weißt, was das ist. Ein privater Ermittler. Er wird … ich habe ihn gebeten, dass er dir hilft. Dass er uns hilft, uns allen.«

Seine Mutter strahlte mich an.

»Ich dachte, vielleicht kann er herausfinden, was vorgestern Abend in der Bahnstadt passiert ist. Er ist Profi, er hat das wirklich drauf.«

Das Strahlen verging. Irritierter Blick.

»Weißt du«, Kumpe kratzte sich an der Backe, »wir fragen uns, was da wirklich passiert ist. Nicht das, was du der Polizei erzählt hast.«

Sie zog die Brauen zusammen und runzelte die Stirn. Gleichzeitig legte sie beide Hände übereinander. Alles an ihr drückte Abwehr aus.

»Sehen Sie«, klinkte ich mich ein, »wir beide, Ihr Sohn und ich, kennen den Ablauf der Ereignisse nur aus zweiter Hand. Vielleicht erzählen Sie uns noch einmal mit Ihren eigenen Worten, wie es war. Damit wir uns selbst ein Bild machen können.«

Na, das war ja großartig formuliert, Max Koller! Eine Stumme zu bitten, etwas in eigenen Worten zu schildern. Am besten noch laut und deutlich!

Frau Kumpe hob die Schultern, schüttelte den Kopf und wies in die Ferne, während sie die Lippen bewegte – Mimik und Gebärden gingen ineinander über.

»Sicher, Sie haben es schon zu Protokoll gegeben. Aber wir beide würden es eben auch gern hören.«

Sie starrte mich an. Dann blickte sie hilfesuchend zu ihrem Sohn hinüber und machte Gesten, die ich nicht kapierte.

»Es ist ihr unangenehm«, übersetzte er. »Vor einem Fremden wie Ihnen.«

»Das verstehe ich.« Geschmeidigkeit, dein Name ist Koller! »Ich verstehe vollkommen, wie schwer das für Sie sein muss. Andererseits wissen wir ja, was Sie ausgesagt haben. Dass Greven Sie sexuell belästigt hat. Der größte Brocken sollte damit beseitigt sein.«

»Deinem Sohn wirst du es doch wohl erzählen«, mischte sich Sebastian ein. Eher nicht so geschmeidig, fand ich.

Sohn oder Fremder, Frau Kumpe zierte sich. Mal formulierte die rechte Hand einen Einwand, mal die linke. Dabei zuckten ihre Mundwinkel, formten ihre Lippen Wörter, die niemand hörte. Ihr Sohn wischte alles ärgerlich zur Seite.

»Mich persönlich«, versuchte ich es noch einmal, »interessiert nicht so sehr, was geschehen ist, sondern was Sie der Polizei zu Protokoll gegeben haben. Nur dann kann ich Ihnen helfen.«

Das war zwar ein ziemlich durchschaubarer Trick, aber immerhin, er funktionierte. Sie seufzte auf und ergab sich in ihr Schicksal.

Und damit kam es zum seltsamsten Verhör, das ich jemals geführt hatte. Verhör ist natürlich das falsche Wort, aber genau so kam ich mir vor: wie ein Polizist, der eine Tatverdächtige verhört. Auch wenn es nichts zu hören gab. Ich stellte meine Fragen und erhielt eine Mischung aus Gesten, Blicken und Handlungen als Antwort, von denen ich zu meinem eigenen Erstaunen das meiste verstand. Bei allem anderen musste Sebastian Kumpe übersetzen. Wenn gar nichts mehr half, griff seine Mutter zu einem Uralthandy mit Tastatur, tippte umständlich etwas ein und hielt mir das Display unter die Nase. All das kostete natürlich Zeit, und wie präzise unser Dialog letztlich war, sei dahingestellt. Aber gerade dadurch entstand etwas zwischen uns: Weil Unsicherheit die Basis unseres Gesprächs war, mussten wir uns gegenseitig Vertrauen entgegenbringen. Anders kann ich mir die Sympathie nicht erklären, die ich für diese alte Frau empfand, je länger unsere einseitige Unterhaltung dauerte.

Eine interessante Neuigkeit erfuhr ich gleich zu Beginn: Antonia Kumpe und Nicolas Greven kannten sich schon seit Ewigkeiten. Er war hier in der Nachbarschaft aufgewachsen, und sie hatte ihn mehr als einmal unter die Fittiche genommen, wenn seine Mutter im Schnapskoma lag. Jetzt putzte sie für ihn, vorzugsweise abends, um niemanden bei der Arbeit zu stören. So war es schon am alten Standort in Wieblingen gewesen. Vorgestern hatte sie von Greven den Auftrag erhalten, die neuen Räume auf Vordermann zu bringen.

»Warum am Samstag?«, warf ich ein.

An dieser Stelle kam das Tastaturhandy erstmals zum Einsatz. Ich sah ihr zu, wie sie mit einem Daumen das Wort »Pressekonferenz« tippte.

»War Greven allein in den Räumen?«

Sie nickte.

»Und was passierte dann?«

Es dauerte eine ganze Weile, bis Antonia Kumpe antwortete. Sie schaute auf ihre Hände, die wie fremde Gegenstände in ihrem Schoß lagen. Dann gab sie sich einen Ruck. Wir erfuhren, dass Greven ungewöhnlich hektisch war, nervös, schlecht gelaunt. Und dass er getrunken hatte.

»Wein?«

Das wusste sie nicht. Sie zeigte aber an, dass sie seinen Atem gerochen hatte.

»Und dann?«

Jetzt begann es wieder, das wilde Zucken um ihre Mundwinkel. Ihr Blick flackerte, die Hände vollführten ziellose Bewegungen. Ich sah zu Sebastian hinüber.

»Was hat er getan?«, fragte er stirnrunzelnd. »Was genau?«

Tja, was genau? Ich erkannte Gesten des Zupackens, der Gewalt. Aber nur kurz, dann ließ die Frau die Schultern hängen und schüttelte den Kopf. Ihr Sohn schnaufte.

»Greven hat Sie bedrängt?«, versuchte ich es.

Sie nickte.

»Und Sie haben sich gewehrt?«

Wieder Nicken, gefolgt vom Gefuchtel der Hände.

»Das tut mir sehr leid, Frau Kumpe«, sagte ich. »Wir müssen auch keine Einzelheiten wissen. Vielleicht erzählen Sie noch, wie es ausging.«

Jetzt seufzte sie wieder. Sie nahm sich Zeit, ließ ihre Hände nach Formulierungen suchen und berichtete schließlich.

»Sie hat sich auf die Terrasse verzogen«, übersetzte ihr Sohn. »Greven kam hinterher. Dort hat er ihr … Sachen gesagt. Was für Sachen, Mama?«

Ihr Blick wurde eng und kalt. Sie machte eine verächtliche Bewegung mit der Hand und ballte sie anschließend zur Faust.

»Böse Sachen. Sehr böse. Dann hat er sich umgedreht … er hat ihr den Rücken zugedreht. Und sie hat ihn«, Kumpe holte Luft, »sie hat ihn gestoßen. In die Tiefe.«

Stille. Die alte Frau fixierte die beiden Rosen auf dem Tisch.

»Darf ich fragen, wie genau Sie ihn gestoßen haben?«, sagte ich. »Einfach so, mit bloßen Händen?«

Sie hob den Kopf und schaute mich an. Dann griff sie beidhändig nach einem imaginären Gegenstand, einem Stock möglicherweise, drehte ihn ein paar Mal um die eigene Achse und stieß zu. Ich suchte Blickkontakt mit ihrem Sohn, aber der war ebenso ratlos wie ich.

»War das ein Stock?«, fragte ich. »Ein … Feuerhaken? Irgendeine Waffe?«

Kein Treffer. Das Handy musste her. Sie tippte ein einziges Wort ein.

»Wischmopp«, las ich laut. Kumpe ließ ein pfeifendes Geräusch hören.

Wischmopp also. Ich versuchte, mir die Szene vorzustellen: wie Antonia Kumpe, diese zierliche Person, dem Schnösel von Greven ihr Arbeitsgerät vor die Brust gerammt und ihn damit über die Brüstung befördert hatte. Um das zu bewerkstelligen, musste man kein Kraftprotz sein. Ein kurzer Moment zielgerichteter Wut reichte.

»Es war also eine Art Reflex?«

Sie zuckte mit den Achseln.

»Notwehr?«

Die gleiche Reaktion. Ihr Sohn wollte sich einmischen, doch ich schüttelte den Kopf.

»Warten Sie, Herr Kumpe, ich habe noch ein paar Fragen an Ihre Mutter. Wie war das, als Sie ankamen? War Greven wirklich allein im fünften Stock?«

Nicken.

»Und später kam auch keiner?«

Kopfschütteln.

»Das heißt, es gibt niemanden, der das alles bezeugen kann? Die Übergriffe und Ihre Reaktion darauf?«

Kopfschütteln.

»Sind die Räume denn nicht von Kameras überwacht?«

Kopfschütteln zum Dritten; als Ergänzung wies ihr Zeigefinger in eine ungefähre Zukunft. Nun, dass das Haus ganz neu war, manches also noch nicht eingebaut, konnte ich bestätigen. Ein paar Wochen später wären sämtliche Vorgänge im fünften Stock wahrscheinlich gefilmt worden. Und dann hätten die Aufnahmen auch einen völlig durchnässten Lieferanten gezeigt, der vor der Tür von Bio-Future stand und Nicolas Greven mal eben in Gedanken zermalmte. Ja, für einen kurzen Moment fanden sich in meinem Blick vermutlich mehr Mordmotive als in sämtlichen Gesten und Handlungen der gepflegten Antonia Kumpe.

Und deshalb musste ich jetzt einen Vorstoß wagen.

»Frau Kumpe … verstehen Sie mich nicht falsch, aber könnte es nicht sein, dass sich die Dinge doch ein wenig anders abgespielt haben?«

Ihr Blick wurde wachsam. Wie sie da in ihrem Sessel saß, schien sie mir plötzlich noch kleiner als vorher.

»Sehen Sie, es fällt mir schwer, Sie für eine Mörderin zu halten, auch wenn es Notwehr gewesen sein sollte. War Grevens Tod vielleicht ein Unfall, für den Sie sich verantwortlich fühlen? Für den Sie die Schuld auf sich nehmen wollen?«

Kopfschütteln.

»Oder war doch noch eine andere Person anwesend?«

Jetzt kamen beide Hände zum Einsatz. Der ganze Körper von Antonia Kumpe schleuderte mir ein Nein entgegen, so laut und vernehmlich, dass ihr Sohn die Fassung verlor.

»Mensch, Mama, erzähl keinen Mist!«, rief er erregt und baute sich vor ihr auf. »Das glaubt doch kein Mensch, dass dir dieser Greven an die Wäsche gegangen ist! Warum erfindest du das?«

Seine Mutter starrte ihn mit großen Augen an.

»Du bist über 70! So ausgehungert kann ein Typ überhaupt nicht sein, dass ihm da die Gäule durchgehen!«

Sie presste die Lippen zusammen und schwieg. Kumpe ließ ein paar Flüche vom Stapel, aber das brachte natürlich nichts. Ich wartete, bis er sich einigermaßen beruhigt hatte, dann sagte ich: »Lassen wir das mal beiseite. Was uns beiden schwer fällt, Ihrem Sohn genau wie mir, ist die Tatsache, dass wir Ihnen eine so kaltblütige Handlung zutrauen sollen.« Ich lächelte die alte Dame an. »Sie sind doch keine Mörderin!«

Sie erwiderte meinen Blick, aber nicht mein Lächeln. Dann nickte sie langsam. Ihre Lippen formten ein unhörbares »Doch!«.

»Seien Sie mir nicht böse, Frau Kumpe, aber ich kann mir das nicht vorstellen.«

Noch ein paar Sekunden hielt sie meinem Blick stand. Eine nette, alte Dame, aus der man einfach nicht schlau wurde. Für ihre folgenden Gesten brauchte ich wieder eine Übersetzung.

»Sie sagt, man kann in die Menschen nicht hineinsehen.« Kumpe stampfte mit dem Fuß auf. »Mama, wenn du nicht die Wahrheit sagst, kommst du ins Gefängnis!«

Auch er wurde mit einem langen ernsten Blick bedacht. Dann griff sie zum Handy und schrieb einen ganzen Satz: »Da gehöre ich hin.«

»Gehörst du nicht!«

Sie schüttelte den Kopf, wie es mein Lateinlehrer tat, wenn ich das mit dem AcI auch nach der dritten Erklärung nicht verstanden hatte, und nahm sich das Handy noch einmal vor.

»ICH habe ihn umgebracht«, stand da. Das Subjekt des Satzes in Großbuchstaben.

7

»Ich kapier's nicht!«, wütete der Sohn. »Ich kapiere es einfach nicht! Warum erzählt die so einen Scheiß?« Klar, jetzt musste eine Kippe her. Mit der zwischen den Fingern ließ sich wunderbar durch die Luft fuchteln. »Was ist in die gefahren? Macht sie jetzt einen auf heißen Feger, für den sich die jungen Kerls interessieren? Erklären Sie's mir!«

Ich sah ihm zu, wie er über den Bürgersteig stapfte, hin und zurück, ein schwerfälliger Mann, dampfend und rauchend wie der Drache auf seinem Shirt.

»Die kommt in den Knast, wenn sie nicht Vernunft annimmt«, fuhr Kumpe fort und sog heftig an der Zigarette. »Meine Mutter hinter Gittern, das muss man sich mal vorstellen!« Dann blieb er stehen und starrte mich an. »Was ist los? Warum sagen Sie nichts?«

»Vielleicht, weil ich erst nachdenke, bevor ich spreche.«

»Ah, danke. Vielen Dank, Herr Nachdenker! Und, sind Sie jetzt fertig damit? Was gibt es zu vermelden?«

Ich blieb ganz ruhig. Nur nicht provozieren lassen! Ein bisschen konnte ich seine Erregung ja sogar nachvollziehen. »Eine Erklärung wäre, dass Ihre Mutter die Wahrheit sagt.«

»Quatsch! Sie haben sie doch gesehen!«

»Ihr Chef wird übergriffig, sie nutzt eine Situation aus, in der er ihr ausgeliefert ist, und sie steht zu ihrer Tat. Fertig.«

»Das glauben Sie doch selbst nicht!«, fauchte er.

Ich grinste. »Stimmt.«

»Sondern?«

»Schwer zu sagen. Ich glaube es tatsächlich nicht. Ich weiß aber auch nicht, was ich glauben soll.«

Kumpe schwieg.

»Ohne Ihre Mutter näher zu kennen: Ich halte sie für eine verdammt ehrliche Haut. Die kommt aus einer Generation, wo Ehrlichkeit noch echt was wert war. Jedenfalls macht sie auf mich diesen Eindruck. Gleichzeitig bin ich der Überzeugung, dass sie die Unwahrheit sagt. Und zwar aus einem ganz bestimmten Grund.«

Ein letzter Zug, dann ließ der Fusselbart die Kippe fallen und zerdrückte sie mit der Fußspitze. »Welchem?«

»Was ich Ihnen noch nicht gesagt habe: Ich bin Greven persönlich begegnet. Am Abend seines Todes, reiner Zufall. Ich habe ihm Pizza gebracht.«

»Was?« Kumpe starrte mich an wie einen Schneemann im Sommer. »Sie waren dort? Bei ihm? Das ist jetzt ein Witz, oder?«

»Kein Witz.«

»Aber warum haben Sie das nicht …?« Er griff sich mit beiden Händen an den Kopf. »Gestern, als ich bei Ihnen war, kriegen Sie den Mund nicht auf. Drinnen bei meiner Mutter sagen Sie auch nix. Was soll der Scheiß?«

»Ich sage es Ihnen ja jetzt. Alles zu seiner Zeit.«

»Ja und? Was heißt das? Haben Sie meine Mutter gesehen? Haben Sie irgendwas mitgekriegt?« In seinen Augen flackerte Hoffnung auf.

»Nein, ich habe nur ein paar Worte mit Greven an der Tür gewechselt. Schätzungsweise ein, zwei Stunden vor seinem Tod. Keine Ahnung, ob Ihre Mutter da schon in den Räumen war.«

»Mist!«

»Was ich allerdings sagen kann: Ich habe zwei Pizzen ausgeliefert. Greven hatte Besuch. Oder er erwartete jemanden.«

Kumpe starrte mich an. »Aber meine Mutter ...« Er brachte den Satz nicht zu Ende. Man konnte regelrecht sehen, wie seine Gedanken Karussell fuhren. Auf höchster Stufe!

»Sie behauptet, mit Greven allein gewesen zu sein. Gut möglich, dass das der Wahrheit entspricht. Vielleicht kam der Besuch ja gar nicht. Vielleicht ist Greven ein Vielfraß, und die zwei Pizzen waren für ihn. Alles denkbar. Trotzdem habe ich das Gefühl, dass Ihre Mutter uns nicht die ganze Geschichte erzählt hat.«

Kumpe nickte langsam. Dann drehte er sich zur Seite, um »Fuck!« zu brüllen und sich die Haare zu raufen. Und zwar beides nicht nur einmal; es tat ihm offenbar gut. Ich ließ ihn brüllen und nutzte die Gelegenheit, mein Fahrrad aufzuschließen. Als ich damit fertig war, stand er schnaufend neben mir.

»Die lügt. Meine eigene Mutter lügt mich an! Das lasse ich mir nicht bieten. Kommen Sie, wir gehen rein und erzählen ihr das mit der Pizza.«

»Warum?«

»Wie, warum? Damit sie die Wahrheit sagt, deswegen!«

»Vergessen Sie's.«

Er schnappte nach Luft.

»Überlegen Sie doch mal«, sagte ich. »Glauben Sie ernsthaft, Sie bekommen eine andere Antwort? Ihre Mutter hat sich aus unbekannten Gründen für ihre Version entschieden, und bei der wird sie bleiben. Mit Pizza oder ohne.«

»Das werden wir ja sehen«, rief er. »Wenn Sie nicht mitkommen, mache ich's alleine!«

»Viel Erfolg.«

»Und Sie warten hier! Damit ich es Ihnen gleich …« Er brach ab. In meinem Gesicht stand wohl überdeutlich geschrieben, was ich von seinem Ton hielt. Lesbar sogar für ihn! »Sorry«, meinte er in halber Lautstärke, »es wäre schön, wenn Sie so lange auf mich warten würden.«

Ich zeigte auf den Spielplatz schräg gegenüber. »Ich setze mich dort auf die Bank.«

Kumpe nickte, stapfte zum Haus und läutete. Ich schob mein Rad über die Straße, lehnte es an die Spielplatzumzäunung und ließ mich auf der Bank nieder, nachdem ich sie halbwegs trocken gewischt hatte. Hoffentlich begann es jetzt nicht zu regnen. Die Wolken über mir sahen aus, als hätten sie große Lust, im nächsten Moment zu zerplatzen. Es waren auch gar keine Wolken, sondern prall mit Wasser gefüllte Riesenluftballons in der Trendfarbe Grau.

»Ich warne euch«, sagte ich zu den Luftballons. Noch kuschten sie.

Okay, dann würde ich also hier auf den Berserker spielenden Fusselbart warten. Wetten, dass er an dem zierlichen Persönchen, das ihn auf die Welt gebracht hatte, zerschellen würde wie eine Glasfigur? Antonia Kumpe hatte ihrem Sohn 30 Lebensjahre voraus, und sie hatte Rückgrat. So ein lächerliches Pizza-Argument wischte sie doch mit links vom Tisch.

Aber was war nun wirklich passiert in den Räumen von BioFuture? Angenommen, ich hatte recht mit meinem Bauchgefühl, und die Frau sagte tatsächlich nicht die Wahrheit. Vielleicht stimmten ja wenigstens Teile ihrer Version. Zum Beispiel der Anfang: Greven wird übergriffig, er belästigt und bedroht sie. Kurz danach stürzt er besoffen von der Terrasse. Ein Unfall, für den sie nichts kann; trotzdem fühlt sie sich schuldig, weil sie ihm insgeheim den Tod gewünscht hat. Oder die zweite Hälfte ihrer Geschichte war korrekt: Sie stößt ihn über die Brüstung, aber nicht wegen versuchter Vergewaltigung, sondern wegen … keine Ahnung. Doch: weil ihr Sebastian ein krummes Ding gedreht hat und Greven ihn anzeigen will. Es war Mord, aber durch die angebliche Vergewaltigung kommt sie mit Notwehr davon. Außerdem würde es zu ihr passen, dass sie sich schützend vor ihren missratenen Sohn stellt und sogar Haft in Kauf nimmt. Wie hatte es der Fusselbart formuliert? Ich brauche meine Mutter mehr als sie mich …

Na ja. So richtig überzeugend war das alles nicht. Vielleicht musste ich von einem komplett anderen Ablauf ausgehen. Stichwort Pizza: Das roch doch – genau, die Pizza roch – nach einer dritten Person, die an diesem Abend vor Ort war. Eine Geliebte, mit der Greven in Streit gerät. Oder ein Kumpel. Ein Konkurrent. Ein Ökofanatiker. Einer von denen stößt Greven in die Tiefe, Antonia Kumpe beobachtet die Tat und nimmt alle Schuld auf sich.

Aber warum?

Weil ihr die Geliebte leid tut. Greven hat ihr den Laufpass gegeben, wegen einer Jüngeren, und dass sie ihn deshalb über die Brüstung befördert, findet Antonia nur richtig. Solidarität unter Frauen! Schau, Mädel, du hast das Leben noch vor dir, und mich alte Schachtel werden sie schon nicht ins Gefängnis stecken.

Der Kumpel tut ihr ebenfalls leid. Der hat ihr doch damals immer die Einkäufe erledigt, als sie wegen der Meniskus-OP nicht aus dem Haus konnte, aber der böse

Greven hat ihn ständig gemobbt. Und ihm jetzt auch noch die Freundin ausgespannt. Irgendwann reicht's – also runter mit dem Kerl! Junger Mann, ich hab das mit den Einkäufen nicht vergessen. Endlich kann ich mich dafür revanchieren.

Und der Konkurrent? Dem Greven ein Patent geklaut hat, eine Geschäftsidee, einen neuen Therapieansatz? Mit Gesundheit spielt man nicht, findet Antonia Kumpe, weshalb sie innerlich applaudiert, als Grevens Füße hinter der Brüstung verschwinden. Ein großer Schritt für die Menschheit, den sie mit ihrem kleinen kriminellen Beitrag gern unterstützt.

Der Ökoterrorist fehlte noch, für den ich mir eben eine Vergangenheit Antonia Kumpes als radikale Umweltaktivistin zurechtschnitzte, aber da sah ich ihren Sohn aus dem Haus kommen und mit hochrotem Kopf auf mich zustürmen.

»Geld«, rief er schon von Weitem. »Das ist es! Sie wird bezahlt für diesen Scheiß.«

Ich wartete, bis er es zu mir geschafft hatte, und rückte auf der Bank ein Stück beiseite. Stöhnend ließ er sich neben mich plumpsen.

»Dieses verdammte Geld! Macht alles kaputt, alles.« Er verbarg das Gesicht in den Händen.

Als er wieder auftauchte, fragte ich: »Wie viel?«

»Wie viel was?«

»Na, wie viel sie bekommt. Welche Summe? Und von wem?«

»Hat sie nicht gesagt.« Er begann herumzufuchteln. »Sie hat auch nicht gesagt, dass sie … Im Grunde hat sie überhaupt nichts gesagt. Immer nur die ewige Leier, dass sie es war und dass sie dafür bestraft werden muss.«

»Aber?«

»Na, es liegt doch auf der Hand! Da war noch ein anderer bei Greven, und der hat ihn umgebracht. Und sie nimmt es auf sich. Für Geld natürlich, wofür denn sonst? Ihre Rente ist ein Witz, und das bisschen, was sie …« Er brach ab, setzte ein paar Mal vergeblich an, bis er es endlich raushatte. »Sie steckt mir immer was zu, mir und den Kindern. Wenn ich meine Mutter nicht hätte, wir wären … ach, scheiße wär das.« Er schüttelte den Kopf und starrte düster vor sich hin.

Geld also. Ich überlegte. So abwegig schien mir der Gedanke nicht, jedenfalls nicht abwegiger als meine eigenen Theorien. Für persönlich bestechlich hielt ich die Kumpe nicht. Alte Schule, wie gesagt, die brauchte keine Reichtümer. Aber wenn es darum ging, ihren Sohn vor dem Offenbarungseid zu bewahren, sah die Sache anders aus. Für ihn und die Enkelchen würde die alte Dame so manches Opfer bringen.

Bloß: Wie sollten wir das beweisen? Zugeben würde sie es nie und nimmer, Sebastian gegenüber schon mal gar nicht. Es blieb nur eine Möglichkeit: Ich musste die dritte Person finden. Den wahren Mörder.

»Könnten Sie sich vorstellen, wer ihr Geld gegeben hat?«, fragte ich. »Beziehungsweise: von wem sie Geld nehmen würde? Ein Bekannter vielleicht?«

»Kein Bekannter. Ein Auftragskiller, Mafia, so was in der Art. Jemand, der sie bedroht. Die ist ja vollkommen«, seine Hand wedelte vor dem Kopf herum, »vollkommen gehirngewaschen.«

Ich schwieg.

»Ist doch wahr! Angegrapscht von so einem jungen Arschloch … im Büro flachgelegt. Mit 70! Wie gaga muss man eigentlich sein, um sich so was auszudenken?«

»Ihre Mutter ist nicht gaga«, sagte ich kühl.

»Aber völlig von der Rolle, das ist sie schon! Weil ihr so ein Schweinehund von Mörder die Pistole gegen die Stirn gedrückt hat. Nach dem Motto, gleich fliegst du dem Greven hinterher, wenn du nicht das Maul hältst.«

»Haben Sie sie gefragt, ob es so war?«

»Ich weiß nicht, ob es so war. Ich versuche es mir ja nur vorzustellen. Warum meine Mutter so komisch ist und warum sie diesen Mist von sich gibt.« Er durchwühlte seine Jacke, offenbar auf der Suche nach Zigaretten, fand aber keine. Gleichzeitig spürte ich die ersten Tropfen fallen.

»Okay«, sagte ich. »Spekulieren können wir noch lange. Ich schlage etwas anderes vor. Vielleicht findet sich bei BioFuture ein Hinweis auf Grevens Besucher. Hat Ihre Mutter einen Schlüssel zu den Räumen?«

»Klar, sie putzte ja meistens außerhalb der Bürozeiten.«

»Dann besorgen Sie mir den bitte. Ich würde mich dort gern ein bisschen umsehen.«

8

Auf lange Sicht machte einen dieses Wetter völlig madig. Der Dauerregen zermürbte mich, bis ich irgendwann nicht mehr wusste, wo oben und unten war, vorne und hinten. Tagsüber herrschte fahle Trübheit, nachts sprühten helle Tropfen im Licht der Laternen. Die Summe blieb immer dieselbe. Alles verwässerte, man verlor die Orientierung.

Was das konkret hieß? Nun, es hieß, dass ich Antonia Kumpes Schlüsselkarte vor das Lesegerät neben der Eingangstür von BioFuture hielt und ihren Sohn flüstern hörte: »Aber morgen muss ich das Ding zurückbringen!« Es hieß, dass ich die modernen, geleckten Räumlichkeiten in der Bahnstadt betrat und sofort an das Loch denken musste, in dem Sebastian mit seiner Familie hauste. Dass sich der Geruch nach Desinfektionsmittel mit dem von Essen und Kinderpupsen vermischte, dass Stille und Dunkelheit in Geschrei und Geschimpfe kippten.

Alles zu seiner Zeit, das war meine Devise. Normalerweise. Auf Schritt 1 folgte Schritt 2, also ging es zuerst in den Emmertsgrund und danach in die Bahnstadt. Erst besorgte ich mir bei Sebastian Kumpe den Sesam öffne dich für Grevens Büro, sonst hätte ich mir später ja gar keinen Zutritt verschaffen können. Aber dieses verdammte Tief, das über der Stadt lag, diese ewige Sintflut brachte die zeitliche Logik durcheinander. Vorher und nachher flossen ineinander über, alles passierte gleichzeitig. Bahngrund und Emmertsstadt! Während ich durch den fünften Stock schlich, trat ich auf Popcorn, und während mir Kumpes Frau das Trommelfell massierte, schaute ich in provisorisch eingerichtete Labore.

Ich kann doch auch nichts für meine Wetterfühligkeit!

Okay, bleiben wir bei den Fakten. Auch wenn die Reihenfolge nicht ganz korrekt ist. Greven, genau. Dass der Mann gerade dabei gewesen war, sein Start-up in die Bahnstadt zu verlegen, sah man den Räumlichkeiten an. In manchen wurde schon gearbeitet, da stapelten sich die Mappen, standen nigelnagelneue Bildschirme, waren die Ordner feinsäuberlich in den Regalen aufgereiht. In anderen herrschte gähnende Leere. Umzugskartons warteten darauf, ausgepackt zu werden, ein Schreibtischstuhl ruhte noch in seiner Schutzhülle. Alles strahlte Dynamik aus, Zukunft, Fortschritt.

»Nimm deine scheiß Pillen!«, schrie Kumpes Frau eines ihrer Kinder an. »Oder willst du wieder ins Krankenhaus?« Wem die Botschaft galt, war nicht zu ermitteln. Vier ihrer Sprösslinge saßen um den Tisch herum, und wenn ich ehrlich bin, sah keiner von denen so richtig gesund aus. Aber gute Laune hatten sie, alle, prächtige sogar, da konnte ihre Mutter brüllen, so viel sie wollte. Da, eines der Mädchen packte seine Schwester wie ein Affenbaby am Kopf, und als ich schon dachte, sie würde ihr die Läuse wegknabbern, ging das Gepruste los. Was sie ihr zugeflüstert hatte? Bestimmt was Fieses über mich, den Besucher. Hatte ich nicht das Wort »Lauch« aufgeschnappt? Egal. Der eine Junge schnippte dem anderen unablässig mit dem Finger gegen die Backe, aber der war viel zu sehr in sein Ballerspiel vertieft, um es zu merken.

»Tisch decken!«, brüllte ihre Mutter.

War da was? Mama sprach Chinesisch. Mama lebte auf dem Planeten Kannmichmal.

Mir schlackerten die Ohren.

Bei den Kumpes hingen Plakate von Konzerten und Festivals an der Wand, die alle was mit Fantasy und Mittelalter zu tun hatten. Passend zu Sebastians Runeninschrift am Hals und vor allem zu den großflächigen Tätowierungen seiner Gattin. Bei der bilderstürmte es vom Ohrläppchen bis zum Knöchel: Feen und Wikinger, über dem Busen der Heilige Gral, dazwischen Ranken, Symbole, Herzchen. In der Bahnstadt wiederum begrüßten einen mannshohe Werbetafeln mit dem Schriftzug »BioFuture«, flankiert von Schlagworten wie »Health« und »Human« und »a better world«. Dazu glückliche Mamis, Papis und Kiddies, deren lächelnde Gesichter mich frösteln ließen, so retortenhaft wirkten sie. Das war der Moment, an dem ich mich fragte, ob es nicht doch Berührungspunkte zwischen den Kumpes und Grevens dieser Erde gab. Ob die Welten, von denen sie träumten, nur auf den ersten Blick so unterschiedlich waren. Mittelerde und Science Fiction, war das nicht die gleiche Soße? Der Gralsritter und der biooptimierte Mensch. Zauberschwert und Impfkanüle. Weltesche und Polymere.

Ich sage ja, das Wetter machte was mit einem!

»Der Sebi«, schrie die Kumpe-Gattin, das Gesicht nah an meinem Ohr, »der ist noch was besorgen. Kommt aber gleich. Wollen Sie mitessen?«

Daraus lernte ich zweierlei. Zum einen natürlich, dass der Sebi außer Haus war – hoffentlich nicht zu lange. Vor allem aber, welcher Umgangston bei den Kumpes herrschte. Während die Frau mich anschrie, verzog sie nämlich keine Miene. Ihr Gesichtsausdruck blieb wie vorher ganz unbeteiligt. Außerdem lud sie mich, einen Fremden, zum Essen ein. Die Lautstärke ihrer Äußerung hatte also nichts mit deren Inhalt zu tun, oder anders gesagt: Hier wurde immer geschrien, es war völlig normal und vielleicht sogar nötig, um sich gegen all die anderen Schreier durchzusetzen. Jetzt begriff ich auch, warum Sebastian Kumpe immer so heldentenörig knödelte. Power hatte er keine, also musste er mit seiner Klangschärfe eine Schneise in den Stimmenbrei schlagen.

»Danke, ich hab schon gegessen«, log ich.

Auch in den Räumen von BioFuture gab es eine Küche. So weit war die Wissenschaft also noch nicht, dass sich der Snack zwischendurch intravenös verabreichen ließ. Na gut, die Wissenschaft schon, nicht aber der Mensch, dieser konservative Sack. Selbst ein Nicolas Greven bestellte wie Generationen vor ihm eine schnöde Pizza und platzierte sie im Herd auf der mittleren Schiene.

»Quattro formaggi«, murmelte ich, vor dem Herd kniend.

Ja, da lag sie, wie eben vom Fachmann angeliefert. Nach zwei Tagen garantiert noch essbar. Niemand hatte in dieser Zeit aufgeräumt und Verderbliches beseitigt, weder Antonia Kumpe, die nun als Mörderin galt, noch die Polizei, für die der Fall eh geklärt war. Man hätte glatt reinbeißen können in die Pizza!

Aber – siehe oben – ich hatte ja schon gegessen.

»Tisch decken!«, schrie Antonias Schwiegertochter, und die Reaktion war exakt dieselbe wie beim ersten Mal. Gekicher, Geschnippe, Highscore knacken. Ah doch, das jüngere der beiden Mädchen schnappte sich eine Plastikflasche mit einer grellgelben Flüssigkeit und begann daran zu nuckeln. Ihre Mutter ließ eine Schimpfkanonade vom Stapel, dass die Wände wackelten, aber all das Schimpfen und Kanonieren hatte etwas sehr Routiniertes, außerdem fing sie währenddessen schon damit an, die Teller zu verteilen. Es war ein Heidenspektakel in der engen Küche, das noch gesteigert wurde, als die Kumpe ihre Jungs anbrüllte, sie sollten den Rest zu Tisch rufen, die zwei auch sofort hinausflitzten, gegen Türen bollerten und viel, viel lauter schrien, als es ihre Mutter jemals hinbekommen würde. Der herbeigerufene Rest bestand aus einer etwa Fünfjährigen mit verquollenen Augen und einem fast schon erwachsenen Mädchen mit Undercut, das mich so angewidert ansah, als sei ich ganz allein für den Zustand dieser beschissenen Welt verantwortlich.

Und was gab es im Hause Kumpe? Pizza natürlich! Irgendein XXL-Pack Margherita, von der Mamma mit Wiener Würstchen und Ketchup verfeinert.

Dann doch lieber Quattro formaggi.

Wenn Greven die gelieferte Zweitpizza, anstatt sie in der Verpackung zu lassen, in den Ofen geschoben hatte, hieß das ja wohl, dass sein Gast noch nicht eingetroffen war. Sobald das geschah, würde er den Herd einschalten und das Ding aufwärmen. Dazu war es aus den bekannten Gründen nicht mehr gekommen. Okay, es bestand immer noch die Möglichkeit, dass Greven beide Pizzen für sich selbst bestellt hatte und diese hier den zweiten Gang bilden sollte, aber sehr wahrscheinlich schien mir das nicht. Blieb die Frage, ob der oder die Unbekannte vorgestern Abend überhaupt in den Räumen gewesen war. Und falls ja: was ihn oder sie vom Verzehr der Pizza abgehalten hatte.

Als ich mich weiter in der Küche umschaute, entdeckte ich auch die Flasche Weißwein, die Greven bestellt hatte. Viel war nicht mehr drin. Der Kühlschrank enthielt Getränke wie Sojamilch, Cola und Bier, etwas Butter und Brotbelag, Joghurt und eine halbe Gurke. In der Spüle stand etwas Geschirr. Bis hierhin war Antonia Kumpe mit ihrer Arbeit also noch nicht gekommen, oder die Küche zählte nicht zu ihrem Einsatzgebiet.

»Alter, kuck ma, Digga!«, quietschte der ältere der beiden Kumpe-Knaben und hielt mir ein Handy mit zersplittertem Display vor die Nase. Der Jüngere feixte in Vorfreude. Hinter den Splittern posierte eine dralle Blondine, die sich mit der Zungenspitze über die Zähne fuhr.

»Hübsch«, sagte ich.

Im nächsten Augenblick hatte die Dame nichts mehr an. Nur die Zungenspitze war noch an derselben Stelle.

»Hört auf mit dem Scheiß!«, orkante es aus Richtung Mama, aber da krümmten sich die beiden schon vor Lachen auf ihren Stühlen. Und das Püppchen hatte längst wieder seine Sachen an.

Ob sich bei Greven etwas Ähnliches finden ließ? Blond oder brünett spielte keine große Rolle, auch die Kleidung war mir egal. Lediglich einen konkreten Hinweis auf eine solche Person wünschte ich mir. Die Küche gab nichts dergleichen her, also nahm ich mir Grevens Schreibtisch vor. Man erkannte ihn leicht am größten Aktenstapel, einem kleinen versilberten Boxhandschuh mit der Aufschrift »Jefe« und einem gerahmten Zeitungsartikel, der den noch jungen Greven beim Handshake mit einem längst pensionierten Bundespräsidenten zeigte. »Heidelberger bei Jugend forscht erfolgreich«, stand über dem Artikel. Weitere Fotos existierten nicht, weder von Greven selbst noch von seinen Eltern oder namenlosen Blondinen. Auf dem Tisch stand ein Laptop, den ich ohne große Hoffnung aufklappte und einschaltete. Natürlich passwortgesichert. Ich versuchte es mit »Nicolas« und »Jefe1234« und »BioFuture«, dann ließ ich es sein.

Als Sebastian Kumpe endlich auftauchte, war ich schweißgebadet. Das Dauergebrüll, das schwallartige Gelächter und dann die vielen Körpergerüche von Kleinkindmief bis Pubertätsstrenge – ich war das nicht gewohnt, und insgeheim bewunderte ich die Kumpes, wie sie das aushielten. Ohne Garten, in einer engen, niedrigen Wohnung, die zudem halb unter der Erde lag. Souterrain hieß das in der Maklersprache; Lebendsarg in meiner.

»Hier.« Der Fusselbart zog mich in eine Ecke und reichte mir die Schlüsselkarte. »Ich hab ihr das Ding geklaut«, flüsterte er. »Aber morgen brauche ich es wieder, die merkt das sonst.« In Wahrheit flüsterte er natürlich nicht, sondern knödelte mir seine Botschaft stracks ins Ohr. Bei all dem Lärm ringsum verstand ich ihn trotzdem kaum.

»Halb so schlimm, wenn sie es merkt«, entgegnete ich. »So schnell wird sie dort nicht mehr putzen.«

»Und wenn die Bullen nach der Karte fragen?«, rief er erregt.

»Was macht ihr da?«, plärrte eines der Mädchen. »Wer flüstert, lügt!«, ein anderes. »Ruhe, ihr Scheißgören!«, brüllte ihre Mutter.

»Die knutschen!«

»Alles klar«, sagte ich, »morgen bringe ich Ihnen das Ding zurück.«

Die Schlüsselkarte war ein Anfang, aber ich hätte noch weitere solcher Wunderdinge benötigt. In Grevens Schreibtisch war ein kleiner Safe eingelassen, der sich genauso wenig knacken ließ wie die USB-Sticks, die ich in einer Schublade fand. Ich hatte für solche Fälle extra einen kleinen Laptop mitgebracht, doch es half nichts, auch sie waren passwortgesichert. Nur einer nicht, der enthielt aber bloß ein paar Tabellen, Grafiken und Folien, die offenbar mit Grevens Forschung zu tun hatten und die ich nicht verstand. Auf Privates stieß ich nicht.

Jedenfalls vorerst nicht. Ich schnüffelte noch eine ganze Weile in den Räumen von BioFuture herum, durchwühlte Akten, schaltete Computer ein und wieder aus, lüpfte Schreibtischunterlagen und zog Schubladen auf – nichts. Jedenfalls nichts, was sich mit Grevens Tod, mit Antonia oder dem etwaigen Gast in Verbindung bringen ließ. Nicht einmal das Warten in der Küche der Kumpes hatte so lange gedauert, und da hatte sich schon jede Sekunde wie Kaugummi gezogen. Aber dann fand ich doch etwas. In Grevens Büro hingen nämlich ein paar Kleidungsstücke, und als ich mit einer Hand in die Taschen eines Sakkos fuhr, stieß ich auf ein Stück Papier. Es war der Einladungsflyer zu einer Abifeier, und auf der Rückseite stand in Mädchenschrift: »Kommst Du? Bitte!!!« Gezeichnet war das Ganze mit dem Namen Jana und einem Herz.

Quattro formaggi, dachte ich.

9

»Habe ich mich eigentlich mal bei dir bedankt, Christine?«

Meine Ex, die gerade in ihren Toast beißen wollte, klappte den Mund wieder zu und schaute mich fast geschockt an. »Wie bitte? Wofür?«

»Einfach so. Weil du so bist, wie du bist.«

Ich konnte förmlich hören, wie sämtliche ihrer Alarmanlagen schrillten. »Alles klar, Max? Schlecht geschlafen? Bist du krank?«

Ich schüttelte den Kopf. Und das bezog sich auf jede ihrer Fragen. Geschlafen hatte ich prima, körperlich ging es mir gut, aber dass alles in Butter war, ließ sich bezweifeln. Es regnete schon wieder! Herbst im Juni. Trübnis am Morgen. Und dann die Erlebnisse von gestern.

»Doch, ich glaube, es wird einmal Zeit.« Ich nahm ihre freie Hand, also die ohne Toast, in meine und sagte feierlich: »Danke, Christine.«

Sie sah mich an wie eine Erscheinung. Dann zog sie ihre Hand zurück, legte den Toast auf den Teller und fauchte: »Verarschen kann ich mich alleine!«

»Nein, nein, das verstehst du falsch. Vielleicht bin ich heute ein bisschen komisch drauf, aber ich meine es ehrlich.«

»Und die Erde ist eine Scheibe. Eine Toastscheibe!«

»Du bist anders als andere Leute. Und das ist gut so. Da habe ich verdammt Glück gehabt.«

»Anders?« Sie schaute argwöhnisch. »Wie anders?«

»Gerade eben, als du dir den Kaffee eingeschenkt hast. Den Toast geschmiert und all das. Weißt du, was du da gemacht hast?«

»Äh … nee.«

»Nichts.«

Sie machte große Augen.

»Genau: nichts. Du hast geschwiegen.« Ich lehnte mich zurück. »Ey, Christine, das war so wohltuend. Das hat mir so gut getan. Einfach dasitzen und die Stille genießen. Am Frühstückstisch. Geil.«

Jetzt schwieg sie erst recht. Aber es war ein lautes Schweigen. Ihre Gedanken rumpelten, Fragen knirschten, Misstrauen grollte.

»Wirklich«, sagte ich. »Ich weiß das zu schätzen.«

Abrupt stand sie auf. »Ich glaube, ich muss los.«

»Aber es stimmt. Moment, nicht gehen! Vielleicht habe ich mich falsch ausgedrückt. Mir ist gestern klar geworden, dass es ein echtes Plus sein kann, wenn man mal das Maul hält. Der Wert von Stille!«

»Du meinst, dir ist es am liebsten, wenn deine Partnerin am Frühstückstisch dich nicht mit Lappalien belästigt oder mit ihren Problemchen langweilt. Hauptsache, die Alte hält das Maul. Meinst du das?«

»Ganz im Gegenteil. Die Stille, Christine, darum geht es mir. Das Glück des Schweigens.«

»Max, dir hat es wirklich …«

»Überleg doch mal«, unterbrach ich sie. »Stell dir vor, wir würden uns den ganzen Tag anschreien. Nicht unbedingt im Streit, sondern aus purer Gewohnheit. Keifen, brüllen, plärren, Hauptsache, laut und ohne Pause. So ein Dauerfeuer; Inhalt egal, aber ständig Attacke. Stell dir das mal vor!«

»Kann ich nicht. Du und Dauerfeuer?«

»Warum nicht?«, erwiderte ich und hob zum Beweis die Stimme. »Müsste mir es nur vornehmen. Alles, was gerade hinter der Schädeldecke vorbeirauscht, in Worte packen und sofort raus damit. Bäm, bäm, bäm, ich laber dich zu, immer voll auf die Neun, ohne Rücksicht auf Verluste. Kurz Luft schnappen, weiter geht's! Und du würdest mit gleicher Münze zurückzahlen, so richtig keifendes Marktweib, den ganzen Tag lang, sobald wir uns sehen.« Die letzten Sätze hatte ich tatsächlich, ohne Atem zu holen, vom Stapel gelassen. »Christine, stell dir das mal vor!«

»Na ja«, sagte sie, und wenn mich nicht alles täuschte, spielte ein leichtes Lächeln um ihre Lippen. »Keifendes Marktweib würde ich schon mal gern geben.«

»Aber doch nicht 24/7! Und wenn dann noch Kinder mitmischen, Rambazamba, Trommelfeuer von allen Seiten, gleichzeitig und durcheinander ... Wirklich, ich hab das eben so genossen, dass es bei uns anders ist.«

Kein Lächeln mehr. »Welche Kinder?«

Ups, schlechtes Thema. »Ich meine ja nur. So unter dem Lärmaspekt.«

»Kinder machen also Lärm, deiner Meinung nach. Würdest du dich bei denen auch bedanken, wenn sie ausnahmsweise mal still sind?«

»Das war bloß ein Beispiel. Weißt du, ich habe gestern eine Familie erlebt, die war das totale Kontrastprogramm zu uns. Danach war ich so gerädert, als wäre ich drei Mal auf den Königstuhl gefahren.«

»Eine Familie mit Kindern«, sagte Christine finster.

»Ziemlich vielen sogar.«

»Muss ja die Hölle für dich gewesen sein.«

»Aber doch nicht deswegen. Wegen der Dauerbeschallung, dem Durcheinander, dem …« Ich brach ab. Jetzt, wo das Stichwort Kinder gefallen war, machte es eh keinen Sinn weiterzureden. Christine hatte ihren unverwechselbaren Tunnelblick drauf, wie immer bei diesem Thema. Irgendwie hatte ich mich verrannt. Und wer war schuld? Das Wetter natürlich! In meinem weichgespülten Zustand, mit Schwimmhäuten zwischen den Zehen, meinte ich, mich bei meiner Ex-Gattin bedanken zu müssen. Das konnte ja nur schiefgehen! Sollte ich ihr zur Versöhnung anbieten, mir ein paar Runen rund um den Hals stechen zu lassen? Zu spät. Christine stopfte sich den Toast in den Mund, spülte mit Kaffee nach und murmelte ein kaum verständliches »Arbeit«.

Weg war sie.

»Danke, Christine«, sagte ich und schaute ihr hinterher.

Ja, so waren sie, die Tage eines Privatermittlers, der an allen, wirklich allen Fronten zu kämpfen hat, an der Verbrechens-, der Pizza- und der Beziehungsfront. Wo am schärfsten geschossen wurde? Sucht euch was aus.

Und schon kam der nächste Stellungsbefehl. Mein Handy rief zum Rapport.

»Kann nicht, stehe total unter Beschuss«, meldete ich mich.

»Sehr witzig«, knurrte ein hörbar genervter Marc Covet am anderen Ende. Um diese Uhrzeit – seiner kreativen Schlafphase, wie er es nennt – klingt Marc immer genervt. Vorausgesetzt, er ist wach. Und um genervt zu sein, muss man ja wach sein, oder?

»Du mich auch«, sagte ich.

»Nun geh du mir nicht auch noch auf den Sack!«, fuhr er auf. »Hier ist eh schon die Kacke am Dampfen.«

»Ich habe dich nicht geweckt, Marc. Ehrlich, ich war's nicht.«

»Aber mein Chef. Um kurz vor sieben! Ich denk natürlich sofort: Hochwasser. Mindestens! OB-Rücktritt, Sexskandal. Oder Lady Di wiederauferstanden. Riesenthema! Und was ist es am Ende? Drei Mal darfst du raten!«

»Na ja, wenn du dir schon die Mühe machst, mich anzurufen …«

»Genau: der Sturz von diesem Greven. Dein Fall, Max! Wie du weißt, wussten wir nichts. Keine Fakten, schon gar keine Details. Und jetzt? Die Täterin, ihren Namen, ihr Alter, ihr Motiv.«

»Aber nicht von mir. Oder hast du mich im Schlaf gefoltert?«

»Max, verdammt!«

»Okay. Woher?«

»Man hat uns«, er räusperte sich geziert, »Informationen zugespielt. Aus geheimer Quelle. Mein Chef schlägt Purzelbäume vor Glück.«

»Ja und? Ist doch toll für euch. Da habt ihr euren Scoop, von dem ihr ein Reporterleben lang träumt.«

Verächtliches Schnauben. »Welcher Scoop? Eine Oma, die wirres Zeug erzählt. Die zu viele Krimis geschaut hat und die Realität nicht mehr von den Bildern in ihrem Kopf unterscheiden kann. Trauerspiel nenne ich das, nicht Scoop!«

»Frau Kumpe ist nicht verwirrt. Realitätsverweigerung passt eher zu ihrem Sohn.«

»Aber du hast doch selbst gesagt, dass du ihr Geständnis anzweifelst! Nur deshalb ermittelst du ja!«

»Moment. Ich habe gesagt, dass es Zweifel daran gibt. Und das ist auch so, nach wie vor. Aber festlegen möchte ich mich nicht.«

»Mann, Mann, Mann«, knirschte Covet. »Da kennt man mal einen Superermittler persönlich, und dann glitscht und windet der sich auch nur raus. Wie so ein Zitteraal!«

Schweigend nahm ich einen Schluck Kaffee. Zitteraal hat mich noch keiner genannt. Superermittler übrigens auch nicht.

»Für mich ist das ein klassischer Rohrkrepierer«, schimpfte Marc weiter. »Mein Chef wittert die Riesenstory, Sex and Crime am Neckar, der will jetzt das ganz große Rad drehen. Nur weil wir ein paar Details exklusiv haben. Wie er an die gekommen ist, will ich gar nicht wissen. Und deshalb sollen wir uns auf die Vergewaltigung stürzen, die angebliche Vergewaltigung bitteschön, weil man dann über die Verrohung der Sitten jammern kann, über das Brechen der letzten Tabus und am besten auch noch über den Krieg der Generationen. Und der Geschlechter natürlich. Der Geschlechtergenerationen. Dass dahinter nur ein altes Weiblein steht, das sich seine eigene Realität zurechtgebastelt hat …«

»Oder auch nicht«, unterbrach ich seinen Redeschwall.

»… oder auch nicht, schon klar, die Umstände jedenfalls sind ihm völlig schnurzpiepe. Hauptsache, Story, Hauptsache, Futter für die Leser.«

»Und Leserinnen.«

»Du hast ja so recht«, seufzte er. »Aber hast du auch etwas Aufmunterndes für mich, so früh am Morgen? Weiterführende Infos, eigene Erkenntnisse, exklusives Ermittlermaterial?«

»Alles Aufmunternde schläft noch. Muss ja. In unausgeschlafenem Zustand wäre es nicht aufmunternd, das weißt du am allerbesten.«

»Nun lass dich nicht so bitten. Du wirst doch etwas herausgefunden haben.«

»Frag lieber euren Informanten. Was ist das eigentlich für eine Quelle?«

»Darf ich nicht sagen«, knurrte er. »Ich kenne auch keinen Namen, nur seine Position.«

»Okay, pass auf. Ich habe gestern mit dieser Frau Kumpe geredet. Auf mich wirkt die absolut integer. So vom alten Schlag, verstehst du? Wenn die sagt, es war so, würde ich ihr glauben. Vorbehaltlos. Andererseits stimmt schon, das mit der sexuellen Belästigung passt nicht. Weder zu ihr noch zu Greven. Aber einen Grund, warum sie lügt, habe ich bislang nicht gefunden. Kann sein, dass noch eine andere Person mit im Spiel war. Ihr Sohn ist jedenfalls davon überzeugt, dass sie jemanden deckt.«

»Wen? War an dem Abend noch jemand bei Greven?«

»Gut möglich. Denk an die zwei Pizzen, die ich ausgeliefert habe.«

»Und was sagt die Kumpe dazu?«

»Nichts. Sie behauptet, mit Greven allein gewesen zu sein.«

Marc schwieg.

»Ich konzentriere mich jetzt erst mal auf diese Person«, fuhr ich fort. »Und dabei könntest du mir helfen. Es gibt da einen Hinweis auf eine Frau, wahrscheinlich eine Abiturientin des Bismarck-Gymnasiums. Ich habe nur den Vornamen: Jana. Kommst du an die Abiliste der Schule ran?«

»Jana?«

»Genau.«

»Und sie steht in irgendeiner Verbindung mit Greven?«

»Sieht so aus.«

»Dann brauche ich keine Liste.« Die Stille, die er diesem Satz folgen ließ, hatte etwas Genießerisches.

»Weil?«, half ich.

»Weil der Investor von BioFuture, dieser Wetterstein, eine 17-jährige Tochter hat, die gerade Abitur macht. Und die heißt Jana.«

10

Es dauerte eine Weile, bis der Regen so weit nachließ, dass ich mich auf mein Rad schwingen und hoch zum Emmertsgrund fahren konnte. Vor den Erfolg haben die Götter den Schweiß gesetzt, heißt es doch. Schweiß war in der steilen Anfahrt mit inbegriffen, und zwar nicht zu knapp, aber dass dort oben der Erfolg auf dich wartete, wagte ich zu bezweifeln. Die Glückstopografie der Stadt – je höher du wohnst, desto höher dein Einkommen –, die in Heidelberg sonst überall gilt, hat hier noch nie gegriffen. Der Emmertsgrund war eine Illusion der an Illusionen nicht armen Siebziger, ein Versprechen in Grün, das in Beton gehalten wurde. Jetzt wohnten Leute wie die Kumpes hier, die Hochhäuser bröckelten, das touristische Heidelberg wirkte wie ein ferner Traum. Und wenn es noch ein paar Wochen so weiterregnete, wurde wahrscheinlich der komplette Stadtteil hinunter in die Ebene gespült.

Dampfend und nassgespritzt kam ich oben an. Direkt vor dem Haus der Kumpes stand ein Wagen im absoluten Halteverbot, Respekt. Ich schloss mein Rad an, läutete und wurde eingelassen. Schon auf dem Weg nach unten schlug mir Kindergeschrei aus der Souterrainwohnung entgegen. Musste das Pack nicht mal in die Schule? Okay, das eine Mädchen war noch zu jung, aber was war mit Kindergarten? Einer der Plärrteufel musste Medikamente nehmen, erinnerte ich mich; aber wenn man krank war, sollte man doch erst recht nicht so herumschreien. Ich holte tief Luft und bereitete mich auf das Schlimmste vor.

Aber wie es manchmal so ist: Da konzentriert man sich auf das eine, und das Problem liegt ganz woanders.

Das Problem bestand in diesem Fall aus drei Personen, die gerade dabei waren, die Wohnung der Kumpes zu verlassen. Fluchtartig, wie mir schien. Einer der drei öffnete die Tür, als ich davorstand, und es hätte ein nahtloser Übergang von ihnen zu mir werden können, wenn wir nicht beide in der Bewegung erstarrt wären.

»Sie?«, staunte Kommissar Fischer.

Seine Wadenbeißer und ich glotzten nur.

»Ja«, schmirgelte Sebastian Kumpes helle Stimme aus dem Hintergrund, »die Herren wollten gerade gehen.«

Johlen und Rumgerenne. Mutter Kumpe schoss aus allen Wutgeschützen.

Mein Lieblingskommissar zog die Brauen zusammen. Seine Hand lag noch immer an der Türklinke, die vielen Falten in seinem Gesicht verhießen nichts Gutes. Greiner und Sorgwitz wechselten vielsagende Blicke. Ich riss mich zusammen und schenkte dem Trio ein strahlendes Lächeln.

»Wenn Sie gerade am Gehen sind, möchte ich Sie nicht aufhalten. Bitteschön!« Ich trat zur Seite und zeigte den Dreien die Richtung an. Hier, die Treppe hoch und dann auf Nimmerwiedersehen! »Keine Angst, ich bleibe auch nicht lange. Wetten, dass ich Sie auf dem Weg in die Stadt überhole? Berg runter komme ich auf 80 Sachen.«

Fischers Miene wurde noch finsterer. »Was machen Sie hier?«

»Nichts. Also nichts Besonderes. Hab bloß eine Frage an Herrn Kumpe.«

»Was für eine Frage?«

»Ach Herr Fischer, das ist ... eher privat.«

»Was für eine Frage?«, schnarrte er. Selbst der Lärm aus der Küche legte eine kleine Pause ein.

Ich grinste. »Das klingt jetzt ein bisschen komisch, aber ich wollte Herrn Kumpe fragen, ob seine Mutter beim Putzen für Greven nicht etwas gefunden hat, was mir gehört. Es muss mir zwischen die Pizzakartons gerutscht sein, als ich sie Greven in die Hand ... oder auch runtergefallen, keine Ahnung. Jedenfalls wollte ich Frau Kumpe nicht persönlich damit belämmern, überlegen Sie mal, in ihrer Situation ... Hat Ihre Mutter etwas gefunden?«, wandte ich mich an den Fusselbart, der augenscheinlich nichts kapierte. »Ich frage mal zur Sicherheit noch Ihre Frau.« Damit drückte ich mich an den Kommissaren vorbei, stürzte mich ins Epizentrum des Kindergeschreis und steckte Frau Kumpe möglichst unauffällig die Schlüsselkarte zu. Immerhin, sie reagierte schneller als ihr Mann.

»Koller!«, brüllte Kommissar Fischer vom Wohnungseingang her.

»Nee, auch nicht«, sagte ich achselzuckend, als ich wieder bei ihm stand. »Hab ich vielleicht doch woanders verloren. Aber sagen Sie, machen wir das Wettrennen? Sie kriegen auch Vorsprung.«

Verächtliches Schnauben bei Greiner. »Immer das Gleiche mit dem Typen«, knurrte Kollege Sorgwitz.

Und ihr Chef? Der atmete einmal tief durch, dann rutschten seine Brauen wieder an ihren Platz, die Falten glätteten sich wie von selbst. »Gut«, sagte er, mühsam kontrolliert. »Gut. Entschuldigen Sie die Störung, Herr Kumpe, es hat sich alles geklärt. Auf Wiedersehen.« Dann zeigte er auf mich. »Und Sie kommen mit.«

Ich drehte mich um. Stand ja vielleicht jemand hinter mir, den er meinte.

»Sie«, präzisierte Fischer.

Tja, was sollte ich tun, wenn die Exekutive rief? Ich nickte Kumpe zu und folgte dem Polizistentrio nach draußen. Niemand sprach, bis wir an dem falsch geparkten Wagen eintrafen. Der Regen war wieder stärker geworden.

»Sie fahren mit uns«, sagte Kommissar Fischer.

»Danke, sehr freundlich, aber ich bin mit dem Rad da.«

»Legen Sie's in den Kofferraum.«

Das gefiel keinem von uns. Mir nicht, weil ich lieber alleine den Berg hinuntergeflogen wäre; Greiner und Sorgwitz nicht, die mein Gefährt in den Kofferraum hieven mussten. Es passte sogar komplett rein, aber Greiners Finger wurden schmutzig.

»Hinten«, wies Fischer an.

Mit gemischten Gefühlen stieg ich ein. Ein derart wortkarger Kommissar verhieß nichts Gutes. Entweder wusste er Dinge, die ich nicht wusste, oder er führte etwas im Schilde. Oder beides. Gegenmaßnahme? Na klar: quatschen, was das Zeug hielt!

»Das war nämlich so eine Art Gutschein, wissen Sie?«, sagte ich, während Sorgwitz den Motor startete. »Für ein Konzert, in das ich mit meinem Freund Fatty gehen wollte, Friedhelm Sawatzki, der Dicke, der jetzt gar nicht mehr so dick ist, Sie kennen den ja. Ein Geschenk zu seinem Geburtstag, und weil es ihm gerade nicht so gut geht, dachte ich, das wäre passend. Dass ich ihn dahin mitnehme und das Bier bezahle und alles drum und dran.«

»Hm«, brummte Fischer.

»Den Gutschein hab ich von Oleg, das ist einer von den Fahrern, der hat ihn mir besorgt, deshalb hatte ich ihn an dem Abend dabei, und dann fällt mir das Ding ausgerechnet …«

»Ruhe!«, brüllte der Kommissar, dass alle im Wagen zusammenzuckten. »Da vorne, Sorgwitz. Tanken!«

Na, da schaute er aber dumm aus der Wäsche, der blonde Kampfhund. »Der Tank ist noch halb voll, Chef.«

»Dann tanken Sie jetzt ganz voll.«

Sorgwitz runzelte die Stirn, setzte aber brav den Blinker und sortierte sich in die kleine Schlange vor den Zapfsäulen ein. Kommissar Fischer ließ die Scheibe auf seiner Seite ein Stück herab.

»Da«, sagte er. »Schauen Sie. Schön, oder?«

Ehrlich gesagt hatte ich keinen Schimmer, was er meinte. Okay, von der Tankstelle hatte man einen ganz hübschen Blick in die Rheinebene. Sofern es nicht gerade regnete, so wie jetzt. Und wenn man sich die Bäume da vorne wegdachte. Aber selbst unter Topbedingungen war es bloß die Ebene, auf die man guckte. Leimen. Die Autobahn. Hochspannungsleitungen. Allerweltsdeutschland.

»Da unten«, sinnierte der Kommissar, und während er sprach, sprühten einzelne Tropfen in sein Gesicht, »da unten wird es immer teurer. Das Leben. Was glauben Sie, wie bei uns in der Südstadt die Preise angezogen haben, seit die Amis weg sind. Wir haben ja unser Häuschen, uns betrifft es noch am wenigsten. Aber die jungen Leute, wie sollen die sich eine Wohnung leisten? Oder ein Haus mit Garten? Und ich rede hier nicht von Neuenheim oder der Weststadt. Da müssen Sie Millionär sein, um sich was zu kaufen.« Er wischte sich über den Ärmel. »So ist das inzwischen. Hier oben mag es noch angehen. Aber wie lange, frage ich mich, wie lange? Von da unten kommt es, Herr Koller, da, aus der Ebene. Es ist wie eine Welle, das walzt sich ganz langsam den Berg hoch, aber irgendwann ist es da, und dann zahlt man auch hier Mondpreise. Dann ist die Heidelberger Krankheit überall.«

Niemand sprach. Greiner und Sorgwitz waren offenbar genauso ratlos wie ich, was sie von Fischers Monolog halten sollten.

Der Kommissar fuhr die Fensterscheibe wieder nach oben. »Sie können, Sorgwitz.«

Schweigend steuerte der Blonde das Fahrzeug zur frei gewordenen Zapfsäule. Während er ausstieg, um zu tanken, wandte sich sein Chef mir zu.

»Sie waren gestern in der Bahnstadt, Koller«, sagte er. »Warum?«

»In der Bahnstadt? Warten Sie. Ja, möglich, dass ich …«

»Sie wissen genau, was ich meine«, unterbrach er mich. »Um halb neun hat sich jemand Zutritt zu den Räumen von BioFuture verschafft und blieb dort bis elf. Das waren Sie.«

Oha. Er kannte sogar die genauen Zeiten. War wohl doch keine so gute Idee mit der Schlüsselkarte. Ich brachte ein halbes Nicken zustande.

»Das Gebäude ist noch nicht ganz fertig«, fuhr er fort, »aber das Zugangssystem funktioniert bereits. Die Hausverwaltung hat uns heute Morgen informiert, dass jemand die Tür zu den Räumen im fünften Stock geöffnet hat. Und zwar mit der Karte von Frau Kumpe, das ist ja alles personalisiert. Frau Kumpe bestritt, dort gewesen zu sein. Aus welchem Grund auch, wo sie doch längst gestanden hat. Blieb ihr Sohn. Bis eben dachten wir, er lügt.« Seine Augen verengten sich ein bisschen. »Aber dann kamen Sie.«

»Dann kam ich«, seufzte ich. Schöner Satz eigentlich, klang nach Heldenepos. Und war dann doch bloß der Auftakt zu einem schnöden Geständnis. Mit Kommissar Fischer als Beichtvater hatte ich kein Problem, aber musste der Rottweiler die ganze Zeit auf dem Beifahrersitz rumsabbern? Ich schnitt ihm eine Grimasse.

»Herr Greiner bleibt hier«, befahl Fischer, der offenbar Gedanken lesen konnte.

»Okay, okay. Ich geb's ja zu. Das gestern Abend, das war ich. Frau Kumpe weiß von nichts, ihr Sohn hat ihr die Schlüsselkarte heimlich entwendet, und ich habe sie ihm eben zurückgebracht. Ich kann Ihnen aber garantieren, dass ich nichts entwendet, nichts kaputt gemacht und überhaupt nichts Ungesetzliches getan habe. Großes Ermittlerehrenwort!«

»Nichts Ungesetzliches«, schnaubte der Kommissar. »In welcher Welt leben Sie eigentlich?«

»Ich hab bloß ein bisschen rumgeschnüffelt. Schnüffler schnüffeln, so ist das halt.«

»Und warum? War da noch mehr mit Greven und Ihnen? Haben Sie uns etwas verschwiegen?«

»Quatsch, da war nix. Sebastian Kumpe hat mich auf den Fall angesetzt. Er hält seine Mutter für unschuldig, und ich soll Beweise dafür finden.«

Einen Moment lang herrschte Stille im Inneren des Wagens. Draußen stiefelte Kommissar Sorgwitz durch den Regen zum Kassenhäuschen.

»Wie bitte?«, sagte Fischer schließlich. »Sie haben einen Auftrag? Vom Sohn der Täterin?«

»Der mutmaßlichen Täterin.«

»Von Sebastian Kumpe? Dem Schmerbauch?«

»Dem Ork?«, echote Greiner.

»Na und?«

»Der hat doch gar nicht das Geld, um Sie zu engagieren«, knurrte Fischer.

Ich zuckte bloß die Achseln.

Die beiden Kommissare schienen es immer noch nicht glauben zu können. Aber dann passierte etwas, womit ich nie und nimmer gerechnet hatte. War ja auch noch nie vorgekommen, nicht mal ansatzweise: Mein Lieblingskommissar fing an zu lachen. Und es war viel mehr als ein Lachen, eine regelrechte Springflut guter Laune. Erst grinste er. Dann grinste es ihn. Fischer konnte sich gar nicht wehren gegen die anbrandende Heiterkeit, überall um seine Augen entstanden Fältchen, er bleckte die Zähne, und am Ende legte er den Kopf in den Nacken, um so schallend und herzhaft zu lachen, dass man um sein Wohlergehen fürchten musste.

Gut, dass das seine Frau nicht sah!

Greiner lachte natürlich mit, der Arschkriecher. Beide Kommissare schüttelte es derart durch, dass ich fast seekrank wurde. Sie lachten noch, als Kollege Sorgwitz zu uns in Trockene schlüpfte. Wobei, so trocken war es bei all dem Gewieher und Gepruste auf engstem Raum auch nicht mehr.

»Was ist los?«, wollte Sorgwitz wissen und sah hektisch von einem zum anderen. »Hab ich was verpasst? War er frech? Was hat er gesagt?«

Er bekam keine Antwort. Ich sah hinaus in den Regen und wartete, bis sich die beiden Komiker beruhigt hatten. Hinter uns wurde gehupt. Sorgwitz startete fluchend, fuhr den Wagen aus dem Tankstellenbereich und hielt gleich wieder an. Alarmiert drehte er sich zu uns um.

»Verdammt, was ist los, Chef?«

Als Fischer die besorgte Miene seines Untergebenen sah, bekam er einen neuen Lachanfall. Oder eher Kicheranfall, inzwischen ging ihm nämlich die Puste aus. Greiner wischte sich die Tränen aus den Augenwinkeln.

»Mit dem Rad wäre ich längst zu Hause«, sagte ich. »Längst!«

Der Kommissar tätschelte mir vergnügt das Knie. »Entschuldigen Sie bitte, aber das ist wirklich zu lustig. Womit Sie so Ihre Zeit verplempern …« Glucksend schüttelte er den Kopf.

»Meine Sache.«

»Jetzt mal im Ernst, mein Lieber, das ist der glasklarste Fall, der mir je untergekommen ist! Wir haben ein Geständnis, wir haben ein Motiv, und wir haben null Hinweise auf einen anderen Tatverlauf. Überhaupt nichts.«

»Ja, weil Sie nicht mal danach suchen.«

»Warum sollten wir? Zweifeln Sie an Frau Kumpes Aussage? Okay, im ersten Moment fragt man sich, wie sie einen ausgewachsenen Mann in die Tiefe geschubst haben soll, aber wenn man es sich mal durchdenkt, ist es ganz leicht.«

»Und ihr Motiv? Dieser angebliche Vergewaltigungsversuch?«

Jetzt lachte er nicht mehr. »Was heißt hier angeblich? Glauben Sie, ältere Frauen hätten nicht mit Übergriffen zu kämpfen? Die wären sozusagen tabu? Von wegen!«

»Das nicht, aber …«

»Aber?«, echote Kommissar Sorgwitz mit Eisenfressermiene.

»Ich habe mit Frau Kumpe gesprochen. Und ich kann mir nur schwer vorstellen, dass einer wie Greven sie belästigt haben soll.«

»Ach?«

»Ihr Sohn übrigens auch nicht.«

»Ja, der!«, bellte Sorgwitz. »Der hat ja sowieso das Vorstellungsvermögen einer Kellerassel.« Sein Chef machte eine mäßigende Geste, aber der Kampfhund war nicht zu bremsen. »Wissen Sie, was das ist? Frauenfeindlich ist das, Ihre Denke. Und rassistisch. Altersrassistisch. Stellen Sie sich mal vor, Sie sind 70, und jemand sagt über Sie, auf den steht eh keiner, der hat sexuell nichts mehr zu bieten. Wollen Sie in der Schublade landen?«

»Hallo? Geht's vielleicht ein bisschen kleiner, Sie Oberschlaumeier?«

»Nein, da hat er recht«, mischte sich Greiner ein. »Jemandem sexuelle Attraktivität abzusprechen, nur weil er ein gewisses Alter hat, geht gar nicht. Und einer Frau mit einer körperlichen Einschränkung erst recht nicht. Wir hatten zuletzt eine Fortbildung zu dem Thema.«

»Ach, und was habt ihr da gelernt? Andere Leute als Rassisten zu beschimpfen?«

»Altersrassist«, korrigierte Sorgwitz.

»Wenn wir die Aussage von Frau Kumpe nicht ernst genommen hätten«, fuhr Greiner fort, »was natürlich in keinster Weise der Fall war, aber wenn: Was meinen Sie, wie uns da die Gleichstellungsbeauftragte den Marsch geblasen hätte? Das ist ein absolutes No-Go.«

Ich tippte mir an die Stirn. »Wie bitte? Aus lauter Schiss vor eurer Gleichstellungsbeauftragten legt ihr den Fall zu den Akten? Schöne Ermittler seid ihr!«

»Na, na, na«, machte Fischer amüsiert. Bevor er mir erneut das Knie tätscheln konnte, zog ich es zurück. »Ganz so ist es nun auch wieder nicht, Herr Koller. Wir haben ein Geständnis und keinerlei Grund, es anzuzweifeln. Das ist die Lage, und deshalb sehe ich die Chance, einen anderen Tathergang zu ermitteln, bei null.«

»Ich würde jetzt gerne nach Hause fahren«, sagte ich.

11

Es dauerte lange, bis sich meine Wut über Fischer und seine beiden Wadenbeißer gelegt hatte. Erst ihr Gelächter, dann der Rassismusvorwurf: Ich wusste nicht, was ich schlimmer finden sollte. Schon am Sonntag hatte Greiner in diese Kerbe gehauen, und jetzt auch noch Sorgwitz. Altersrassist, existierte das Wort überhaupt? Im Duden gab es jedenfalls keinen Eintrag. Immer noch sauer, googelte ich danach. Schau an, hin und wieder fand der Begriff tatsächlich Verwendung. Bayerns Ministerpräsident war mal so genannt worden, und eine halbwegs seriöse Zeitung behauptete sogar, in bestimmten Lebensbereichen herrsche Apartheid gegenüber betagteren Mitbürgern. Senior is the new Black! »Alter Rassist« erzielte allerdings deutlich mehr Treffer. Unzufrieden beendete ich die Suche.

Söder und ich, das wurde ja immer schöner!

Zurück zum Fall. Am besten ignorierte ich die Kommissare und ihren billigen Moralismus einfach. Die würden demnächst noch blöd aus der Wäsche schauen, wenn die Neckar-Nachrichten zum Halali bliesen! Was ihr für mich seid, sind Journalisten für euch: lästige Zeitgenossen, die sich ständig einmischen und alles besser wissen. Dazu solltet ihr mal eine Fortbildung besuchen!

Okay. Konzentration, Max. Jana hieß die Spur, der ich folgen musste. Jana Wetterstein. Die Tochter des Investors. Offenbar hatte sie im Windschatten ihres Vater ebenfalls bei Greven investiert. Bloß was? Und wie kam ich an sie ran? Das Naheliegendste wäre natürlich, bei den Wettersteins vorbeizugehen, den Zettel zu zeigen und mal höflich zu fragen. Aber wenn ihre kleine Botschaft an Greven auf mehr hindeutete als nur ein freundschaftliches Verhältnis, wenn also zwischen den beiden irgendetwas gelaufen war, sprach ich das Mädchen lieber alleine. Ohne einen misstrauischen Vater oder eine Mutter im Hintergrund. Ich bin kein Experte für 17-Jährige, aber die drei Ausrufezeichen hinter dem »Bitte« sprachen doch Bände.

Also kein Besuch zu Hause. Vielleicht konnte ich sie nach der Schule abfangen oder auf dem Weg dorthin. Aber gingen Abiturienten nach dem Mündlichen noch in den Unterricht? Die waren doch jetzt ständig am Feiern, hingen in der Unteren ab oder auf der Neckarwiese. Vielleicht gehörte Jana zu den Braven und besuchte weiterhin die Klavierstunde oder das Hockeytraining? Ich musste mehr über das Mädchen herausfinden. Also wieder die Suchmaschine angeschmissen und geklickt, was das Netz hergab.

Eine Viertelstunde später hatte mein Bild von Jana Wetterstein konkretere Züge angenommen. Es gab ein paar Fotos von ihr, die eine hübsche, energisch wirkende junge Frau zeigten. Glattes brünettes Haar, einmal im Pagenschnitt, ein anderes Mal schulterlang, die Brauen elegant geschwungen. Auf der Homepage ihrer Schule, des Bismarck-Gymnasiums, war sie als Teilnehmerin diverser AGs verzeichnet, sie hatte an einem Vorlesewettbewerb teilgenommen und an einem Theaterstück mitgewirkt. Eine Zeit lang schien sie in einem Reitverein gewesen zu sein, aber die entsprechenden Einträge waren alle älteren Datums. Was sie jetzt tat? Keine Informationen.

Ich stützte das Kinn in beide Hände und vertiefte mich in Janas Bild. »Wo krieg ich dich zu fassen, junge Frau?«, murmelte ich. »Was machst du heute Abend?«

Gut, dass mir niemand zuhörte!

Aber manchmal brachte einen sogar Murmeln auf neue Ideen. Wenn ich hier schon den Stalker gab, warum nicht gleich richtig? Einsatzgebiet: die sozialen Medien. Also all das, was früher mal Facebook hieß. Wie es jetzt hieß, wusste ich zwar nicht auf Anhieb, aber dafür gab es ja Suchmaschinen. Und die hießen zum Glück immer noch wie vor fünf Jahren. Es lebe das Informationsmonopol!

Eine weitere Viertelstunde später wusste ich, wann und wo ich heute mit Jana Wetterstein ein Date haben würde. Snapchat und Insta sei Dank! Bereitwillig ließen sie mich in ihr Datenparadies ein, zwar mit freundlich erhobenem Zeigefinger und nach Anklicken von 50 Seiten AGBs, aber sie ließen mich ein. Ich war Maggie Kohler, eine 16-Jährige mit Migrationshintergrund, frisch in Heidelberg und ganz heiß darauf, neue Freundschaften zu schließen. Zum Beispiel mit den Abiturient*innen des Bismarck-Gymnasiums, hey, voll süß, ihr habt ja sogar eine eigene Gruppe! Was geht, was läuft, wo kann ich hin? Und da, ganz ohne Schranken und Geheimnistuerei: Der aktuelle Jahrgang traf sich heute, Dienstag, um 16 Uhr in der Hauptstraße, um Spenden für die Abifeier zusammenzutrommeln. »Bin dabei«, schrieb Mausi07, »Geht fit!« DerWulle, »Easy!!!« JaWe.

»Easy«, echote ich und zeigte die Becker-Faust.

Da waren sie also wieder, die drei Ausrufezeichen. Auf die gute Jana war einfach Verlass. Um vier in der Hauptstraße, perfekt. Nur der Zweck der Zusammenkunft bereitete mir Bauchschmerzen: Spenden sammeln hörte sich gar nicht gut an. Da musste ich wohl oder übel ein bisschen Kleingeld mitnehmen.

Beflügelt von diesem Rechercheerfolg, kehrte ich zu den Suchmaschinen zurück und gab »Nicolas Greven« und »Jana Wetterstein« in verschiedenen Kombinationen ein, mit und ohne Vor- oder Nachnamen, in Anführungszeichen oder auch nicht, ergänzt um Wörter wie »Liebe«, »Freund«, »Date«, »Abitur«. Kein relevanter Treffer. Auch die Bildersuche brachte sie nicht zueinander. Wenn zwischen den beiden was gelaufen war, hatte es jenseits des Internets stattgefunden – schwer zu glauben in den heutigen Zeiten –, oder es war noch zu frisch. Ich musste also Jana selbst fragen.

Irgendwie erleichternd, dass mich das Netz noch nicht völlig überflüssig gemacht hatte!

Dafür beglückte es mich mit weiteren Informationen über Greven. Ein Foto zeigte den Verstorbenen winkend in einem Sportwagen, ein anderes beim Golfen. Noch öfter stand er neben Lokalpolitikern und Heidelberger Prominenz; zusammen mit dem Darling der Biotechsparte ließen sich eben alle gern ablichten, Männer wie Frauen. Ich fand einen kurzen Artikel über den neuen Firmenstandort in der Bahnstadt, den Greven in den höchsten Tönen lobte. Zunächst, führte er aus, wolle man die Verwaltungs- und Repräsentationsräume im Obergeschoss bespielen, die Labore in den Etagen darunter sollten erst sukzessive bezogen werden.

Bespielen? Greven wollte Räume seiner Firma bespielen? Verdammter Neusprech! Jetzt, nach seinem Tod, weckte dieses Wort Assoziationen bei mir, an die Greven bestimmt nicht gedacht hatte.

Das interessanteste Fundstück aber war ein Interview, das ein überregionales Wirtschaftsmagazin letztes Jahr mit ihm geführt hatte. Drei Seiten insgesamt, hübsch aufgemacht mit Bildern und Grafiken. Greven, der smarte Überflieger. Greven, der Macher im Labor. Und: Greven, der Emporkömmling. Die Inhalte seiner Forschungs- und Entwicklungstätigkeit wurden nur gestreift, im Mittelpunkt des Gesprächs stand der Mensch. Der Mensch als Wille und Vorstellung: Was machen Sie eigentlich in Ihrer Freizeit, Herr Greven? Welche Ziele haben Sie? Wo sehen Sie sich in zehn Jahren?

»In meiner Freizeit gönne ich mir Pizza mit doppelt Anchovis«, verriet Greven augenzwinkernd, »und in zehn Jahren will ich bei drei- oder vierfach gelandet sein.«

Okay, der exakte Wortlaut war ein anderer, aber wir alle wissen ja, dass sich Antworten auf solche Fragen beliebig austauschen lassen. In zehn Jahren, gute Güte, da war ich froh, wenn ich noch ohne Gehhilfe aufs Klo kam! Und sollte das mit dem Wetter so weitergehen, war ohnehin alles an Ideen und Plänen, was wir jetzt hatten, Schall und Rauch.

Also keine Anchovis für Herrn Greven. Stattdessen sein Bekenntnis zu schnellen Autos (»ein Laster muss man ja haben, nicht wahr?«), zum Wissenschaftsstandort Deutschland (»gerade unsere kleinen und mittleren Player werden oft unterschätzt«) und zur freien Marktwirtschaft (»ohne Konkurrenz geht es nicht, das hat uns zuletzt die Suche nach Impfstoffen wieder vor Augen geführt«). Lauter Sätze, die bei der Leserschaft des Magazins reflexhafte Zustimmung hervorgerufen haben dürften. Und die folgenden erst recht, denn jetzt wurde es persönlich. Es ging um Grevens Karriere, um seinen Aufstieg aus kleinen Verhältnissen, um sein Durchsetzungsvermögen und seine Visionen. Was für eine Geschichte, Herr Greven! Wie haben Sie das geschafft? Und der Befragte sang das alte Tellerwäscher-Lied vom Willen, der Berge versetzen kann. Man müsse immer an sich glauben, dürfe nie aufgeben, müsse Rückschläge wegstecken und Gelegenheiten beim Schopfe ergreifen können. Bevor es allzu plattitüdonal wurde, fügte die Redaktion ein Foto ein, das Greven in der Straße zeigte, in der er aufgewachsen war. Dass es auch die Straße von Antonia Kumpe war, verschwieg das Magazin, und wenn der Interviewte es erwähnt haben sollte, wurde dieser Hinweis nicht abgedruckt. Greven stand also da, lächelte, machte eine einladende Geste: Schaut euch das an, liebe Leser! Allerdings hatte der Fotograf dafür gesorgt, dass kein Leser, keine Leserin diese Einladung annehmen würde: An einer Hausfassade platzte die Fassade ab, vor einem Mäuerchen wucherte Unkraut, ein Rollladen hing schief. Nein, da blieb man als Abonnent lieber in den schützenden Wänden von Konkurrenz und Marktwirtschaft. Und schnellen Autos natürlich.

»Am Ende«, diktierte Greven den Reportern, »habe ich davon profitiert, dass es mir so schwer gemacht wurde. Dass ich mich alleine durchboxen musste. Es war, man kann es nicht anders sagen, die harte Schule des Lebens.«

Raunen im Publikum.

Ich lehnte mich zurück und starrte zur Decke. Okay, der Kerl war jung und wie besoffen vom Erfolg, da kam man sich im Spiegel schon mal größer vor, als man war. Trotzdem fand ich diese Stilisierung zum Einzelkämpfer maximal ungeschickt. Wenn ich allein an Grevens Start-up-Partner dachte, von dem Covet gesprochen hatte:

Wie hatte der wohl auf das Interview reagiert? Ganz zu schweigen von den Menschen, die einst dafür sorgten, dass der junge Greven nicht auf die schiefe Bahn geriet, all die Lehrer, Vereinstrainer, Sozialarbeiter. Was war mit denen? Hatten die keinen Anteil an Grevens Erfolg?

Wäre der Kerl noch am Leben, hätte ich ihn gern hierzu befragt. So konnte ich das nur in Gedanken tun. Ich schaute also an die wahnsinnig interessante Decke meines Schuppens (der im Übrigen kein Deut vorzeigbarer war als die Häuser in Grevens Straße) und sah mich dem Verstorbenen auf die Schulter tippen.

»Eine Frage, Herr Greven.«

»Oh, der Pizzamann!«

»Was halten Sie eigentlich von Leuten wie mir?«

»Leuten wie Ihnen? Was sind Sie denn für einer?«

»Lieferant und Ermittler.«

»Erfolgsquote?«

»Hoch. In beiden Sparten.«

»Top. Einzelkämpfer?«

»Einzelner geht gar nicht.«

»Tipptopp. Aber jetzt die entscheidende Frage: Was für ein Auto fahren Sie?«

»Äh …«

»Nur raus damit!«

»Kein Auto. Fahrrad.«

»Oh.«

»Schnelles Fahrrad. Sauschnell, wirklich.«

»Sorry, da bin ich heikel. Deshalb also war die Anchovis-Pizza nicht mehr heiß. Keine guten Nachrichten für Sie. In zehn Jahren sehe ich Sie am selben Platz, auf demselben Fahrrad, in derselben Einkommensklasse.«

»Klingt gut!«

»Nein, das klingt scheiße. Sie sind nicht mein Mann. Ihnen fehlt das Erfolgs-Gen. Mit Ihnen kann man kein Start-up gründen.«

»Moment, ich habe mein eigenes Start-up gegründet. Max Koller, Ermittlungen aller Art. Ich bin auch durch die harsche Schule des Lebens … und Teller habe ich auch schon gewaschen.«

»Vergessen Sie's.«

»Und wenn ich herausfinde, wer Sie umgebracht hat?«

Schau an, da zögerte er, der gute Nicolas. In seinem Blick flackerte etwas auf. Ich, Max Koller, wollte den Täter entlarven? Trotz Polizei und trotz Geständnis? Klang das nicht nach Visionen, nach Berge versetzen, nach einem geradezu irren Glauben an sich selbst? Unterschätzt mir die kleinen Player nicht! Ich sah ihn schon anerkennend nicken und mich zu einer Spritztour mit seinem neuen Flitzer einladen.

Aber dann sagte er nur: »Die Kumpe war's. Verraten Sie's nicht weiter.«

Und verschwand.

12

Im Nieselregen ist mir die Hauptstraße am liebsten. Kein Gedränge, keine hilflosen Touristen aus Asien und schon gar keine grimmigen Kampfshopper aus der Umgebung, die ihre Primark-Tüten bis zum Anschlag füllen und ständig Handyfotos an die Lieben zu Hause im Angelbachtal schicken. Das Regengrau dimmt noch die grellste Leuchtreklame auf angenehmes Schummerlicht, und plötzlich sehen sie alle gleich aus, die Shisha-, Uhren- und Klamottenläden. Antikapitalistisches Sauwetter!

Der größte Vorteil ist natürlich, dass man an so einem Tag ungestraft durch die Fußgängerzone radeln kann, weil sich keine Polizeistreife, keiner vom Ordnungsamt blicken lässt. Ich bog also am Bismarckplatz in die Hauptstraße ein, nutzte die versprengten Passanten als Slalomstangen und bedauerte nur, dass die Fahrt schon am Akademieplatz endete. Vor der Bunsen-Statue war ein Zelt aufgebaut, an dem ein handgemaltes Schild hing: »ABI 2025«. Wobei sich die Schrift schon so aufgelöst hatte, dass man auch eine andere Jahreszahl lesen konnte, 2026 zum Beispiel. Oder es hieß »OBI 2025«, wer weiß.

»OPI 2025«, schoss es mir durch den Kopf. Keine Ahnung, wo das plötzlich herkam. Mit Jana Wetterstein, die ich eben unter den Zeltinsassen entdeckte, hatte es jedenfalls nichts zu tun. Ich erkannte sie sofort an ihren markanten Augenbrauen und dem geometrischen Haarschnitt. Ansonsten trug sie, was sämtliche ihre Mitstreiter trugen, einen pinken Kapuzenpulli mit dem Logo ihrer Schule, und genau wie die anderen war sie krass gut drauf, regelrecht überdreht. Man war laut, man war lustig, Mixgetränke machten die Runde, im Hintergrund lief schlechte Musik. Jeder Fußgänger, der sich am Horizont blicken ließ, wurde als potenzielles Opfer ausgemacht, wurde belagert, belabert, mit krachlederner Laune überschüttet. Lust auf einen Aperol Spritz? Wollen Sie sich zeichnen lassen? Oder einfach für einen guten Zweck spenden? Die meisten wollten nicht, sondern bloß heim ins Trockene, aber ein paar ließen sich auch hinreißen, etwas in die große Sammelbox der Abiturienten zu werfen. Schon verrückt: Da bettelten Investorentöchter und andere Rich Kids die Schnäppchenjäger auf Heidelbergs Shoppingmall an, um bei ihrer Abifeier den 100-Euro-Sekt köpfen zu können.

Neid, Max Koller? Vielleicht. Aber ganz so falsch lag ich mit meiner Analyse vermutlich nicht. Ich sah, wie ein junger Typ nur den Kopf schüttelte, als ihm die Sammelbox vor die Nase gehalten wurde, und stattdessen sein Handy zückte. Kein Problem, auf diese Option war man natürlich vorbereitet. Auch auf Abiturientenseite kam das Handy zum Einsatz, und ein paar Klicks später rappelte es in der virtuellen Sammelbox.

Während ich das Ganze aus sicherer Entfernung auf mich wirken ließ, schob ich mir ein paar verdammt reale Erdnüsse zwischen die Kiemen. Als ich damals Abi gemacht hatte, im zweiten Anlauf wohlgemerkt, war mir nicht nach Feiern gewesen. Ich hatte Erleichterung empfunden, ja, aber auch Frustration. Dieses wochenlange Hängen und Würgen, Einschleimen für ein paar Punkte und Zoff zu Hause wegen der Fünf in Religion. Hinterher hatte ich mich standesgemäß besoffen, aber nur mit den engsten Freunden, die genauso Versager waren wie ich. Diesen hochnotpeinlichen Abschnitt des Lebens nach außen zu tragen, in die Öffentlichkeit, mitten auf der Hauptstraße? Lieber hätte ich mir die Kugel gegeben.

Aber gut, nicht alle waren so schräge Typen wie ich. Diese jungen Menschen hier hatten sicher auch ihre Traumata, sie wussten nur noch nicht, welche.

Okay, genug philosophiert. Die Arbeit rief!

Ich steckte die Packung mit den Erdnüssen ein und schlenderte über die Straße in Richtung Zelt. Zack, schon kamen sie auf mich zu, grinsend, winkend, angeschickert.

»Hey, Mister! Heute schon was Gutes getan? Wollen Sie Deutschlands Zukunft unter die Arme greifen?«

Ich kannte die Arme von Deutschlands Zukunft und das Darunterliegende nicht, spielte das Spiel aber brav mit. Zwei der pinken Gestalten geleiteten mich zum Zelt und leierten dabei die einstudierten Sätze herunter: Abiparty nächste Woche, angemessener Rahmen, einmal im Leben, alles selbst finanziert, und dann die Inflation.

»Inflation?«, fragte ich.

»Alles wird teurer«, sagte ein Junge mit Gescheitbrille. »Nur bei uns nicht. Aperol 8 Öcken, bestickte Handyhülle 10. Und der Hammer: hier.«

Ich schaute in die Richtung, in die er zeigte, sah aber nur einen voluminösen Typen mit Schnauzer, der sich an eine Zeltstange schmiegte.

»Darf ich vorstellen: Sissy. Eigentlich Tobias. Sissy ist das Vorzeigemodel unserer Stufe, und für jeden Zwanni, den Sie hinblättern, legt sie ein Kleidungsstück ab.«

Sissy warf Kusshändchen, die anderen kicherten.

»Das werden aber viele Zwannis, bis es sich lohnt«, meinte ich.

»Einer muss ja mal anfangen.«

Sissy klimperte mit den Augen und begann, die Zeltstange abzulecken. Das schmale Gesicht passte so gar nicht zu der Korpulenz weiter unten. Offenbar hatte der Typ alles übereinandergezogen, was der Kleiderschrank so hergab. Im Supermarkt wurden die Verpackungen ja auch immer größer, und der Inhalt nahm ab.

»Was habt ihr denn noch im Angebot?«, fragte ich.

Viel war's nicht, ein exotischer Drink, bei dem aber, sorry, eine wichtige Zutat fehlte, und ein Sattelüberzug fürs Fahrrad, fast geschenkt. Ich entschied mich dafür, porträtiert zu werden, denn erstens hielt sich Jana in der Nähe des Zeichners auf, und zweitens konnte ich so längere Zeit im Zelt verbringen.

Dachte ich.

Während der Künstler, ein kleiner Kraftprotz mit Pickeln, sein Werk verrichtete, saß ich still auf einem Stuhl und ließ die Blicke schweifen. Jana alberte mit anderen Mädchen herum, knuffte einen Jungen im Vorbeigehen in die Seite und schaute auch dem Zeichner mal über die Schulter. Sich an der Passantenakquise zu beteiligen, hatte sie offenbar nicht nötig. Sie wirkte wie eine der Wortführerinnen der Gruppe, beliebt, vielleicht sogar begehrt. Der baumlange Typ da hinten zum Beispiel, der die Aperolgläser in einem Wasserbottich spülte, fraß sie schier mit Blicken. Er trug als Einziger kein pinkes Oberteil, deshalb fiel er mir auf.

»Fertig!«, verkündete das Kraftpaket und reichte mir die Zeichnung.

»Schon?« Das sollte wohl ein Witz sein! Der Typ

hatte mit ein paar kräftigen Strichen ein abstraktes Etwas zusammengezimmert, das mit viel Fantasie einem Schädel ähnelte, aber garantiert nicht meinem. Ich stellte das Blatt probehalber auf den Kopf. Nee, auch nicht.

»Macht 20 Euro.«

»Dafür? Zeigst du mir noch, wo die Nase ist? Augen, Ohren und der ganze Kram?«

»Alles da. Man muss nur richtig gucken.«

»Oder richtig malen.«

»Nein, diese Leistung muss der Betrachter erbringen. Der Fachbegriff lautet Apperzeption.« Er grinste frech. »Kunst Leistungskurs.«

»Aperolzeption, meinst du wohl.« Ich zeigte dem tiefergelegten Muskelmann einen Vogel, aber was sollte ich machen? Die würden mich in all ihrer beschwipsten Heiterkeit lynchen, wenn ich nicht zahlte. »Habt ihr PayPal?«, fragte ich in Gedenken an den seligen Nicolas Greven. »Ach lass mal, hier hab ich noch einen Schein.«

Nicht einmal diese 20 Euro konnte ich meinem Auftraggeber in Rechnung stellen!

Während ich mich erhob und die Zeichnung einsteckte, sah ich mich um. Jana sprach gerade mit dem langen Gläserwäscher, der vor lauter Aufregung nicht wusste wohin mit seinen Händen. Ich drückte mich an der immer noch korpulenten Sissy vorbei und stellte mich zu den beiden.

»Hallo, kann man Ihnen noch was Gutes tun?«, strahlte mich Jana an.

»Ja. Ich würde gern mit dir reden. Aber nicht hier, vielleicht gehen wir ein paar Schritte. Dauert auch nicht lange.«

»Reden?« Sie warf mir einen irritierten Blick zu. »Worüber?«

»Wie gesagt, lieber unter vier Augen. Ich erkläre dir gleich, warum. Es ist wichtig.«

Jetzt war Schluss mit ihrem Lächeln. Aber erst die finstere Miene des Langen! Der wäre wohl gern als Aufpasser mitgekommen, so wie der die Brauen zusammenzog. Tat er dann doch nicht, sondern ließ uns ziehen und widmete sich wieder seinen Gläsern. Wir stellten uns am Rand des Platzes in den Schutz einiger Bäume, weit genug weg von der Meute.

»Du wunderst dich natürlich, was das soll«, sagte ich. »Aber ich denke, es ist besser, wenn uns keiner hört. Mein Name ist Max Koller, und ich bin mit Ermittlungen in einem aktuellen Todesfall betraut.« Ich machte eine Pause. »Es geht um Nicolas Greven.«

Keine Reaktion. Korrigiere: keine hörbare Reaktion. Worte verkniff sie sich, die junge Wetterstein, dafür sprach ihr Körper Bände: Ihre Augen weiteten sich, die Lippen bildeten einen Strich, die Atmung setzte kurz aus. Lauter kleine Gesten, die sich zu einem stummen Schrei summierten. Überraschung und Erschrecken in einem.

Ich wartete, aber sie sagte keinen Ton. Schaute mich nur an. Wachsam, wie ein in die Enge getriebenes Tier.

Okay, dann weiter im Takt.

Ich grinste und sagte: »Quattro formaggi, ist das deine Lieblingspizza?«

Hm. Wenn das ein Treffer war, dann blieb er mir verborgen. Weder in ihrer Haltung noch in ihrem Blick trat eine Änderung ein. Doch, jetzt räusperte sie sich und schüttelte leicht den Kopf. »Kapier ich nicht«, sagte sie. »Was für eine Pizza?«

Das hörte sich nicht gut an. Vielleicht wusste sie nichts von der Bestellung; zum Futtern waren die beiden ja gar nicht erst gekommen. Oder erwartete Greven doch einen anderen Gast? Es half nichts, ich musste zum dritten und finalen Schlag ausholen. Mal sehen, wie sie jetzt reagierte.

»Wart ihr zusammen?«, fragte ich. »Du und Greven?«

Nun gab es eine Reaktion. Und was für eine! Ich hatte die Worte kaum ausgesprochen, da entfuhr ihr ein gurgelndes Geräusch, irgendwas zwischen Stöhnen und Schrei, so laut, dass ich zusammenzuckte und einige vom Zelt zu uns herüberschauten. Vom einen Moment auf den anderen hatte sie Angriffshaltung eingenommen, ihre Augen funkelten, sie ballte die Fäuste, und es hätte mich nicht gewundert, wenn sie mir eine verpasst hätte. So weit kam es aber nicht. Sie keuchte, ihr Brustkorb hob und senkte sich, ihr Kiefer mahlte. Dann spie sie mir einen Fluch ins Gesicht, drehte sich um und rannte davon. Nicht zum Zelt, sondern über die Hauptstraße Richtung Brunnengasse, die zum Neckar führte. Noch einmal sah ich es pink aufleuchten, dann war sie weg.

Ja, sie war weg, aber dafür ein anderer da.

»Was haben Sie gemacht?«, hörte ich eine aufgeregte Stimme. »Was ist passiert?«

Der Gläserwäscher stand neben mir. Eigentlich nett von dem Typen, sich so gentlemanlike um die Mitschülerin zu kümmern. Bloß stand mir in diesem Moment nicht der Sinn nach Rittertum und Minnedienst.

»Nichts«, sagte ich und wollte gehen.

Er hielt mich fest. »Warum ist sie weggerannt? Was haben Sie getan? Los, sprechen Sie!«

Dass der Kerl einen Kopf größer war als ich, habe ich ja bereits erwähnt. Und die Kraft, mit der er mich am Arm packte, zeigte, wie ernst er es meinte. Übrigens war

Deutsch nicht seine Muttersprache, das kehlige R und das dramatische »Sprechen Sie« verrieten es.

»Immer mit der Ruhe«, sagte ich. »Ich habe sie lediglich etwas gefragt, was ihr nicht gepasst hat. Wir können das gerne klären, aber dazu müsste sie erst zurückkommen.«

»Achtung, ja? Wenn Jana …«

»Ich hab bloß mit ihr geredet«, unterbrach ich ihn ärgerlich. Zum Teufel mit diesen hormongefluteten Jungspunden! »Geredet und nicht angefasst. Im Gegensatz zu dir. Also lass mich los!«

Das tat er dann auch. Widerstrebend.

»Wenn du Jana siehst, sag ihr, dass unsere Unterhaltung noch nicht zu Ende ist. Sie soll mich anrufen. Hier!« Aus den Tiefen meiner Hosentaschen angelte ich eine zerknitterte Visitenkarte hervor. »Sie soll mich anrufen. Es ist wichtig.«

Damit ging ich. Der Hüne drehte das Papier in seinen großen Händen und blickte mir grimmig hinterher.

13

Kurz danach war ich wieder auf Achse. Die Stadt wollte versorgt werden, die Stadt hatte Hunger. Bärenhunger! Restaurantbesuche waren out, Stichwort Inflation, Stichwort Personalmangel. Das Zigeunerschnitzel kostete doppelt so viel wie letztes Jahr, außerdem hieß es jetzt anders, und der Wirt hatte aufgegeben. Bei diesem Sauwetter ging sowieso keiner vor die Tür. Nur ich. Ich war Fachkraft und fahrendes Volk in einem; je länger das Tief über der Stadt hing, desto stabiler war mein berufliches Hoch.

Trotzdem machte es einen fertig.

Genau in dem Moment, als ich am Schloss-Wolfsbrunnenweg, wohin ich etwas ganz Absurdes gebracht hatte, irgendwas mit Trüffeln und Innereien, vor die Tür trat, verschwitzt und verspritzt, und zusah, wie die grauen Wolkenteppiche über der Rheinebene einen orangeroten Anstrich bekamen … genau in dem Moment also meldete sich mein Handy. Eine unbekannte Nummer.

»Ja?«, bellte ich und schwang mich auf mein Rad. Die nächste Lieferung stand an.

»Wir waren nicht zusammen«, hörte ich eine jugendliche Stimme. »Wir waren nur befreundet. Und überhaupt, was geht Sie das an? Ich hab mich über Sie erkundigt. Sie sind gar nicht von der Polizei, Sie dürfen mich nicht befragen.«

»Langsam, langsam«, lachte ich, eine Hand am Lenker. »Erst mal schön, dass du dich meldest, Jana. Ich habe nie behauptet, von der Polizei zu sein. Ermitteln tue ich trotzdem. Und ob du mit mir redest oder nicht, entscheidest du.«

»Eben. Ich will nämlich nicht.«

Das war natürlich lustig. Reden wollte sie nicht, nicht reden aber auch nicht! »Pass auf, ich erkläre dir kurz, was meine Aufgabe ist, dann verstehst du, warum ich dich angesprochen habe. Es gibt im Fall Greven jemanden, der als dringend tatverdächtig gilt, und ich bin damit beauftragt herauszufinden, was an dem Abend geschehen ist. Dazu befrage ich verschiedene Personen, und eine davon bist du.«

»Aber ich weiß nichts. Ich war an dem Abend nicht bei ihm, und wir hatten auch nichts miteinander.«

»Magst du mir das nicht in Ruhe erzählen? Ich bin gerade unterwegs.«

»Warum sollte ich?«

»Weil ich etwas gefunden habe, das man anders interpretieren kann. Dass du nämlich doch ein besonderes Verhältnis zu Greven hattest.«

Daraufhin herrschte erst einmal Stille. Ich fuhr einhändig weiter, erreichte die Scheffelterrasse und folgte der Straße um den Schlossgarten herum. Wenn es später steil bergab ging, würde ich anhalten oder das Telefonat unterbrechen müssen.

»Was haben Sie gefunden?«, kam es aus dem Handy.

»Das kann ich dir gern zeigen.«

»Sagen Sie's doch einfach.«

»Nö. Der Deal ist: Wir treffen uns, ich zeige es dir, wir sprechen darüber. Mir ist schon klar, dass du dazu keine Lust hast, aber ich werde nicht lockerlassen. Und deine Eltern sollten wir außen vor lassen. Oder siehst du das anders?«

Ich hörte sie heftig atmen. »Echt, ich weiß nicht, was das soll«, sagte sie schließlich. »Ich war doch gar nicht da an dem Abend.«

»Aber offenbar eine andere Person. Und du hast vielleicht eine Idee, wer das war. In jedem Fall kannst du mir etwas über Greven und sein Umfeld erzählen.« Kurzer Blick nach rechts, zum Schloss, ins Neckartal – Heidelberg at its best. »Ungefähr in einer Stunde mache ich eine Pause. Dann könnten wir uns treffen. Nur kurz, irgendwo in der Altstadt. Oder wo es dir passt.«

Na komm, Mädchen, entscheide dich! Da vorne ging es schon abwärts. Ich begann Schlangenlinien zu fahren, aber ihr Zögern dauerte so lange, dass ich am Ende doch stoppen musste. Endlich gab sie nach. Wir verabredeten uns für 22 Uhr in einer Kneipe am Neuenheimer Marktplatz.

In der nächsten Stunde versuchte ich nicht ganz so viel zu schwitzen.

Jana war schon da, als ich eintraf, und sie war nervös. Mit Recht, sie wusste ja nicht, welchen Trumpf ich in der Hinterhand hatte oder ob ich bloß bluffte. Für mich wiederum war ihre Anwesenheit ein klares Indiz dafür, dass sie und Greven tatsächlich etwas miteinander gehabt hatten. Wäre es bloß um eine flüchtige Bekanntschaft gegangen, hätte sie mich kühl abblitzen lassen können. Nach dem Motto: Du kannst gar nichts in der Hand haben, Alter, also verpiss dich.

Stattdessen war sie gekommen. Wieder im pinken Hoodie, an einem Hugo schlürfend.

»Damit das klar ist«, sagte sie, noch bevor ich mich gesetzt hatte, »ich war mit Nicolas nicht zusammen. Wenn Sie das behaupten, kriegen Sie richtig Ärger. Der Typ war doppelt so alt wie ich, ja? Ich kannte den bloß über meinen Vater.«

Schön, man kam also gleich zur Sache. Sollte mir recht sein, meine Zeit war begrenzt. Erst mal ein Bier bestellen, natürlich nur ein kleines, wegen Fahrtüchtigkeit einer- und wegen Zeit andererseits, dann nicken. Vertrauen schaffen, Max! »Behaupten tue ich gar nichts«, sagte ich. »Ich stelle bloß Fragen und ziehe Schlüsse. Außerdem bist du erst 17, stimmt's? Wenn wir uns lieber im Beisein deiner Eltern unterhalten sollen, musst du es nur sagen. Ich dachte bloß, dir ist es vielleicht recht, wenn es anders läuft.«

»Was haben Sie denn nun gefunden?«, fragte sie.

Also keine Eltern. Ich zückte meinen Geldbeutel, entnahm ihm den Einladungsflyer und legte ihn so auf den Tisch, dass Jana die Nachricht lesen konnte. Ihre eigene Nachricht. Sie schluckte, aber nur kurz. Dann sagte sie ganz cool: »Ja und? Ich wollte, dass er zur Abifeier kommt. Was ist daran Besonderes? Ich hab jede Menge Leute eingeladen.«

»Mit Bitte und drei Ausrufezeichen?«

»Klar, wie sonst?«

Ich zuckte die Achseln. Mein Bier kam, ich nahm einen Schluck.

»Jetzt mal ehrlich«, sagte Jana. »Wegen dem Scheiß hier dachten Sie, wir hätten was miteinander? Ist doch peinlich.« Sie rollte sogar mit den Augen.

»Die Pizza war also nicht für dich? Weil du an dem Abend überhaupt nicht bei Greven warst?«

»Welche Pizza?«

Ich erklärte es ihr. Von der Bestellung schien sie tatsächlich nichts gewusst zu haben. Okay, dann hatte ich nicht mehr viel in der Hand.

»Wie habt ihr euch eigentlich kennengelernt, du und Greven?«

»Über meinen Vater. Der ist auch in der Biotechnologie tätig. Kontakt hatten sie schon lange, und als Papa überlegte, in das Start-up zu investieren, trafen sie sich regelmäßig. Auch bei uns zu Hause. Nicolas war ein cooler Typ, immer gut drauf, ich mochte den.«

»Warst du mal in den Räumen in der Bahnstadt?«

»Letzte Woche hat er sie mir gezeigt. Er war so froh, dass Papa bei ihm einsteigen wollte, hatte Pläne ohne Ende.« Sie schaute ihren Fingern zu, wie sie das Glas hin- und herdrehten. »Und jetzt ist er tot.«

»Weißt du, wie es mit der Firma weitergeht? Was wird dein Vater tun?«

»Keine Ahnung.« Sie schob das Glas von sich weg und sah mich an. »Warum ermitteln Sie überhaupt in dem Fall? Sie sagten doch, es gibt einen Täter.«

»Einen Tatverdächtigen. Das ist ein Unterschied.« Ich machte eine Pause. »Genau genommen, handelt es sich um eine Verdächtige.«

»Eine Frau?«

Ich nickte.

»Und wer?«

Dass sie diese Frage stellen würde, war klar. Und während ich Marc Covet gegenüber geschwiegen hatte, entschied ich mich hier für eine andere Strategie. Aus dem schlichten Grund, weil sich so vielleicht eine Möglichkeit bot, Jana aus der Reserve locken zu können. Sie war erstens eine Frau und zweitens vielleicht Grevens Geliebte gewesen. Auf das Thema mit der sexuellen Belästigung musste sie irgendwie anspringen.

»Du darfst es niemandem weitererzählen«, sagte ich. »Auch deinen Eltern nicht. Noch ist es nicht offiziell. Versprochen?«

»Okay.«

»Antonia Kumpe.«

Verständnisloser Blick. Dann kapierte sie. »Die Frau, die bei Nicolas sauber gemacht hat? Die alte Frau Kumpe? Hammer!«

Ich schwieg.

»Die soll … die soll ihn …?« Jana schluckte. »Das ist ja schrecklich.«

»Kennst du sie?«

»Nicht wirklich. Ich hab sie mal gesehen, als sie geputzt hat. Mehr nicht.«

»Dann ist es wahrscheinlich wenig sinnvoll, dich zu fragen, ob du ihr die Tat zutraust.«

Sie schüttelte den Kopf. »Warum hat sie ihn denn … umgebracht?«

»Angeblich«, sagte ich und griff nach der Speisekarte, aber das war nur ein Ablenkungsmanöver, damit sie nicht merkte, wie ich sie aus den Augenwinkeln beobachtete, »angeblich hat Greven sie belästigt. Sexuell belästigt.«

Jana starrte mich mit offenem Mund an. »Die Kumpe? Nicolas soll sie …?«

»Das behauptet sie.«

»Und deswegen hat sie ihn …?« Sie vollendete den Satz nicht. Ich konnte förmlich sehen, wie es in ihrem Kopf ratterte. Mechanisch griff sie nach ihrem Glas, nippte daran, stellte es wieder hin.

»Ja, sie wirft ihm einen Vergewaltigungsversuch vor«, sagte ich und legte die Speisekarte beiseite. »Kannst du dir vorstellen, dass Greven dazu fähig war? Vielleicht wenn er getrunken hatte?«

Jana schwieg. Ihr Blick war aufs Fenster gerichtet, zum Marktplatz hin, wo die Pflastersteine im Licht der Laternen glänzten. Bei gutem Wetter war hier immer was los, eine ganze Handvoll Kneipen konkurrierte um die besten Plätze im Freien. Jetzt warteten Stühle und Tische unter großen Plastikhüllen verborgen auf ihren Einsatz.

»Stand Greven auf ältere Frauen?«, hakte ich nach.

Sie schüttelte den Kopf. »Quatsch, der doch nicht. Wobei …«

Ich wartete, aber sie sprach nicht weiter. Schaute nur nach draußen.

»Wobei was?«

»Ach … ich weiß nicht. Kann man in die Leute reinschauen? Manchmal … manchmal sind sie anders, als man denkt.«

»Hatte Greven eine Freundin?«

»Glaub nicht.«

»Ich habe dir ja von der Pizza erzählt. Wer könnte das gewesen sein, an wen denkst du da spontan?«

Sie zuckte die Achseln.

»Und dein Vater? Könnte der an dem Abend noch mal bei Greven gewesen sein? Um die Pressekonferenz vorzubereiten zum Beispiel?«

»Mein Vater?« Fast empört blickte sie mich an. »Ganz bestimmt nicht. Die hatten alles geklärt. Für Papa war das ein Riesenschock, als er hörte, dass Nicolas tot ist.«

»Es war nur eine …«

»Moment«, unterbrach sie mich. »Wenn Sie unbedingt nach weiteren Verdächtigen suchen, dann hab ich einen für Sie. Der frühere Partner von Nicolas, de Jager. Mit dem hat er sich gestritten. Dem sollten Sie mal auf den Zahn fühlen.«

14

Der Morgen danach war der erste regenfreie Morgen seit Tagen, doch das nächste Sturmtief zog bereits auf. Es kündigte sich im Grummeln und Grollen meines Handys an und natürlich in der Schlechtwettermiene meiner Ex-Gattin, als sie mir eben dieses Handy ans Bett brachte. Ich ahnte es, aber was sollte ich machen? Kaum hatte ich das Gespräch entgegengenommen, entlud sich der Donner.

»Waren Sie das?«, brüllte Kommissar Fischer. »Wehe, Sie waren das. Dann sind wir geschiedene Leute!«

Ich hielt das Handy vom Ohr weg, so weit es der ausgestreckte Arm erlaubte. Schreiende Kommissare sind in Natura schon kaum zu ertragen, im Bett überhaupt nicht.

»Zum Glück haben Sie keine feuchte Aussprache«, sagte ich zu dem Handy, »sonst bräuchte ich jetzt ein Handtuch.« Im Telefon zeterte und polterte es, so recht nach Polizistenart, bloß unverständlich. Na gut, hielt ich mir das Ding wieder ans Ohr. »Ich hatte gerade einen Albtraum«, sagte ich, »aber jetzt bin ich wach und zu einem Gespräch in normaler Lautstärke …«

»Ich will wissen, ob Sie das waren!«, schnitt mir Fischer das Wort ab. Nicht mehr Presslufthammer, aber immer noch rüstiger Heimwerker.

»Nö.«

»Beweisen Sie's.«

»Was denn eigentlich?«

»Das wissen Sie ganz genau. Zeitung noch nicht gelesen? Sie sind doch mit diesem Journalistenfuzzi ganz dicke. Also: Haben Sie geplaudert?«

»Ach das.«

»Ja, das. Ich sage Ihnen, wir machen Ihnen die Hölle heiß, Sie kriegen in dieser Stadt nie wieder einen Fuß auf den Boden, wir werden …« Seine Stimme überschlug sich, er begann zu husten.

Seufzend kontrollierte ich die Uhr. Wie konnte man sich um diese Zeit schon dermaßen in Rage schimpfen? Gesund war das nicht.

»Jetzt hören Sie mal zu«, sagte ich. »Abgesehen von der Tatsache, dass es keine gute Kinderstube ist, unbescholtene Mitbürger frühmorgens anzupöbeln …«

»Bleiben Sie mir vom Hals mit Ihrer Kinderstube!«, bellte es aus dem Hörer.

»Abgesehen davon habe ich mit der Sache nichts zu tun. Gestern rief mich mein Freund Marc Covet an und meinte, jemand hätte Interna aus dem Fall an die Neckar-Nachrichten durchgestochen. Er selbst hat sich geweigert, daraus die große Enthüllungsstory zu machen, aber es gibt eben noch andere Redakteure, die meinen, damit könnten sie sich profilieren.«

Stille. Ich hörte den Kommissar schwer atmen. »Ist das wahr? Schwören Sie?«

»Wenn es Sie beruhigt: ja.«

»Na, Gott sei Dank. Mir fällt ein Stein vom Herzen. Wenn Sie es gewesen wären, du meine Güte, wir hätten doch nie wieder … Puh.«

Zum zweiten Mal an diesem Morgen brachte ich mich mit ausgestrecktem Arm vor dem Handy in Sicherheit. Erst das Rumgebrülle, jetzt ein Liebesgeständnis. Und ich lag wehrlos im Bett! Als ich das Ding wieder meinem Ohr näherte, fabulierte der Kommissar gerade über den Urheber des Informationsflusses.

»Es muss jemand von uns sein«, sagte er. »Schlimm genug, wenn man den eigenen Leuten nicht mehr trauen kann.«

»Ich tippe auf Sorgwitz, der schwitzt immer so leicht. Der kann nichts bei sich behalten. Oder Greiner, die alte Plaudertasche.«

»Vergessen Sie's. Für die beiden lege ich meine Hand ins Feuer. Die sind ja selbst die ärmsten Schweine, hängen schon den ganzen Morgen am Telefon und müssen sich irgendwelchen Mist anhören.«

»Was für Mist?«

»Solidaritätsbekundungen mit Frau Kumpe. Dass man der Frau einen Orden verleihen sollte, weil sie die Welt von einem Vergewaltiger befreit hat. Solche Sachen.«

»Dann machen Sie das. Hören Sie auf Volkes Stimme!«

»Oh«, gab er bissig zurück, »ich könnte die Anrufer auch an Sie verweisen. Weil Sie ja exklusiv zu wissen scheinen, dass der Orden einer ganz anderen Person gebührt. Soll ich das, Herr Koller?«

Wieder seufzte ich. Was die Leute alles so trieben am frühen Morgen! Lasen die Zeitung, telefonierten sich die Finger wund, regten sich auf, und wenn sie nicht gerade herumbrüllten, wurden sie bissig. Konnten die nicht einfach rumlungern und den Tag auf sich zukommen lassen, so wie ich?

»Apropos«, fuhr Fischer fort, »Sie dürfen selbstverständlich Ihre Separatmeinung haben und Spuren nachgehen, die gar keine Spuren sind. Dürfen Sie alles. Trotzdem fühle ich mich verpflichtet, Ihnen zu sagen, dass Sie

Ihre Zeit verplempern. Frau Kumpe hat bei ihrer Aussage nämlich auch Täterwissen zu Protokoll gegeben.«

»Täterinnenwissen«, sagte ich müde.

»Beim Versuch, sich gegen Greven zu wehren, hat sie ihm … nun ja, eine Art Tritt gegeben. Und die Folgen dieses Tritts ließen sich an der Leiche nachweisen.«

»Wie soll ich das verstehen, eine Art Tritt?«

»Mit dem Knie. Dorthin, wo es Männern besonders weh tut. Das schaffen auch Damen über 70.«

»Und zwar so heftig, dass man …?« Ich schüttelte mich. Da schmerzte ja schon die Vorstellung!

»Massives Hodentrauma, korrekt. Ich will nicht behaupten, dass der Tod eine Erlösung für Greven war, aber angenehm können seine letzten Minuten auf Erden definitiv nicht gewesen sein.«

»Da kriegt man ja regelrecht Mitleid mit dem Kerl.«

»Und Hochachtung vor Frau Kumpe.«

»Vorsicht, Herr Fischer, Sie reden schon wie Ihre Anrufer.«

»Anruferinnen«, gab er schadenfroh zurück. Konnte einfach nichts auf sich sitzen lassen, der alte Mann.

Nach dieser heiteren Ouvertüre startete ich beschwingt in den Tag. Sollte ich vielleicht Mitleid mit Greiner und Sorgwitz haben? Geschah den beiden doch nur recht, dass sie jetzt vom gesunden Volksempfinden hinweggefegt wurden, nachdem sie gestern selbst die Moralkeule geschwungen hatten. Immer schön Distanz halten, das war meine Devise. Auch wenn ich ihr nicht allzu oft treu blieb.

Meiner Ex-Gattin, die noch im Bad an sich werkelte, versprach ich ein ganz besonderes Frühstücksvergnügen und besorgte unten beim Bäcker ein Exemplar der

Neckar-Nachrichten. Anschließend zogen wir uns das lokaljournalistische Platinprodukt bei Kaffee und frischen Brötchen rein.

»Der soll sich echt an einer 70-Jährigen vergangen haben?«, resümierte Christine, die Zeitung in der Hand.

»Wundert's dich?«

»Nicht wirklich. Alles schon mal vorgekommen.«

»Du meinst: Nihil humani, wie der Lateiner sagt?« Schade, dass ich Covets Besserwisserspruch nicht mehr exakt parat hatte.

»So ungefähr.«

»Ja, schon.« Ich pustete in den Kaffeebecher. »Alles korrekt. Aber wenn du den Leuten persönlich gegenüberstehst, diesem Schnösel von Greven und dieser feinen, alten Dame, dann fällt es dir plötzlich schwer, dir das vorzustellen.«

»Dass er es getan hat?«

»Dass er es ihr angetan hat. Überleg mal, die beiden kannten sich schon ewig.«

»Trotzdem denkbar. Hier steht, dass die Dunkelziffer beim Thema sexuelle Gewalt gegen Ältere ziemlich hoch ist.«

Das war der seriösere Teil der Berichterstattung: ein paar Daten, Fakten, nüchterne Bestandsaufnahmen. Vermutlich Marc Covets Beitrag. Ganz anders ging es im Aufmacher zu, für den mehrere Redakteure verantwortlich zeichneten. Hier konzentrierte man sich auf die Personen, ihren Charakter, ihre Herkunft, ihre Beziehung zueinander – mit einem Wort, es menschelte. Und wie das so ist beim Menscheln, wurde Partei ergriffen. Nicht direkt, nicht offen, aber untergründig. Aus dem Opfer Greven wurde ein Täter, aus der Täterin Kumpe ein Opfer. Der eine hatte schon alles und wollte noch mehr, die andere war dreifach gehandicapt: als Frau, als Stumme, als Seniorin. Covets Chef wiederum ließ sich erst gar nicht auf diese Ebene herab; er betrachtete den ganzen Schlamassel lieber von höherer Warte und fragte, ob der Zukunftsstandort Heidelberg nicht insgesamt vor dem Aus stehe. »Was für ein Druck«, schrieb er, »muss auf Nicolas G. gelastet haben, wenn dieser Mann zu einer solchen Tat fähig war? Können die enormen Erwartungen der Öffentlichkeit einen Menschen zerstören? Oder anders gefragt: Frisst die Biotech-Revolution ihre Kinder?«

Dass es für den Vergewaltigungsversuch bislang keine Beweise gab, sondern nur die Aussage von Antonia K., wurde zwar erwähnt, geriet im Laufe der Aufarbeitung aber weitgehend aus dem Blick. Offenbar genügte den Redakteuren, dass sich Frau K. spontan und ohne äußeren Zwang zu einem Verbrechen bekannt hatte, als Gewähr für die Korrektheit ihrer Behauptungen.

»Wenn man das so liest«, sagte ich, »könnte man glatt auf den Gedanken kommen, Antonia Kumpe habe den Vergewaltigungsvorwurf genau deshalb erfunden.«

»Weshalb?«

»Na, weil sie damit rechnen konnte, dass ihr dann alle Sympathien zufliegen. Sie ist das Opfer, nicht die Täterin!«

»Und weil sie auf Notwehr plädieren kann.«

»Korrekt. Das Problem ist nur …«

»Was?«

»Für so berechnend halte ich sie nicht. Diese Frau ist einfach zu ehrlich.«

Christine hielt die Zeitung in die Höhe. »Also stimmt alles, was hier drin steht. Alles.«

»Das werden wir sehen.«

Ja, wir würden es sehen. Hoffentlich! Wenn zum Beispiel ein gewisser Max Koller seinen Verpflichtungen nachkam. Nachdem sich Christine verabschiedet hatte, legte ich unten im Büro ein Recherchestündchen ein. Die Kommentarflut, die der Beitrag der Neckar-Nachrichten im Netz ausgelöst hatte, erheiterte mich zwar, aber so richtig weiter brachte sie mich natürlich nicht. Also legte ich mein Augenmerk auf den Namen, den mir Jana gestern genannt hatte: de Jager. Es war kein Problem, Informationen über den Mann zu finden, Fotos, Artikel, ein Interview. Carsten de Jager stammte aus Münster, lebte aber schon lange in Heidelberg. Er und Greven kannten sich vom Studium; schon bei Gründung ihres gemeinsamen Start-ups wurden sie als Traumpaar bezeichnet. Einige Jahre ging auch alles gut, sehr gut sogar, aber dann kam die Trennung. Bloß weshalb? Von einem Streit war in den Artikeln über BioFuture keine Rede. »Schied auf eigenen Wunsch aus dem gemeinsamen Unternehmen aus … einvernehmliche Trennung … fand nur lobende Worte über seinen Start-up-Partner …« Dazu das Bild eines verkniffen grinsenden Mannes im weißen Hemd. Aber das musste nichts heißen. Wenn bei Presseterminen weiße Hemden getragen wurde, konnte im Keller immer noch schmutzige Wäsche en masse gewaschen werden.

Für diesen Satz klopfte ich mir persönlich auf die Schulter. Gab's den auch in Latein?

Okay, Latein hin oder her, bevor ich mit meinem eigenen am Ende war, musste ich die Recherche anders aufziehen, und zwar nach bewährter Max-Koller-Manier: live und in Farbe. Im persönlichen Gespräch, Aug in Auge. Eine Telefonnummer von de Jager fand ich nicht im Internet, dafür aber seine Adresse. In einem Artikel wurde nämlich erwähnt, dass er zusammen mit seiner Frau auf dem Firmengelände wohnte. Da der Artikel aus dem vergangenen Jahr stammte, konnte damit nur der alte Unternehmenssitz in Wieblingen gemeint sein.

Also auf in den Heidelberger Westen!

15

Na, das konnte man doch fast schon Sommer nennen. Schnuckelige 18 Grad Celsius, kein Regen, nur ein paar gelangweilte Wolken am Himmel. Noch eine Spur wärmer, und ich hätte mit nacktem Oberkörper nach Wieblingen radeln können.

Das Gewerbegebiet, in dem Greven und de Jager ihren märchenhaften Aufstieg begonnen hatten, lag am südlichen Rand des Stadtteils, eingequetscht zwischen Autobahn und Bahnstrecke nach Mannheim. Kurz vorm S-Bahnhof Pfaffengrund/Wieblingen lachte mich plötzlich das Schild »BioFuture« an. Es stand vor einem dreistöckigen Zweckbau, der nicht annähernd so glamourös war wie das Ding in der Bahnstadt. Das Haus de Jagers musste sich gleich daneben befinden, aber noch bevor ich das überprüfen konnte, sah ich einen Mann den Bürgersteig entlang eilen: kein anderer als der Gesuchte selbst. Wo wollte der jetzt hin? Zu Fuß, in einem öden Gewerbegebiet?

Langsam radelte ich ihm hinterher. Im Laufen schaute de Jager immer wieder auf sein Handy und steckte es erst ein, als er an einem großen, hallenartigen Gebäude angekommen war. Er tippte auf einem neben der Tür angebrachten Kästchen herum, öffnete sie und verschwand im Innern. Komischer Klotz, fand ich. Laut Beschriftung handelte es sich um ein Parkhaus, auch wenn es nicht so aussah. Mit seiner Fassade in gedeckten Farben, den vielen Fenstern und der schüchternen Begrünung an den Seiten hätte es genauso gut eine Lagerhalle sein können oder einer von diesen modernen Konzertsälen. War aber ein Parkhaus, und zwar eines mit ausschließlich Dauerparkplätzen. Für besonders gehätschelte Schätzchen, nahm ich an, denn im Erdgeschoss gab es eine Art Wellnessoase, die sich auf vierrädrige Kunden spezialisiert hatte. »We pimp your car«, hieß es neckisch über dem Eingang, und gepimpt wurde mit Pflegeartikeln von Creme bis Gloss, von Bürste bis Tuch. Ein Schönheitssalon mit klarer Zielgruppenausrichtung: »Männertraum« nannte sich der Laden.

»Wenn du groß bist, darfst du da auch hin«, versprach ich meiner Mühle, einem betagten, aber absolut zuverlässigen Stadtrad, und schloss es an eine Laterne. Wenn de Jager zu Fuß und in Eile in dieser XXL-Garage verschwunden war, würde er vermutlich per Auto und immer noch in Eile wieder herauskommen. Nur wo? Eine klassische Ausfahrt gab es nicht. Stattdessen entdeckte ich zwei breite Rolltore mit herunterfahrbaren Pollern davor. Während ich noch wartete und andere Möglichkeiten erwog, hörte ich hoch über mir einen Wagen starten, dann das Quietschen von Reifen, wie man es aus Verfolgungsjagden in Tiefgaragen kennt, und schließlich wieder Stille. Korrigiere: fast Stille. Denn jetzt hatte ein gleichmäßiges Surren eingesetzt, das aus der Höhe immer näher kam.

Da gab es doch tatsächlich einen Autolift in dem Kasten!

So. Das Surren verstummte. Gleich darauf begann sich das eine der beiden Tore zu heben. Die Front eines silbergrauen Porsche aus den Siebzigern kam zum Vorschein. Wie von Geisterhand verschwand ein Poller im Boden. Der Porsche rollte aus der Garage, kam aber nicht weit, denn anstatt des Pollers stand nun ein Mann im Weg und winkte dem Fahrer lächelnd zu. Dieser Mann war natürlich ich. De Jager trat aufs Bremspedal und starrte mich entgeistert an. Bevor er seine Fassung wiedergefunden hatte, war ich an der Beifahrertür, öffnete sie und schlüpfte ins Wageninnere.

»Hallo, Herr de Jager«, sagte ich. »Hätten Sie einen Moment Zeit für mich?«

Dass ich seinen Namen kannte, ließ ihn endgültig zur Salzsäule werden. Ich grinste, er glotzte. Schöner machte ihn die Verblüffung nicht. Auch wenn er deutlich jünger war als sein Wagen, war die Versteppung seines Schädels schon weit fortgeschritten. Wahrscheinlich dachte er zu viel, und der Kopf hielt das alles nicht aus, die schweren Gedanken und die Last der Haare. Egal, in diesem Moment begriff er die Welt so oder so nicht. »Raus hier!«, rief er. »Ich hab's eilig, Mann.«

»Sieht man. Dann nehmen Sie mich doch einfach mit, und wir sprechen unterwegs.«

»Nein!«

»Okay, dann hinterher. Meinen Sie, Ihre Frau macht mir einen Kaffee, während wir auf Sie warten?«

Zack, klappte seine Kinnlade nach unten. »Wer … wer sind Sie?«

»Max Koller mein Name. Ich ermittle im Fall Nicolas Greven. Ihr ehemaliger Partner, der letzten Samstag zu Tode kam. Ich habe bloß ein paar Fragen an Sie, und da ich keine Telefonnummer von Ihnen besitze, dachte ich, ich schaue mal persönlich bei Ihnen vorbei.«

De Jager starrte mich an. Täuschte ich mich, oder entdeckte ich da ein nervöses Flackern in seinem Blick? Die Gedanken, ich sagte es ja! Jedenfalls blieb er bemerkenswert lange still, die Hände am Steuer, die Augen auf mich gerichtet.

»Sind Sie von der Polizei?«, sagte er schließlich, fast ein wenig eingeschüchtert.

»Nein, man hat mich privat engagiert. Aber keine Angst, es geht nicht um Sie. Vielleicht haben Sie heute in der Zeitung gelesen, dass es eine Hauptverdächtige gibt, die sogar gestanden hat. Meine Aufgabe besteht darin, das Umfeld der Tat auszuleuchten. Ich habe ein paar Fragen zu Greven und zu Ihrer gemeinsamen Firma, das ist alles.«

»Verstehe.« De Jager entspannte sich ein bisschen. Das Rolltor hinter uns hatte sich längst geschlossen, der Poller wartete geduldig in der Versenkung.

»Wie gesagt, wir können auch später sprechen. Aber Sie haben es doch eilig, oder?«

Er sah nach vorne, dann zu mir. »Wie war Ihr Name?«

»Koller. Max Koller.«

De Jager griff in die Innentasche seines Sakkos, zückte sein Handy, hielt es sich vor den Mund und sagte: »Max Koller, Heidelberg.« Die Ergebnisse, die das allwissende Kästchen ausspuckte, schienen ihm zu genügen, denn er verstaute das Handy wieder und fuhr los. Mit Gummi natürlich. Ich legte den Sicherheitsgurt an.

»Privater Ermittler sind Sie«, knurrte er. »Ich weiß ja nicht.«

»Das verstehe ich«, grinste ich. »Wir sind wie Kammerjäger, mit uns will man nichts zu tun haben. Aber manchmal lässt es sich nicht vermeiden, da kommt man mit dem Ungeziefer des Lebens in Berührung, mit Mord und Totschlag nämlich, und dann führt kein Weg an uns vorbei. Bringen wir es also hinter uns.«

Er murmelte etwas Unverständliches. Der Porsche schmatzte mit knapp 100 über den nassen Asphalt; anstatt die Autobahn anzusteuern, hielt sich de Jager Richtung Wieblingen.

»Seien Sie froh, dass ich nicht zum Pfefferspray gegriffen habe«, sagte er, mit den Fingern auf dem Schalthebel herumtrommelnd. »Im ersten Moment dachte ich, Sie seien einer von diesen Obdachlosen.«

»Was für Obdachlose?«, entgegnete ich, fast ein wenig beleidigt.

»Die ins Parkhaus rein wollen. Im Winter ist es richtig schlimm, da suchen die ein warmes Plätzchen zum Schlafen.«

»In einem Parkhaus?«

»Da drin gibt es Fußbodenheizung. Das ist wie Hotel für die!«

»Eine Cocktailbar auch?«

»Nee, aber eine Lounge.«

Jetzt war ich es, der blöd guckte. Fußbodenheizung, Aufzug, Lounge? Lieber nicht nachhaken, sonst kam mir de Jager am Ende noch mit Pool und Sauna. Diese Fahrzeuge residierten ja besser als Kumpe & Co.!

»Was wollen Sie denn nun von mir?«, fragte de Jager.

»Sie haben zusammen mit Greven das Unternehmen BioFuture gegründet. Aber dieses Jahr sind Sie ausgestiegen. Gab es Ärger?«

»Nein.« Er setzte den Blinker und bog mit Schmackes um eine Kurve.

»Sondern?«

»Unterschiedliche Ansichten.«

»Worüber?«

»Über die Zukunft der Firma.«

»Und dann steigt man aus, einfach so? Aus einem Projekt, in das man Jahre seines Lebens investiert hat?«

»Nicht einfach so, weiß Gott nicht. Ich habe mir das lange überlegt, sehr lange.« Wir rumpelten durch die engen Straßen des Ortes, über Bahngleise und an parkenden Autos vorbei. Einem entgegenkommenden Wagen nahm de Jager die Vorfahrt, ohne mit der Wimper zu zucken.

»Gab es Streit?«, fragte ich.

»Nein.«

Ich lachte. »Doch. Gab es.«

De Jager riss das Steuer herum und brachte den Porsche mit solcher Wucht zum Stehen, dass mir der Sicherheitsgurt in die Brust schnitt.

»Apotheke«, sagte er und zeigte auf ein Gebäude rechts. Das also war das Ziel unserer Ausfahrt.

»Bis gleich«, erwiderte ich. »Und wenn Sie wieder da sind, erzählen Sie mir von Ihrem Streit mit Greven.«

Mit finsterem Blick stieg er aus, warf die Autotür zu und stapfte in die Apotheke. Ich vertrieb mir die Wartezeit damit, mich im Inneren des Wagens ein wenig umzuschauen, fand aber nichts Interessantes. Was für ein schräger Vogel, dieser de Jager! Für den einen Kilometer bis zur Apotheke holte er den Porsche aus dem obersten Stockwerk seiner Luxusgarage. Da wäre ich mit meinem Radveteran auch nicht langsamer gewesen.

Er kam zurück, berstend vor Energie. Die Tür aufreißen, sich auf den Fahrersitz werfen, die Handbremse lösen und den Wagen starten, das alles geschah in einer einzigen fließenden Bewegung. Noch bevor er sich anschnallte, machte er einen U-Turn, dass es den Wieblingern in den Ohren pfiff.

»Wir hatten keinen Streit«, sagte er, während er einen Gang höher schaltete. »Wir hatten lediglich unterschiedliche Vorstellungen, wie es mit der Firma weitergehen sollte. Und zwar schon lange, eigentlich von Anfang an. Der Erfolg hat uns zusammengeschweißt. Greven war ein Chaot, aber ein kreativer Chaot, der ständig mit neuen Ideen kam. Ich musste ihn bremsen, immer wieder. Irgendwann hatte ich es satt und zog die Reißleine.« Er hupte einen Fußgänger von der Straße. »Hätte ich schon viel früher machen sollen.«

»Wann haben Sie Greven das letzte Mal gesehen?«

»Warum wollen Sie das wissen?«

»Wie gesagt, ich versuche, die Umstände seines Todes zu rekonstruieren.«

»Ich dachte, die Kumpe hätte gestanden. Oder nicht?«

»Doch, aber Greven hatte an dem Abend offenbar noch Besuch. Er ließ sich zwei Pizzen und Wein kommen. Das waren Sie also nicht?«

»Depp!«, stieß er hervor und schlug mit der flachen Hand auf das Steuerrad. Vor ihm schlich ein Auswärtiger über die Umgehungsstraße. »Pizza ist nicht so meins. Außerdem war ich morgens schon bei Nicolas.«

»Am Morgen seines Todes? Warum?«

»Verwaltungskram. Nach meinem Ausstieg gab es noch jede Menge zu organisieren.«

Er beschleunigte. Der Schleicher hatte sich in eine Seitenstraße verkrümelt, jetzt ging es über die Autobahnbrücke zurück ins Gewerbegebiet. Rechter Hand lugte bereits das Parkhaus über die Dächer.

»Kennen Sie Frau Kumpe?«, fragte ich.

»Sicher. Sie putzt ja schon Ewigkeiten für uns.«

»Trauen Sie ihr die Tat zu? Und Ihrem Partner Greven einen solchen sexuellen Übergriff?«

»Ach komm …« Er verzog geradezu schmerzlich sein Gesicht. »Was ist denn das jetzt für eine Scheißfrage? Ich dachte, es geht um Fakten und nicht um das, was ich irgendwelchen Leuten zutraue. Sind wir hier beim Sonntagabend-Krimi, oder was?«

»Leider gibt es in diesem Fall nur wenig verwertbare Fakten.«

»Dann halten Sie sich an die.« Er brachte den Porsche vor dem Parkhaus zum Stehen. »Wenn die Kumpe ihn gestoßen hat, wird sie ihre Gründe gehabt haben. Ich kann Ihnen da jedenfalls nicht weiterhelfen. Würden Sie jetzt bitte aussteigen?«

»Können wir vielleicht …«

»Nein.« Wieder der Griff zum Sakko, aber nun holte er eine Medikamentenschachtel hervor statt des Handys. »Meine Frau ist schwanger und hat mörderisches Sodbrennen. Ich würde ihr das jetzt gerne bringen. Okay?«

»Klar.« Ich stieg aus und sah zu, wie das Riesenparkhaus eines seiner Mäuler öffnete, um den Porsche mitsamt de Jager zu verschlingen.

16

Auf der Heimfahrt versuchte ich, eine erste Bilanz im Fall Greven zu ziehen. Und so kurz die Fahrt, so ernüchternd war die Bilanz. Wenn Sebastian Kumpe gehofft hatte, dass ich einen Grund fand, das Geständnis seiner Mutter zu erschüttern, dann lautete das Resultat: Diesen Grund gab es nicht. Wenigstens bis jetzt nicht. Das einzige Indiz dafür, dass Antonia nicht die Wahrheit gesagt haben könnte, waren die beiden Pizzen, die auf die Anwesenheit einer weiteren Person hindeuteten. Und dann natürlich das Fragezeichen hinter Grevens angeblichen Übergriffen. Aber um das zu beurteilen, musste man ja eine polizeiliche Fortbildung besucht haben.

Die rote Ampel am Hauptbahnhof gab mir die Gelegenheit zu einer saftigen Vollbremsung. Da war es wieder, das Gelächter der Polizisten, ich hörte es ganz deutlich! Regelrecht durchgeschüttelt hatte es den alten Fischer, und das bei seiner medizinischen Vorgeschichte. Das Gesabber von Greiner, der schwanzwedelnde Sorgwitz ... Schon deswegen hätte ich mir dringend einen Ermittlungserfolg gewünscht.

Ampel wieder grün, Frust in Bewegungsenergie umwandeln. Sortieren wir weiter. Jana hatte kein Verhältnis mit Greven gehabt, de Jager keinen Streit. Behaupteten sie zumindest. Aber selbst wenn beide logen – was würde das ändern? Nicht die Suche nach einem Mordmotiv war das Problem; bei schillernden Typen wie diesem Greven würde man am Ende immer etwas finden. Sondern die Tatsache, dass es ein Geständnis gab. Solange sich an dem nicht rütteln ließ, blieb alles andere Spiegelfechterei. Die Kumpe war der Knackpunkt. Sie und ihre Ehrlichkeit.

Ich musste noch einmal mit ihr sprechen, und zwar am besten ohne den Sohn. Wir würden uns schon irgendwie verständigen. Zu Hause angekommen, machte ich mir erst einmal einen Kaffee. Dann ploppte eine Nachricht aus der Lieferdienstzentrale auf: ob ich heute spontan den Mittagsdienst übernehmen könne. Oleg sei krank, der Rest nicht verfügbar. Dringend, Max! Unser Held! Bussi! Und wehe, du kannst nicht!

Oleg krank? Ausgerechnet er, der Tiefdruckvermeider? Da sah man mal, wie gefährlich diese Stubenhockerei war!

Ganz schwierig, schrieb ich zurück. Nahezu unmöglich. Aber okay, in all meiner Großmut würde ich es noch einmal versuchen. Unter der Bedingung, dass ich in den nächsten drei Tagen frei hätte.

Zwei, schrieb der Schleifer zurück.

Drei.

Zweieinhalb.

Keine Ahnung, was das hieß, aber ich willigte ein. Kam ohnehin selten vor, dass der Typ mit sich reden ließ. Beziehungsweise schreiben.

Die nächsten Stunden verbrachte ich also wieder auf den schönsten Straßen der schönsten Stadt Deutschlands mit dem schönsten Panorama, diesem weltberühmten Langliebichdichschon, du Vaterlandschönste. Anders formuliert: Ich hangelte mich von Schlagloch zu Schlagloch, über Radwege, die im Nichts endeten, zwischen hupenden und drängelnden Autos hindurch, beschimpft von Fußgängern, gejagt von Taxifahrern; die ganze Stadt lag unter einer mies gelaunten Wolkendecke, und Hölderlin war ja sowieso verrückt. Immerhin regnete es mal gerade nicht, man sah also vorher, in welchen Kurven Rutschgefahr drohte und wo Glassplitter lauerten. An einer Ampel stand ein dickes kleines Mädchen aus Fernost, das mich aus großen Augen anstarrte. So was wie mich gab es nicht mal als Anime-Figur. Ich war Super-Max, der heimliche Herrscher der Stadt.

Nach mir hätte man mal eine Wetterlage benennen sollen!

Es war früher Abend, als ich geduscht und in frischen Klamotten zur Kumpe fuhr. Im Treppenhaus war ich meiner Ex in die Arme gelaufen, die mir stolz berichtete, sie habe ein Geschenk für Eva gefunden. Ein Wochenende in einem Wellnesshotel in der Rhön, behindertengerecht, soll heißen, Fatty konnte mitfahren. In meinen Augen hatte dieses Geschenk irgendwie einen Haken, aber das verschwieg ich Christine.

»Und du?«, rief sie mir nach. »Hast du was für Fatty besorgt?«

»Ist in Arbeit. Wird gut.«

»Drei Tage hast du ja noch.«

Sarkasmus stand ihr nicht, fand ich. In drei Tagen konnte jede Menge passieren, das wusste ich aus Erfahrung. Es sei denn, man arbeitete wie meine Ex auf einem städtischen Amt, wo die einzige Sensation im täglichen Abreißen des Kalenders bestand.

Ein Abreißkalender?, hörte ich Christine höhnen. Bei uns? Wo wir doch voll digitalisiert sind? In welchem Jahrhundert lebst du denn, Max?

Immer im Hier und Jetzt, dachte ich, bog in Kumpes Straße ein – und stutzte.

Wo kamen plötzlich all die Leute her? Was wollten die hier? Moment, standen die nicht …? Na klar standen die vorm Haus der alten Dame! Aber warum?

Langsam näherte ich mich dem Menschenauflauf. Erst mal die Lage sondieren. Publikum war so ziemlich das Letzte, was ich bei einem Gespräch mit Sebastians Mutter brauchen konnte. Kommissar Fischers Lamento kam mir in den Sinn. Den ganzen Morgen schon Anrufer … Solidarität mit der Hauptverdächtigen … Sollten die sich etwa alle hier versammelt haben?

Es sah ganz danach aus. Die Menge bestand fast ausschließlich aus Frauen. Frauen in allen Altersgruppen. Einige trugen handgemalte Schilder, auf denen »Schluss mit dem Sexismus«, »Auch Seniorinnen brauchen Schutz« oder »Vergewaltiger endlich bestrafen« stand. Man quasselte, man diskutierte, es gab energisches Kopfschütteln und noch heftigeres Nicken. Eine der Frauen redete ohne Punkt und Komma auf einen jungen Mann ein, der brav seinen Notizblock vollkritzelte. Vermutlich ein Kollege von Marc Covet. Auch ein Team vom Regionalfernsehen war im Anmarsch; die Reporterin suchte schon mal den besten Platz für sich und ihr Puschelmikro.

All das registrierte ich, während ich im Zeitlupentempo vorbeiradelte. Von Antonia Kumpe keine Spur; auf der Rückseite ihrer Wohnung waren sämtliche Vorhänge zugezogen. In den anderen Fenstern des Mehrfamilienhauses dagegen hingen die Menschen bündelweise und glotzten sich die Augen aus dem Kopf.

Was tun? Vor dem nächsten Wohnblock stieg ich ab und schloss mein Rad an. Dann schlenderte ich auf der anderen Straßenseite zurück. Gegenüber von Kumpes Haus stand ein Mann mit Rauhaardackel an der Leine und rauchte. So was hatten die zwei auch noch nicht erlebt!

»Was ist denn hier los?«, fragte ich den Mann.

»Demo.«

»Und wofür?«

»Frauen«, sagte er. »So'n Frauending.«

»Ah.«

Er rauchte, ich schwieg. Der Dackel ebenfalls. Auf der anderen Straßenseite machte sich die Reporterin bereit. Erst sprach sie einige Sätze in ihr Puschelmikro, dann hielt sie es einer Frau mit kurzen grauen Haaren unter die Nase. Ein Kameramann filmte. Nachdem die Frau fertig geredet hatte, gab es Beifall. Der Beifall war gut zu vernehmen, alles andere nicht.

»Schade, dass man nichts versteht«, sagte ich.

Der Mann neben mir klemmte wortlos seine Kippe zwischen die Lippen und zückte ein Handy. Mit dicken Daumen tippte er darauf herum, bis die Reporterin zu sehen war. Die von der anderen Straßenseite. Kunststück, auf der Kamera stand die Internetadresse des Senders. Das hätte dir ja auch mal auffallen dürfen, Max Koller!

Jetzt noch die Lautstärke aufdrehen, und schon konnten wir mithören, was drüben besprochen wurde.

»Sexuelle Gewalt gegen Ältere ist immer noch ein Tabuthema«, sagte die Grauhaarige gerade. »Das muss endlich ins Bewusstsein der Bevölkerung dringen. Es sind eben nicht nur die jungen Frauen, die darunter leiden. Auch Best Ager sind unter den Opfern, Tag für Tag. Es wurde höchste Zeit, dass eine Betroffene darauf aufmerksam gemacht hat.«

Wieder Beifall.

»Sie halten die Aussage von Frau Kumpe also für glaubwürdig?«, hakte die Reporterin nach. Sie war ungefähr halb so alt wie ihre Gesprächspartnerin.

»Absolut«, fuhr diese auf. »Absolut. Für mich und meine Initiative gibt es da nicht die Spur eines Zweifels. Wir alle wissen, wie schwer es Frauen fällt, öffentlich zuzugeben, dass sie Opfer eines männlichen Übergriffes wurden. Und dann erst einer älteren Frau! Das Thema Vergewaltigung ist derart schambehaftet, eine regelrechte Wand von Scham baut sich da auf. Wer diese Wand durchbricht, der hat allen Grund dazu.«

Wieder Beifall. Mit dem Live-Bild vor Augen, dem Dialog im Handy und dem Applaus, der stereo von drüben wie von hier kam, war das ein hochinteressantes Kinoerlebnis.

»Was sind die Ziele Ihrer Initiative?«, wollte die Reporterin wissen.

»Wir möchten, dass die Tat von Frau Kumpe als das gesehen wird, was sie ist: Notwehr nämlich. Keine Strafe für ein weibliches Opfer männlicher Gewalt! Außerdem möchten wir, dass Frau Kumpe die Ehrenbürgerplakette der Stadt Heidelberg erhält.«

Jetzt war die Zustimmung drüben riesengroß.

»Ich kenn die Kumpe«, sagte der Raucher. »Ich kenn die. Nette Frau. Aber schnackeln? Würd ich die nie. Sie vielleicht?«

Der Dackel knurrte. Ich brummte etwas Unverfängliches, aber so kam ich dem Kumpe-Nachbarn nicht davon.

»Würden Sie?«, bohrte er weiter. »Über so 'ne Alte herfallen? Ist doch Käse, oder?«

Ich wich seinem Blick aus. Wenn ich ihm zustimmte, galt ich am Ende noch als Altersrassist. Aber das Gegenteil behaupten ging erst recht nicht!

»Keine Ahnung«, sagte ich. »Dazu habe ich noch keine Fortbildung besucht.«

»Dabei hat die einen Macker. Hab mal einen bei ihr fensterln sehen, abends. Da fällste vom Glauben ab.«

Ich atmete einmal tief ein und wieder aus.

»Ist doch wahr«, meinte der Mann und schnippte die Zigarette ins Gebüsch. »Wer vergreift sich denn an so was Verwelktem?«

Okay, das reichte. Ich machte, dass ich davonkam. Vielleicht interviewte die Reporterin ja noch den Nachbarn, das würde dann ein lustiges Gespräch. Aber ohne mich, Leute! Im Gehen rief ich Kommissar Fischer an, der sich verdächtig rasch meldete.

»Haben Sie es schon mitgekriegt, Herr Fischer? Antonia Kumpe wird vor ihrem Haus von einer Fraueninitiative gefeiert, die ihr irgendwelche Orden umhängen wollen.«

»Ja, habe ich«, sagte er heiser. »Demnächst werden sie die arme Frau noch im Triumphzug durch die Stadt tragen. Und das Schlimmste ist: Die Politik springt auch schon auf diesen Karren auf. Petitionen werden gestartet, Gemeinderäte rufen bei uns an und wollen Details wissen … Bloß nichts verpassen, was sich vielleicht politisch ausschlachten ließe.«

»Und alle gehen davon aus, dass die Kumpe die Wahrheit gesagt hat. Genau wie Sie.«

Durch das Handy drang ein Seufzer zu mir, der schwerer war als der schwerste Rotwein. »Herr Koller, ich hätte nie gedacht, dass ich einmal in so eine Lage komme. Aber nach den Erfahrungen von heute würde ich was drum geben, wenn Sie mich vom Gegenteil überzeugen könnten.«

»Wie bitte?«, lachte ich. »Sie wären froh, wenn ich Ihnen einen anderen Täter herbeizaubern würde?«

»Oder wenigstens ein anderes Motiv. Kann sie nicht einfach aus Gier gehandelt haben? Um an Grevens Geld zu kommen?«

»Herr Fischer, was ist denn mit Ihnen los? So kenne ich Sie ja gar nicht.«

Statt einer Antwort hörte ich gedämpftes Murmeln. Anscheinend hielt er die Hand über den Hörer, während er sich mit einem Kollegen unterhielt. Ich sah zu der Ansammlung vor Kumpes Haus hinüber. Es gab keinerlei Anzeichen dafür, dass sie sich in absehbarer Zeit auflösen könnte.

»Passen Sie auf«, meldete sich der Kommissar zurück. Seine Stimme war nur noch ein Krächzen. »Ich wäre Ihnen wirklich dankbar, wenn Sie ein wenig Luft aus der ganzen Sache lassen könnten. Sollten Sie irgendeinen Hinweis auf andere Personen haben, melden Sie sich. Ich helfe Ihnen, wo ich kann.«

»Sie mir helfen? Dass ich das noch erleben darf …«

»Ich muss Schluss machen, der Polizeipräsident hat sich angekündigt, hier brennt das Revier. Ganz kurz noch: Gestern Abend wurde bei Greven eingebrochen. Wir wissen nicht, ob es mit seinem Tod zusammenhängt oder ob da lediglich ein paar Trittbrettfahrer die Situation ausnutzen wollten. Nur damit Sie auf dem Stand sind.«

»Bei BioFuture?« Ich kapierte überhaupt nichts. Erst verschaffte ich mir Zutritt und einen Tag später jemand anderes?

»Nein, in seiner Privatwohnung in Handschuhsheim. Alles extrem dilettantisch; Scheibe eingeschlagen, Alarmanlage ausgelöst – die Täter hatten nur ein paar Minuten, um etwas mitgehen zu lassen. Es fehlt auch nichts.«

»Wie, nichts?«

»Die Wertsachen sind alle noch da.«

»Verstehe ich nicht.«

»Wir bleiben dran. Ich muss Schluss machen. Drücken Sie mir die Daumen.«

Ende des Gesprächs. Ich schaute verblüfft auf mein Handy. Der hatte mich ja regelrecht angebettelt, der alte Mann! Finden Sie mir einen anderen Täter … So schnell konnte sich der Wind drehen. Na gut, ich würde sehen, was sich machen ließ. Noch ein Blick zum Haus hinüber. Alles wie gehabt: die Menschenmenge, die Leute vom Sender, der rauchende Nachbar.

Nein, eins war anders: Ganz kurz hatte ich das kleine, faltige Gesicht von Antonia Kumpe zwischen den Vorhängen aufblitzen sehen.

Ihre Miene kummervoll zu nennen, wäre untertrieben gewesen.

17

»Sag mal, was ist denn da los in der Stadt?«, wollte Christine wissen, als ich wieder zu Hause war. »Man hört von seltsamen Demos, und in den Sozialen Medien wirst du mit Petitionen bombardiert.«

»Ich nicht«, sagte ich.

»Ja und? Worum geht es nun?«

Schön, klärte ich meine Ex also auf. Über den Auflauf vor Antonia Kumpes Haus, die Wellen, die ihr Geständnis schlug, die Sympathiebekundungen allerorten.

»Vielleicht hat sie die Vergewaltigung ja doch erfunden«, sagte ich. »Das Ergebnis gibt ihr jedenfalls recht. Sie ist so gut wie freigesprochen.«

»Ja, andererseits …«, begann Christine, in ihr Handy vertieft.

»Andererseits was?«

Sie sah auf. »Na ja, was die Aktivistin da im Video sagt, das leuchtet mir ein. Sexuelle Belästigung ist als Thema ohnehin schon so schambehaftet, dass kaum eine Frau darüber spricht. Und dann auch noch eine ältere Frau! Das passiert praktisch nie.«

»Frau Kumpe ist ja auch stumm.«

Christine zog die Brauen zusammen. »Das ist nicht lustig, Max.«

»Okay, okay, ich verstehe, was du sagen willst: Nur in einer Notlage, einer absoluten Ausnahmesituation, wird jemand wie die Kumpe zugeben, Opfer eines männlichen Übergriffs geworden zu sein. Und das ist für dich der Beweis, dass der Vergewaltigungsversuch tatsächlich stattgefunden hat.«

»Der Beweis nicht, aber ein deutliches Indiz.«

»Und wenn die Notlage eine andere war? Ich spinne jetzt mal rum: Greven hat herausgefunden, dass sie ein Nummernkonto in der Schweiz hat, mit lauter Schwarzgeld drauf. Er stellt sie zur Rede, sie kippt ihn über die Brüstung und bezichtigt ihn hinterher der Vergewaltigung.«

Christine schüttelte den Kopf. »Hanebüchen.«

»War ja nur ein Beispiel. Das mit der Notlage klingt nachvollziehbar, aber es könnte auch eine andere gewesen sein.«

»Welche andere Notlage wäre schlimmer, als gerade das Opfer eines Gewaltakts geworden zu sein?« Herrje, ihre Miene dunkelte immer mehr ein!

»Das versuche ich ja herauszufinden. Es ist okay, wenn alle Welt Frau Kumpe glaubt, aber ich nehme mir die Freiheit, ihr Geständnis anzuzweifeln.«

»Und warum sollte sie lügen? Warum sollte sie etwas erfinden, das zu blöden Kommentaren von Männerseite geradezu einlädt?« Sie streckte mir das Handy hin. »Hier, hast du die Chauvi-Kommentare deiner Geschlechtsgenossen gelesen? Da dreht es dir als Frau den Magen um. Und nichts davon wird gelöscht, sonst heißt es wieder, in Deutschland herrscht Zensur! Warum sollte diese Frau also erfinden, was ihr angetan wurde? Kannst du mir das sagen?«

Nein, konnte ich nicht. Ich war schließlich Mann und Witzbold in einem und damit wohl der Falsche, um in diesem Fall zu ermitteln. Rauchenden Chauvis am Gartentürchen mochte ich mich überlegen fühlen, trotzdem würde ich immer an der Bürde meines Geschlechts scheitern. Ich hätte Christine gerne das Bild eines Ermittlers gezeichnet, von dessen Erkenntnissen die Zukunft einer Stadt abhing – wo mich sogar schon die Polizei flehend um Mithilfe bat. Aber ich ließ es bleiben. Zu streng ihr Blick, zu kämpferisch ihre Haltung.

»Ich mach dann mal weiter«, sagte ich und verzog mich. »Im Dienst der Wahrheit und so.«

»Der männlichen Wahrheit?«, rief sie mir hinterher.

Ich schnitt ihr eine Grimasse, die sie aber nicht sah. Männliche Wahrheit, was für ein Mist. Und das aus dem Mund eines weiblichen Wesens, dem nichts Besseres einfiel, als ein anderes weibliches Wesen mit einem Wellnesswochenende zu beglücken. Geschlechterklischee, ick hör dir trapsen!

Als Retourkutsche würde ich Fatty das männlichste aller Geschenke besorgen. Musste nur noch rausfinden, was das war.

Außer Hörweite meiner Ex wählte ich Antonia Kumpes Nummer. Da mit einer eher einseitigen Konversation zu rechnen war, legte ich mir vorher zurecht, was ich sagen wollte. Doch sie nahm nicht ab. Wahrscheinlich war ihr Telefon schon ganz heiß von Anfragen, und bei jedem Klingeln bekam sie Herzrasen. Gut, schrieb ich ihr eben eine Nachricht: dass ich sie gern noch einmal sprechen wolle, ein paar kleine Fragen nur, ich könne jederzeit vorbeikommen. Sie entscheide.

Mein nächster Versuch galt dem Sebi, aber auch der ging nicht ran. Meine Bitte um Rückruf, die ich ihm auf die Mailbox sprach, dürfte ziemlich knurrig geklungen haben.

Irgendwie klappte heute gar nichts!

Was tun? Erst mal Handy beiseitelegen, durchs Zimmer tigern, Gedanken ordnen. Wenn ich ehrlich war, begann mir dieser Fall lästig zu werden. Alle wollten sie plötzlich Ergebnisse sehen, nicht nur mein Auftraggeber – der im Grunde gar kein Geber war, er gab ja nichts, keinen einzigen Cent –, sondern jetzt auch noch der Kommissar. Und ich, was hatte ich vorzuweisen? Diskussionen mit meiner Ex, na wunderbar. Spuren, die ins Nichts führten. Jana wollte ihr Abi feiern, de Jager sorgte sich um seine schwangere Frau. Und der Sebi sparte fürs nächste Tattoo. War doch scheiße, das alles! Klar, ich hätte den Auftrag zurückgeben können, niemand würde mir einen Strick daraus drehen, mit Ausnahme vielleicht von Kommissar Fischer. Aber noch hatte ich das Gefühl, dass da etwas nicht stimmte. Dass es einen brauchte, der weiterbohrte. Der dranblieb, der auch die unangenehmen Wahrheiten aussprach.

Ob ich dafür der Richtige war, wusste ich allerdings nicht.

Gut, dass Christine meinen Gedanken nicht lauschte.

Na schön, Denken war das eine, Handeln das andere. Ich schnappte mir das Telefon und wählte eine dritte Nummer. Eine, die ich erst seit gestern eingespeichert hatte. Diesmal ging jemand ran.

»Hallo, Jana, Max Koller hier. Hast du kurz Zeit für mich?«

»Nein!«

Ich holte tief Luft. Ihr Nein war weniger Ablehnung als Verzweiflung: halb Schrei, halb Flehen. Die junge Dame hatte wohl noch nicht realisiert, wie hartnäckig ich sein konnte.

»Ganz ruhig, keine Panik. Ich möchte dich nur …«

»Was ist denn jetzt noch?«

Ich rollte mit den Augen. Okay, wir können den Vorspann auch weglassen. War mir sowieso lieber! Also, zur Sache. »Du hast behauptet, zwischen Greven und de Jager hätte es Stress gegeben. Das habe ich natürlich überprüft. Aber de Jager bestreitet alles. Er sagt, da war nichts, er und Greven hätten sich in gegenseitigem Einvernehmen getrennt. So steht es auch in allen Presseartikeln, die verfügbar sind.«

»Das stimmt nicht. Nicolas hat mir von ihrem Streit erzählt.«

»Wann?«

»Vor ein paar Tagen. Ist das wichtig?«

»Und worum ging es?«

»Ich weiß nichts Genaues. Jedenfalls konnten die beiden schon länger nicht mehr miteinander. Für Nicolas war de Jager ein Spießer, einer, der keine Visionen hatte und keinen Mut. Anscheinend hat er ihm verschwiegen, dass mein Vater bei BioFuture einsteigen wollte. Und als de Jager das erfuhr, war er sauer.«

»Davon hat er mir nichts gesagt.«

»Die beiden haben sich gezofft, wirklich.«

»Also lügt de Jager.«

»Keine Ahnung.«

»Oder du.«

Statt einer Antwort gab sie ein ersticktes Geräusch von sich. Natürlich hätte ich diplomatischer vorgehen können, das Mädchen war schließlich erst 17. Aber verdammt, ein wenig Hilflosigkeit verspürte ich auch. Irgendwann war mal Schluss mit der ewigen Rücksichtnahme!

»Ich frage mich ohnehin«, fuhr ich fort, »wieso dir Greven etwas von einem Streit mit seinem ehemaligen Partner erzählt haben sollte. Angeblich kanntet ihr euch nur ein bisschen. Und da weiht er dich in so heikle Dinge ein?« Keine Antwort. »War da doch was zwischen euch?«

Sie sagte immer noch nichts. Stattdessen hörte ich sie still vor sich hin weinen.

»Entschuldigung!«, rief ich genervt. »Mensch, Jana, es war nur eine Frage!« Wahrscheinlich wurde ich deshalb so laut, um die Stimme Christines in meinem Kopf zu übertönen. »Immer auf der Suche nach der Wahrheit, Max?«, höhnte sie. »Deiner ganz speziellen männlichen Wahrheit?«

»Lassen Sie mich in Ruhe, ja?«, flüsterte Jana. »Lassen Sie mich einfach in Ruhe.«

Danach herrschte Stille. Totenstille. Sie hatte aufgelegt.

Fluchend holte ich aus und war drauf und dran, das Handy gegen die Wand zu pfeffern. Aber die konnten ja beide nichts dafür, weder Handy noch Wand. Schuld hatte ganz allein ich, vielleicht auch die Umstände oder eben doch ich. Der falsche Mann im falschen Fall. Am besten rief ich Kommissar Fischer an und verabredete mich mit ihm zum Seniorenangeln. Keine Ermittlungen mehr, keine Geschlechterkriege, nur noch wir und die Fische. Passte ja auch zu seinem Namen! Drüben am Rhein gab es die Koller-Insel, das machte die Sache perfekt.

Gleich darauf brummte mein Handy. Ich glotzte auf das Display. Jana? Nein, es war eine andere Nummer, die vom Sebi. Ich nahm das Gespräch an, und sofort war alles wieder da, das Gelächter im Hintergrund, Musikgedudel und Gläserklirren, Stimmengewirr und Gerüche. Geht nicht, ich weiß. Aber ich schwöre euch, Leute, in diesem Moment meinte ich sogar etwas riechen zu können, irgendetwas Süßliches, Plüschiges. So oder so, es war die gleiche Geräuschkulisse wie vor drei Tagen, und der Sebi klang exakt so besoffen wie damals.

»Na, Meister?«, freute er sich. »Da biste ja!«

Ich schloss die Augen und schwieg. Es konnte einfach nicht sein. Das setzte diesem Scheißtag die Krone auf!

»Du, ich hab dein … dein Liebesgeflüster gehört. Auf dem Handy. Deshalb rufe ich jetzt an. Was gibt's denn so Dringendes?«

Jemand – eine Frau – lachte schallend. Wegen des Liebesgeflüsters wahrscheinlich. Aber es klang nicht echt. Ich schwieg immer noch.

»Hallo, bist du noch dran, großer Tetek … Deckte … Detektiv? Wie kann ich dir helfen, Schnucki?«

»Kumpe?«

»Ja?«

»Sie sind ja schon wieder voll.«

»Voll?« Er lachte. »Aber hallo! Hackevoll. Voll dabei. Gell?«

Das Letztere war anscheinend nicht an mich gerichtet. Ich hörte Geräusche, die auf Körperkontakt schließen ließen. Welcher Körper und mit welchen Teilen derselben, wollte ich mir gar nicht ausmalen.

»Wo sind Sie gerade?«, fragte ich.

»Ach, wo werde ich wohl sein? Im Herrenwinkel. Magst du nicht auch vorbeikommen, dann schnacken wir zwei mal ein bisschen. Nee, nicht du …«

Wieder Gekicher. Beim »Herrenwinkel« handelte es sich laut Eigenwerbung um eine erotische Wohlfühloase am Stadtrand. Eher Feinkost als Discounter. Das musste man sich mal auf der Zunge zergehen lassen: Die Vorstellung, dass sich ein Mann an seine Mutter herangemacht hatte, wies der Sebi als undenkbar von sich – und hier ließ er sich von den Mädels bespaßen. Da hatten wir sie wieder, die Wahrheit aus männlicher Sicht. Irgendwann würde ich Christine auf Knien um Verzeihung bitten müssen.

»Okay, Alter«, sagte ich, »jetzt hör mir mal zu. Um mir ein Honorar zu zahlen, hast du kein Geld, aber im Puff schmeißt du es mit beiden Händen raus. Was soll der Scheiß?«

»Moment, ich bin nur zum Trinken hier. Nicht dass du … Nur auf ein Bierchen.«

»Und deine Mutter steht mit einem Bein im Gefängnis.«

»Deshalb bin ich ja hin«, rief er und klang sofort ganz weinerlich. »Man muss doch auch was Schönes haben in diesen Tagen. Echt, ich bin so down mit allem, da brauche ich …«

»Leck mich«, sagte ich und legte auf.

Dann verzog ich mich nach unten und verbrachte die Nacht auf dem Feldbett, das für Notfälle dort stand.

18

Am nächsten Morgen stürmte ich mit grimmigem Blick die Treppen nach oben, setzte Kaffee auf, goss ein paar Handvoll Wasser über verschiedene Körperregionen, stürmte wieder hinunter, drängelte mich beim Bäcker vor, eilte zurück, füllte ein Tablett mit lauter Köstlichkeiten und brachte es meiner Ex-Gattin, die sich verschlafen die Augen rieb, ans Bett.

Von euch lasse ich mich noch lange nicht unterkriegen. Ich bin Super-Max, wusstet ihr das nicht?

Christine sah mich, sah das Tablett und rieb sich die Augen gleich noch einmal.

»Was ist los?«, murmelte sie.

»Hier: frisches Baguette. Die Brötchen noch warm. Bester Kaffee der Welt. Die Marmelade fast gar nicht abgelaufen. Und natürlich ich: Max Koller, frisch, noch warm, bester Koller der Welt und garantiert nicht abgelaufen.«

»Holla«, machte sie beeindruckt. »Womit hab ich das verdient?«

»Gar nicht. Es war mir ein Bedürfnis.«

»Wo hast du denn geschlafen? Im Schuppen?«

»Im Herrenwinkel sozusagen.« Christine reagierte nicht. Sie war so unschuldig, meine Ex! »Und jetzt bin ich tatendurstig, abenteuerhungrig. Einmal die Welt verspeisen, drunter mache ich es heute nicht.«

»Herrenwinkel ...« Christine pustete in den Kaffeebecher. »Ist das nicht dieser Puff draußen in ...« Sie machte eine unbestimmte Handbewegung. Doch nicht so unschuldig!

»Von dort hat mich Sebastian Kumpe, der Idiot, gestern Abend angerufen. Falls das dein Männerbild zementiert in alle Ewigkeit – was soll ich leugnen, wir sind so. Alle ohne Ausnahme. Eine Sackgasse der Evolution. Unser einziger Daseinszweck: euch frische Brötchen zu besorgen.«

Sie nickte zufrieden. »Können wir drüber reden. Streichst du mir bitte eins mit dick Butter drauf und hauchzart fast abgelaufener Marmelade?«

»Fast gar nicht«, korrigierte ich und legte sofort los. »Also kaum. Das ist ein großer Unterschied.«

»Und der wäre?« Sie packte mich wie eine Katze im Nacken und zog mich zu sich heran. »Ich bitte um eine Erklärung, bester Koller der Welt.«

Ein paar Brötchen später machte ich mich auf den Weg. Der Tag versprach tatsächlich ein anderer zu werden: kein Regen, hie und da brach sogar die Sonne durch die Wolken. Außerdem war der Kaffee endlich einmal so stark gewesen, wie ich ihn brauchte, um all den Gefahren zu trotzen, die draußen auf mich warteten.

Bloß die Lektüre der Neckar-Nachrichten hatte ich mir erspart. Am Ende wäre mein ganzer Elan noch in sich zusammengebrochen.

Als ich den S-Bahnhof Pfaffengrund/Wieblingen erreichte, fuhr gerade ein zum Bersten voller Zug ein. 25 Minuten Verspätung, stand auf der Anzeigetafel. Ein gutes Dutzend Passagiere stieg aus, mindestens doppelt so viele quetschten sich hinein. Wir bitten um Ihr Verständnis. Ächzend fuhr der Zug wieder an.

Das Parkhaus drüben warb mit einer Stellplatzfläche von 3 x 6 Metern. Wie viele S-Bahn-Fahrer da wohl drauf passten?

Ein paar Meter weiter stieg ich vom Rad. Rechter Hand der ehemalige Firmensitz von BioFuture, links das Häuschen, das de Jager bewohnte. Schottergarten, eine Bank, auf der nie jemand saß, Outdoornippes aus dem »Landlust«-Katalog. Ich schloss mein Gefährt ab und läutete. Kurz darauf knisterte es in der Sprechanlage.

»Ja?«

»Morgen, Herr de Jager. Ich bin's noch mal, Max Koller.«

Erneutes Knistern.

»Schon wieder Sie? Ich habe Ihnen doch alles gesagt.«

»Das wäre zu überprüfen. Außerdem ging es gestern ein bisschen hopplahopp, so mit 80 Sachen durch die Ortschaft. Da kommt man ja kaum ins Reden.«

»Wirklich, es passt jetzt überhaupt nicht.«

»Alles in Ordnung mit Ihrer Frau?«

»Meiner Frau? Ja … schon.«

»Ich habe bloß ein paar Fragen. Und Sie wissen ja, wenn es jetzt nicht passt, komme ich später. Und wenn es später nicht passt … Comprende?«

Der Türöffner ging.

Ein blitzblanker, aufgeräumter Flur, das Wohnzimmer dito. Ganz klar, die de Jagers beschäftigten ein hochprofessionelles Putzkommando, das sich zwei Mal pro Woche durch das komplette Anwesen kärcherte. Da bekam man doch glatt Mitleid mit den Silberfischchen. Das Einzige, was in diesem sterilen Ambiente störte, war der Mensch. Zwei Menschen, genauer gesagt, die auch gar kein Hehl daraus machten, wie sehr sie an ihrem Menschsein litten.

Da war der Hausherr, misstrauisch, wehleidig, ungesunde Gesichtsfarbe. Und seine Frau, die sich in der Mitte des Wohnzimmers auf einer Art Liegesessel ausgestreckt hatte, beide Hände auf dem Bauch.

»Hallo, Frau de Jager«, sagte ich. »Geht es Ihnen wieder besser?«

Sie warf mir einen forschenden Blick zu. »Wieso?«

»Dem Tempo nach zu schließen, das Ihr Mann angeschlagen hat, war das gestern ein akuter Notfall.«

»Ach das.« Sie lachte angestrengt. »Wenn man als Schwangere nicht mal ein bisschen Sodbrennen haben darf, weiß ich auch nicht.«

»Du hast fast geschrien vor Schmerz«, fuhr de Jager auf.

»Ja, und wenn die Wehen kommen, werde ich noch mehr schreien. Stell dich bitte schon mal darauf ein. Aber nun lasst euch nicht stören, ihr zwei.«

Ich grinste. Frau de Jager war groß, elegant und im Normalfall sicher schlank; mit der seltsamen Wölbung unter ihrer Bluse schien sie zu fremdeln. Sie sprach ein fast perfektes Deutsch, und nur ihre Konsonanten verrieten, dass sie ursprünglich wohl im Angelsächsischen beheimatet war.

»Mir ist das gar nicht recht, dass Sie uns zu Hause aufsuchen«, zischte de Jager. »Sie sehen doch, in welchem Zustand sich meine Frau befindet.«

»Ach Carsten«, seufzte sie. »Ich bin nicht krank. Wie oft soll ich dir das noch sagen?«

»Jedenfalls möchte ich Sie bitten, uns nicht über Gebühr zu …«

»Belästigen«, ergänzte ich. »Keine Angst, es wird nicht lange dauern. Ein paar Fragen nur.«

Er nickte ergeben. Ansonsten tat er nichts, mit dem Ergebnis, dass wir in diesem auf Hochglanz polierten Wohnzimmer herumstanden wie Topfpflanzen, während hinten in der Ecke zwei Stühle nur darauf warteten, besetzt zu werden. Kein Problem, ich brauche es nicht gemütlich, wenn es zur Sache geht.

»Dann bringen wir's hinter uns«, sagte ich. »Gestern meinten Sie, Nicolas Greven sei der kreative Kopf von BioFuture gewesen. Und Sie, was waren Sie in der Firma? Oder besser: Wie hat er Sie gesehen?«

»Nicolas mich?«, gab er verblüfft zurück. »Na ja, er hat schon anerkannt, dass ich ihm den Rücken freihielt. Ich hab umgesetzt, was er sich ausdachte. Und manchmal hab ich ihm auch gesagt, was nicht geht. Nein, nicht nur manchmal. Oft.«

»Klingt nach klarer Hierarchie: Er ging forsch voran, Sie haben hinter ihm aufgeräumt.«

»So war das nicht«, protestierte er. »Ganz sicher nicht. Fachkenntnis hatten wir beide, absolut. Aber was ihm fehlte, war das Organisieren und Planen. Das war meine Aufgabe, das kann ich nämlich.«

»Das stimmt«, warf seine Frau ein. »Die beiden haben auf Augenhöhe agiert. Am Anfang zumindest.«

»Und dann?«, fragte ich.

»Das Problem bei Start-ups wie unserem«, sagte de Jager, »ist ja, dass man auf die Zukunft wettet. Man weiß nie, ob ein Verfahren Erfolg hat, wie viel man investieren muss, was die Konkurrenz treibt. Man muss herumspinnen, ins Risiko gehen. Aber übertreiben darf man es auch nicht. Und Nicolas wollte immer mehr Risiko, er hat gar nicht mehr aufgehört mit seinen Spinnereien.«

»Deshalb gab es Streit zwischen Ihnen.«

»Diskussionen, ja. Muss es auch geben. Aber es wurde zunehmend anstrengend. Und als wir dann von der Presse so hochgejazzt wurden, hat Nicolas ... ja, er hat die Bodenhaftung verloren.«

»Klarer Fall von zu viel Ruhm«, sagte seine Frau, Kopf im Nacken, eine Hand über den Augen. »Sie haben Greven zum Star der Szene erklärt, und das hat er nicht verkraftet.«

»Alles in Ordnung, Schatz?«, fragte de Jager mit besorgtem Blick auf seine Frau. »Soll ich dir noch einen Tee machen?«

»Bloß nicht. Renne ja jetzt schon dauernd aufs Klo.«

»Aber du meldest dich, ja?«

Sie schwieg.

»Okay«, sagte ich. »Das klingt wie die Geschichte einer allmählichen Entfremdung.«

De Jager nickte. »So kann man es nennen. Und deshalb bin ich irgendwann ausgestiegen. Nach langer und reiflicher Überlegung und wahrlich nicht gerne.«

Ich sah ihn an. »In beiderseitigem Einvernehmen.«

»Korrekt.«

Seine Frau, die Hand immer noch über den Augen, hüstelte. Er warf ihr einen nervösen Seitenblick zu.

»Und dann kam Wetterstein«, sagte ich. »Von dem Sie nichts wussten.«

Er machte eine unbestimmte Bewegung, halb Nicken, halb Achselzucken.

»Das hat Sie gefuchst.«

»Ja und?«

»Deshalb haben Sie mit ihm gestritten. Und zwar vor Kurzem erst.«

Trotzig schüttelte er den Kopf. Aber wenn er entschlossen war, mir Widerstand zu leisten, hatte er die Rechnung ohne seine Frau gemacht. Die musste durch ihre Finger geblinzelt haben, oder sie besaß telepathische Kräfte. Jedenfalls rief sie: »Los, erzähl es ihm. Ist doch kein Geheimnis.«

De Jager presste die Lippen zusammen.

»Erzählen Sie's mir«, grinste ich. »Sonst bekommt Ihre Frau noch Sodbrennen.«

Er blickte mich wütend an. Dann zuckte er die Achseln. »Okay«, sagte er widerwillig. »Was soll's, ist ja nichts dabei. Nicolas hat mich gelinkt. Mich, seinen ehemaligen Partner. Hat mich einfach so ins Abseits gestellt. Dass er die Firma lieber allein geführt hätte, war mir schon lange klar. Aber um es mit mir zu besprechen und vielleicht eine Lösung zu finden, dafür war er zu feige. Oder zu hinterlistig. Jedenfalls kam er schon vor Jahren mit seinen Umzugsplänen. Größere Labore, modernere Ausstattung, alles vom Feinsten. Und vor allem: repräsentativ. Nicht hier in Wieblingen, am Arsch von Heidelberg, sondern in der Bahnstadt, bei den anderen Gründern und Start-ups. Ich habe ihm tausend Mal gesagt, dass das unsere Möglichkeiten übersteigt. Ohne Unterstützung von außen hätten wir uns beide verschulden müssen bis in alle Ewigkeit. Okay, hat er gesagt, machen wir das. Ja scheiße, er hatte gut reden, so als Single, ohne Verpflichtung. Aber ich habe Familie, meine Frau ist schwanger.«

»Damals war ich es noch nicht«, warf sie ein.

»Aber geplant hatten wir es. Ich habe ihm gesagt, dass das Irrsinn ist, dass ich da nicht mitmache, solange wir keinen Investor haben. Einen risikofreudigen, potenten Investor. Und den hatten wir nicht – dachte ich. Als Nicolas dann mit den neuen Räumen in der Bahnstadt kam und das überall herumerzählte, wurde es mir zu viel. Ich stieg aus. Und kaum war ich draußen, zauberte er den Wetterstein aus dem Hut. Mit dem er alles schon abgemacht hatte, seit Monaten.«

»Hinter Ihrem Rücken?«, sagte ich.

»Ja. Er wollte mich raushaben aus der Firma, und er wollte expandieren. Beides hat er erreicht.«

»Kein Wunder, dass Sie sauer waren.«

Achselzucken. »Ich habe ihm natürlich die Meinung gegeigt. Am Morgen seines Todes, als ich bei ihm war. Aber was sollte ich machen? Ich hatte ja nichts in der Hand gegen ihn. Und mich wieder in die Firma zurückklagen, kam sowieso nicht in Betracht. Mit dem Kerl wollte ich nicht mehr arbeiten.«

»Sei froh, dass es vorbei ist«, seufzte seine Frau.

»Und wenn Sie mal mit Wetterstein sprechen?«, sagte ich. »Womöglich kennt der die Hintergründe Ihres Abschieds gar nicht.«

»Ach was«, wehrte er ab. »Mit dem war das unter Garantie bis ins Detail abgesprochen. Ist doch kein Zufall, dass er genau so lange stillhält, bis ich den Abgang gemacht habe.«

»Mag sein. Wie verlief denn nun das Gespräch mit Greven?«

»Unerfreulich. Er hat mir offen ins Gesicht gesagt, dass er mich loshaben wollte. Dass ich am Ende nur noch ein Bremsklotz gewesen sei, ein Verhinderer ...«

»Ein Spießer«, ergänzte ich, mich an Janas Worte erinnernd.

»Ja, das auch.«

»Und dann?«

»Hab ich ihn von der Terrasse gestoßen.«

Ich hob eine Braue. Die linke; mit der rechten funktioniert es nicht einzeln, hat es noch nie.

»Herrje, natürlich nicht«, rief de Jager. »Aber das wollten Sie doch hören, oder? Ich habe mit seinem Tod nichts zu tun, ich war an dem Abend auch nicht in der Firma. Wir haben uns gezofft, ja, wir sind auch laut geworden, aber das war's dann auch schon. Ich werde demnächst Vater, schon vergessen? Da bringt man doch keinen Menschen um!«

»Carsten ist manchmal aufbrausend«, schaltete sich seine Frau ein, »aber Gewalt würde er niemals anwenden. Nie.«

Na, wenn sie das sagte! Ich überlegte. De Jager hatte Janas Bericht bestätigt, immerhin. Ob er mir darüber hinaus noch Dinge verschwieg, blieb sein Geheimnis. In der Hand hatte ich jedenfalls nichts gegen ihn.

»Eine Frage noch«, sagte ich. »Hatte Greven eine Freundin?«

De Jager schüttelte den Kopf. »Nicht, dass ich wüsste.«

»Greven war kein Typ für feste Bindungen«, ergänzte seine Frau.

»Und weniger feste?«

Beide mussten passen.

»Dann vielen Dank für Ihre Zeit. Falls sich neue Fragen ergeben …«

»Ersparen Sie uns das«, knurrte de Jager.

»Hängt nicht von mir ab«, grinste ich. »Alles Gute jedenfalls.«

Frau de Jager nickte. Ihr Mann begleitete mich schweigend hinaus. Vor der Tür drehte ich mich noch einmal um.

»Was werden Sie jetzt tun? Beruflich, meine ich.«

»Das ist offen. Ich habe einige Bewerbungen laufen. Aber erst mal hat unser Kind Vorrang.«

»Schön.«

Er zog die Tür zu. Ich wollte eben mein Rad besteigen, als ich einen Anruf bekam.

»Ja?«

»Herr Koller?« Ich hörte ein Räuspern. Ein Räuspern wie das sachte Öffnen einer Tür. »Mein Name ist Wetterstein. Meine Tochter kennen Sie ja schon. Dürfte ich Sie zu einem Gespräch zu mir nach Hause bitten?«

Oha, jetzt bekam ich wohl Druck von oben. Von ganz oben! »Worum geht es?«, sagte ich und nahm schon mal Verteidigungshaltung ein.

»Ich habe einen Auftrag für Sie.«

Meine Haltung bröckelte. Hatte der Mann gerade Auftrag gesagt?

»Die Details würde ich Ihnen gern persönlich erläutern«, fuhr Wetterstein fort. »Vielleicht im Laufe des Tages?«

»Wann wäre es Ihnen recht?«

»Wann immer Sie wollen.«

»Bin schon auf dem Weg.«

19

Wenig später stellte ich mein Rad in der Albert-Ueberle-Straße ab. Dort, wo sich im Frühjahr die Massen beim Heidelberger Halbmarathon hoch zum Philosophenweg quälen, während die Anwohner von ihren Balkonen aus, die Lippen gespitzt und die Kaffeetasse in der Hand, das Spektakel zu ihren Füßen verfolgen. Die Albert-Ueberle war nicht ganz Schlossallee, in Monopoly-Kategorien gesprochen, aber Parkstraße auf jeden Fall. Hier wohnten sie also, die Wettersteins.

Das Haus: ein klassizistischer Würfel mit ein bisschen Grün drum herum, Typ Professorenvilla aus der Bismarck-Epoche. Und es war auch ein Professor, der mich an der Tür empfing, wenigstens vom Aussehen her. Arnold Wetterstein war groß, hager und steif, trug kariertes Hemd, braunes Jackett und einen eisgrauen Schnurrbart. Fehlte nur noch die Pfeife, dann hätte er sofort in Cambridge als Privatdozent anfangen können.

»Herr Koller.«

»Herr Wetterstein.«

»Freut mich, dass Sie kommen konnten.« Sein Händedruck war fest.

Keine Spur von Jana oder anderen Familienmitgliedern. Wetterstein führte mich in den ersten Stock, in ein Arbeits- oder Studierzimmer, an dem einfach alles beeindruckend war: die hochwertigen Möbelstücke, die Wände voller

Bücherregale und ganz besonders die Aussicht. Obwohl das Haus gar nicht so weit oben lag, hatte man einen prächtigen Blick über den Neckar, auf Altstadt, Brücke und Schloss, auf all das also, was den touristischen Markenkern dieser Stadt ausmachte.

»Inspirierend, nicht wahr?«, sagte Wetterstein, hinter mir stehend.

Oder selbstreferenziell, dachte ich, nickte aber brav.

Er bot mir einen Platz in einem seiner Louis-Soundso-Sessel an, fragte nach meinen Getränkewünschen, entschuldigte sich für die knifflige Parkplatzsituation – ich nickte zu allem nur abwesend, denn mein Blick war auf eine gerahmte Urkunde gefallen, die gut sichtbar auf einem Schreibtisch stand. Das mittig platzierte Wort »Heidelberg« hatte meine Aufmerksamkeit geweckt. Bloß dass es hier nicht um die Stadt ging, sondern um das gleichnamige Tief, und zu dessen Namenspaten wurden die Eheleute Arnold und Diana Wetterstein erklärt. Unterzeichnet war das Ganze vom Institut für Meteorologie der Freien Universität Berlin.

»Verstehe ich das richtig?«, sagte ich. »Sie haben dafür gesorgt, dass unser aktuelles Tief den Namen Heidelberg kriegt?«

Mein Gastgeber nickte. »Wir haben die Patenschaft übernommen. Ein lang gehegter Traum, wir heißen schließlich Wetterstein. Unter Marketingaspekten wäre ein Hoch natürlich geschickter gewesen, aber Hochs gibt es nicht so viele wie Tiefs, und auf diese Weise können wir die Auswirkungen des Klimawandels stärker ins Bewusstsein der Öffentlichkeit rücken.«

»Ich dachte, Tiefs werden nach Vornamen benannt.«

»Heidelberg ist ein Vorname.«

Ich muss wohl ziemlich dämlich dreingeschaut haben, dem strafenden Blick meines Gesprächspartners nach zu urteilen. Mein lahmes »Ach so?« änderte jedenfalls nichts an seiner Miene.

»Ja, Heidelberg ist ein Vorname, und zwar ein durchaus beliebter. Nicht unbedingt nach Meinung deutscher Standesämter, aber die hinken der Realität wie immer hinterher. Allein in den USA haben wir ein Dutzend Menschen mit Vornamen Heidelberg ausfindig gemacht, und in Südafrika fast noch einmal so viele. Damit war die Sache erledigt.«

»Und was kostet der Spaß?«

Er seufzte. »Viel zu wenig. So gut wie nichts. Ein paar Hundert Euro, ich kenne den genauen Betrag gar nicht. Natürlich haben wir eine Spende geleistet, in angemessener Höhe. Das sind wir unserer Heimatstadt schuldig.«

»Darf ich fragen, was angemessen heißt?«

Jetzt lächelte er, aber nur ein ganz kleines bisschen, so ein Hauch Amüsement mit ein paar Spurenelementen Ironie. »Dem Namen angemessen. Hätten wir eine Patenschaft für ein Tief namens, sagen wir, Duisburg angenommen, wäre die Spende deutlich geringer ausgefallen.«

Der Niederschlag vielleicht auch, dachte ich grimmig. In diesem Moment gehörten meine Sympathien eindeutig den Duisburgern und Duisburgerinnen.

»Aber kommen wir zur Sache«, meinte Wetterstein, nun wieder frei von Amüsement, und legte ein Bein über das andere. »Herr Koller, ich will gar nicht groß darum herumreden: Wir brauchen Ihre Hilfe. Ich möchte Sie engagieren.«

»Das freut mich. Allerdings habe ich aktuell schon einen Auftrag.«

»Ich weiß, ich weiß. Meine Tochter hat uns von Ihrer Hartnäckigkeit berichtet, die mich durchaus beeindruckt.« Er strich sich mit einer Hand über das Kinn. »Vielleicht wissen Sie, dass wir drei Kinder haben. Die beiden Jungs sind schon eine ganze Weile aus dem Haus, nun haben wir nur noch Jana. Sie werden verstehen, dass sie meiner Frau und mir besonders ans Herz gewachsen ist: die einzige Tochter …«

Er kostete den Nachhall seiner Worte aus. Ich schwieg. Ob er einen seiner Söhne Heidelberg genannt hatte? Duisburg unter Garantie nicht.

»Und nun ist Jana in Schwierigkeiten. Ohne eigenes Verschulden. Sie hat einfach die falschen Menschen kennengelernt.«

Ja, Greven, fuhr es mir durch den Kopf. Aber den würde ihr Vater ja kaum meinen.

»In ihrem Abiturjahrgang gibt es einige junge Männer mit einem Hang zu, nun ja, fragwürdigen Aktionen.« Wetterstein sah mich ernst an.

Das war wohl das Zeichen für mich nachzuhaken. Gut, tat ich ihm den Gefallen. »Fragwürdig?«, sagte ich.

»Kriminell. Dass man in einem gewissen Alter Drogen ausprobiert, ist normal, wer tut das nicht. Aber Handel mit Drogen ist ein anderes Kaliber.«

»In Janas Stufe gibt es Dealer?«

»Offensichtlich. Die Schule kennt das Problem, tut aber nichts dagegen. Sehen Sie«, seine Miene wechselte von kritisch zu kumpelhaft, »wir haben unsere Kinder sehr bewusst auf ein öffentliches Gymnasium geschickt und nicht auf eine der vielen Privatschulen, damit sie das Leben in all seinen Facetten kennenlernen. Damit sie keinen Dünkel entwickeln. Die Nachteile liegen auf der

Hand. Staatliche Schulen sind ein ungemein träger Apparat, denen kommt es nicht darauf an, welches Bild sie nach außen hin abgeben.«

»Sie meinen, ich soll das Drogenproblem an Janas Gymnasium lösen?«

Er hob abwehrend beide Hände. »Um Gottes willen, nein, das wäre eine Sisyphosaufgabe. Mir geht es um etwas viel Konkreteres. Jana fühlt sich in letzter Zeit bedrängt, um nicht zu sagen: bedroht, und zwar durch einen Mitschüler, der in diese Drogengeschichten verwickelt ist. Ihre Aufgabe wäre es, auf meine Tochter aufzupassen. Nicht mehr und nicht weniger.«

Ich schwieg. Den Bodyguard sollte ich spielen? Für eine junge Frau, die ich gerade erst zum Heulen gebracht hatte? Da war ich aber mal gespannt, was Jana dazu sagte.

»Dieser Mitschüler«, fuhr Wetterstein fort, »hat offensichtlich ein Auge auf meine Tochter geworfen. Deshalb sucht er ständig Kontakt, belagert sie, will sich mit ihr treffen, auch wenn sie ihm schon zig Mal gesagt hat, dass sie das nicht möchte.«

»Warten Sie ... So ein großer Typ, bisschen unbeholfen?«

Er zog die Brauen zusammen. »Hat sie von ihm erzählt?«

»Nein, aber er ist mir bei dieser Spendensammelaktion in der Hauptstraße aufgefallen. Der wäre mir fast an die Wäsche gegangen, nur weil ich Jana ein paar Fragen gestellt habe.«

»Sehen Sie?«, rief Wetterstein lebhaft. »Das meinte ich. Der junge Herr hat sich überhaupt nicht unter Kontrolle. Im Grunde wohl ein netter Kerl, herzensgut, aber die Umstände! Sie müssen wissen, er ist Ukrainer. Nachhaltig traumatisiert, entwurzelt, die Familie über halb Europa verstreut. Dann sind Sie schon mit ihm zusammengeraten?« Ich nickte, er ebenfalls. »Ja, das passt zu Maxym.«

»Maxym?«, lachte ich. Ein Namensvetter, wie hübsch! »Und der hat bei uns in Heidelberg Abi gemacht?«

»Leider Gottes nein. Er hat einiges auf dem Kasten, Naturwissenschaften top, sprachlich auch, aber es hat trotzdem nicht gereicht. Wenn Sie mich fragen: zu viele Nebenschauplätze.«

»Sie meinen: Nebenkriegsschauplätze?«

Sein Schulterzucken sollte wohl Bedauern ausdrücken. »Es ist ja auch eine unerträgliche Situation für diesen Burschen. Das macht etwas mit einem, Herr Koller. Uns beiden würde es nicht anders gehen.«

An dieser Stelle spürte ich zu meiner eigenen Überraschung, wie sich eine Faust in meinem Innern ballte. Muss wohl an dem verständnisheischenden Blick gelegen haben, den er mir bei seinen letzten Worten zuwarf. Ach, würde es uns auch so gehen, Herr Professor? Uns beiden? Woher wollte er das wissen? Und woher wusste er, dass es mir nicht längst so ging? Vielleicht war meine eigene Situation ja auch unerträglich, vielleicht gab es in meinem Leben auch ein paar Nebenkriegsschauplätze, auf denen geschossen, gedealt und entwurzelt wurde? Ich weiß schon, unsereins muss sich glücklich schätzen, dass er im Frieden aufgewachsen ist und keinen testosterongesteuerten Despoten als Nachbarn hat. Trotzdem möchte ich nicht von einem rhetorisch umarmt werden, der aus einem Zimmer voller Ledereinbände aufs Heidelberger Schloss schaut, während ich mir bei Scheißwetter die Seele aus dem Leib strampele.

Wohlgemerkt: bei Scheißwetter, dem er einen Namen gegeben hat!

»Jedenfalls«, hörte ich Wettersteins Stimme durch den Nebel meines Missmuts dringen, »ist dieser Maxym in die Drogenszene abgerutscht. Angeblich dealt er inzwischen selbst, hat Ärger mit anderen Dealern und so weiter und so fort. Sie können sich vorstellen, dass wir uns Sorgen machen, meine Frau und ich, wenn so einer etwas von unserer Tochter will.«

»Was befürchten Sie konkret?«, sagte ich kühl.

Er wiegte den Kopf. »Was heißt schon konkret? Dazu kennen wir diesen Maxym zu wenig. Aber natürlich wollen wir nicht, dass Jana über ihn in Kontakt zu kriminellen Kreisen kommt. Dass sie in mögliche Auseinandersetzungen im Drogenmilieu hineingezogen wird. Und wenn Ihnen das zu martialisch klingt: Schon die Tatsache, dass ein psychisch labiler, traumatisierter junger Mann meine Tochter belästigt, bereitet mir schlaflose Nächte. Gewalttätigkeiten lassen sich bei ihm nicht ausschließen. Fragen Sie Jana. Er hat schon einige ihrer Mitschüler bedroht.«

»Und Jana selbst? Fühlt sie sich auch bedroht?«

»Wahrscheinlich wird sie ein anderes Wort verwenden, sie will ja nicht klingen wie ein kleines, hilfloses Mädchen. Aber dass dieser Maxym zwischen Aggression und Autoaggression schwankt, davon berichtet sie regelmäßig.«

»Vielleicht brauchen Sie eher einen Psychologen als einen Personenschützer«, brummte ich.

»Vielleicht sind Sie ja beides«, gab er schlagfertig zurück. »Das Problem ist: Maxym hat sich eine Waffe besorgt.«

»Was für eine?«

Wieder diese abwehrende Bewegung der Hände. »Da fragen Sie den Falschen, Herr Koller. Pistole, Revolver, so was in der Art. Eine herumlaufende Zeitbombe ist schlimm genug, aber jetzt haben wir eine Zeitbombe mit Zünder.«

Gut, dass in diesem Moment eine Standuhr in der Ecke schlug. So überhörte Wetterstein hoffentlich mein Schnauben. Ist doch wahr, Leute! Erst groß die Friedensfahne schwenken, nach dem Motto, ich kann nicht mal Pistolen von Revolvern unterscheiden – und dann kräftig reingelangt in den Topf mit den Kriegsmetaphern. Wenn dieser Maxym tatsächlich eine Zeitbombe war, fragte sich immer noch, wer diese Bombe scharf gemacht hatte. Das waren doch wohl wir Erwachsenen! Gleichzeitig hörte ich eine andere Stimme in meinem Kopf, die meinte, ich solle mich mal nicht so haben; es sei völlig normal, dass einem die sprachlichen Bilder verrutschten, wenn die Sorge überhandnehme. Am Ende sei ich vielleicht einfach neidisch auf den Herrn Wetterstein und sein gepflegtes Haus und die schöne Aussicht.

Daraufhin schnaubte ich gleich noch einmal. Mein Gastgeber sah mich fragend an.

»Ich denke manchmal laut«, sagte ich. »Wie stellen Sie sich das denn nun konkret vor mit dem Schutz für Ihre Tochter? Sie wird ja kaum akzeptieren, dass ihr jemand auf Schritt und Tritt folgt.«

Er schüttelte den Kopf. »Ich denke, man müsste zweigleisig vorgehen. Das eine wäre, das Gespräch mit diesem Maxym zu suchen. Ich habe es selbst einmal versucht, aber das lief nicht besonders glücklich, und ich habe den Eindruck, dass ich nicht der richtige Mann bin, von dem so ein junger Kerl Ratschläge annimmt.« Er räusperte sich. »Ihrer Reaktion entnehme ich, dass Sie derselben Ansicht sind.«

»Entschuldigung«, murmelte ich. Verdammt, ich hatte doch nur ein ganz kleines bisschen gegrinst!

»Nein, nein, schon in Ordnung. Sie haben sicher mehr

Erfolg als ich. Zweitens würde es uns beruhigen, wenn Sie meiner Tochter in Situationen zur Seite stehen würden, bei denen eine Begegnung mit Maxym wahrscheinlich oder sogar unvermeidlich ist. Das betrifft vor allem die morgige Abifeier.«

Janas Flyer, richtig. Ich hatte sie noch gar nicht gefragt, wie Greven auf ihre Bitte reagiert hatte. Na ja, Schnee von gestern.

»Aber findet die nicht in der Schule statt?«, sagte ich. »Da halte ich es für eher unwahrscheinlich, dass der Typ ausrastet. Ein öffentlicher Ort, jede Menge Leute …«

»Möglich. Trotzdem glaube ich, dass die Veranstaltung für ihn emotional belastend ist. Alle seine Mitschüler erhalten ihr Abschlusszeugnis, nur er nicht. Alle sind happy, er befindet sich in einer Sackgasse. Es wäre eine Sicherheitsmaßnahme.«

»Okay. Und sonst?«

»Darüber müsste man sich spontan verständigen. Es wird sicher weitere Treffen geben, private Feiern, zu denen er eingeladen ist oder eben nicht. Letztlich entscheidet das Jana.«

»Sie ist also eingeweiht?«

»Herr Koller!« Tadelnd sah er mich an. »Eine solche Maßnahme treffe ich doch nicht ohne meine Tochter.«

»Selbstverständlich«, grinste ich. Wie konnte ich nur! »Gut, Herr Wetterstein, das hört sich ja alles machbar an. Es gibt bloß ein Problem: Ich bin, wie gesagt, schon von anderer Seite beauftragt. Und auch wenn es da aktuell hakt mit den Ermittlungen, stehe ich bei meinem Auftraggeber in der Pflicht.«

»Darf ich fragen, wer dieser Auftraggeber ist?«

Ich schüttelte den Kopf.

»Verstehe. Sie haben einen Vertrag, und aus dem entstehen Pflichten. Dann möchte ich Sie aus diesem Vertrag herauskaufen. Wie hoch müsste die Ablösesumme sein, damit Sie mein Angebot annehmen, Herr Koller?«

»Sie meinen, damit ich den anderen Fall sein lasse und mich um Maxym kümmere?«

»Und zwar ausschließlich. Mit geht es um meine Tochter, da will ich keine Kompromisse eingehen müssen.«

Mein Blick schweifte zum Fenster. Konnte der Kerl Gedanken lesen? Gestern Abend noch wollte ich den ganzen Bettel hinschmeißen. Zur Hölle mit Sebastian Kumpe! Der ja nicht einmal mein Auftraggeber war, sondern bloß ein hilfloser, mittelloser Idiot. Was spräche dagegen, wenn ich mir all die Arbeitskraft, die ich in den Fall Kumpe investiert hatte, nachträglich von Wetterstein honorieren ließe? Wäre es nur um Sebastian gegangen, hätte ich sofort zugesagt.

Aber da war ja noch seine Mutter.

»Ich überlege es mir«, sagte ich. »Sie hören von mir, Herr Wetterstein. Spätestens heute Abend.«

20

Schon als Wettersteins Tür hinter mir ins Schloss fiel, wusste ich, dass es nicht bis zum Abend dauern würde mit meiner Entscheidung. Keine Ahnung, woher diese Gewissheit kam, aber sie war da, wie ein Pickel, der plötzlich im Gesicht sprießt, und du fragst dich, wieso gerade jetzt. Vielleicht lag es an den vielen Dingen, die so anders waren an diesem Vormittag: das Wetter, die Umgebung, mein Tatendrang, Wettersteins Seriosität. Alles schrie nach Wechsel! Auf Kumpe und seine irrlichternde Infantilität hatte ich jedenfalls keinen Bock mehr.

Aber wie gesagt: Da gab es ja noch seine Mutter, und die hatte eine zweite Chance verdient. Dazu hätte sie sich allerdings melden müssen. Kurzer Blick zum Handy: hatte sie nicht. Weil sie mir misstraute? Oder weil sie generell weitere Nachfragen scheute? Okay, letzter Versuch: Ich wählte ihre Nummer und wartete.

Irrlichternde Infantilität, was war denn heute los? Solche Formulierungen passten gar nicht zu mir!

Ich ließ es lange läuten, doch es passierte das Gleiche wie gestern Abend, nämlich nichts. Wenn Antonia Kumpe nicht mit mir sprechen wollte, konnte ich das zwar verstehen, aber für meine Ermittlungen war es Gift. So kamen wir nicht weiter, Leute! Und der Einzige, der mir eventuell hätte helfen können, hing alle paar Tage im Puff rum.

Unverrichteter Dinge steckte ich das Handy wieder ein, bestieg mein Rad und fuhr bergauf.

Moment. Bergauf?

Zu mir nach Hause ging es doch hinunter, da war ich ja auch hergekommen. Stattdessen schlug ich ohne jedes Zögern die entgegengesetzte Richtung ein. Hätte mein Rad ein Navi besessen, wäre jetzt seine große Stunde gekommen. Einspruch mit Pling und Plong: Die Route wird neu berechnet. Biegen Sie nach 500 Metern links ab. Bitte wenden Sie! Sofort! Ich tat nichts dergleichen, denn das einzige Navigationssystem, dem ich vertraue, bin ich selbst. Und jetzt hatte ich anderes im Sinn. Ich strampelte die Albert-Ueberle weiter nach oben, schaltete in den kleinsten Gang, ging aus dem Sattel, begann zu schwitzen, keuchte. Lauter irrationale Handlungen, von außen besehen. Das Natürlichste von der Welt, meiner Meinung nach. Irgendwann hat es sich eben ausgequatscht, ausverhandelt, austaktiert, dann schreit der Körper nach Taten, dann muss es eine Bergwertung sein oder ein Urschrei oder eine Handvoll Klimmzüge. Ich brauchte einen klaren Kopf, um mich in der Sache Wetterstein entscheiden zu können, und den bekam ich nur durch Bewegung. Außerdem verschaffte es mir eine tiefe innere Befriedigung, all das Heidelberger Fußvolk, Spaziergänger und Touristen zu überholen. Ich schenkte ihnen einen kurzen, mitleidigen Seitenblick und steuerte das nächste Etappenziel an. Da vorne, die Biegung. Die Steilstelle. Die Schranke.

Während ich mich nach oben schraubte, blitzte seitlich immer wieder der Neckar zwischen den Häusern hindurch. Eher braun als blau und viel wasserreicher als sonst, kein Wunder bei diesem Wetter. Noch einen Tag

Regen, und er würde über die Ufer treten. Würde die Straßen überschwemmen, an den ersten Häusern lecken, würde steigen und steigen. Das Tief namens Heidelberg sorgte für Nachschub. Die Altstadt: aufgegeben. Die Alte Brücke: unter Wasser. Nur die Hanglagen der Stadt boten noch Rettung vor der Flut – aber wie lange? Meine Fahrt wurde zum Überlebenskampf, zur Flucht in die Wolken. Wettersteins Haus stand schon bis zum Dachtrauf im Wasser, in Ziegelhausen hatte es Erdrutsche gegeben. Drüben in der Bahnstadt winkte Nicolas Greven von seiner überfluteten Terrasse verzweifelt um Hilfe. Trieb da nicht gerade de Jagers Porsche vorbei? Nicht hinschauen, sondern weitertreten, weiterstrampeln – das Wasser verfolgte mich, es saß mir im Nacken, es griff nach mir.

Am Philosophengärtchen war Schluss mit der wilden Jagd. »Quäl dich, du Sau!«, stand in blasser Schrift auf dem Asphalt. Ein Gruß vom letzten Halbmarathon oder Triathlon. Ich quälte mich nicht mehr, sondern ließ es nun gemächlicher angehen. Folgte dem Philosophenweg bis in den Wald und bog dann links ab in Richtung Zollstock. Aus einer Wandergruppe rief mir jemand zu, dass Fahrradfahren hier verboten sei, aber das konnte mir nichts anhaben. Empörung und Rechthaberei zerplatzten wie Seifenblasen an den Stämmen. Der Wald war noch satt und schwer von Feuchtigkeit, es roch nach Tannennadeln und dunkler Erde. Eine ganze Weile dachte ich an nichts, hielt mich fern von all den Verwerfungen dieser Welt. Da war bloß mein Atem, die Bewegung, die vibrierenden Körperzellen.

Endlich oben angekommen, lehnte ich mein Rad gegen die Zollstockhütte und streckte mich auf einer Bank aus. Trocken war sie nicht, eher nass. Egal, dafür gab es hier diesen Blick. Man konnte ihn hübsch nennen, Zollstock war ja auch ein hübscher Name, oder herrlich oder pittoresk. Stimmt alles und wird doch der Sache nicht gerecht. Beim Zollstock handelt es sich um eine Senke zwischen Heiligenberg und Weißem Stein, eine Art Sattel also, von der aus man pfeilgerade nach unten auf das Heidelberger Schloss schaut. Auf die Kurpfälzer Postkartenidylle. Aber man sieht eben nur das Schloss. Kein Neckar, keine Brücke und von der Stadt nur ein paar Hausdächer. Man sieht die alte, bräsige Ruine in ihrer ganzen sandsteinfarbenen Pracht, wie zum Greifen nahe. Und doch ist all diese Pracht nichts gegen die Masse an Grün dahinter, eine grüne Riesenwand, ein senkrechtes Meer, in dem das Schloss versinken wird, wenn es nicht aufpasst. Soll der Neckar ruhig anschwellen und einen auf großen Macker machen – dieses Meer hier ist viel größer und mächtiger, und es reicht bis in eine Höhe, von der ein Fluss nur träumen kann. Selbst wenn es 100 Tage durchregnet.

Ich lag also auf der feuchten Bank, beide Hände hinter dem Kopf, genoss die Aussicht und musste an die Pyrenäen denken, die wir vor vielen Jahren als Teenager in Angriff genommen hatten. Fatty hatte sogar den Tourmalet geschafft, in einem heroischen Aufwall ungeahnter Kräfte. Der Königstuhl war nicht der Tourmalet, aber sich die Seele aus dem Leib strampeln konnte man auch hier.

Und plötzlich fiel mir ein, welches Geschenk ich meinem alten Kumpel machen konnte. Wir beide, nur er und ich! Fatty würde begeistert sein.

Wellnesswochenende, was für eine Spießeridee! Da hatte der alte Max ganz anderes auf Lager.

Mit mir und der Welt im Reinen, räkelte ich mich noch

eine ganze Weile auf der Bank, schaute in die vorüberziehenden Wolken und plante den übernächsten Tag. Und den aktuellen gleich mit.

Die Kumpes: Geben wir ihnen noch eine Chance. Die allerletzte! Mitten im Wald wählte ich Antonia Kumpes Nummer, sagte mir, dass ich es nach diesem Mal nie wieder tun würde, hörte es tuten, wartete … nichts. Da hast du's, Sebi, deine Mutter will nicht mit mir reden. Hat sich regelrecht eingemauert in ihre Wahrheit, eingesponnen wie in einen Kokon, und wenn sie irgendwann schlüpft – was werden wir dann zu sehen bekommen?

Egal. Ich würde es aus der Zeitung erfahren.

Bei Wetterstein meldete sich der Hausherr persönlich.

»Ich nehme den Auftrag an«, sagte ich. »In zehn Minuten bin ich bei Ihnen, dann können wir über Details sprechen.«

»Bitte? Die Verbindung ist so schlecht.«

»Ich! Nehme! An!«, rief ich. »Bis gleich!«

»Welches Reich?«, fragte er verwirrt, aber da sattelte ich schon mein Pferdchen.

Für den Rückweg brauchte ich sogar weniger als zehn Minuten, schließlich ging es die ganze Zeit bergab, und von der besserwisserischen Wandergruppe, die mir an einem Steilstück entgegenkam, ließ ich mich auch nicht aufhalten. Zack, rauschte ich mitten durch sie hindurch, dass ihre Hosenträger flatterten.

Kurz darauf saß ich wieder zwischen Wettersteins Ledereinbänden und genoss die Aussicht auf den Fluss, der immer so harmlos tat, in Wahrheit aber schon alle Kräfte sammelte für den finalen Schlag gegen die Stadt. Mach nur, alter Kumpel, ich werde dem Untergang Heidelbergs vom Gipfel des Königstuhls aus zusehen.

»Nun, Herr Koller«, meinte Wetterstein und goss mir ein Glas Wasser ein. »Es freut mich sehr, dass Sie so schnell zu einem Entschluss gekommen sind.« Wenn es tatsächlich Freude war, dann äußerte er sie auf seine Art, steif, bedächtig und ein wenig von oben herab, aber er stand ja auch vor mir, als er mein Glas füllte.

»Es gibt allerdings eine Bedingung«, sagte ich. »Wenn ich ausschließlich für Sie tätig sein soll, muss ich auf Ihr Angebot von vorhin zurückkommen. Die Ablösesumme.«

Er setzte sich. »Ich höre.«

»5.000 Euro. Aber Achtung: Dieses Geld geht nicht an mich, sondern an Herrn Sebastian Kumpe auf dem Emmertsgrund. Einverstanden?«

»Bar oder als Überweisung?«, fragte er, ohne mit einem Schnurrbarthaar zu zucken.

»Ich erkundige mich. Dann sind wir uns also einig.«

»Wunderbar. Meine Frau wird sehr erleichtert sein.«

»Jana auch?«, schmunzelte ich.

»Aber gewiss doch. Natürlich mögen es Töchter überhaupt nicht, wenn sich die Eltern in persönliche Angelegenheiten einmischen, aber in diesem Fall … Sie kam ja selbst auf uns zu.«

»Gut. Dann wäre die Frage …«

»Und Sie beenden Ihr bisheriges Engagement?«, unterbrach er mich. »Wie gesagt, es ist mir wichtig, dass Sie uns von jetzt ab jederzeit zur Verfügung stehen. Um für alle Eventualitäten gewappnet zu sein.«

Ich grinste. Ein Vokabular hatte dieser Mensch – wie in einem Thomas-Mann-Roman! »Keine Sorge«, sagte ich. »Sobald ich hier draußen bin, werde ich meinem Auftraggeber absagen.«

»Sehr gut.«

»Dann lassen Sie uns die nächsten Schritte besprechen. Als Erstes werde ich mich wohl mal mit diesem Maxym unterhalten. Haben Sie eine Adresse von ihm?«

»Ich schicke Ihnen eine Datei mit allen wichtigen Informationen, die ich über ihn auftreiben konnte. Inklusive Telefonnummer.«

»Ein persönliches Treffen wäre mir lieber. Ich schaue den Leuten gern in die Augen, wenn ich mit ihnen spreche.«

»Dazu bietet sich heute Abend vermutlich die Gelegenheit. Die Abijahrgänge haben sich auf der Neckarwiese verabredet, es soll ja endlich mal nicht regnen. Jana wird hingehen, und wo sie ist ...« Er machte eine vielsagende Bewegung mit der Hand.

Und wo ich bin, da wird auch mein Diener sein, schoss es mir durch den Kopf. Wo kam denn dieser Satz plötzlich her? Klang nach einem dieser Sprüche meines Vaters, die sich ganz tief hinten in meinen Hirnwindungen eingenistet hatten. Sinnfrei, aber unkaputtbar. Sedimente einer Jugend im Pfarrhaus.

»Was brauchen Sie noch von uns?«, wollte mein neuer Auftraggeber wissen. »Jana ist nicht hier, sonst hätte ich sie gleich hinzugebeten.«

»Sie soll mir schreiben, wann sie auf die Neckarwiese geht. Dann kann ich dort mit ihr quatschen, bevor ich mir den Ukrainer vorknöpfe.«

»Richte ich ihr aus.«

»Und bei der offiziellen Abifeier morgen rechnen Sie auch mit Maxyms Erscheinen?«

»Die Veranstaltung steht allen offen: Eltern, Geschwistern, Freunden. Wer durchs Abi gefallen ist oder gar nicht erst zugelassen wurde, kommt in der Regel nicht, warum auch? Aber Maxym will unbedingt dabei sein, so hat er es Jana angekündigt. Insofern wäre ich Ihnen dankbar, wenn Sie da Präsenz zeigen könnten.«

Ich nickte. Mal sehen, was der Schleifer sagte, wenn ich ihm ankündigte, dass ich auch in den nächsten Tagen kaum verfügbar war. Na, solange ich Auftraggeber wie diesen Wetterstein hatte, konnte der schimpfen, so viel er wollte.

»Haben Sie weitere Fragen?«, erkundigte sich Janas Vater.

»Nur so aus Interesse: Wie geht es nun weiter mit BioFuture?«

»Sie meinen, nach Grevens Tod? Gute Frage. Ich fürchte, das Projekt ist gescheitert. Schon weil der wichtigste Impulsgeber fehlt. Natürlich können andere aus dem Team an die Spitze rücken, aber ohne Grevens Ideen, ohne seine Innovationskraft sehe ich da wenig Chancen für die Firma.«

»Und de Jager? Könnte man den nicht einfach zurückholen?«

»Könnte man, ja.«

»Würde aber nichts bringen«, ergänzte ich grinsend, da Wetterstein nicht weitersprach.

»Es gab Gründe dafür, sich von de Jager zu trennen«, sagte er kühl, »und diese Gründe sind ja nicht aus der Welt, nur weil Greven tot ist.«

»War das Ihre Bedingung, als Investor einzusteigen: dass de Jager weg muss?«

Wetterstein wiegte den Kopf. Es sollte wohl altväterlich-begütigend wirken, aber er sah dabei über mich hinweg, und ich hatte das Gefühl, die Temperatur im Raum sank noch ein bisschen. »Einzelheiten über meinen Einstieg bei BioFuture sind hier nicht von Belang. Schon weil er ja nun obsolet geworden ist. Vor allem aber, weil Sie sich gerade verpflichtet haben, sich ganz Ihrer neuen Aufgabe zu widmen.«

Okay, das war deutlich. Klappe halten, Augen zu und durch. Alles für meine Tochter! Greven, de Jager und Bio-Future haben nie existiert. Und Max Koller war ein kleiner Befehlsempfänger im Riesenreich des netten Herrn Wetterstein.

»Das werde ich«, grinste ich. »Verlassen Sie sich auf mich.«

21

Unangenehmes erledigt man am besten sofort. Zu Hause angekommen, wählte ich als Erstes die Nummer von Sebastian Kumpe. Wobei unangenehm in diesem Fall das falsche Wort ist. Seit gestern Abend gab es nun wirklich keinen Grund mehr, Rücksicht auf den Kerl zu nehmen, und da war die Tatsache, dass er mich ohne Honorar schuften ließ, noch gar nicht eingepreist. Bloß wenn ich an den Rest der Familie Kumpe dachte und an die Scheiße, in der sie saß – Arnold Wetterstein hätte eine andere Formulierung benutzt –, regte sich ein ganz klein wenig mein Gewissen.

Aber an diesem Tag sollte es irgendwie nicht sein. »Der von Ihnen gewählte Teilnehmer ist zur Zeit nicht …«

»Teilnehmer*in, du Arsch«, blaffte ich die Computerstimme an und drückte das »Auflegen«-Symbol. Im Zeitalter lückenloser Überwachung musste es doch möglich sein, einen fussligen Puffgänger ans Handy zu zwingen! KGB-Oleg hätte das locker hingekriegt. Einfach Steinzeit, diese Telefongesellschaften. Vom Gendern hatten die auch noch nix gehört. »Arsch« war wenigstens geschlechtsneutral, das passte auf m/w/d und alles, was sich sonst noch in der Gegend breitmachte.

Okay, Planänderung. Kumpe musste zeitnah informiert werden, und – siehe oben – wenn nicht der, dann eben die Kumpe. Auf einen weiteren Anruf bei Sebis Mutter verzichtete ich, sondern fuhr direkt zu ihr. Die Solidaritätsdemo von gestern würde sich inzwischen doch wohl aufgelöst haben.

Das hatte sie tatsächlich, trotzdem gab es ein Problem. Direkt vor Antonia Kumpes Haus parkte ein Streifenwagen. Unschlüssig wartete ich eine Weile, dann sah ich sie herauskommen, klein, faltig, beide Hände um ein Täschchen geklammert, eingerahmt von zwei Uniformierten. Vermutlich wurde sie zu einer Befragung in der Polizeidirektion abgeholt. Kurz bevor sie ins Auto stieg, entdeckte sie mich.

»Alles Gute, Frau Kumpe«, rief ich ihr zu.

Sie nickte abwesend. Auf der gegenüberliegenden Straßenseite trat der Nachbar ans Gartentürchen und kratzte sich lange und ausgiebig unter der Achsel.

Ich blickte dem Streifenwagen hinterher, wie er langsam davonrollte. Nun blieb mir wohl nichts anderes übrig, als zum Emmertsgrund hochzuradeln. Noch eine Bergetappe. Lust hatte ich keine, aber einen aus der vielköpfigen Kumpe-Familie würde ich dort oben doch antreffen. Wahrscheinlich Sebastian selbst, von der letzten Nacht noch völlig geschafft, schnarchend in der Koje.

Also los Richtung Kirchheim, über die Bahngleise rüber nach Rohrbach und durch den Kühlen Grund hoch zum Emmertsgrund. Was für Namen! Was für Orte! In Rohrbach lebte einst der sagenhafte Punker, im Kühlen Grund soll Eichendorff liebesgeseufzt haben, selbst dem Emmertsgrund sind Hip-Hopper und andere Dichter entsprossen. Und natürlich hat der sagenhafte Max Koller an all diesen Orten schon unzählige seiner legendären Pizzen ausgeliefert.

Eine Pizza hätte ich jetzt auch verdrücken können.

Eine knappe halbe Stunde später stand ich vor dem Riesenklotz, in dessen Tiefgeschoss die Kumpes hausten. Der Weg zur Tür war von einem Dutzend Müllcontainer blockiert, die darauf warteten, abgeholt zu werden. Es stank nach Küchenabfällen und alten Windeln. Durch eins der gekippten Souterrainfenster schwappte die schon bekannte Menge an Lärm und Geschrei nach draußen und vermischte sich mit dem Containergestank zu einer toxischen Brühe. Akustisch wie olfaktorisch bekam man echt was geboten hier oben.

Unten aber auch! Madame Kumpe rotierte in der Küche zwischen Schwaden von Pommesdampf. Spülmaschine, Musik und Computerspiele liefen. »Ist Ihr Mann da?«, brüllte ich.

»Nein«, gab sie zurück. »Einkaufen!«

Also doch nix Koje. »Könnten Sie ihm etwas ausrichten?«

»Seid ruhiger, verdammt noch mal!«, kreischte sie und verteilte großflächig Ohrfeigen, aber nur virtuelle, ohne Körperkontakt. Die Kinder johlten vor Begeisterung. »Scheißkröten«, schrie sie. »Was ausrichten?«

»Dass ich nicht weiterermitteln werde. Ich bin raus aus dem Fall, es macht keinen Sinn mehr.«

»Was?«

»Wie, was?«

»Hä?«

Bevor wir uns weitere Fragezeichen an den Kopf werfen konnten, heulte eine Sirene los. Keine echte natürlich, sondern das ältere der Mädchen, aber von der Lautstärke und Tonhöhe her passte es. Keine Ahnung, ob es ein Geheul vor Ekel oder vor Vergnügen war, jedenfalls hatte sie eine Ladung Sahne im Gesicht, die ein Bruder ihr dorthin gesprüht hatte. Gleich kamen die anderen und wollten ebenfalls was abkriegen. Mama Kumpe fegte wie ein Tornado in sie hinein, schnappte nach der Sprühdose, brüllte und drohte, dass es eine Pracht war. Irgendwann bekam sie den Sprayer bei den Haaren zu packen und beförderte ihn hinaus, was der guten Laune natürlich keinen Abbruch tat.

»Noch mal«, herrschte sie mich an, als sie wieder vor mir stand. Eins ihrer Tattoos war sahneverschmiert.

»Ich werde nicht weiter ermitteln. Können Sie das Ihrem Mann ausrichten?«

»Scheiße, Mann!«

»Er kann mich gern anrufen, wenn er …«

»Scheiße, Mann, das ist gut! Endlich mal was Gescheites. Bringt doch nix!«

»Schön«, sagte ich überrascht.

»Bringt keinem was, nur Stress. Der Sebi …«, hier fiel ein Stuhl polternd um, aber sie sprach einfach weiter, »… von der Rolle. Denkt an nix anderes mehr.«

»Ja, dann …«

»Muss doch mal ein Ende haben.«

»Genau.«

»Wollen Sie mitessen?«

Aus dem Augenwinkel sah ich, dass ihre Kids mit der Mayo etwas Ähnliches vorhatten wie mit der Sahne. Ich brüllte »Scheiße!« und »Danke!« und »Nächstes Mal!« und war draußen.

Boah, ey.

Nachdem ich mich ein Minütchen auf einen der stinkenden Müllcontainer gestützt hatte, ging es wieder. Freihändig rollte ich den Berg hinunter, genoss den Wind, die Aussicht, das Schweigen.

Zu Hause nahm ich eine ausgiebige Dusche und legte mich anschließend aufs Bett. Einfach mal nichts machen, nur zur Decke starren und Kraft schöpfen. Genial. Danach trieb ich mich ein wenig im Internet herum und erfuhr unnütze Dinge über meinen neuen Auftraggeber: dass er schon ein, zwei andere Start-ups unterstützt hatte, dass er eine Vortragsreihe an der Uni förderte und überhaupt ein engagierter Heidelberger war, der auf der Liste der kommenden Ehrenbürger ganz oben stand.

Bevor die Bewunderung für Wetterstein überhandnahm, rief Kommissar Fischer an.

»Haben Sie was für mich?«, krächzte er, immer noch nicht ganz bei Stimme.

»Ja, aber nichts, was Sie freuen wird.«

»Um Gottes willen.«

»Ich bin raus aus dem Fall.«

»Raus? Was heißt das?«

»Im Grunde war ich ja nie drin. Der Sebi hat keine Kohle und wird wahrscheinlich auch nie welche haben. Dass ich ihm aus lauter Mitleid geholfen habe, sollte mir zwar am Jüngsten Tag einige Credit Points einbringen, aber hier auf Erden erntet man nur Spott und Gelächter dafür. Ich erinnere mich noch gut an eine entsprechende Begegnung während eines Tankstopps auf dem …«

»Kürzer!«, bellte Fischer.

»Wie Sie meinen. Der Sebi ist ein Arschloch, das ist mir gestern klar geworden. Für den rühre ich keinen Finger mehr. Außerdem habe ich einen neuen Auftrag.«

»Was für einen?«

»Sag ich nicht. Okay, bevor Sie einen Herzinfarkt kriegen, sag ich's doch: Bodyguard bei einer Abiturientin, die sich bedroht fühlt. Kurz genug?«

»Mit anderen Worten, Sie lassen mich im Stich mit all den Frauenrechtlerinnen und Empörten und aufgescheuchten Polithasen?«

»Nehmen Sie es halt, wie es ist: Antonia Kumpe hat Greven von der Terrasse manövriert.«

Der Kommissar stöhnte. »Nicht mal auf Sie kann man sich noch verlassen. Kaum wedelt einer mit Geldscheinen, geht der Koller von Bord.«

Ich schwieg.

»Ja, Entschuldigung, ich nehme es zurück!«, tönte es aus dem Handy. »Bestimmt tun Sie der Abiturientin etwas Gutes. Aber ob ich diese Tage überlebe, steht in den Sternen.«

»Haben Sie wenigstens das Leck gefunden? Sie sagten doch, die Informationen stammten aus Ihren Reihen.«

»Haben wir«, seufzte er. »Haben wir. Eine junge Polizistin, eine unserer besten. Überdurchschnittlich engagiert, Topnoten und alles. Sagt, sie wollte die Öffentlichkeit aufrütteln. Was ihr ja auch gelungen ist.«

»Das war's dann wohl mit ihrer Polizeikarriere.«

»Warten Sie's ab«, knirschte er. »Eigentlich müssten wir sie maßregeln, aber keiner traut sich. Der Polizeipräsident nicht, der Innenminister nicht, niemand. Sonst heißt es wieder, wir alten weißen Männer hätten sie zum Schweigen gebracht. Das Mädel steht unter persönlichem Schutz unserer Gleichstellungsbeauftragten!«

»Am Ende kriegt sie auch noch einen Orden. Zusammen mit Antonia Kumpe.«

»Sie haben gut reden, Koller. Ich habe so auf Sie gezählt …«

Unter Gejammer ging unser Gespräch zu Ende.

Später erhielt ich eine Nachricht von Jana: Partybeginn auf der Neckarwiese sei gegen acht, sie komme wahrscheinlich etwas später. Maxym funke sie ständig an, aber sie ignoriere ihn.

»Alles klar«, schrieb ich zurück, »ich werde da sein und mich im Hintergrund halten.« Dann fügte ich noch eine zweite Nachricht an: »Ist es überhaupt okay für dich, dass mich dein Vater engagiert hat?«

Gespannt wartete ich auf ihre Antwort.

Und die kam auch: »Ja.«

Aha. Nicht mal ein Smiley hatte sie hinter das Wort gesetzt, ich konnte mir also aussuchen, ob es sich um ein neutrales, seufzendes, zähneknirschendes oder erleichtertes Ja handelte. Na, vielleicht hatte sie in der Eile das Jubel-Smiley nicht gefunden. (Hinter diesen Satz gehörte eigentlich ein Ironie-Smiley, aber lassen wir das.)

Jedenfalls war ich sehr gespannt, wie sich das mit den Wettersteins noch entwickeln würde.

22

Kommt hier jemand nicht aus Heidelberg?

Okay, dann rasch ein Nachhilfestündchen in Sachen Kurpfalztopografie. Um eine Lieblingsvokabel meines bildungsbeflissenen Vaters aufzugreifen: Die Neckarwiese, das ist Heidelbergs Locus amoenus. Die perfekte Idylle. Hohe Bäume, Schatten, Wellenschlag und Blätterrauschen, alles drin. Ein Ort der Stille, der Liebe, des Friedens. Nur die scheißenden Nilgänse, die das mit dem Lokus missverstehen, schaffen es regelmäßig, ihn in sein Gegenteil zu verwandeln, einen Ort des Schreckens. Wobei sich der wahre Locus terribilis natürlich auf dem Emmertsgrund verbarg, wie ich wusste, im Kellergeschoss eines Riesenwohnblocks. Das nur als Erklärung, warum sämtliche hiesigen Abiturjahrgänge zum Feiern auf die Neckarwiese pilgern, anstatt die Untere Straße leerzutrinken oder einen Club standesgemäß abzufackeln. Nach dem Motto: vom Amoenus zum Terribilis innerhalb eines Abends. Am nächsten Morgen rückt eine schnelle Eingreiftruppe der Stadtreinigung an, um die Müllberge inklusive einiger Alkoholleichen zu beseitigen, die Anwohner bombardieren das Rathaus mit Beschwerdebriefen, und am Abend beginnt das Spiel von vorne.

Selbst die Nilgänse scheißen in der Abizeit woanders.

In diesem Jahr allerdings gab es einige Abweichungen von der Routine, und das lag am Wetter, genauer gesagt am Tief »Heidelberg«. Das hatte noch dem größten Feierbiest die Lust an einer Fete unter freiem Himmel vergällt. Nach einer Woche Dauerregen bot sich heute nun zum ersten Mal die Gelegenheit, die Abisau rauszulassen. Entsprechend groß war das Aufgebot an Sicherheitskräften, das die Wiese umlagerte. Auf dem Weg dorthin sah ich drei Streifenwagen, eine vier Mann starke Patrouille zu Fuß, und am DLRG-Steg lag sogar ein Boot der Wasserschutzpolizei.

War ich am Ende überflüssig?

Abwarten. An guten Tagen strömten nicht nur die Heidelberger Abiturienten, sondern auch etliche Abordnungen aus dem Umland zum Neckar, da kamen schon mal 1.000 Personen zusammen. Und weil Masse Masse anzieht, stehst du als Polizist oder Polizistin zwischen all den Vergnügungssüchtigen, den Profiteuren, Anheizern und Streithanseln bald auf verlorenem Posten. Da konnte man einen Bodyguard Max Koller gut gebrauchen.

So. Ich steuerte eben einen günstigen Abstellplatz für mein Fahrrad an, als ich ein pfeifendes Geräusch hörte. Innerhalb von Sekunden sackte der Vorderreifen in sich zusammen. Beim Absteigen trat ich auf Glassplitter. Um mich herum lag eine fachgerecht zertrümmerte Flasche Wodka, und eine der Scherben hatte meinen Reifen aufgeschlitzt. Wie ich sie verfluchte: die Abiturienten natürlich, die für das hier verantwortlich waren, den Räumdienst, der erst morgen anrückte, nicht zu vergessen meinen Vater mit seinem elenden Humanistenvokabular. Rutscht mir doch alle den Buckel runter!

Mit ordentlich Brass mischte ich mich unter die Feiernden. Wenn mir nur einer von diesen Idioten dumm kam, würde ich die Luft aus ihm rauslassen. Den wollte ich pfeifen hören!

Na ja. Vielleicht lag die Flasche auch schon seit gestern hier rum. Die Stimmung auf der Wiese war, sagen wir mal: ausbaufähig. An ein paar Stellen wurde gejohlt und gesungen, was die durstige Kehle hergab, aber die meisten jungen Leute standen bloß quatschend zusammen, zogen in Grüppchen herum oder lachten sich über irgendwas schlapp. Wie auf dem Pausenhof, nur eben in XL. Immer wieder tönten lang gezogene »Abiiiiiii«-Rufe durch die Dämmerung. Dazu Musikgedudel, Handys, in die und aus denen geplärrt wurde, Selfies und Blitzlichter. Unter der Brücke klampfte einer auf seiner Gitarre, es hallte schön. Ein Ball flog von irgendwo her in eine Gruppe und wurde unter viel Hallo wieder zurückbefördert. Dass sich niemand auf dem Boden lagerte, hatte einen einfachen Grund: Das Gras war nach dem tagelangen Regen noch zu nass.

Gras war das Stichwort: Während ich nach Jana und Maxym Ausschau hielt, stolperte ich von einer Cannabis-Wolke in die nächste. Süßliche Duftnoten in den unterschiedlichsten Nuancen. Da wurde man ja vom Herumgehen high! Und die Polizei durfte nicht mal einschreiten, seit das Zeug juristisch hoffähig war. Okay, es galt die 25-Gramm-Obergrenze, und Minderjährige hatten ganz die Finger davon zu lassen. Aber welcher Beamte würde sich schon die Mühe machen, bei jedem einzelnen Raucher Menge und Alter zu kontrollieren?

Apropos Alter. Aus heiterem Himmel sah ich einen Finger auf mich gerichtet. »Krass«, schrie ein Typ mit glasigem Blick. »Mein Chemielehrer! Alter, bist du alt geworden!«

»Mach die Augen auf«, sagte ich und schob ihn zur Seite.

»Früher hab ich dich gehasst«, rief er mir nach. »Aber jetzt nicht mehr. Ehrlich, Alter!«

Ich sage ja, ein Ort der Liebe. Kein Hass mehr, kein Lehrer-Schüler-Gefälle, nur noch Duzen, Hasch und die Feier des Augenblicks. Morgen oder übermorgen dann das böse Erwachen, die Erkenntnis, dass man keinen Plan hat, dass die Welt nicht auf einen wartet, dass man weiter lernen, siezen und hassen muss.

Schon umhüllte mich der nächste THC-Nebel. Meiner Nase gefiel's; hätte sie einen Daumen gehabt, hätte sie ihn jetzt gehoben. Der Locus amoenus mutierte zum Highdelberg. Finster schlichen die Ordnungshüter umher. Nun entspannt euch, Leute, ihr mögt den Geruch doch auch!

»Abiiii!«, schallte es über die Wiese.

Endlich entdeckte ich Jana in einer Gruppe gackernder Girlies. Als sie mich bemerkte, winkte ich sie zur Seite. Um ihr eine peinliche Situation zu ersparen, aber ein bisschen auch aus Selbstschutz. Wir stellten uns in den Schatten eines Baumes, wo es stark nach Urin roch.

»Und? Alles klar bei dir?«, fragte ich.

Sie zuckte mit den Schultern. »Alles easy. Warum?«

»Nur so. Bin ja jetzt offiziell für dein Wohlergehen zuständig.«

Obwohl es schon fast dunkel war, sah ich, wie sie mit den Augen rollte. »Daddy übertreibt.«

»Klingt, als wärst du mit seiner Maßnahme nicht einverstanden.«

»Doch, schon.« Ein Kaugummi wechselte von einer Seite auf die andere. »Ist halt komisch, wenn man Spaß haben will und sich die ganze Zeit beobachtet fühlt ... egal.«

»Keine Sorge, ich halte mich dezent zurück. Was ist mit Maxym? Schon aufgetaucht?«

»Bei mir nicht.«

»Aber er kommt, meinst du?«

»Garantiert.« Sie zog ihr Handy, wischte darauf herum und hielt es mir vors Gesicht. Der junge Ukrainer hatte ihr eine Nachricht mit einem Foto von sich und den Worten »bis gleich« geschickt. Dazu die unvermeidlichen Emojis und Symbole, vom gereckten Daumen über das Hang loose bis zum roten Herzchen. Nur das ernste Gesicht Maxyms passte nicht so recht.

»Was hältst du von dem Kerl?«, fragte ich.

Wieder das Schulterzucken. »Ist halt 'ne arme Sau, der Typ. Aber er nervt. Nicht nur mich, alle. Wollte auch unbedingt bei der Planung für die Abifeier dabei sein, obwohl er durchgerasselt ist. Voll peinlich.«

»Und ihm sagen, dass er unerwünscht ist …«

»Traut sich keiner«, beendete sie den Satz. »Die Lehrer schon mal gar nicht. Man muss ja Rücksicht nehmen auf die Ukrainer.«

»Hast du Angst vor ihm?«

»Nö. Eigentlich nicht. Wie gesagt, der kann einem leidtun. Aber manchmal kriegt er so einen Blick drauf, da denkt man, gleich rastet er aus. Und als er mir seine Pistole zeigte, wurde mir schon anders.«

Im nächsten Moment waren wir nicht mehr allein. Zwei aus Janas Grüppchen kamen angedackelt und verlachten sich.

»Ey, was macht ihr da im Dunkeln?« – »Janaschätzchen, das hätte ich aber nicht von dir gedacht.« – »Schiebt ihr euch was Geiles rein?« Gekicher und Gepruste bis zum Abwinken.

»Ist ja gut«, murmelte Jana. Ich nickte ihr zu und verzog mich. »Boah, stinkt's da«, hörte ich das eine Mädchen noch rufen.

Die nächste halbe Stunde spielte ich sozusagen Planet, soll heißen: Ich schlenderte in großen Kreisen um Jana und ihre Gruppe herum. Stand auch mal eine Weile am selben Platz, bevor ich mich wieder in Bewegung setzte. Zwei Polizisten in Uniform musterten mich kritisch, aber mein Gott, an diesem Abend gab es wirklich schrägere Gestalten als mich. Ein Althippie, der sich Alk von den Jungen schnorrte, ein Ehepaar mit Stock und Regenschirm, das ungefragt Vorträge hielt, ein paar Motorradfahrer, die ihre Maschinen aufheulen ließen, bis sie von den Beamten weggeschickt wurden. Ganz zu schweigen von den Abiturienten selbst, bei denen sich allmählich die Folgen ihres Drogenkonsums zeigten. Mit Geflenne und Gezeter ging es los, es gab eine Sekttaufe und ein Wetttrinken, mehr als einmal hörte ich Würgegeräusche in den Büschen. Der Typ, der mich für seinen Chemielehrer gehalten hatte, saß auf der Schulter eines Kumpels und grölte glückselig von geilen Weibern. Bluetoothboxen duellierten sich. Dazu immer wieder: »Abiii!«

Und Maxym?

Es dauerte, aber irgendwann kam er. Dank seiner Größe fiel er mir sofort auf, wie er sich von der Straße her näherte, am Rand der Wiese stehen blieb und sich suchend umblickte. Bevor er Jana und ihre Mädels entdeckte, war ich bereits auf dem Weg zu ihm. Erst die Arbeit, dann das Vergnügen, mein Junge.

Doch ich war nicht schnell genug. Bevor ich ihn erreicht hatte, schnellte etwas an mir vorbei, nahm Anlauf und versetzte dem Hünen einen Karatetritt vom Feinsten. Das

Krachen, das der Aufprall des Schuhs auf Maxyms Rippen verursachte, schmerzte schon beim Hören. Der Lange schrie auf und sackte zu Boden. Wie mein Vorderreifen, schoss es mir durch den Kopf. Das war ein verdammt blöder Gedanke, und noch blöder war, dass der Angreifer uns alle überrumpelt hatte, nicht nur Maxym, sondern auch mich und die Umstehenden. Ich sah nur noch, dass es sich um einen kleinen, dunkelhaarigen Kerl handelte. So schnell, wie er aufgetaucht war, flitzte er wieder davon. Ich machte ein paar Schritte in seine Richtung, aber die dienten mehr der Gewissensberuhigung.

Was war denn das für eine Aktion?

Als ich zu Maxym trat, hatte man ihm schon aufgeholfen. »Geht's, Digga?« Der arme Kerl krümmte sich vor Schmerzen. Die Flasche Hochprozentiges, die ihm jemand reichte, lehnte er ab. Im Hintergrund hielten sich zwei die Hand vor den Mund und verkniffen sich das Lachen. Man konnte es ihnen nicht einmal verdenken; es hatte einfach zu grotesk ausgesehen, wie dieser menschliche Flummi den Lulatsch zu Fall gebracht hatte. Von Jana keine Spur, und die Polizei hatte natürlich auch wieder nichts mitgekriegt.

»Coole Show«, sagte jemand feixend.

»Und jetzt flennt unser Riesenbaby«, ein anderer.

Maxyms Blick fiel auf die beiden Sprecher, und sein Gesicht verzog sich noch etwas mehr.

»Mami kommt gleich«, sagte der Erste.

»Nee, die kommt nicht. Die schämt sich, weil sich ihr Riesenbaby von einem Zwerg zusammentreten lässt.«

»Ach, deshalb heult er so?«

»Genau.«

»Verpisst euch«, zischte Maxym. Die beiden grinsten, klatschten sich gegenseitig ab, dann zogen sie endlich Leine.

Ich sah ihnen nach. Der Größere der zwei hatte ein blasses Mondgesicht, der andere genauso dunkle Haare wie der Angreifer.

»Sollen wir die Polizei rufen?«, wurde Maxym gefragt.

»Nee, geht schon.«

Nach und nach löste sich das Grüppchen auf. Die einen wollten ihren Freunden von dem Zwischenfall erzählen, die anderen brauchten was zu trinken. Am Ende stand Maxym alleine da, beide Hände auf die Rippen gepresst. Fast alleine, denn mich gab es ja auch noch.

»Weißt du, wer das war?«, fragte ich.

Erst jetzt schien er mich wahrzunehmen. Mit zusammengepressten Lippen sah er mich an, sein Atem ging schwer, die Erinnerung kam. »Was machen Sie hier?«, stieß er hervor.

»Ich schaue mich ein bisschen um. Und frage mich, warum du einfach so angegriffen wirst, ohne ersichtlichen Grund.«

»Keine Ahnung. Irgend so ein Idiot. Die trinken zu viel.«

»Der Kleine war garantiert nüchtern, sonst hätte er dich nicht so attackieren können. Wer war das?«

Achselzucken, aber ganz vorsichtig, wegen der Rippe.

»Hör auf, Maxym, du kanntest den. Ich bin doch nicht blöd.«

Er sagte etwas, was ich nicht verstand. Etwas Unschönes in seiner Muttersprache vermutlich. Ich sah mich um. In direkter Nähe standen noch zu viele, die den Angriff miterlebt hatten und die jetzt die Ohren spitzten. Lieber den Standort wechseln.

»Lass uns ein paar Schritte gehen. Ich erkläre dir, warum ich hier bin.«

»Wegen Jana?«

»Indirekt, ja. Vor allem aber wegen dir. Na, komm schon. Braucht nicht jeder zu hören.«

Nach einigem Zögern folgte er mir. Ich lotste ihn weg von den Feiernden in Richtung Kinderspielplatz. Im Gehen wischte er sich über seine Hose, die vom Bodenkontakt feucht und schmutzig geworden war.

»Mein Name ist Max Koller«, sagte ich. »Für dich gerne Max. Passt doch, oder? Ich bin Ermittler, also im Grunde etwas Ähnliches wie ein Polizist, bloß unabhängig. Ich nehme Aufträge von Personen an, die Probleme haben. Mein erster Auftrag war herauszufinden, wer diesen Nicolas Greven ermordet hat, aber das ist vorbei. Jetzt habe ich die Aufgabe, mit dir zu reden.«

Maxym hielt sich wieder die Rippe. »Ich verstehe nicht.«

»Ich soll aufpassen, dass du keine Dummheiten machst.«

»Was für Dummheiten? Wer sagt das?«

»Lass die Finger von den Drogen. Und vor allem vom Drogengeschäft. Okay?«

»Bist du mein Papa?«, sagte er schroff.

Ich lachte. »Nee, bin ich nicht. Aber es gibt da einen anderen Papa, und der hat Angst um seine Tochter. Wenn du Kontakt zu Jana halten willst, dann hör auf zu dealen und halt dich von Dealern fern. Und vor allem: keine Waffen. Überleg doch mal: Wenn du ohne Berechtigung mit einer Pistole erwischt wirst, kannst du deine Aufenthaltsgenehmigung vergessen.«

Er blieb stehen. Am unkontrollierten Zusammenpressen seiner Lippen ließ sich ablesen, dass er immer noch Schmerzen hatte. Während er mit beiden Händen seine Rippen abtastete, sah er in die Ferne. Dann setzte er sich genauso unerwartet, wie er angehalten hatte, wieder in Bewegung. Ich hinterher.

»Ich brauche niemanden«, sagte er, ohne mich anzuschauen. »Und ich will auch niemanden. Ich bin alleine in Deutschland. Ich weiß, was ich tue. Wer sind Sie überhaupt? So ein … ein …«

»Ermittler«, half ich.

»Ermittler? Was ist das? Ist das was? Ein Beruf? Fragen stellen, komische Sachen reden, aufpassen … Ich brauche keinen Aufpasser. Bin ich ein Kind?« Jetzt wandte er sich mir zu. »Denken Sie, ich bin ein Kind?«

Ich grinste. Nicht wegen der Frage, sondern wegen seiner Bemerkung mit den komischen Sachen, die ich redete. Das war doch mal eine hübsche Beschreibung dessen, was ich so den lieben langen Tag machte. »Nö, denke ich nicht«, sagte ich. »Deshalb rede ich ja mit dir. Aber die beiden Typen eben denken es. Wer sind die zwei?«

»Ist doch egal. Scheiß auf die.«

»Klang aber so, als hätten sie sich darüber gefreut, dass du …«

»Scheiß drauf!«, unterbrach er mich heftig und blieb wieder stehen. »Wen interessieren die? Arschlöcher sind das! Ich brauche keinen Aufpasser, ich brauche niemanden, ja? Ich weiß, was ich tue. Wer sind Sie denn? Sie haben mir gar nichts zu sagen. Niemand hat mir was zu sagen. Also hauen Sie ab und lassen Sie mich in Ruhe.«

Er drehte sich um und wollte gehen.

»Stopp!«, rief ich. »Du hast eine Sache noch nicht verstanden.«

Er blieb stehen. Da er mir den Rücken zuwandte, musste ich ihn umrunden, bis wir uns wieder in die Augen sahen.

»Dass du dir von niemandem etwas vorschreiben lassen möchtest, verstehe ich vollkommen«, sagte ich. »Klar, du bist dein eigener Herr. Und du kannst auch jeden Scheiß machen, der dir in den Sinn kommt. Aber sobald du etwas von einer anderen Person willst, zum Beispiel von einer Mitschülerin, geht es nicht mehr nur um dich. Dann hast du dich nach ihr zu richten. Im Klartext: keine Drogen, keine Waffen, keinen Scheiß, wenn du Kontakt zu Jana aufnimmst. Sonst gibt es Ärger mit mir. Ich habe keinen Bock auf Stress, und du hoffentlich auch nicht. Deshalb wollte ich erst mal mit dir reden. Verstanden?«

Er zuckte die Achseln. »War's das?«

»Wenn alles bei dir angekommen ist, ja.«

»Schönen Abend noch, der Herr.«

»Gleichfalls.«

Beide Hände auf die Rippen gepresst, trollte er sich.

23

Ich sah Maxym nach, wie er davonhumpelte, um sich unter die Feiernden zu mischen. Auch ohne ihm zu folgen, wusste ich, wo er sich gerade befand; sein Kopf schaute immer ein Stück aus der Menge heraus. Allerdings blieb er nicht lange. Nach meiner Ankündigung musste er ja damit rechnen, dass ich ihn im Auge behalten würde, wenn er sich Jana näherte. Außerdem machte es bestimmt keinen Spaß, mit schmerzverzerrtem Gesicht über die Neckarwiese zu stolpern, während sich alles um einen herum geschmeidig bewegte, einander in den Armen hielt oder zur Musik tanzte. Maxym war der Außenseiter schlechthin: durch seine Herkunft, seine Größe und jetzt auch noch durch sein eckiges Auftreten. Als er Jana gefunden hatte, drückte er sich eine Weile unschlüssig in ihrer Nähe herum. Aber sie war so von besoffenen Mitschülerinnen umlagert, dass er sich schon mit Gewalt einen Weg zu ihr hätte bahnen müssen.

Irgendwann gab er es auf und verschwand.

Ich schaute auf mein Handy. Gerade mal elf Uhr durch. Die Party würde noch eine Zeit lang weitergehen, auch wenn die Polizei bereits einige der hartnäckigsten Krakeeler aus dem Verkehr gezogen hatte. Der Geruch nach Gras hatte eher zu- als abgenommen, überall lagen Flaschen herum. Einige hatten sich nun doch auf den Boden gelagert, ein Pärchen wälzte sich hemmungslos durch die Nilgansrückstände.

Plötzlich sah ich den Typen wieder, der das mit dem flennenden Riesenbaby gesagt hatte. Das Mondgesicht. Eine Kippe im Mundwinkel, stand er bei einer Handvoll Jungs, die einen auf halbstark machten, obwohl sie gerade erst ihre letzten Milchzähne verloren hatten. Goldkettchen, Ringe im Ohr, Tattoo über dem Kehlkopf, solche Sachen. Man unterhielt sich, schaute sich um, tänzelte ein bisschen auf den Zehenspitzen. Dann forderte das Mondgesicht die anderen mit einem Nicken auf, ihm zu folgen. Gemeinsam verschwanden sie zwischen den Büschen beim Kinderspielplatz.

Vorsichtig näherte ich mich der Stelle, aber es war zu dunkel, um jemanden zu erkennen geschweige denn das, was dort getrieben wurde. Frauen gehen ja gern mal gemeinsam aufs Klo, aber von pubertierenden Jungs habe ich das noch nicht gehört.

Kurz darauf kamen die ersten zwei wieder zum Vorschein, dann ein dritter, ein vierter und zum Schluss noch mal zwei, darunter das Mondgesicht. Alle betont entspannt, was war schon dabei, mal ein paar Minuten in den Büschen zu verschwinden, gleichzeitig flogen ihre Blicke verstohlen hin und her. Auch in meine Richtung.

Ich ließ sie ziehen und beobachtete aus der Ferne, wie sie noch ein Weilchen zusammenstanden. Dann verabschiedete sich das Mondgesicht. Im Gehen zog er das Handy, tippte beidhändig darauf herum und wäre fast mit einem zusammengestoßen.

Mit mir nämlich.

Er murmelte ein Sorry und wollte an mir vorbei, doch ich stellte mich ihm erneut in den Weg.

»Is was?«, ranzte er mich an.

»Wenn ich deine Taschen durchsuche«, sagte ich, »was werde ich da wohl finden?«

Mit offenem Mund starrte er mich an. »Geht's noch? Was sind denn Sie für einer?«

»Sollen wir es ausprobieren? Vielleicht unter polizeilicher Mithilfe? Wir müssen nur rüber zur Brücke, dort stehen sie und warten auf Typen wie dich.«

Sein flaches Gesicht verzog sich zu einem Grinsen, aber es gelang nicht komplett, weil er zu sehr damit beschäftigt war, die Situation einzuschätzen und mögliche Fluchtwege zu definieren.

»Wollen Sie mich anmachen, oder was?«, fragte er.

»Ich kann dich auch in Ruhe lassen, kein Problem. Aber dann erzähl mir, was euer Problem mit Maxym ist. Und ob ihr ihm das Karatekid auf den Hals gehetzt habt.«

»Maxym? Wer ist das?« Sieh an, er wollte Zeit schinden.

»Ich warte.«

Er brach in Lachen aus. »Ey, was geht hier ab? Wir feiern hier Abi, und da kommen Sie und labern mir ein Ohr ab. Sind Sie 'n Kinderficker, oder was?«

»Zeig mich doch an. Na los, gehen wir gemeinsam zur Polizei.« Ich tat so, als wolle ich ihn beim Arm packen. Sofort machte er einen Schritt zurück.

»Fass mich nicht an, alter Bock!«

»Dann erzähl mir was von Maxym.«

Jetzt grinste er nicht mehr. Vermutlich wäre unsere Unterhaltung an dieser Stelle so oder so zu Ende gewesen, aber nun geschah etwas Unerwartetes. Jemand näherte sich von der Seite und sagte: »Was machst du denn hier, Max?«

»Oleg!« Mir verschlug es die Sprache. Mit allen möglichen Leuten hätte ich gerechnet, aber doch nicht mit einem Kollegen vom Lieferdienst!

»Na, alles klar?« Oleg und das Mondgesicht begrüßten

sich per Fistbump. »Kennt ihr euch, ihr zwei?«, wollte Oleg wissen. Im Dienst war er nicht, sondern trug Zivil.

»Kennst du den etwa?«, gab der andere zurück. »Der macht mich hier an, der Schrottsammler, und redet nur Scheiße.«

Oleg sah mich fragend an. Meine Gedanken fuhren Karussell. Was hatte der Kerl unter Abiturienten zu suchen? Er war Mitte 20 oder so und hatte nie davon gesprochen, sich in Schülerkreisen zu bewegen. Okay, dann tat er es eben, ich kannte ihn ja nicht besonders gut. Andererseits war er vor Kurzem noch krank gewesen, und ich hatte seine Schicht übernommen. Und jetzt trieb er sich nachts auf der Neckarwiese herum.

»Vielleicht stellst du uns kurz vor«, sagte ich.

»Gern. Das ist Juri, ein Freund von mir. Und das Max, mit dem arbeite ich zusammen. Juri, Max.« Olegs träge Stimme sorgte gleich für Entspannung. Dafür, dass wir uns die Hände schüttelten, sorgte sie nicht.

»Ihr zwei seid befreundet?«, fragte ich. »Und woher kennt ihr euch?«

»Russen kennen sich«, lautete Olegs schlichte Antwort. Und ich dachte, er sei Kasache!

»Ich kapier's nicht«, meldete sich das Mondgesicht zu Wort. »Das soll ein Kollege von dir sein? Warum treibt der sich hier rum und stellt blöde Fragen?«

»Max ist auch Detektiv.« Oleg wandte sich mir zu. »Was für Fragen stellst du denn?«

»Nichts Besonderes«, sagte ich. »Ich kann halt nicht raus aus meiner Haut. Wenn ich ein paar Jungs in den Büschen verschwinden und gleich darauf mit nervösen Blicken wieder herauskommen sehe, denke ich automatisch an was Verbotenes.«

»An was denn?«

»Drogen natürlich. Für einen Quickie war die Zeit zu knapp.« Wie zu erwarten, blitzten Juris Augen wütend auf. »Und der wäre auch nicht verboten.«

»Drogen?« Oleg blieb die Ruhe selbst. »Hast du die Jungs dabei beobachtet?«

»Muss ich nicht. Hab meine Schlüsse gezogen.«

»Ich sag's ja«, fauchte Juri. »Der redet nur Müll!«

Oleg schüttelte den Kopf. »Über den Max«, sagte er zu Juri, während er mir eine Hand auf die Schulter legte, »über den Max lasse ich nichts kommen. Ich sag dir, als Fahrer ist der eine Legende. Und als Detektiv auch. Der muss so denken, geht gar nicht anders.«

»Und warum fragt er mich dann nach dem scheiß Ukrainer?«

»Nach wem?«

»Maxym«, sagte ich. »Ein Schüler, dem jemand in die Rippen getreten hat. Und der hier und sein Kumpel haben sich lustig über ihn gemacht.«

»Der hat's verdient, dieser Nigga!«

»Und warum?«, herrschte ich das Mondgesicht an.

»Na, na«, sagte Oleg und tätschelte mir die Schulter. »Schau mal, mein Freund. Ich glaube, so kommen wir nicht weiter. Juri, sei nett zu den Ukrainern, sonst gibt es Ärger mit den Deutschen. Und wir, Max, sollten mal in Ruhe miteinander quatschen. Die Jungs hier haben es nicht leicht, deshalb machen sie manchmal dummes Zeug. Aber man darf sie nicht vorschnell verurteilen deswegen.«

Ich schwieg. Wenn Oleg diesen Juri und vielleicht auch seinen Kumpel kannte, war das besser als nichts. Von dem Mondgesicht würde ich heute jedenfalls nichts mehr erfahren.

»Mach's gut, Max«, sagte Oleg und schüttelte mir die Hand. »Wir sehen uns.«

»Bis du denn wieder gesund?«, fragte ich.

»Alles roger.« Er packte Juri und zog ihn mit sich.

Alles roger – wer's glaubt! Oleg wusste ganz genau, dass der Junge dealte. Okay, dass er ihn vor mir schützen wollte, war nicht nur verständlich, sondern sogar ein bisschen sympathisch. In diesem Fall war ich eben nicht Kollege, sondern Ermittler. Wahrscheinlich würde er ihm jetzt gründlich die Leviten lesen.

Aber was die beiden mit Maxym zu tun hatten, war weiterhin die Frage. Kannte Oleg den Ukrainer?

Na schön, das konnten wir zwei ja mal in Ruhe besprechen, wie er vorgeschlagen hatte. Wobei die ruhigen Minuten, die Lieferprofis wie wir gemeinsam hatten, rar waren.

Ich strolchte noch einmal über das Gelände, das sich nun doch allmählich leerte, und sah Jana bei ihrer Gruppe stehend, mit ihrem Handy beschäftigt. Als ich ihr zuwinkte, steckte sie es ein und kam zu mir.

»Hast du Maxym gesehen?«, fragte ich.

»Ja, aber nur kurz. Er schrieb mir gerade, dass er es doof fand und gegangen ist.«

»Verständlich.«

»Wieso?«

Ich berichtete, was geschehen war. Jana schien nicht besonders überrascht.

»Das war bestimmt Karim«, meinte sie.

»Karim?«

»Ein Syrer. Oder Libanese? Nee, Syrer, glaube ich. Der und Juri haben immer Stress mit Maxym.«

»Nicht sehr groß, dunkle Haare, schmale Nase?«

Sie nickte. »Seine Schwester hat mit uns Abi gemacht. Total brav und fleißig und alles. Karim ist genau das Gegenteil, kriegt nichts auf die Reihe und vertickt Stoff.«

»Zusammen mit Juri? Na, das passt ja. Und gab es deswegen Streit mit Maxym?«

»Soviel ich weiß, ja. Maxym redet nicht drüber. Er hat mit allen Russen in der Stufe Stress, ist ja kein Wunder, aber mit Juri am meisten. Und Karim schüttet immer noch Öl ins Feuer. Wahrscheinlich hat er einem seiner Brüder oder Cousins gesagt, er soll Maxym in die Rippen treten, als Mutprobe oder so.«

»Aber Karim ist nicht bei euch auf der Schule?«

»Der Versager?«

»Okay.« Ich überlegte eine Weile, dann durchsuchte ich mein Handy, bis ich ein Foto von Oleg gefunden hatte. »Kennst du den hier?«

»Vom Sehen. Ein Freund von Juri, aber schon älter.«

»Sonst weißt du nichts über ihn?«

Sie schüttelte den Kopf. »War's das?«

»Wir sehen uns morgen.«

24

Wodka sollte verboten werden. Oder wenigstens Wodkaflaschen. Beziehungsweise das Zertrümmern derselben. Cannabis hat den unschätzbaren Vorteil, dass davon keine Fahrradreifen platt werden. Während ich einen neuen Schlauch auf das Vorderrad aufzog, hielt ich ein stummes Plädoyer fürs Grasrauchen. Ich hätte Markenbotschafter für den Stoff werden können! Hauptsache, die Leute hielten sich von Flaschen fern. Bei meinen Fahrrädern handelte es sich schließlich um Arbeitsgeräte, also um die Grundlage meiner wirtschaftlichen Existenz. Ohne sie war ich aufgeschmissen. Auftraggeber wie Arnold Wetterstein hatte man ja nicht alle Tage.

Passenderweise rief in diesem Moment der Schleifer an. Notlage, wie immer. Die Bude brannte. Er brauchte mich, dringend.

»Keine Chance«, sagte ich.

»Nicht heute, Max. Morgen! Wie lange willst du denn noch Ferien machen?«

»Wir hatten eine Vereinbarung. Drei Tage frei.«

»Zweieinhalb.«

»Das sind doch drei. Aufgerundet.«

»Nein, das sind zweieinhalb. Donnerstag, Freitag, der halbe Samstag. Am Samstagmittag stehst du Gewehr bei Fuß, sonst kannst du gleich deine Papiere abholen.«

Darüber konnte ich nur lachen. Fahrer wurden immer gesucht, Fahrer wie ich erst recht.

»Frag doch Oleg«, schlug ich vor. »Der ist wieder quietschfidel, der Spacko, gestern hab ich ihn gesprochen.«

»Ach, Oleg«, knirschte er. »So 'ne richtige Pussy. Jammert bloß rum. Alle jammern. Nur du nicht, Max. Also lass mich nicht hängen.«

»Morgen kann ich nicht. Geburtstag meines besten Freundes. Steht seit einem Jahr fest, der Termin.«

»Aber doch nicht den ganzen Tag!«

Ich seufzte. »Zur Not vormittags. Warte!« Erst mal die Wettervorhersage checken. Wenn Oleg kniff, war bestimmt wieder ein Orkan im Anmarsch. Nein, schau an, für morgen meldeten sie sogar etwas Sonne. »Na gut. Weil du es bist.«

»Scheiße, das ist cool, Max.«

»Das letzte Mal, ja?«

»Ich könnte dich knutschen.«

So logen wir uns ins Gesicht, wir zwei. Der Schleifer wusste gar nicht, wie das geht, knutschen. Und ich würde noch oft einknicken, immer und immer wieder. Weil ich Spaß an dem Scheißjob hatte, weil ich wollte, dass der Laden läuft, weil mir die Truppe ans Herz gewachsen war. So einfach war es manchmal.

Okay, dann würde ich also morgen vor der Aktion mit Fatty noch eine Schicht einlegen müssen. Bei der Aussicht auf gutes Wetter konnte mich das nicht schrecken. Ging unserem Heidelbergtief etwa schon die Kraft aus?

Eine Viertelstunde später war mein Rad repariert, aufgepumpt und sogar geputzt. Ich gönnte ihm und mir eine kleine Ausfahrt, brachte Altglas zum Container und kaufte auf dem Rückweg beim Bäcker die Neckar-Nachrichten. Mal sehen, was es Neues im Fall Greven gab. Jetzt, mit dem neuen Auftrag im Rücken, konnte ich die weiteren Entwicklungen hübsch aus der Distanz verfolgen. Es ging immer noch hoch her auf den Lokalseiten, statt über die Tat selbst wurde nun über die Reaktionen darauf berichtet. Die Demonstration vor Antonia Kumpes Haus fand ebenso Erwähnung wie die Forderung, ihr eine Auszeichnung zu verleihen, weil sie ein Tabuthema öffentlich gemacht hatte. Auf einer Extraseite kam die Leserschaft zu Wort; für die einen war die alte Frau eine Heldin, für die anderen eine Mörderin – Daumen hoch, Daumen runter, dazwischen gab es nicht viel. Die Urteile fielen übrigens nicht streng nach Geschlechtszugehörigkeit, wie man hätte annehmen können. Auch einige Leserbriefschreiberinnen verurteilten die Tat; eine meinte sogar, durch sie habe die Kumpe der Frauenbewegung einen Bärendienst erwiesen. Aha, dann war es doch nicht so einfach mit der männlichen und der weiblichen Wahrheit.

Christine! Lesen!

Von Marc Covet gab es diesmal nur einen klitzekleinen Beitrag, den Bericht über den Einbruch in Grevens Handschuhsheimer Privathaus. Die Polizei gehe von einer spontanen, ungeplanten Tat aus; entwendet worden sei nach jetzigem Kenntnisstand nichts.

Kurz entschlossen rief ich ihn an.

»Ist doch komisch«, sagte ich. »Ein Einbruch, bei dem nichts geklaut wird?«

»Dilettanten«, entgegnete er. »Schlagen ein Fenster ein und wundern sich, dass der Alarm losgeht. Die hatten gar keine Zeit, groß was mitgehen zu lassen.«

»Aber warum das Ganze?«

»Ich stelle es mir so vor: Da sind ein paar Großmäuler nachts unterwegs, kommen an Grevens Haus vorbei, sagt einer, hat da nicht der Typ gewohnt, der von der Terrasse gefallen ist, der nächste, dann steht ja jetzt alles leer, der dritte, lass uns mal nachschauen – und zack, schon fliegt ein Stein ins Fenster.«

»Also kein Zusammenhang mit der Tat in der Bahnstadt, deiner Meinung nach?«

»Kein direkter jedenfalls.«

»Okay.« Und dann erzählte ich ihm, dass mich das mittlerweile alles nichts mehr anging, weil ich raus war aus dem Fall.

»Schade eigentlich«, meinte er. »Ein paar exklusive Informationen von dir hätten mir schon gefallen. Und warum bist du raus? Weil es keine Kohle gibt?«

»Das spielt auch eine Rolle, aber nicht die entscheidende. Ich habe diesen Sebastian Kumpe einfach gefressen. Keinen Finger rühre ich mehr für den. Und vor allem: Ich habe einen neuen Auftrag. Rat mal, von wem.«

»Von der Bundesregierung? Von Elon Musk? Nicht? Dann muss es wohl Arnold Wetterstein sein.«

Mir blieb die Spucke weg.

»Liege ich richtig?«, flötete Covet, und ich sah ihn vor mir, wie er sich behaglich in seinen Stuhl fläzte, die Füße auf dem Schreibtisch, und sich eins grinste.

»Woher weißt du das?«

»Weil er mich gestern angerufen und nach dir gefragt hat. Er wusste, dass wir uns kannten; ist ja kein Geheimnis, seit wir zusammen Bücher über deine Fälle herausgebracht haben. Jedenfalls wollte er von mir wissen, ob du zuverlässig seist, ob ich dich empfehlen könne, solche Sachen. Ich stimme natürlich sofort ein Loblied auf dich an, endlos, viele Strophen lang – irgendwann unterbricht er mich und meint, danke, dann würde er im Fall der Fälle sicher mal auf dich zurückkommen. Von einem konkreten Auftrag sprach er allerdings nicht.«

»Genau den gibt es jetzt. Ich soll auf seine Tochter aufpassen.«

»Die süße Jana.«

»Auf deren Spur du mich gebracht hast. Anscheinend habe ich sie ein bisschen zu hart angefasst, da dachte er, zieh ich den Koller mal lieber von diesem Fall ab und gebe ihm einen neuen.«

»Interessant. Meinst du, er hat was zu verheimlichen?«

»In Sachen Greven? Schwer zu sagen. Wenn, dann werde ich es jedenfalls nicht herausfinden. Ich habe jetzt andere Prioritäten.«

»Verstehe.« Wir unterhielten uns noch ein bisschen über Wetterstein und seine Position in der Stadt, dann beendeten wir das Gespräch.

»Eine Sache noch«, sagte ich. »Kennst du dieses Luxus-Parkhaus in Wieblingen mit dem Autoaufzug?«

»Ja, warum?«

»Nur so. Grevens früherer Partner wohnt ganz in der Nähe. Ist halt nicht meine Welt, so ein Etablissement. Da denkt man, man kennt seine Stadt und wird doch immer wieder überrascht.«

»Eine gewisse Exklusivität kann man dem Ding nicht absprechen. Die Stadt hat dafür sogar extra den Bebauungsplan geändert. Eine kleinere Version hätte sich für den Betreiber nämlich nicht gelohnt.«

»Und wer ist der Betreiber?«

»Fridays for future, wer sonst?«

»Na dann.«

Erst als wir aufgelegt hatten, fiel mir ein, dass ich ihm gar nichts von meinem anstehenden Besuch der Abifeier im Bismarck-Gymnasium erzählt hatte. Einen Begleiter wie Marc, der Gott und die Welt persönlich kannte, zumindest die Heidelberger Welt, hätte ich mir bei dieser Veranstaltung gewünscht. Aber auch Covet hatte vermutlich weder Zeit noch Lust, sich das anzutun. Es half nichts, da musste ich allein durch.

Fridays for future, sehr witzig!

Gleich darauf führte ich noch ein Telefonat. Diesmal wurde ich angerufen, und als ich die Nummer sah, atmete ich erst mal tief durch.

»Stimmt das«, rief der Sebi, und seine Stimme überschlug sich fast, »stimmt das, was meine Frau sagt? Dass Sie alles hinschmeißen, einfach so?«

»Hinschmeißen ja, einfach so – nein.«

»Das können Sie nicht machen! Ohne Rücksprache, ohne alles. Wir hatten eine Vereinbarung!«

»Was hatten wir?«

»Eine Vereinbarung. Sie haben mir …«

»Moment!«, schnitt ich ihm das Wort ab. »Überlegen Sie genau, was Sie sagen, Herr Kumpe. Zu einer Vereinbarung gehören zwei, die auf Augenhöhe agieren. Sie wollten von mir, dass ich für Sie ermittle, aber Sie waren nicht bereit, auch etwas dafür zu geben. Das nennt man nicht Vereinbarung, sondern Bitte. Ich bin dieser Bitte nachgekommen, aber nur solange ich mich nicht verarscht fühle. Und wenn ich sehe, dass Sie alle paar Tage im Herrenwinkel abtauchen, anstatt mir für meine Arbeit ein Honorar zu zahlen, fühle ich mich verarscht.«

»Was habt ihr nur immer mit dem Herrenwinkel?«, begehrte er auf. »Man wird doch noch sein Bier irgendwo trinken dürfen. Ich bin halt befreundet mit ein paar der Mädels. Sonst läuft da nix, meine Frau weiß Bescheid. Und selbst wenn. Echt, dass die Leute immer noch so verklemmt sind!«

»Mit verklemmt hat das rein gar nichts zu tun, sondern mit den Prioritäten, die Sie setzen. Wenn ich gratis für Sie arbeiten soll, dann zeigen Sie wenigstens, dass Sie diese Arbeit wertschätzen.«

»Tue ich doch! Ich find prima, was Sie machen, dass Sie da nachts bei BioFuture rein sind und dass Sie ... ja, starke Leistung, wirklich.«

»Sehen Sie? Sie wissen nicht mal, was ich alles unternommen habe. Wenn man Sie anruft, gehen Sie nicht ran oder sind im Puff. Am liebsten wäre Ihnen, ich würde irgendwann kommen und sagen, alles geregelt, Herr Kumpe, Ihre Mutter ist unschuldig, freuen Sie sich auf die nächste Überweisung. Nicht mit mir.«

»Sie wollen mich wirklich im Stich lassen? Uns, meine ich, uns!«

»Auch nicht mehr, als Sie Ihre Familie im Stich lassen.«

»Herr Koller!« Er klang jetzt immer kläglicher. »Das können Sie meiner Mutter nicht antun. Haben Sie die Leute gesehen, die vor ihrer Tür rumlungern? Nichts bleibt ihr erspart!«

»Seien Sie doch froh um die Leute. Die werden dafür sorgen, dass Ihre Mutter mit Notwehr und einer Bewährungsstrafe davonkommt. Und mal sehen, vielleicht gibt es noch einen Exklusivvertrag mit irgendeinem Revolverblatt, dem Sie von Ihren stressigen Abenden im Herrenwinkel berichten können.«

Okay, die letzte Bemerkung hätte nicht sein müssen. Aber Kumpe hatte den Bogen überspannt, da war mir inzwischen alles egal. Außerdem hatte ich meinem neuen Auftraggeber 5.000 Euro für ihn und seine Familie aus den Rippen geleiert, sodass sich mein schlechtes Gewissen in Grenzen hielt. Wenn seine Mutter tatsächlich nur eine Bewährungsstrafe erhielt, war der Fusselbart noch verdammt gut dabei weggekommen.

»Das hätte ich nie von Ihnen gedacht, Herr Koller«, schimpfte er.

»Grüßen Sie Ihre Frau«, sagte ich.

25

Und jetzt die 100-Euro-Frage: Welche Zeitform passt am besten zu Max Koller – Vergangenheit, Gegenwart oder Zukunft?

Okay, vielleicht ist die Frage auch nur 50 Euro wert. Denn leichter geht es ja kaum. Die Gegenwart natürlich, das Hier und Jetzt, das ist meine Zeit, mein einzig wahrer Aggregatzustand, anders kann ich gar nicht. Das frisch gezapfte Bier, sattes Grün im Odenwald, das Geräusch der Reifen auf dem Asphalt, pralles Leben. Nur der Augenblick zählt. Was interessiert mich die Zukunft? Die überlasse ich den Wahrsagern und Anlegern. Ändern kannst du eh nix, ist ja alles vorherbestimmt oder Spiel des Zufalls, in beiden Fällen also Mist. Was ihr Zukunft nennt, kann mir gestohlen bleiben.

Schlimmer ist nur noch die Vergangenheit. Vielleicht nicht generell, es gibt ja die eine oder andere schöne Erinnerung, oder sagen wir: es gäbe sie, wäre sie nicht überlagert vom Gedanken an Jugend und Zerfall. Im Vergangenen steckt schließlich Vergänglichkeit. Gegen ein bisschen Nostalgie ist nichts zu sagen, wenn man danach wieder fest mit beiden Beinen auf dem Boden der Gegenwart steht.

Aber das Früher hat eben noch eine andere, eine wirklich grauenerregende Fähigkeit: das Hier und Jetzt zu okkupieren, es auszusaugen wie ein Vampir. Dann wird die Gegenwart zu einem Untoten, zu einem Wiedergänger ihrer selbst; neu ist nur die Hülle, aber in ihrem Inneren hat sich der Parasit breitgemacht, das Alte, Überlebte, der Staub der Jahrhunderte, den man einfach nicht loswird.

An diese schreckliche Gabe musste ich denken, als ich die Aula des Bismarck-Gymnasiums betrat. Lag es am Geruch, an der Atmosphäre, der Kleidung, der Architektur? Vermutlich an der Kombination aus alledem. Jedenfalls traf es mich wie ein Schlag; ich wurde zurückkatapultiert in meine eigene Schulzeit, in den nicht enden wollenden Examenshorror. Alles kam wieder hoch: Anspannung, Versagensängste, das Gefühl, lediglich eine Rolle zu spielen, Erschöpfung und Widerstand, ziellose Wut und jede Menge Pickel. Dass ich das Abi damals erst im zweiten Anlauf geschafft hatte, machte die Sache nicht besser. Ohne Witz, Leute, ich stand da und bekam Atemnot. Max Koller nimmt es mit dem härtesten Verbrecher auf, aber vor der eigenen Vergangenheit geht er in die Knie.

Damit das nicht passierte, suchte ich Halt am ersten besten Gegenstand in meiner Nähe. Einem Heizkörper. Ich stand also da, klammerte mich am Hier und Jetzt fest, an der Sachlichkeit der Dinge. Aber auf Dauer funktionierte nicht mal das. Jedes Parfüm, das mich anwehte, jedes Ballkleid und jedes aufgesetzte Lächeln erinnerte mich an damals, an einen Abgrund von Verlogenheit. In den Wochen vor dem Abi waren wir noch eine Gemeinschaft gewesen, hatten gemeinsam geflucht, gehadert, geflennt und gekifft. Und danach? Dachte jeder nur noch an sich. Wollte was hermachen, bewundert werden, im Mittelpunkt stehen. Wer hat die meisten Punkte? Wer kriegt das Extralob? Wer sieht auf dem Foto am besten aus? Unser Jahrgangsbester, der sich bei der Physikprüfung in die Hose gemacht hatte, hielt eine Rede zum Fremdschämen; das Mädchen, das im Mündlichen kollabiert war, bekam einen Preis und vergoss Freudentränen. Ich hielt den Mund und bekam nichts. Aber von dem Geld, das mir die Verwandtschaft zum Abi schenkte, konnte ich mich mit Fatty drei Mal hintereinander komplett besaufen.

Die Geister der Vergangenheit … Es gab nur eine Möglichkeit, ihnen zu entkommen: indem ich ihnen ihren Schrecken nahm. Und das tat ich. Ich riss ihnen die Maske herunter, zack! Und siehe da, hier fand ja gar keine Abifeier statt! Sondern eine Folge von »Heidelberg sucht den Superstar«. Na, logo! Deshalb waren die Leute so knallig angezogen, deshalb rochen sie so seltsam und quasselten dummes Zeug.

Ich atmete auf. Das erklärte alles, einfach alles. Überlegt doch mal, wer schmeißt sich in einen Armani-Anzug, nur weil er ein paar Formeln und Ableitungen auswendig gelernt hat? Für 15 Punkte in Latein lässt sich keine junge Frau in den Ausschnitt glotzen – für die volle Punktzahl in »Heidelberg sucht den Superstar« schon. Gleich beginnt die Live-Übertragung! Auf der Bühne machte sich die Studioband bereit, in Reihe eins thronten die Juroren, die Scheinwerfer glühten, und draußen in der Stadt wurden die Chipstüten vor den Bildschirmen herumgereicht.

»Bin gespannt, wer heute gewinnt«, strahlte ich das Mädel an, das die Ablaufzettel verteilte.

Also Leute, wie lautete der Plan? Musik, Rede. Rede, Musik. Eine Aufführung, dann weitere Reden und ganz zum Schluss die Verleihung der Zeugnisse und Preise. Eindeutig zu viel Redeanteil, meiner Meinung nach. Aber beim Original quatschten sie ja auch ohne Ende.

Die Aula war schon zu gut zwei Dritteln gefüllt gewesen, als ich kam, und es strömten immer noch Menschen nach. Ich sah Arnold Wetterstein vorne ins Gespräch vertieft, ab und zu schüttelte er eine Hand oder nickte jemandem aus der Ferne zu. Bei der Frau mit dem Kurzhaarschnitt neben ihm handelte es sich vermutlich um seine Gattin. Jana entdeckte ich nicht, dafür den Typen von gestern Abend, der mich für seinen Chemielehrer gehalten hatte. Kaum wiederzuerkennen, das Bürschchen, wie es da in einer Ecke hing und versuchte, den Restalkohol mit einem Schlips wegzuwedeln. Nicht weit entfernt stand Juri; in seinem silberglänzenden Anzug, der das Scheinwerferlicht reflektierte, hätte er prima Lametta abgegeben.

Dann trat mir einer fast auf den Fuß. Es war Maxym, ebenfalls in Anzug und Krawatte, der zusammen mit einigen anderen Abiturienten Stühle herbeischleppte. Schmerzen von der gestrigen Karateattacke schien er keine mehr zu haben. Er schuftete; Stirn und Schläfen waren schweißbedeckt. Klar, Maxym wollte Teil der Crew sein; wenn schon nicht Superstar, dann wenigstens Sternchen. Trotzdem würde er nie ganz dazugehören. Ihm fehlten die Souveränität und Lässigkeit der anderen, und ihm fehlte ein gescheites Sakko.

Wobei Maxym immer noch besser angezogen war als ich bei meiner eigenen Abifeier.

Stopp! Keine Flashbacks, Max! Wir bleiben in der Gegenwart, in der schönen neuen Welt von Showbiz und Selbstvermarktung. Um Punkt sechs strahlten sämtliche Lichter auf. Einmarsch der Kandidatinnen und Kandidaten! Beifallumbrandet schritten sie nach vorne, Jana mittendrin. Sie wurden gefilmt und filmten zurück; Handys starrten in Handys, und bestimmt konnte man all das live auf Insta & Co. verfolgen. Vielleicht sogar schon vorher, bevor es sich ereignete? Lieber nichts ausschließen. Die Realität war bekanntlich auch nicht mehr das, was sie mal war.

Als alle saßen, servierte die Band den Aperitif. Ein paar Melodieträufler, garniert mit Rhythmusspritzern; pikant, aber nicht sehr nahrhaft. Danach rechnete ich fest mit Dieter Bohlen oder wenigstens einem Heidelberger Dieter Bohlen, Alleinunterhalter bei Seniorenprunksitzungen, ehemaliger Tennislehrer mit Bachelor in Kommunikationswissenschaften – doch ans Pult trat bloß eine knochige Endvierzigerin, die zwar blond, aber nicht mal Heidi Klum war. Nur Rektorin. Knochig auch ihre Ansprache: Ein paar Großkopferte wurden pflichtschuldig begrüßt, Danksagungen heruntergerattert, dann fielen die üblichen Stichworte von der Menschenbildung, der persönlichen Reife, dem neuen Lebensabschnitt. Woraus man Superstars halt so formt. Meine Blicke und Gedanken schweiften ab, wie immer bei solchen Anlässen, ich sah Juris Kumpel, diesen Karim, zwischen zwei Frauen mit Kopftuch sitzen – gähn, da war es schon vorbei. Nächster Redner, nächste Phrasenattacke. Nun ging es um scheinbar ganz andere, unverfängliche Dinge, ums Wetter nämlich, aber natürlich schaffte es der Redner, Vorsitzender des Freundeskreises oder Elternbeirats oder was auch immer er war, eine metaphorische Verbindung zwischen dem Sauwetter der letzten Tage und der psychischen Verfassung der Abiturienten zu ziehen. Wetterstein als Namenspate des Tiefs wurde einmal sogar erwähnt, und wie zu erwarten klärte sich am Ende der Himmel, mündete der rhetorische Husarenritt in die Hoffnung auf ein baldiges Heidelberghoch. Allgemeine Heiterkeit.

Spätestens zu diesem Zeitpunkt vermisste ich Dieter Bohlen wirklich.

Ein bisschen Musik für den schnellen Hunger zwischendurch, dann kam der nächste Programmpunkt. Irgendwas von Brecht, stand auf dem Zettel, und im ersten Moment dachte ich, sie hätten sich verschrieben und meinten Precht, aber nein, es ging tatsächlich um den alten Bertolt und eine seiner Parabeln. Wusste gar nicht, dass man so was in Zeiten von Wisch und Weg noch las. Das Problem dabei: Vielleicht war es Brecht, bloß sah es nicht danach aus. Jana und eine gute Handvoll Mitschüler gaben sich alle Mühe, ernst und bedeutungsschwer auf der Bühne herumzustehen und ernstes Zeug zu deklamieren. Dass der Mensch nicht perfekt ist, die da oben, wir da unten, solche Sachen. Typisch Brecht halt. Blöderweise taten sie das in ihren Abendkleidern und Anzügen, frisch frisiert und mit dicken Lagen Schminke. Den ganzen Tag lang spielten sie eine Rolle, sie alle, und der einzige Moment, in dem sie echte Menschen sein sollten, fand auf der Bühne statt. Verfremdungseffekt mal andersherum. Brecht auf den Kopf gestellt.

Als sich Jana beim Schlussapplaus verbeugte, pfiff Maxym auf beiden Fingern.

Dann durfte ein anderer Schlipsträger auf die Bühne, laut Programm der Abiturient mit dem besten Notendurchschnitt. Der Favorit der Buchmacher also. Und er brachte den Saal zum Kochen. »Wir haben es geschafft, Leute«, brüllte er ins Plenum, »die Welt steht uns offen. Diesen Titel nimmt uns keiner mehr. Wir sind ein Team. Wir sind auserwählt. So viel Arbeit, so viele Tränen. Aber es hat sich gelohnt. Wir sind die Elite, die Besten von Deutschland!« Und seine Follower sprangen auf, kreischten, jubelten, lagen sich in den Armen. Die Jury vergab volle Punktzahl, Mütter hatten feuchte Augen, Väter trommelten sich auf die Brust. Maxym klatschte wie ein Wahnsinniger.

Okay, vielleicht hatte er nicht Deutschland gesagt, sondern Heidelberg. Was ja für viele aufs Gleiche hinauskommt. Aber sonst stimmte jedes Wort, ich schwör. Der Typ musste Nicolas Grevens Interview mit den Wirtschaftsleuten gelesen und vor der Sendung an alle Kandidaten verteilt haben. Ach was, gelesen? Inhaliert hatten sie es! Das Superstar-Gen!

Dieses Highlight konnte nur noch von einem weiteren Highlight getoppt werden, der Zeugnisverleihung. Als der erste Leistungskurs die Bühne stürmte, war klar, dass es heute nicht nur einen Sieger oder eine Siegerin geben würde. Sie alle waren Stars, alle – und keine grauen Brecht-Mäuse. So ein Theaterstückchen diente dazu, Volksnähe zu beweisen. Wie hatte Vater Wetterstein gesagt? Bloß keinen Dünkel aufkommen lassen, genau. Höchstens gegenüber Duisburg. Aber irgendwann reichte es auch mit der Dünkelvermeidung, und man durfte sich gegenseitig auf die Schulter klopfen. 15 Punkte und ein Extralob für den Deutschaufsatz! 15 Punkte und der Preis der Physikalischen Gesellschaft! 15 Punkte und die Schulplakette für soziales Engagement! Hört ihr das im Ruhrgebiet? Hier stehen die Stars von morgen, geprüft und examiniert, der erste Plattenvertrag ist längst unterschrieben.

Während vorne gejubelt wurde, schweiften meine Blicke immer mal wieder zu Maxym hinüber. Der Kerl saß mit geradezu verzücktem Gesichtsausdruck da und klatschte, was die Schaufelhände hergaben. Selbst Juri spendete er pflichtbewusst Beifall. Als Jana geehrt wurde –

sie bekam gleich zwei Preise, aber da war sie beileibe nicht die Einzige –, straffte er sich, griff unter seinen Stuhl, zog einen Blumenstrauß hervor und eilte mit langen Schritten zur Bühne.

Das war ein Hallo, als er Jana den Strauß nach oben reichte! Dank seiner Größe musste sie sich nicht mal richtig bücken, brachte allerdings nur ein ziemlich gequältes Lächeln zustande. In einem Brecht-Stück wäre sie damit nicht durchgekommen. Alles pfiff und johlte; Maxyms Kopf war glühend rot, und im Publikum drehte sich Janas Vater stirnrunzelnd zu mir um.

Alles in Ordnung, Herr Wetterstein, es sind nur Blumen! Waffen des Romantikers. Den jungen Ukrainer von solch rührenden Liebesbekundungen abzuhalten, gehörte nicht zu meinem Auftrag. Auch er wollte mal Superstar sein, und sei es nur für einen kurzen Augenblick.

Der Lärm war gerade abgeebbt, als Maxym auf dem Rückweg zu seinem Platz über seine langen Haxen stolperte und der knochigen Schulleiterin auf den Schoß plumpste. Beim Versuch, sich aufzurappeln, rutschte er zwei Mal weg und knallte auf den Boden. Ein paar Leute sprangen auf, doch niemand half ihm.

Quälend lange Sekunden vergingen, bis Maxym wieder stand. Er war schweißüberströmt. Und zum ersten Mal an diesem Tag hielt er sich die Rippen.

26

»Als dein Verehrer nach vorne stürmte, befürchtete ich einen Moment lang das Schlimmste«, sagte Wetterstein, und obwohl er diesen Worten durch sein Lachen einen leichten Klang gab, war der Vorwurf unüberhörbar. Unübersehbar ebenfalls, wenn man das empörte Spiel seiner Brauen berücksichtigte. Ich war eben zur Familie getreten, von daher war klar, an wen sich der Vorwurf richtete.

»Ach komm, Papa, doch nicht vor allen Leuten«, sagte Jana.

»Gerade da.«

»Falls es Sie beruhigt«, warf ich ein, »ich war nahe genug an ihm dran, um zu sehen, dass er lediglich mit Blumen bewaffnet war. Sonst hätte ich natürlich eingegriffen.«

»Gut«, nickte Wetterstein. »Ich vertraue Ihnen. Darf ich Ihnen übrigens meine Frau vorstellen?«

Ich schüttelte der Dame mit der Kurzhaarfrisur die Hand, ebenso den Großeltern und einem der beiden Brüder, der extra aus Berlin angereist war. Alle schwitzten ein bisschen, kein Wunder bei dem Gedränge in der Aula, aber es war vor allem ein Schwitzen aus Stolz und weil es bei aller Routine doch auch etwas Anstrengung bedurfte, sich gesellschaftlich zu behaupten. Dauernd kamen neue Leute an, um Jana zu beglückwünschen und nach ihren Plänen zu befragen. Fotos wurden gemacht: mit den Eltern, der kompletten Familie, ihren besten Freundinnen. Währenddessen stand ich blöd in der Gegend herum und sehnte mich nach einem Brecht'schen Verfremdungseffekt.

»Ich schaue mal lieber, wo sich Maxym rumtreibt«, sagte ich irgendwann zu meinem Auftraggeber.

Auf dem Weg durch den Saal kam ich an etlichen Gruppen vorbei, die ganz ähnliche Verrenkungen machten wie Wetterstein und seine Familie. Fotolächeln, Umarmen, Small Talk, Glückwünsche. Hinterher die heimlichen Versuche, den Schweiß der anderen loszuwerden. Auch Karim grinste brav in Kameras; neben ihm stand eine weitere Kopftuchträgerin, offenbar seine Schwester, die nicht nur ein Stückchen größer war als er, sondern vor allem ernster und erwachsener.

Von Maxym keine Spur. Ich wechselte ins Foyer, wo alkoholfreie Getränke ausgeschenkt wurden – auch nichts. Plötzlich kam Jana angerannt, so schnell es Stöckelschuhe und Abendkleid erlaubten.

»Hier, gucken Sie mal«, keuchte sie und hielt mir ihr Handy hin. »Das geht gerade viral.«

Es war ein kurzes Video von Maxyms missglücktem Auftritt bei der Zeugnisverleihung: sein Stolperer, die Landung im Schoß der Rektorin, sein hilfloses Gezappel auf dem Boden. Da hatte doch tatsächlich jemand gefilmt! Na ja, kein Wunder bei so vielen Handys im Saal. Noch während ich schaute, wurde das Video von den Usern kommentiert, und es waren keine mitfühlenden Kommentare. Der steht auf Grannies – Nee, der sitzt auf ihnen – Ukrainischer Quickie – Amphibie bespringt Ammonit. So in der Art, aber es ging natürlich noch prolliger. Außerdem wurde das Filmchen bereits verfremdet, mit einer Schleimspur, auf der Maxym ausrutschte, mit einer Comicfigur, die ihm ein Bein stellte, mit Früchten und Genitalien und lauter pubertärem Zeug. Und dann gab es noch ein Foto, das Maxym bei seiner Bauchlandung zeigte. Der Kommentar dazu: »Fliegeralarm in Kiew«.

»Als Russe würde ich mich jetzt nicht in seiner Nähe blicken lassen«, sagte ich und gab Jana das Handy zurück. »Hast du eine Ahnung, wo er ist?«

Sie schüttelte den Kopf und wollte gehen, doch ich hielt sie zurück.

»Noch eine andere Frage. Wäre Greven heute dabei gewesen?«

»Keine Ahnung«, gab sie unwirsch zurück.

»Hat er nichts zu dir gesagt?«

»Nein.« Damit drehte sie sich um.

Na gut, dann wieder volle Konzentration auf Maxym. Da er sich offensichtlich nicht im Foyer aufhielt, verließ ich das Gebäude durch den Haupteingang. Vor der Tür standen einige Schüler und Gäste rauchend zusammen; der Lange war nicht dabei. Ich wählte seine Nummer, die ich von Vater Wetterstein bekommen hatte, aber auch das brachte nichts. Also zurück ins Foyer – und dort gab es ein Déjà-vu: Wieder kam Jana auf mich zugeeilt, wieder hatte sie eine Information für mich.

»Sie prügeln sich«, rief sie. »Kommen Sie!«

Ich folgte ihr vom Foyer in einen seitlichen Gang, von dem viele Türen abgingen. Eine stand offen. Wir drängten ein paar Menschen beiseite, die den Durchgang verstopften – und blieben wie angewurzelt stehen.

Von Prügelei konnte keine Rede sein. Nicht mehr, den umgefallenen Stühlen und verschobenen Tischen nach zu urteilen. Juri lag auf dem Rücken, Augen und Mund in heller Panik aufgerissen, Maxym kniete über ihm. Beide hatten Blut im Gesicht. Die Knie des Ukrainers drückten Juris Arme so fest gegen den Boden, dass der sich nicht mehr rühren konnte. Mit einer seiner Riesenpranken hatte Maxym den Kopf seines Kontrahenten um 90 Grad zur Seite gedreht. In der anderen hielt er einen Bleistift mit der Spitze direkt über Juris Ohr.

Normalerweise hätte das lächerlich ausgesehen: so ein dünnes Etwas in der klobigen Hand des Langen. In diesem Fall gab es nichts zu lachen. Maxyms Gesicht war noch röter als vorhin bei der Straußübergabe, seine Augen quollen hervor, er zitterte vor Anstrengung, sein Atem ging stoßweise.

Und der Stift war verdammt gut gespitzt.

»Maxym!«, schrie Jana. »Hör auf!«

Nichts passierte. Die Szene war wie eingefroren. Wer sich in dem Klassenzimmer befand, außer uns vielleicht noch sieben oder acht Personen, rührte sich nicht von der Stelle. Juri war ohnehin zu keiner Bewegung fähig, und Maxym verharrte irgendwo auf halbem Weg zwischen Zustechen und Zurückziehen. Wie gebannt starrte ich auf die kleine runde Öffnung in Juris Ohr, die mir riesig groß vorkam, ein schwarzer Krater, der nur darauf wartete, die Spitze des Bleistifts in sich aufzunehmen.

Sollte jetzt jemand filmen, war ich auf die Kommentare gespannt. Die politischen und die sexuellen!

Aber niemand filmte. Alles hielt den Atem an. Juri, dem ein Speichelfaden aus dem Mund lief, schielte krampfhaft nach oben. An Maxyms Schläfe trat eine Ader hervor. Viele Dinge passierten gleichzeitig, und doch geschah nichts. Eingefrorene Zeit. Endlose Gegenwart.

Und genau das war es, was in mir die Spannung löste: der Gedanke, dass wir in einer Jetztschleife gefangen waren.

In meiner Zeit. Vergangenheit und Zukunft spielten keine Rolle, es zählte allein der Moment. Und der bestand in der Drohung, in der Gebärde des Siegers. Einer oben, einer unten – darum ging es und um nichts sonst. Maxym würde nicht zustechen. Vielleicht wusste er es noch nicht, aber er würde es nicht tun.

Diesem Gedanken, der bestimmt nur ein paar Millisekunden brauchte, um gedacht zu werden, verdankte ich eine tiefe innere Ruhe. Ich machte einen Schritt auf die beiden zu, setzte mich auf den Boden und sagte: »Cooler Strauß.«

Änderte sich etwas? Na und ob! Nicht äußerlich: Die Bleistiftspitze blieb an ihrem Platz, Maxym bewegte sich keinen Millimeter, und Juri hatte schon seit Menschengedenken nicht mehr zu atmen gewagt. Aber es gab andere Reaktionen. Eine plötzliche Unsicherheit in Maxyms Blick, das Weiten der Iris, ein Anflug von Blässe um seine Nase. Der schlimmste Krampf war gebrochen.

»Ich meine den Blumenstrauß, den du Jana übergeben hast. Fand ich cool.«

Juris Augen lösten sich von Maxym und wanderten zu mir herüber. Wahrscheinlich hielt er mich für völlig übergeschnappt.

»Sag mal, kannst du mir den Bleistift geben?«, fragte ich.

Maxym atmete schwer. Seine Faust begann zu zittern.

»Den Bleistift da. Ich brauche was zu schreiben.«

Hinter mir hörte ich Geräusche. Offenbar trafen neue Leute am Eingang zum Klassenzimmer ein, es wurde gezischt und getuschelt.

»Na komm«, sagte ich und hielt ihm die geöffnete Hand hin.

Und jetzt kam tatsächlich Bewegung in den Granitblock namens Maxym. Ganz, ganz langsam zog er seinen rechten Arm zurück, die Faust öffnete sich im Zeitlupentempo und gab den Bleistift frei. Parallel hierzu bekam er seine normale Gesichtsfarbe zurück. Als er den Kopf hob und mich ansah, war sein Blick leer.

»Danke«, grinste ich und nahm den Stift. Kollektives Aufatmen in meinem Rücken; die Erleichterung war fast körperlich spürbar. Ich stand auf, reichte Maxym eine Hand und zog ihn in die Höhe. Nicht, dass er seinen Rachefeldzug jetzt noch mit den Fäusten zu Ende brachte. Aber er hatte genug. Juri war Luft für ihn, war wie nicht vorhanden. Dass er ihm im Davongehen auf die Finger trat, geschah bestimmt aus Versehen.

Gut, das wäre geschafft. Jetzt nur raus hier, weg von all den Zeugen! Leider gingen die nicht zur Seite. Gafften bloß und blockierten den Weg. Wahrscheinlich standen sie selbst noch unter Schock, oder sie wollten den Jungen nicht einfach so davonkommen lassen. Die Einzige, die sich rührte, war Jana. »Idiot!«, brüllte sie Maxym an. »Ihr seid alle so Idioten, ihr Scheißtypen!« Sprach's und stürmte hinaus.

Ich wollte eben in die Lücke stoßen, die sie hinterlassen hatte, als mir jemand entgegenkam: die Rektorin höchstpersönlich. Unter Einsatz ihrer kampferprobten Ellenbogen drängelte sie sich ins Klassenzimmer.

»Was ist hier los?«, herrschte sie die versammelte Mannschaft an.

»Alles in Ordnung«, antwortete ich. »Kleine Auseinandersetzung, aber schon vorbei.« Klar, dass da ein paar empört schnaubten.

»Und das da?«, sagte die Rektorin und zeigte auf Maxyms blutverschmiertes Gesicht.

»Nasenbluten. Nichts Schlimmes.«

Sie stemmte die Fäuste in die Seiten. »Was genau ist passiert?« Ich holte Luft für die nächste Antwort, doch sie schnitt mir das Wort ab. »Maxym, Sie reden. Und Sie stehen vom Boden auf.«

Juri rappelte sich mühsam auf, ließ sich auf einen Stuhl fallen und wischte sich das Blut aus dem Gesicht. Er sah aus, als müsse er sich gleich übergeben.

»Also?«

»Ich weiß nicht«, murmelte Maxym.

»Wie, Sie wissen nicht?«

»Ich kann mich nicht erinnern.«

Die Rektorin schwieg. Sie hatte so einen Blick drauf, der gerne tödlich gewesen wäre oder wenigstens vernichtend. Eigentlich hätten wir alle drei vor ihren Augen verdampfen müssen. Stattdessen schauten Juri und Maxym bloß in verschiedene Zimmerecken, und ich gab mir alle Mühe, mein Grinsen zu verbergen.

Nach sekundenlanger Stille räusperte sich ein Mann. »Sie müssen die Polizei rufen. Hier hätte es fast einen Toten gegeben.« Das Räuspern wurde zum Startschuss. Egal, ob Eltern, Lehrer oder Schüler, alle Anwesenden fielen ein und schilderten im Chor, was geschehen war: von der Verfolgungsjagd über die Flucht ins Klassenzimmer bis zur Prügelei. Die Bleistiftattacke als grausamer Höhepunkt. Schockschwerenot! Welcher Unglücksrabe ließ auch sein Schreibzeug so offen herumliegen?

Die Rektorin war bleich geworden. »Ist das wahr, Maxym?«

Maxym schaute zu Boden.

»Du kannst es ruhig zugeben«, rief eine Frau.

»Entschuldigung«, sagte ich, »aber ich glaube, da liegt ein Missverständnis vor.«

Die Rektorin musterte mich mit flammendem Blick. Natürlich, es waren Flammen der Empörung, das erwartete man schließlich von ihr, aber ein Hauch von Hoffnung schien mir da auch zu glimmen, eine Art Flehen. Vielleicht war ich ja derjenige, der ihr einen Polizeieinsatz ersparen konnte. In ihrer Schule! Bei der Zeugnisverleihung! Mit einem ukrainischen Kriegsflüchtling als Hauptbeschuldigtem.

»Der Ringkampf zwischen den beiden«, erklärte ich, »das war natürlich dämlich. Ausgelöst durch eine blöde Bemerkung im Internet, Sie kennen das ja, die sozialen Medien. Aber das mit dem Bleistift ... wissen Sie, Maxym kann gut Deutsch, sehr gut sogar. Nur dass er hin und wieder eine Redewendung falsch versteht. Er wollte, dass sich Juri etwas hinter die Ohren schreibt. Und weil Juri dazu nicht in der Lage war, hat er es selbst getan. Oder hatte zumindest die Absicht.«

Alle starrten mich an. Die Rektorin, die Zeugen, selbst Juri. Nur Maxym schaute teilnahmslos ins Nichts.

»Verstehen Sie?«, lächelte ich. »Er wollte Juri nicht verletzen, auch wenn es so aussah. Er wollte ihm etwas hinter die Ohren schreiben. That's all.« Ich breitete die Arme aus. »Schon komisch, welche Blüten die deutsche Sprache manchmal treibt, nicht wahr?«

»Quatsch mit Soße«, sagte jemand. »Der wollte zustechen, aber so was von!«

»Waren Sie nahe genug dran, um es zu sehen?«, gab ich zurück. »Das war nur ich, aber so was von!«

»Sie decken einen, der kurz davor war, einen Mord zu begehen«, empörte sich der Typ. Klar, der hatte Oberwasser, weil sein Sohn oder seine Tochter zur Elite des Heidelberger Nachwuchses gehörte. »Da hätte nur ein bisschen gefehlt, und er hätte zugestochen.« Seine Nebenleute nickten.

»Maxym wollte nicht zustechen, er wollte schreiben. Und ich war am nächsten dran, um das zu beurteilen«, sagte ich scharf. Und zur Rektorin gewandt: »Er ist aus der Ukraine, wie Sie wissen.«

Ihre Augen loderten noch immer, und als Lehrerin konnte sie mir gestohlen bleiben. Aber sie wusste natürlich Bescheid über Maxyms Herkunft und die politischen Implikationen, sodass sie meine Steilvorlage bereitwillig aufnahm.

»Gut«, sagte sie. »Dann haben wir zwei verschiedene Interpretationen desselben Vorgangs. Wir werden das Geschehen aufarbeiten und, wenn nötig, die Behörden hinzuziehen. Maxym und Juri, Sie gehen jetzt beide nach Hause und machen bitte keinen Ärger. Morgen werde ich Kontakt zu Ihnen aufnehmen.«

»Ich werde Maxym nach Hause begleiten«, sagte ich. »Und dafür sorgen, dass er wieder runterkommt.«

»Danke«, sagte sie.

Da habt ihr's, ihr Heidelberger Superstars! Und wenn euch eure Rektorin noch so oft die Hand schüttelt und euch noch so viele Auszeichnungen nachschmeißt: Bei wem hat sie sich bedankt, persönlich und ausdrücklich? Nur bei einem, nämlich bei mir, Max Koller.

Irgendwann würde ich auch noch ins Fernsehen kommen.

27

Meine Güte, war ich froh, diese Feier hinter mir zu haben! Schule und ich, das passte einfach nicht zusammen. Nur mal angenommen, ich hätte selbst Kinder (rein theoretisch natürlich) und die würden Abi machen (noch viel theoretischer). Eine Katastrophe wäre das! Und zwar für alle Beteiligten. Bei der Zeugnisverleihung würde ich bloß rumpöbeln, Lehrer beleidigen und das Büffet abräumen. Christine (falls sie die Mutter der Theoriekinder war) würde sich grämen, der Nachwuchs schämen – und all das nur, weil ich ein Trauma aus meiner eigenen Schulzeit mit mir herumtrug. Neuerdings setzten sie doch Psychologen und Sozialarbeiter in den Schulen ein. Waren die auch für Eltern zuständig?

»Mann, Mann, Mann«, sagte ich. »Was für ein Spektakel!«

Maxym schwieg. Er hatte ohnehin noch kein Wort gesprochen, seit wir das Bismarck-Gymnasium verlassen hatten. Tappte wortlos neben mir her, als würde ich mit ihm Gassi gehen. Während im Westen die Sonne hinter dem Pfälzer Wald verglühte, lag die Stadt bereits im Schatten.

»Und du?«, fragte ich. »Wie war das jetzt eigentlich für dich? Die Abifeier, meine ich. Alle holen ihre Zeugnisse und warme Worte ab, und du schaust zu. Muss doch komisch sein, oder?«

Keine Antwort. Kann sein, dass er kurz mit den Schultern gezuckt hatte, aber vielleicht war das nur eine unbewusste Bewegung beim Gehen.

»Warum bist du überhaupt gekommen?«, bohrte ich weiter. »Warum tust du dir das an?«

»Weil es meine Feier war«, gab er nicht ohne eine gewisse Schärfe zurück. »Meine, verstehen Sie?«

»Du meinst, du hast dich dazugehörig gefühlt?«

»Ich bin zwei Jahre hier in Deutschland. Ich habe zwei Jahre Schule gemacht. In Kiew war ich ein guter Schüler, in Mathe und Physik der beste. Aber hier in Deutschland musste ich eine Klasse zurück. Ich konnte kein Wort Deutsch, nichts. Trotzdem. Ich habe alles gut gemacht, nur die Sprachen nicht und Literatur. Ist das ein Wunder? Und an der Schule gibt es Lehrer, die mögen uns Ukrainer nicht. Die wollen nicht, dass wir herkommen und mit den Deutschen in die Klassen gehen. Der Lehrer in Geschichte hat mir alle Fehler in Rechtschreibung angestrichen, alle. Null Punkte für mich.«

»Du bist wegen mangelhafter Rechtschreibung durchgefallen?«

»Er hat gesagt, er darf mich nicht vorziehen. Das wäre ungerecht gegen die Deutschen, hat er gesagt.«

»Und die Rektorin hat das akzeptiert?«

»Es gab Eltern, die sich beschwert haben, wenn ein Lehrer bei mir nicht so streng war.«

»Du meinst: nicht so streng wie bei ihren eigenen Kindern? Na, wunderbar.«

»Deshalb war es heute auch meine Feier. Ich habe mit den anderen auf der Bühne gestanden. In meiner Seele, verstehen Sie?«

Unsere Blicke trafen sich. Schon kurios, dieser Typ. Er

war einen Kopf größer als ich, hatte eine tiefe, männliche Stimme und sagte dann solche Sachen.

»Mit den anderen«, nickte ich. »Vor allem mit Jana.«

Er schwieg.

Ein fetter BMW mit getönten Scheiben, aus dem die Bässe dröhnten, zog an uns vorbei. Maxym wohnte im westlichen Teil von Bergheim, dort, wo sich ein renovierungsbedürftiger Kasten an den nächsten reihte. Zu seiner Wohngemeinschaft gehörten zwei weitere Flüchtlinge, Afghanen, beide etwa in seinem Alter. All das wusste ich nicht etwa von ihm selbst, dem Schweiger, sondern aus der kleinen Akte, die Arnold Wetterstein über den jungen Mann angelegt hatte.

»Pass mal auf, Maxym«, sagte ich. »Dieser komische Karneval hat mir vor allem Durst gemacht. Ich besorge uns jetzt zwei Bier, dann quatscht es sich leichter. Okay?«

Schau an, da kam sogar ein Nicken. Ich witschte in eine Eckkneipe mit vergilbten Vorhängen, in der klebrige Schlagermusik lief, und kaufte zwei Flaschen Bier. Ein romantisches Plätzchen zum Niederlassen gab es in diesem Viertel nicht, aber wenigstens einen Innenhof, in dem man den Lärm vom Autobahnzubringer nicht ganz so stark hörte. Wir setzten uns auf ein Mäuerchen und stießen an. Aus fünf, sechs Stockwerken blickten Fenster auf uns herab. Hinter manchen brannte Licht, manche waren stockfinster. Ab und zu hörte man Kinderplärren, Musik, eine lautstarke Unterhaltung.

»Die Aktion mit dem Blumenstrauß fand ich übrigens wirklich klasse«, sagte ich. »Manchmal stehe ich auf so konservatives Zeug. Und dann noch vor versammelter Mannschaft, Respekt. Das Problem dabei …«

»Ich weiß«, brummte er.

»Nee, nee, ich meine etwas anderes. Gefühle und der Kram sind das eine, da will ich dir nicht reinreden. Aber wie du sagst, du bist als Ukrainer hier, und das finden nicht alle gut. Manche helfen dir, wo es nur geht, andere machen Dienst nach Vorschrift, wieder andere wollen nichts mit dir zu tun haben. Für die bist du nur ein Flüchtling, also einer, der nichts hat, vor allem keine Perspektive.«

»Für Jana spielt das keine Rolle«, entgegnete er finster.

»Für Jana vielleicht nicht. Aber für ihren Vater. Dieser Wetterstein ist kein übler Typ, engagiert und alles, aber letztlich kann er nicht aus seiner Haut. Aus seiner gesellschaftlichen, meine ich. Weißt du, so einer liest von euch und eurem Schicksal in der Zeitung, und das findet er schlimm, also spendet er, setzt sich ein, stellt vielleicht selbst einen Lkw mit Hilfsgütern zusammen und so weiter. Aber persönlich will er mit euch nichts zu tun haben. Weil die Unterschiede zu groß sind, weil ihr in zwei verschiedenen Welten lebt.« Ich richtete meinen Finger auf ihn. »Du willst einen fremden Planeten besiedeln, Maxym, und das geht schief.«

»Herr Wetterstein war immer nett zu mir. Korrekt, immer. Nicht wie andere.«

»Korrekt ist das richtige Wort, denn das ist er, absolut. Der korrekte Herr Wetterstein. Trotzdem wird er dich nicht akzeptieren, nie. Meinst du, mich behandelt er anders? Wenn er nicht dringend jemanden bräuchte, der sich um seine Tochter kümmert, wären wir zwei uns niemals begegnet. Wir sind auch in verschiedenen Welten zu Hause, er und ich.« Ich nahm einen Schluck Bier. »Genau genommen, ist er auch nicht aktiv auf mich zugekommen, sondern sah sich dazu gezwungen. Er hat bloß reagiert. Zuerst war ich ja in einem anderen Fall tätig, wie du weißt.

Dieser Typ namens Greven, der in der Bahnstadt von der Terrasse gestürzt ist. In dem Zusammenhang habe ich Jana befragt. Einigen Leuten hat das gar nicht gefallen, dir zum Beispiel. Ihrem Vater aber erst recht nicht.«

Jetzt hatte ich Maxyms Aufmerksamkeit. »Sie meinen, er hat Ihnen den neuen Auftrag gegeben, damit Sie Jana in Ruhe lassen?«

»Sagen wir so: Er hat zwei Fliegen mit einer Klappe geschlagen. Dass er sich Sorgen um seine Tochter macht, nehme ich ihm ab. Gleichzeitig hat er mich unter Beobachtung. Es ist wie im Fußball: Wenn dich der gegnerische Stürmer ärgert, kauf ihn dir.«

Er nickte. »Klingt logisch.«

»Aber wie gesagt, damit akzeptiert er mich noch nicht. Für den korrekten Herrn Wetterstein bin ich ein notwendiges Übel, von dem er im allerbesten Fall ein bisschen profitieren kann. Wie von einer Tiefwetterlage. Prost!«

Keine Ahnung, ob Maxym die letzte Anspielung verstanden hatte. Er nahm einen Schluck, starrte eine Weile vor sich hin und sagte schließlich: »Warum haben Sie mir geholfen?«

»Geholfen? Wann?«

»In der Schule. Als die Rektorin fragte. Sie haben irgendwas vom Schreiben gesagt. Dass ich Juri nicht umbringen wollte.«

»Und? Wolltest du?«

Achselzucken. »Weiß nicht. Vielleicht.«

Ich wartete, doch mehr kam nicht. »Warum ich dir geholfen habe? Frag lieber anders herum: Was hätte es gebracht, wenn ich es nicht getan hätte. Wenn die Polizei gekommen wäre? Bloß Ärger, und zwar für alle. Für dich, für Juri, für die Schule, letztlich auch für mich. Darauf hatte ich keine Lust.«

Er schwieg. In der Hofeinfahrt wurde eine Frau sichtbar, die, während sie einen Kinderwagen vor sich hin schob, auf ihr Handy glotzte. Aber nicht einfach so, sondern gebannt, regungslos, ohne jemals aufzublicken. Wahrscheinlich schaute sie sich gerade einen Film an, wie man den Sprössling zum Schlafen brachte.

»Du und Juri«, sagte ich, »was läuft da zwischen euch?«

Die Räder des Kinderwagens quietschten. Maxym starrte vor sich hin.

»Warum eskaliert das dermaßen? Ich habe seinen Kommentar über dich gelesen, und natürlich war das geschmacklos. Aber dann so eine Reaktion?«

Immer noch keine Antwort.

»Na komm, erklär's mir!«

»Was soll ich erklären?«, entgegnete er schroff. »Er ist Russe, ich Ukrainer. Reicht das nicht?«

»Er ist Deutscher mit russischen Wurzeln, nehme ich an.«

»Ja, aber redet wie ein Russe, macht russische Witze ... er ist genauso wie die Russen, die unser Land überfallen haben.«

»Um dich zu provozieren. Aber du lässt dich auch provozieren.«

»Ja und? Meine Mutter ist mit uns geflohen. Seit zwei Jahren habe ich unser Haus nicht gesehen, meine Freunde, meine Schule. Und Juri lacht darüber. Er hat alles, Familie, Freunde, er lebt gut in Deutschland, aber er lacht über mich.«

»Was ist mit deiner Mutter?«

»Zurück nach Kiew. Mit meiner Schwester. Sie haben es nicht mehr ausgehalten. Aber ich bin 18, und wenn ich zurückgehe, muss ich in den Krieg. Vielleicht sogar, wenn ich hierbleibe. Ich will das nicht. Meine Mutter hat schon ein Kind verloren. Aber wenn ich in den Krieg muss, um scheiß Russen zu töten, kann ich hier ja anfangen.«

»Welches Kind hat sie verloren?«

»Meinen kleinen Bruder. Er hatte Krebs und war in der Klinik. In Kiew. Die Klinik wurde getroffen, alle Kinder mussten raus, und für viele gab es keine Medikamente mehr. Mein Bruder wäre wahrscheinlich auch so gestorben, vielleicht aber auch nicht.«

Ich schwieg und dachte an Juris Kommentar mit dem Fliegeralarm. So ein Spruch war schnell in die virtuelle Welt gesetzt, aber für manche war der Begriff verdammt real.

»Herr Koller.« Maxym drehte sich zu mir um. »Juri ist ein Arschloch. Es gibt noch andere Russen in der Schule, die sind auch Arschlöcher, aber die sind mir egal. Ich ihnen auch. Juri will immer Ärger, immer. Seit er das mit Jana und mir weiß, schreibt er Scheiße über mich. Es macht ihm Spaß, einfach so.« Er schob noch etwas auf Ukrainisch hinterher, und auch wenn ich kein Wort verstand, war die Aussage weitgehend klar.

»Okay«, meinte ich. »Aber hast du nicht noch etwas vergessen?«

»Was?«

»Die Sache mit den Drogen.«

»Ach …« Wegwerfende Handbewegung.

»Wie, ach?« Ich ahmte seine Geste nach. »Was heißt das, ach? Du kannst nicht immer nur auf die anderen zeigen, die bösen Russen, die Arschlöcher. Wenn du so stolz darauf bist, allein durchs Leben zu gehen, dann lüg dir nicht in die Tasche. Jana hat mir erzählt, dass du Drogen nimmst. Und dass du dealst.«

Er blitzte mich wütend an. »Ja, aber hat sie auch erzählt, dass das erst seit dem Krieg so ist? Vorher war ich clean, Herr Koller. Wenn ich etwas nehme, höre ich die Bomben in meinem Kopf nicht mehr. Verstehen Sie das?«

»Ja, meinetwegen. Aber musst du deshalb dealen?«

»Ich deale nicht.«

»Dann lügt Jana also?«

»Nein, sie hat nur ... sie hat das falsch verstanden.«

»Und warum tritt dir dann einer von Karims Leuten die Rippen zu Brei? Weil du denen in die Quere gekommen bist, deshalb. Mit dem Krieg hat das überhaupt nichts zu tun.«

Wieder kam ein unverständlicher Fluch über seine Lippen. Dann trank er das Bier in einem Zug aus.

»Also«, sagte er und stellte die Flasche beiseite, »passen Sie auf. Ich habe einmal, ein einziges Mal etwas weiterverkauft. Nur ein bisschen Stoff. Das war, als Karim und Juri gerade nichts hatten. Seit dem Tag haben sie Angst, dass ich ins Geschäft kommen will. Scheiß drauf, ich will kein Geschäft. Ich will nur meine Ruhe.«

»Karim und Juri sind also eine Art Platzhirsche?«

»Was?«

»Die Hauptdealer hier. Die keine Konkurrenz dulden.«

Er nickte.

»Und dich haben sie auf dem Kieker, nur weil du einmal selbst was verticken wolltest?«

»Weil ich Ukrainer bin. Und weil ich mehr Krebs habe als die zwei zusammen.«

»Krebs?«

Er überlegte. »Grips.«

»Ja, oder weil du doch ins Geschäft einsteigen willst.«

»Ein Mal«, sagte er mit Nachdruck. »Es war nur ein Mal. Ich schwöre.«

Er hob sogar eine Hand zum Schwur. Eigentlich wäre jetzt der Zeitpunkt gekommen, Maxym auf die Waffe anzusprechen, die er sich besorgt hatte und die so gar nicht zu seiner defensiven Haltung passte – doch dann ließ mich sein Nachsatz aufhorchen.

»Der Stoff war übrigens für Greven.«

Greven? Was sollte das jetzt? »Welcher Stoff?«

»Der Stoff, den ich weiterverkauft habe. Greven hat mich gefragt, weil er von Juri nichts bekam.«

»Moment, nicht so schnell. Soll das heißen, dass du Greven kanntest? Und Juri kannte ihn auch?«

Maxym nickte. »Wir haben einen Ausflug zu seiner Firma gemacht. Letzten Winter, mit dem Bio-Kurs. Da haben wir ihn kennengelernt. Jana hat mir erzählt, dass ihr Vater vielleicht bei Greven einsteigt. Später ist er mal bei einer Party aufgetaucht, auf der viel geraucht wurde. Da hat er mich angesprochen.«

»Und wie kam der Kontakt zu Juri zustande?«

»Keine Ahnung.«

Langsam trank ich mein Bier ebenfalls aus. Das waren ja interessante Neuigkeiten. Es gab also eine Verbindung zwischen Greven und den Drogendealern an Janas Schule. Hatten am Ende Juri und Karim etwas mit seinem Tod zu tun? Dieser Spur musste ich nachgehen, unbedingt.

Korrigiere: Dieser Spur hätte ich nachgehen müssen, wäre ich noch im Fall Greven tätig gewesen.

»Gab es denn Stress zwischen Greven und den Jungs?«, fragte ich.

»Weiß ich nicht. Ich habe ihn danach nicht mehr gesehen.«

»Okay.«

Wir schwiegen beide ein wenig, dann sagte er: »Ich möchte jetzt nach Hause.«

»Alles klar.«

»Danke noch mal.«

»Für das Bier doch nicht«, winkte ich ab. »Aber hey, Maxym: Mach keinen Scheiß mit der Waffe.«

Er ging, ohne mich einer Antwort zu würdigen. Ich verstand ihn ja. In seiner Heimat herrschte Krieg, in ihm drin ebenfalls. Da zerstoben die Worte eines wohlsituierten Mitteleuropäers zu Asche.

28

Am nächsten Morgen stand ich in meinen Fahrradklamotten am Küchentisch und schüttete den schwärzesten Kaffee, den die Welt je gesehen hatte, in mich hinein. Einmal volltanken bitte! Als der letzte Tropfen fiel, schlurfte Christine in die Küche. Verstrubbelt und verschlafen, wie es sich an einem Samstagmorgen gehörte.

»Du gehst arbeiten?«, fragte sie. »Heute?«

Schwungvoll setzte ich den Becher ab. »Wochenende ist ein Fremdwort für mich. Am siebten Tag schuf der Herr den Pizzaboten.«

»Und was ist mit Fattys Geburtstag? Denk dran, wir sollen um drei da sein.«

»Keine Sorge, ich mache nur die Vormittagsschicht.«

Sie nickte beruhigt. Was ich nach der Arbeit noch alles vorhatte, behielt ich für mich. Dann hätte sie unter Garantie anders reagiert.

»Ich eile«, sagte ich und breitete die Arme aus wie Christus auf dem Zuckerhut. »Die Stadt lechzt nach mir. Was täten all diese Menschen ohne mich? Wie wären sie durch die Pandemie gekommen, durch das Monstertief mit dem schrecklichen Namen, durch Krieg und Inflation?«

»Gar nicht«, gähnte Christine und schenkte sich einen Kaffee ein.

»Eben. Bist du nicht auch der Meinung, dass wir Lieferanten zu Ehrenbürgern der Stadt ernannt werden sollten? Wir ernähren die Menschheit, wir verbinden die Stadtteile miteinander, und eine super Ökobilanz haben wir auch noch.«

»Fahr lieber los und komm nicht zu spät zum Geburtstag. Eva ist bei so was pingelig. Hast du eigentlich ein Geschenk besorgt?«

Ich legte die Finger auf die Lippen und verabschiedete mich. Meine Ex musste ja nicht alles wissen.

Die Vormittagsschicht verlief unspektakulär, fast ein wenig langweilig. Ein Brunch in Handschuhsheim, ein paar Flaschen Schampus in der Altstadt. Zwischen den Fahrten hatte ich immer mal wieder Zeit, über die gestrigen Ereignisse nachzudenken. Dieses eine Bild ging mir nicht aus dem Kopf, eine Szene wie ein Stillleben: Maxym über Juri kniend. Der Stift in seiner geballten Faust. Seine knallrote Birne, die hervortretenden Augen ... Viel hatte nicht gefehlt, und er hätte zugestochen. Aber auch dieses Wenige kann manchmal entscheidend sein. Da war etwas in dem Jungen, das ihn vorm Äußersten bewahrte. Noch.

Trotzdem bestand die Gefahr, dass er irgendwann mal kippte. Einsamkeit, Ausgrenzung, Spott und dann auch noch die Zurückweisung durch das Mädchen, das er liebte: All das ergab eine verdammt explosive Mischung. Und da waren seine Kriegserlebnisse, die Stunden im Bunker, die Angst, die Perspektivlosigkeit, noch gar nicht mit einberechnet. Wen wunderte es, wenn so einer zu Drogen griff, um die inneren Dämonen im Zaum zu halten? Psychologen und Therapeuten machten doch auch nichts anderes: Sie verschrieben Medikamente, Glücklichmacher, Beruhigungsmittel. Maxym therapierte sich einfach selbst. Ohne Fachkenntnis, aber einigermaßen effektiv.

Leute wie Nicolas Greven dagegen nahmen Drogen nur zum Spaß. Hatten schon alles und wollten noch mehr. Grenzüberschreitungen aus Langeweile.

Okay, vielleicht war das ungerecht. Schließlich hatte ich Greven nicht gekannt. Am Ende war er ebenfalls traumatisiert: Opfer des eigenen Erfolgs, ständig im Stress, unter Druck, endlich Gewinne erzielen zu müssen, abhängig von Leuten wie Wetterstein, ein Kreativer, der zum Unternehmer wurde. Wer wusste schon, was sich alles hinter der schnieken Bahnstadtfassade verbarg?

Eins jedenfalls war wirklich verrückt: Kaum hatte ich mit Greven und seinem Tod abgeschlossen, lugte der Kerl wieder um die Ecke. Ohne mein Zutun! Dass es eine Verbindung zwischen ihm und den Dealern an Janas Schule gab, verlieh der Sache eine unverhoffte Dynamik. Plötzlich standen ganz neue Motive im Raum: Streit um Drogen, um Geld, Erpressung. War einer der Jungs in Grevens Büro gewesen? Hatte er sie zum Pizzaessen erwartet? Wusste Antonia Kumpe davon?

Natürlich fiel damit auch ein neues Licht auf Maxym. Denn bei ihm kam noch ein anderes Motiv hinzu: Eifersucht. Greven als Konkurrent in Liebesangelegenheiten. Laut Jana gab es dafür zwar keinen Grund, aber es gab einen Zettel, den man so oder so interpretieren konnte. »Kommst du? Bitte!!!« Greven hatte nicht zur Zeugnisverleihung kommen können. Dafür Maxym. Mit Blumen und Hundeblick. Man musste sich nur einmal ausmalen, was passiert wäre, wenn Greven Jana ebenfalls gratuliert hätte. Tänzelnd und mit dem überlegenen Lächeln des Erfolgsmenschen. Wenn er ihr einen größeren Strauß überreicht hätte als der junge Ukrainer … Ob Maxym in diesem Fall auch zum Bleistift gegriffen hätte?

Andererseits hatte ja gerade er mich auf seine Verbindung zu Greven hingewiesen. Freiwillig und ohne Not. So etwas machte man doch nur, wenn es aus dieser Richtung nichts zu befürchten gab. Und vielleicht hatte er in Greven auch gar keinen Konkurrenten gesehen.

Schau an, da spekulierte ich wieder in den alten Bahnen. Suchte nach der sprichwörtlichen Nadel im Heuhaufen. Der Heuhaufen, das war Grevens Leben, und die Nadel das Motiv, ihn in den Tod zu schubsen. Dabei hatte ich längst einen neuen Auftrag! Aber mein Gott, wer wollte es mir verdenken, schließlich hing das eine mit dem anderen zusammen. Erst hatte es nur die Verbindung über die Wettersteins gegeben, jetzt auch die über diese Drogengeschichte.

Und deshalb war es vielleicht keine ganz große Überraschung, dass in meinem Innern eine Alarmglocke zu läuten begann, als ich gerade von Wieblingen nach Bergheim radelte. Zwei Dinge trugen hierzu bei: Ich hatte a) eine Sushiplatte abgeliefert und sah b) in einiger Entfernung einen Streifenwagen mit Blaulicht vorbeirasen. Weder das eine noch das andere war ein Grund für Alarmismus; nach Sushi leckte man sich inzwischen sogar in den Vororten die Lippen, und Polizeieinsätze gehörten auch im braven Heidelberg zum Alltag. Bloß dass dieser Wagen hier Richtung Gewerbegebiet fuhr, in dem bis vor Kurzem noch BioFuture residiert hatte.

Und direkt daneben wohnte Carsten de Jager mit seiner schwangeren Frau.

Blick aufs Handy: Die nächste Bestellung stand an. Aber wenn ich mir nur einen kleinen, einen klitzekleinen Umweg gönnte … Der Satz war noch nicht zu Ende gedacht, als ich ebenfalls das Gewerbegebiet ansteuerte.

Im Höchsttempo natürlich. Schade, dass ich kein Blaulicht besaß!

Trotzdem traf ich keine Minute nach den Bullen an de Jagers Haus ein. Das Problem: Die Bullen waren nicht da. Alles ruhig. Wo, verdammt noch mal …? Ah, dort drüben, am Parkhaus, standen sie. Und daneben eine Gruppe von Menschen. Ich radelte also weiter, kniff die Augen zusammen – und musste grinsen. Das waren doch die Demonstrantinnen von Antonia Kumpes Haus! Diese Fraueninitiative, die sich auf Nicolas Greven eingeschossen hatte. Dass es sich um genau dieselben Personen handelte, konnte ich natürlich nicht mit Sicherheit behaupten, aber es war das gleiche Auftreten, die gleiche Empörung, außerdem erkannte ich einige Plakate wieder, die sie dabei hatten.

Und warum jetzt Blaulicht?

Die Erklärung folgte beim Näherkommen. Anders als vor drei Tagen hatten es die Damen diesmal nicht bei Parolen belassen, sondern waren handgreiflich geworden. Das »Männertraum«-Schaufenster war mit bunten Farbklecksen übersät. Besonders das zweite Wort von »We pimp your car« hatte es schwer getroffen. Und auf der Tür des Autosalons prangte der Satz »Nieder mit den Machos!« In sattem Pink.

»Nun beruhigen wir uns mal alle«, rief einer der Polizisten.

Ermutigt durch die Anwesenheit der Ordnungshüter, traute sich einer der Machos ins Freie, wo er mit Pfiffen und Buhrufen, zu seinem Glück aber nicht mit Farbbeuteln begrüßt wurde. Die beiden Polizisten nahmen ihn in ihre Mitte, versuchten gleichzeitig, die Demonstrantinnen vom Geschäft wegzudrängen und Verstärkung zu rufen. Ich sah, wie sie schwitzten.

Okay, das war natürlich ein lustiges Intermezzo, aber nichts, was mich länger als nötig von der Arbeit abhalten sollte. Ich widerstand der Versuchung, ein Foto zu machen, und fuhr zurück Richtung Innenstadt.

Auf Kommissar Fischers Kommentare war ich schon gespannt!

Die letzten Fahrten meiner Schicht absolvierte ich bei bester Laune. Dafür sorgte neben der Szene vor dem »Männertraum« die Vorfreude auf das, was ich gleich mit Fatty vorhatte. Auch das Wetter spielte mit, wie gestern ein Mix aus Sonne, blauem Himmel und dicken, manchmal grimmig grauen Wolken. Trotzdem ließ sich nicht verhindern, dass meine Gedanken wieder zu dem Bild von vorhin zurückkehrten, zu Juri und Maxym und den Ausbrüchen von Gewalt.

Was lief da eigentlich genau zwischen den beiden? Vielleicht konnte mir Oleg weiterhelfen. Wir waren ja ohnehin lose für ein Plauderstündchen verabredet. Bevor ich zu Eva fuhr, rief ich ihn an.

»Oleg, altes Haus, du wolltest doch mal in Ruhe mit mir sprechen. So unter Männern. Aktuell hätte ich ein paar Minütchen. Also, schieß los!«

Stille. Dann antwortete Oleg in seiner teigigen Art: »Sprechen, worüber?«

»Schon vergessen? Über Juri und das, was er in seiner Freizeit macht.«

»Ach das. Ja, stimmt, darüber sollten wir reden.«

Ich wartete. Mensch, Oleg, komm in die Pötte, du weißt doch, dass ich im Dienst bin! Zu den Schnellrednern hatte er noch nie gehört, zu den Schnelldenkern anscheinend auch nicht. »Kleiner Tipp«, sagte ich ungeduldig. »Da war was mit Drogen.«

»Stimmt, die Drogen. Stimmt.« Er holte tief und lange Luft. »Weißt du, Max, wie oft habe ich dem Kleinen gesagt, er soll die Finger von dem Zeug lassen. Aber du kennst ja die Jungs. Wenn da Leute in unserem Alter kommen und ihnen gute Ratschläge geben, machen sie glatt das Gegenteil.«

»Juri vertickt das Zeug. Und zwar so richtig geschäftsmäßig.«

»Nicht er. Karim. Ein Syrer, der von seinen Leuten Gras bezieht und andere Sachen. Über den läuft das, und Juri wäre halt auch gern eine große Nummer, deshalb macht er da mit. Ich weiß, du findest das scheiße, ich ja auch, aber du musst sehen, aus welchen Verhältnissen die Jungs kommen, die haben keine große Wahl.«

»Juri hat gerade das Abi geschafft.«

»Und du glaubst, der studiert jetzt oder geht zur Bank? Vergiss es. Der muss schleunigst Geld ranschaffen, für die Familie. Sein Vater hat Bandscheibe, die Schwester ist mit 16 schwanger geworden.« Oleg lachte. »Im besten Fall wird er Fahrradkurier, aber ich fürchte, dafür ist er nicht hart genug.«

Da hatte er allerdings recht. Das Mondgesicht auf der Hatz durch die Stadtteile? Never.

»Okay«, sagte ich, »es ist aller Ehren wert, dass du den Typen so in Schutz nimmst. Aber hast du gehört, was gestern passiert ist?«

»Sag's mir.«

»Er hat diesen langen Ukrainer, diesen Maxym, so provoziert, dass der ihm an die Gurgel gegangen ist. Und zwar so richtig. Zum Glück war ich dabei und konnte das Schlimmste verhindern. Aber ich sage dir, Oleg, das war verdammt knapp. Fast hätte es einen Toten gegeben.«

Oleg schwieg ein paar Sekunden. »Das musst du mir erklären. Was kann Juri dafür, wenn ein anderer ausrastet?«

»Na, weil er ihn gereizt hat, und zwar mit voller Absicht. Er hat ein peinliches Foto von Maxym geteilt und sich über Ukrainer lustig gemacht. Maxyms Bruder ist vor Kurzem gestorben. Da würden wir alle ausrasten.«

»Max«, sagte Oleg ernst. »Schau mal, mein Freund. Du musst da was trennen. Ihr Deutschen denkt immer gleich politisch. Da sind zwei Jungs im gleichen Alter, die nicht miteinander können. Völlig normal. Passiert dauernd. Aber ihr seht immer nur einen Ukrainer und einen Russen, mit anderen Worten, ihr seht Krieg. Und weil ihr Sympathien für die Ukrainer habt, was ich vollkommen verstehe, ist klar, wer der Böse von den beiden ist. Dabei sind es einfach nur Jungs, die Stress miteinander haben.«

»Moment mal, es war Juri, der das Kriegsthema in seinem Kommentar aufgebracht hat.«

»Ja, und warum? Weil er weiß, dass er den anderen damit trifft. Bei euch schrillen dann gleich die Alarmsirenen: O weh, jetzt bekriegen die sich in unserem Land! Dabei wollen die sich nur prügeln, weil sie Jungs sind. So einfach ist das. Schau, mein Freund, ich sag dir was: Die Russen, die in Heidelberg leben, scheißen auf Putin, und zwar alle. Die fühlen sich wohl hier. Aber das heißt noch lange nicht, dass sie einen gut finden, nur weil er Ukrainer ist.«

»Das ist mir klar, Oleg. Trotzdem baut dein Juri objektiv gesehen Scheiße. Er dealt, er reizt einen Flüchtling bis aufs Blut, und wenn man ihn darauf hinweist, wird er frech. Der soll sich mal am Riemen reißen, bevor er von allen Seiten Ärger kriegt.«

Oleg seufzte. »Du hast ja so recht, mein Freund. Vorgestern auf der Neckarwiese habe ich ihm ins Gewissen geredet. Kam mir schon vor wie sein dämlicher Alter. Vor allem habe ich ihm gesagt, dass er nicht länger mit Karim rumhängen soll. Der ist übrigens auch ein Flüchtling, nur so nebenbei. Und der hat genauso einen Hass auf Putin wie die Ukrainer.«

»Wieso das?«

»Na, weil Putin dem Arschloch von Assad hilft, die eigenen Leute zu ficken. Und weil Karims halbe Familie durch russische Streubomben gestorben ist. Und weil die andere Hälfte der Familie jetzt mit Drogen handelt, um irgendwie zu überleben. Da denkt ihr komischerweise nicht politisch, ihr Deutschen.« Für seine Verhältnisse sprach Oleg jetzt regelrecht schnell. Und wechselte ebenso schnell das Thema. »Warum interessierst du dich eigentlich so für Juri, wenn ich fragen darf? Hat er irgendwas mit diesem Greven zu tun?«

»Ich ermittle nicht mehr im Fall Greven«, sagte ich.

»Nein?«

»Ich habe einen neuen Auftrag. Einzelheiten kann ich dir nicht nennen, aber es geht tatsächlich um diesen Maxym. Auf den soll ich ein bisschen aufpassen, und so kam ich auf Juri und Karim.«

»Ach so, verstehe. Deshalb hast du auch eingegriffen, als die beiden Stress miteinander hatten.«

»Genau. Interessanterweise gibt es aber sehr wohl eine Verbindung zwischen Juri und Greven.«

»Nämlich?«

»Juri hat Greven Drogen beschafft.«

»Karim, meinst du.«

»Die beiden. Und ich kann nur hoffen, dass sie nichts

mit Grevens Tod zu tun haben. Denn dann kriegen sie Ärger mit der deutschen Polizei. Und die denkt überhaupt nicht politisch, die sieht nur Verbrecher und Opfer.«

»Keine Angst, Max. Für die zwei lege ich meine Hand ins Feuer. Die bauen immer mal wieder Scheiße, aber es sind keine schlechten Jungs.«

»Dein Wort in Gottes Ohr«, sagte ich und legte auf.

29

So, jetzt aber Schluss mit Mord und Fasttotschlag, mit Russen und Ukrainern. Jetzt wurde gefeiert, und zwar kräftig! Nach bewährter Max-Manier. Eva stand die Überraschung ins Gesicht geschrieben, als sie mich vor ihrer Tür stehen sah.

»Na, du bist ja mal früh dran, Max.«

»Ich weiß, die Feier beginnt erst um drei, aber ich wollte Fatty vorher noch was Besonderes bieten.«

»Was denn?«

»Kleine Spritztour unter Freunden. So wie früher.« Und als sie skeptisch schaute, ergänzte ich: »Also fast wie früher. Wir drehen eine kleine Runde durch die Stadt. Dann hast du den Rücken frei. Außerdem muss man das Wetter ausnutzen. Für heute Abend ist wieder Regen gemeldet.«

»Okay«, sagte sie zögernd. Vermutlich fragte sie sich, warum mir so ein Gedanke nicht schon früher gekommen war. »Ja, eigentlich eine nette Idee. Dann mache ich ihn mal fertig. Aber seid rechtzeitig zurück.«

»Klar.«

»Komm rein.«

Fatty saß im Wohnzimmer auf einem Sessel mit verstellbarer Lehne und schaute mich so ausdruckslos an wie immer in den letzten Jahren. Egal, der würde gleich Augen machen. Gemeinsam hievten wir ihn in den Rollstuhl, und während Eva ihm eine leichte Jacke anzog, gratulierte ich ihm feierlich und stellte ihn vor die Wahl: ein Geburtstagsständchen aus meinem Mund oder lieber ein kleiner Ausflug?

»Ich glaube, die Antwort war eindeutig«, lächelte Eva.

»Schade, ich hätte so gern was gesungen. Bin gerade blendend in Form.«

»Aber bitte denk dran: Um drei kommen die Gäste.«

»Logo!«, rief ich und steuerte Fatty ins Freie. Nur wir zwei, mein alter Kumpel und ich! So musste es sein an Friedhelm Sawatzkis Jubeltag.

Einen Vorgeschmack auf das, was mich erwartete, bekam ich direkt vor seinem Haus. Da ging es nämlich ein paar Stufen abwärts, und als ich den Rollstuhl vorsichtig hinuntergleiten ließ, merkte ich, wie viel Kraft ich aufwenden musste. Fatty hatte durch seine Krankheit zwar locker 20 Kilo verloren, aber er war eben immer noch Fatty.

»Na und?«, sagte ich. »Den Tourmalet bezwingt man auch nicht nebenher.«

Und den nahmen wir uns jetzt vor. Den Giganten der Pyrenäen. Wir zwei. Durch die Bergheimer Straße ging es wie geschnitten Brot. Logisch, war ja noch die Anfahrt. Der Prolog. Am Bismarckplatz staunten die Passanten, wie schnell so ein Rollstuhl sein konnte. Aus dem Weg, ihr Strandgut, hier kommt das Fattymobil! Als ich das Gefährt über die Straßenbahnschienen jagte, wurde Fatty heftig durchgerüttelt. Sein Kopf schlenkerte hin und her, es sah aus, als lache er sich schlapp.

Jetzt noch die Ebert-Anlage queren, und dann begann der Aufstieg. Die Königsetappe mit ihren endlosen Serpentinen. Verdammt, ich hatte vergessen, wie steil die Pyrenäen waren. Kein Asphalt mehr, nur noch körnige

Waldwege. Die Reifen knirschten, ich knirschte. Schatten gab es zum Glück genug.

»Na, das ist was, Fatty«, rief ich. »Ist das was?«

Ringsum nickten die Bäume. So ein Gespann hatten sie noch nicht zu Gesicht bekommen. In 300 Jahren nicht! Ein Dicker, der nicht mehr dick war, und ein Dünner, der ihn in den Himmel schob. Der fluchte, schwitzte, mit sich selbst sprach. Gab es für so was eigentlich einen Eintrag ins Guinness-Buch der Rekorde? Da scheiße ich doch auf jedes Abitur mit Auszeichnung! Auf jedes Wellnesswochenende in der Rhön! Hier und jetzt zählte es. Deutschland sucht den Super-Max!

»Willst du etwa in die Rhön, Fatty?«, brüllte ich.

Endlich, der Johannes-Hoops-Weg. Kurzes Durchatmen. Die erste Etappe war geschafft. Und ich? War es auch. Geschafft nämlich. Das T-Shirt komplett durchgeschwitzt, die Hose halb, im Schritt rieb es, und ich stank. Warum gab es hier keine Verpflegungsstelle?

Ein Wagen hoppelte die schmale Waldstraße entlang. Als der Fahrer uns sah, hielt er an und fragte durchs offene Fenster, ob er uns mitnehmen könne.

»Danke, uns wird's schlecht in Autos«, sagte ich.

Achselzuckend fuhr er weiter.

»Mitnehmen«, höhnte ich ihm hinterher. »Uns! Sehen wir so aus, als könnten wir nicht mehr? Siehst du so aus, Fatty?« Sah er nicht. »Hielt uns wohl für Patienten, der Typ.«

Auf Patienten kam ich, weil der Johannes-Hoops-Weg zur Schmieder-Klinik auf gleicher Höhe führte. Aber wir wollten ja weiter, zum Tourmalet, dorthin, von wo man auf die Klinikgebäude draufspucken konnte. Also los! Wieder rein ins Grün, über die vom Regen aufgeweichten Wege, im ständigen Kampf gegen die Krake namens Schwerkraft. Spaziergänger kamen uns entgegen, schüttelten den Kopf, vielleicht aus Mitleid, vielleicht aus Unverständnis, aber das war mir egal. Fatty auch. Wie das roch im Wald! Und wie die Vögel lärmten! Wahrscheinlich kamen demnächst alle Wildtiere auf einen Sprung vorbei, um die beiden Verrückten aus dem Tal zu beglotzen.

»Wir schaffen das«, keuchte ich. »Müssen ja!«

So allmählich konnte ich nachvollziehen, wie sich mein Kumpel damals gefühlt haben musste auf dem Weg zum Pass. Wir anderen waren im Zelt geblieben, gezeichnet vom abendlichen Saufgelage. Nur Fatty ignorierte seinen Körper und schleppte sich Meter um Meter nach oben. Noch eine Kurve und noch eine. Die Luft wurde dünn. Der Blick leer. Die Muskulatur schmerzte. Erste Zitteranfälle. Und natürlich Durst, unendlicher Durst …

»Gleich haben wir's, Alter.«

Die nächste Zwischenstation war das Blockhaus am Arboretum. Dort, wo sich die aus dem Tal kommende Klingenteichstraße gabelte: Geradeaus ging es nach Gaiberg, links zum Gipfel hoch. Ich ließ mich neben dem Rollstuhl auf den Asphalt fallen und schnappte nach Luft. Fatty warf mir einen seiner unergründlichen Blicke zu, und wenn mich nicht alles täuschte, schwang da eine gehörige Portion Stolz mit. Stolz auf seinen Kumpel, der Unmögliches möglich machte. Und Rührung natürlich. Dankbarkeit am Ende.

»Mensch Fatty, red keinen Scheiß«, rief ich, heftig atmend. »Hättest du doch auch getan. Und das Schönste«, Luft holen, »das Schönste kommt erst noch.«

Ja, es kam noch. Aber wann? War der Gipfel überhaupt näher gerückt? Das Hotel auf dem Königstuhl hatte immer noch Lego-Größe. Aber vielleicht war mein Sehvermögen auch eingeschränkt. Ganz bestimmt war es das. Genauso wie mein Gehvermögen, mein Hör-, Tast-, Sprech- und überhaupt mein ganzes Existenzvermögen. Der Tourmalet saugte mich aus wie ein Vampir. Und die Autofahrer lachten sich eins.

»Die können mich mal«, rief ich Fatty zu. »Sollen sie doch hochbrettern und sich die Nägel dabei lackieren. Uns stoppt ihr nicht.«

Nein, sie stoppten uns nicht, aber so richtig voran ging es auch nicht mehr. Erst ein Blick zur Uhr ließ mich aufspringen und den Rollstuhl packen. Beeilung, Fatty, Beeilung! Wenn Eva sauer wird, ist das schlimmer als jede hämische Autofahrergrimasse.

Die letzten Kräfte mobilisierend, schob ich Fatty den Blockhausweg hoch. Der war nicht ganz so steil, dafür zog er sich zermürbend lang um den Gipfel herum, bis man den Königstuhl schließlich von der Ostseite her erreichte. Ich schob, ich japste, ich quasselte sinnloses Zeug. Die Hälfte der Sätze zerstob im ständigen Speichelfluss. Den Kopf hob ich nur noch ab und zu; am liebsten hätte ich ihn auf Fattys Schulter gelegt. Wenn ich ihn hob, sah ich die Spuren, die das Tiefdruckgebiet hinterlassen hatte. Schlamm auf den Wegen, abgebrochene Äste, hin und wieder einen verrutschten Hang. An einer Stelle floss ein Bach zwischen den Bäumen hindurch, wo noch nie einer gewesen war.

»Gleich sind wir oben, Fatty«, flüsterte ich.

Da, ein Radfahrer! Mountainbiker natürlich, fetter Hintern auf schmalem Sattel, feiste Stummelbeine, die sich wie Pumpen auf und ab bewegten. Aber vorwärts kam der Typ nur im Schneckentempo.

»Den holen wir uns, Alter!«

Mann, was glotzte der, als wir an ihm vorbeizogen! Zeitlupe gegen Superzeitlupe, so ungefähr lautete das Duell. Ich versuchte zu grinsen, bekam die Gesichtsmuskulatur aber nicht mehr in die korrekte Reihenfolge. Der Mountainbiker schaute nur entgeistert unter seinem Helm hervor. Fatty wackelte mit dem Kopf.

Dieser Sieg gab Auftrieb. Als wir unter der Bergbahn hindurch rollten, stieß ich wüste Beschimpfungen gegen all das Touristengesocks aus, das sich durch die Natur kutschieren ließ, das für den Klimawandel verantwortlich war, für die Inflation und die Massenarbeitslosigkeit und bestimmt auch für Fattys Krankheit. Dagegen musste man ein Zeichen setzen! Dann wurde ich still, auch ringsherum wurde es stiller, man hörte nur noch das Geräusch der Reifen auf dem Waldboden und mein schwaches, rhythmisches Schnaufen. Als ich um die letzte Kurve bog und es nur noch wenige Höhenmeter bis zum Gipfel waren, kam der Mountainbiker von hinten und ließ uns stehen wie nix. Ja, kann sein, dass wir langsamer geworden waren, dafür nahm uns keiner mehr diesen Titel.

»Die Tourmalet-Erstbesteigung mit Rollstuhl«, sagte ich zu Fatty und fühlte mich einen Moment lang ganz feierlich.

Da vorne, das Königstuhl-Hotel mit der Aussichtsplattform. Unsere Rettung! Fast wäre mir jetzt die Schmieder-Klinik lieber gewesen, so elend, wie ich mich fühlte. Aber die Aussicht auf eine Belohnung lockte. Die Aussichtsplattform war trotz tief liegender Wolken gerammelt voll, ebenso die Hotelterrasse. Lauter Auswärtige mit speckigen Touristengesichtern. Ich wollte uns schon ein Plätzchen am Rand der Plattform suchen, als ein Mann aufstand und uns seinen Tisch anbot.

»Ist doch selbstverständlich«, sagte er mit Blick auf Fatty. Seine Frau nickte und erhob sich ebenfalls.

»Danke«, murmelte ich und ließ mich auf einen Stuhl fallen. Irgendwie war mir das jetzt auch nicht recht. Aber was tat man nicht alles für einen Freund im Rollstuhl!

»So, und nun die Krönung«, sagte ich und bestellte zwei Weizenbier. »Eins mit Strohhalm bitte!«

Weizenbier ist ja nicht so meins. Aber hey, an Fattys Geburtstag! Wo der Kerl das Zeug doch liebt – da muss man sich halt mal überwinden. Und was soll ich sagen? Als die beiden Gläser dann vor uns standen, beschlagen vor Kälte, mit diesem Prickelschaum und der süffigen Farbe, aus der einem die Nährstoffe regelrecht entgegensprangen … Ich musste mich auf meine Hände setzen, um mir den halben Liter nicht auf ex hinter die Binde zu kippen.

Nein, nein, erst Fatty! »Happy birthday, alter Junge«, sagte ich und steckte ihm den Strohhalm zwischen die Lippen. Und er sah so glücklich aus, wirklich, unendlich dankbar. Das mit dem Saugen klappte zwar nicht, und wenn ein paar Atome Weizenbier seine Mundhöhle erreichten, dann nur über Verdunstung und Erdrotation. Aber allein der Gedanke! Die Vorstellung, die Ahnung, die Nähe … Ja, Fatty war glücklich.

Ich natürlich auch. Dass wir es endlich geschafft hatten. Dass es jetzt nur noch bergab ging. Dass ein volles Bierglas vor mir stand. Obwohl: Als ich das nächste Mal hinschaute, war es nicht mehr ganz voll. Es war sogar komplett leer. Irgendwie hatte das nicht funktioniert, das mit den Händen. Konnte ja nicht, wegen der Hilfestellung mit dem Strohhalm. Da hatten sie sich wohl selbstständig gemacht … egal. Ein Schnipsen, eine Bestellung, schon stand das nächste griffbereit da.

Tja. So war das mit Fattys Geburtstag. Der beste Geburtstag seines Lebens, amtlich geprüft. Wir saßen da, schauten in die Ferne, lästerten ein bisschen (also schon richtig, aber nur halblaut), genossen, ich schwitzte, und irgendwann sah ich auf die Uhr.

O wei.

»Fatty, wir müssen austrinken«, sagte ich. »Unten wird der Kaffee kalt.«

Ich rief die Bedienung und zahlte. Inzwischen war mir auch gar nicht mehr so warm. Durst hatte ich immer noch, dafür schwankte ich beim Aufstehen. Und von Fattys Bier war außer dem Schaum so gut wie nichts weg. Also zischte ich das auch noch. Danach rülpste ich, dass es den Leuten kurz die Aussicht vernebelte.

»Jetzt aber schnell«, kicherte ich. »Magst du diesmal schieben, Fatty?«

Nee, mochte er nicht. Und ehrlich gesagt, ich hatte auch keine Lust. Überhaupt keine! Wenn ich an die blöden Waldwege dachte, an die Äste, die überall herumlagen, an die Mountainbiker, die einem in die Quere kamen … Und dann sollte es auch noch schnell gehen! Gab es keine Alternative?

Klar gab es die. Ein paar Meter bergab lockte die Bergbahn. Die man ja angeblich einmal im Leben benutzt haben sollte. Es wurde also Zeit! Ich schob den Rollstuhl in ihre Richtung, der Rollstuhl wurde schneller, schiebend suchte ich nach der Bremse – und hatte eine Idee. Eine verdammt geniale Idee!

»Scheiß auf die Bergbahn!«, brüllte ich, was die Lunge hergab.

Ja, und dann begann die wilde Fahrt. Fattys Rollstuhl hatte eine Hand- und eine Fußbremse; wenn man sich auf die hintere Radachse stellte, konnte man die Bremse unten mit einem Fuß betätigen und oben mit den Händen nachjustieren. Falls der Fuß mal eine Pause brauchte. Oder falls es so steil wurde, dass man mit allem bremsen musste, was ging.

Und genau das war jetzt der Fall. Die Waldwege überließen wir den Füchsen und Fußlahmen, Koller & Sawatzki nahmen die Straße. Zwölf Prozent Gefälle, die Herrschaften! Fatty saß zufrieden wie ein König in seinem Thron, und ich stand hinten auf dem Kutschbock. Nach ein paar Minuten schmerzte mein Fuß vom Dauerbremsen, aber das war es wert. Hätte nie gedacht, dass ein Rollstuhl so ein Tempo drauf hatte! Der Wind wehte uns ins Gesicht, der Stuhl dotzte, und in den Kurven heulten die Bremsen auf.

Aber das Schönste waren die verdutzten Mienen der Autofahrer. Irgendwann schrie ich vor Vergnügen.

Beim Blockhaus musste ich eine Pause einlegen. Ich hatte einen Krampf im rechten Bein, und die Hände wollten auch nicht mehr so richtig. Außerdem stanken die Bremsen. Aber Fatty strahlte über das ganze Gesicht. Zuerst dachte ich, der Wind hätte ihm die Mundwinkel nach hinten gedrückt, und er bekäme sie jetzt nicht wieder an die richtige Stelle. Doch es war ein Lächeln, ehrlich, Leute.

»Hammer!«, keuchte ich. »Das ist der Abschuss, was?«

Und schon ging es weiter. Wir hatten noch viele Höhenmeter zu bewältigen und jede Menge Spaß vor uns. Ein paar Autofahrer hupten, einer zeigte uns den Vogel – wir schifften uns vor Vergnügen fast in die Hose.

»Mensch, Fatty«, brüllte ich in voller Fahrt, »hast du einen gelassen?«

Aber es waren nur die Bremsen. Ich bin mir nicht sicher, ob sie bis zum Schluss durchgehalten hätten, denn je weiter wir kamen, desto eckiger und holpriger fühlte sich die Bewegung an. Viel fehlte nicht mehr, wir passierten bereits die ersten Häuser in der Klingenteichstraße, da wurden wir gestoppt. Ein Streifenwagen überholte uns und schnitt uns den Weg ab. Mit viel Mühe und der Hilfe einer Gartenmauer brachte ich den Rollstuhl zum Stehen.

Den Rest können wir gnädig übergehen. Bei einem Kindergeburtstag ist ja auch das Abgeholtwerden immer der Tiefpunkt. Viel zu früh dran, diese Scheißeltern! Ich sagte zwar nicht wörtlich Scheißbullen, aber dass sie zu früh dran waren, verklickerte ich ihnen schon. Hallo? Warum wischten sie nicht drüben in Wieblingen die Farbe vom »Männertraum«? (Es waren andere Polizisten als heute Vormittag, aber egal.) Und dann wollte mich der eine auch noch ins Röhrchen blasen lassen!

»Ich werde mich beschweren«, sagte ich und hielt mich am Rollstuhl fest. »Kommissar Fischer, schon mal gehört?«

»Sie können ja kaum noch stehen«, stellte der eine fest.

»Das ist Altersrassismus«, schrie ich. »Schluss mit dem Sex«, ein Rülpser kam mir quer, »ismus.«

»Der arme Kerl«, murmelte der andere mit Blick auf Fatty.

»Er hat Geburtstag«, sagte ich.

Schade, ein Ständchen sangen sie nicht, die beiden. Dafür brachten sie uns noch zur Geburtstagsparty, nachdem sie uns – okay, eigentlich ja nur mich – gründlich verhört hatten. Wie spät es danach war, kann ich nicht sagen.

Umso stärker ist mir Evas Gesicht in Erinnerung, als wir endlich vor ihrer Tür standen. Vulkankrater, so in der Art. Malewitsch, Schwarzes Quadrat.

Na und? Fattys Miene wog alles, alles auf.

Er strahlte nämlich immer noch.

30

Ich wusste es: Weizenbier, das ist der Teufel. Es macht was mit dir. Erst himmelhochjauchzend und dann – Hölle der Einsamkeit. Und da man den Teufel bekanntlich mit dem Beelzebub austreibt, köpfte ich, sobald ich zu Hause war, eine Flasche Pils. Wenn ich daran dachte, wie viel Flüssigkeit ich beim Aufstieg zum Königstuhlgipfel verloren hatte, mussten noch eine Menge Flaschen daran glauben. Aktuell hatte ich es höchstens bis zum Blockhaus geschafft, vielleicht auch nur zur Schmieder-Klinik. Und dann die ewigen Diskussionen mit dem Beamtengesocks. Was man da an Spucke verbrauchte! Ehrlich, Leute, ich war dehydriert wie eine Mumie.

»Prost, Max«, sagte ich und legte die Füße auf den Küchentisch.

So. Und wie sollte dieser komische Tag nun weitergehen? Ein Tag der Höhen und Tiefen, der emotionalen Extreme zwischen Gipfelglück und Kaffeefrust. Das Schlimmste stand ja noch an: die Begegnung mit Christine. Als mich Eva nach Hause geschickt oder besser: gejagt hatte, hatte meine Ex im Hintergrund gestanden, Wut und Enttäuschung im Blick, ein einziger Fleisch gewordener Vorwurf. Das würde was geben! Einen Sturm der Entrüstung, einen Hagel der Vorhaltungen, Schlechtwetterlaune die ganze Woche lang. Ein Tief namens Christine.

»Danke«, sagte ich zu der Bierflasche. »Danke, dass du wenigstens zu mir hältst.«

Und wenn ich schon mit Gegenständen redete, konnte ich auch gleich mit echten Menschen sprechen. Ich wählte Kommissar Fischers Privatnummer und brauchte auch nur zwei Anläufe dafür; beim ersten Mal flutschte mir das Handy aus den Fingern.

»Hab schon gehört, was Sie heute angestellt haben«, knurrte mein Lieblingskommissar. »War das eine Wette, oder was?«

»Mann, das war 'n Geburtstag«, rief ich empört. »Kennt man das nicht in Ihren Bullenkreisen? Ge-burts-tag! Soll ich buchstabieren?«

»Legen Sie sich lieber hin und werden Sie nüchtern.«

»Auf keinen Fall. Gar keinen Fall. Sagen Sie Ihren zwei Schweinehütern, pardon, Ordnungshütern, dass sie mich jetzt mal röhren lassen sollten. Blasen, meine ich. Blasen ins Röhrchen. Jetzt lohnt es sich, Herr Fischer, aber hallo!«

»Das kann ich mir …«

»Mehr Alkohol, als der Tourmalet Steigung hat. Hand aufs Herz.«

Fischer lachte. »Wissen Sie, was? Die Kollegen fanden Sie eigentlich ganz knuffig. Nur gestunken haben Sie angeblich wie ein Bock. Mit Ihnen im Auto zu sitzen, war wohl kein Vergnügen.«

»Auch da hab ich noch mal am Schräubchen gedreht. Mehr Gestank, als der Alkohol Steigung hat. Kommen Sie vorbei, wenn Sie's nicht glauben.«

»Bewahre. Schlafen Sie sich aus, das ist ein Befehl.«

Damit legte er auf. Ich beschimpfte den alten Mann als Spießer und Mormone und systemkonformer Erfüllungsgehilfe, aber nur, weil er es nicht mehr hören konnte. Danach wollte ich reflexartig Fatty anrufen, was ja nicht ging. Schnell einen Schluck Bier, bevor mich die Sentimentalität packte. Anderer Gedanke: Was war eigentlich, wenn sich jetzt der olle Wetterstein meldete und meinen Einsatz forderte? Weil, nur so als Beispiel, ein ukrainischer Bär vor seiner Villa herumpöbelte? So weit durfte es gar nicht erst kommen. Also Maxyms Nummer wählen, auf der Mailbox stranden und der lang und breit erklären, dass heute so was wie ein Feiertag in Deutschland war, Stress und Randale strengstens verboten. Wenn Ärger, dann bitte morgen. Finger weg von Bleistiften! Mach dir ein Bier auf oder zieh dir 'ne Linie Koks rein, aber halt die Füße still, Alter.

Das hatte er hoffentlich verstanden, der lange Ukrainer.

Marc Covet wäre der Nächste auf meiner Liste gewesen, aber jetzt war es umgekehrt: Ich wurde angerufen. Auf dem Display blinkte der Name meiner Ex auf. Sofort bekam ich Kopfschmerzen. Was wollte die denn? Sie wusste doch, in welchem Zustand ich mich befand und dass ein halbwegs vernünftiges Gespräch mit mir nicht vor morgen möglich war.

Also ging ich nicht ran.

Aber Christine blieb hartnäckig. Wieder randalierte das Handy, wieder war es ihre Nummer. Na gut, du hast es so gewollt. Ich gönnte mir einen Mutmacherschluck, drückte auf den grünen Button und sagte: »Knuffig. Das bin ich. Sogar die Bullen wissen es jetzt.«

Christine schwieg. Ihr Schweigen hörte sich schon komisch an, aber noch komischer klang ihre Stimme, als sie irgendwann doch was sagte. »Kannst du kommen, Max?«, fragte sie.

»Wie, kommen? Wohin?«

»Zu uns. Zu Eva, meine ich.«

Jetzt kapierte ich gar nichts mehr. Und das lag keinesfalls an meinem Alkoholpegel. Zu Eva, die mich eben noch erzengelmäßig der Schwelle verwiesen hatte? Wollten die mich jetzt vor versammelter Mannschaft zur Sau machen? Femegericht und so?

»Es ist wegen Friedhelm«, sagte sie.

»Fatty? Was ist mit ihm?« Meine Gedanken rasten wir Flipperkugeln umher. Fatty würde doch nicht …? Er war selig gewesen, es war alles in Ordnung! Verdammt, an seinem Geburtstag!

»Tja«, sagte Christine, und ihre Stimme klang wirklich seltsam. So kühl und beherrscht, als müsste sie sich zwingen, das Folgende in Worte zu fassen. »Wie soll ich es sagen?« Pause. »Er hat nach dir gefragt.«

»Gefragt?« Was sollte das jetzt? Dass Fatty das letzte Mal nach mir gefragt hatte, war Jahre her. Dass er überhaupt irgendetwas gefragt hatte!

»Ja, ich weiß, es hört sich verrückt an«, fuhr sie fort, »aber ich habe es selbst gesehen. Wir haben es alle gesehen. Er saß da, seine Lippen bewegten sich, und sie haben deinen Namen … geformt. Beim ersten Mal dachten wir noch, es sei Zufall. Aber es blieb nicht bei dem einen Mal.«

Stille. Keine Flipperkugeln mehr. Eher so ein weißes Rauschen, ein Flimmern wie damals nach Sendeschluss im Fernsehen. Es gibt Dinge, die sind zu groß für ein menschliches Vorstellungsvermögen. Ob mit oder ohne Alkohol.

»Und … also, was heißt das jetzt?«, sagte ich.

»Er hätte wohl gerne, dass du kommst.«

»Klar, aber … warum klingst du dann so … so anders? Als wenn du dich nicht freuen könntest?«

»Max«, sagte sie mit gepresster Stimme, »wie besoffen bist du eigentlich? Friedhelm spricht seit Jahren nicht mehr, und als ihm dann endlich ein Wort über die Lippen kommt, ist es dein Name. Nicht Eva. Sondern Max.«

»Entschuldigung. Das tut mir leid, ehrlich.« Verstört starrte ich auf die halb geleerte Flasche Bier vor mir. »Vielleicht ist es dann besser, wenn ich hierbleibe.«

»Schaff deinen Arsch her, du Idiot, aber ein bisschen plötzlich. Und zieh dir was Frisches an.«

Ende des Gesprächs. Ich blieb noch ein paar Sekunden wie paralysiert sitzen, dann sprang ich auf, brüllte »Scheiße!« und rannte ins Bad. Wasser aufdrehen, die Kleider vom Leib reißen und eiskalt duschen. Danach Deo literweise, frisches Hemd und Hose. Kaugummis fand ich in der Eile nicht; würde auch so gehen. Als ich vor die Tür trat, war ich ein neuer Mensch.

Na ja, fast neu. Kurz sackte mir der Kreislauf weg, sodass ich mich gegen die Hauswand lehnen musste. Aber dann schaffte ich es sogar, auf dem Weg noch einen Blumenstrauß zu besorgen. Was Maxym konnte, konnte Max schon lange!

Eva öffnete mit verheulten Augen die Tür. »Entschuldigung«, sagte ich und drückte ihr den Strauß in die Hand. »Für dich. Es tut mir so leid. Das wollte ich nicht.«

Sie lächelte sogar ein bisschen.

So komisch dieser Tag bisher gewesen war, so seltsam Christines Stimme – jetzt wurde es noch schräger. Niemand wusste, ob er lachen oder weinen sollte, ob ich ein Held war oder der größte Depp, der auf Erden rumlief. Die klarste Vorstellung von allen hatte natürlich meine Ex, die mich irgendwann zur Seite zog und eine Schimpfkanonade vom Stapel ließ, die sogar im Hause Kumpe Eindruck gemacht hätte.

»Was hast du dir eigentlich dabei gedacht?«, zischte sie. »Das war so was von unverantwortlich. Gefährlich war das! Dein bester Freund ist schwerkrank, und du machst Autorennen mit ihm? Wenn Friedhelm aus dem Rollstuhl gefallen wäre! Wenn ihr gestürzt wärt! Wenn er all das nicht verkraftet hätte!« Zack, zack, zack, so ging es weiter mit den Ausrufezeichen, ohne Pause. Dann folgten Beleidigungen in allen nur denkbaren Farben und Formen, und als sie damit durch war, holte sie tief Luft und umarmte mich. Es war eine so lange Umarmung, dass ich glatt vergaß, warum sie geschimpft hatte. Ich meine, was hatte ich schon getan? Am Geburtstag des besten Kumpels musste man doch etwas Besonderes unternehmen, und wenn das wiederum etwas Besonderes zur Folge hatte, war das doch nur logisch. Fand ich.

»Was hattet ihr zwei denn so drauf bergab?«, fragte ein Schwager von Eva. »Würd mich interessieren, jetzt mal so rein tempomäßig.« Seine Frau schüttelte tadelnd den Kopf.

Fatty übrigens schlief schon fünf Minuten nach meiner Ankunft ein, ohne noch einmal meinen Namen genannt zu haben. Brauchte er auch nicht, ich war ja nun da. Allerdings nicht allzu lange, denn wieder sorgte mein Handy für eine neue Wendung an diesem Tag. Die Nummer, die auf dem Display erschien, war mir unbekannt – die Geräuschkulisse nach Annahme des Gesprächs dafür umso bekannter.

»Herr Koller«, kreischte die Frau vom Sebi, »Sie müssen mir helfen!«

»Was ist los?«

»Ich brauche Ihre Hilfe!«

»Wie und wo?«

»Der Sebi …«

»Ja?«

Christine und die anderen schauten mich stirnrunzelnd an. Ich war natürlich genauso ins Schreien verfallen wie die Anruferin, gegen den Lärm der Kumpe-Meute musste man sich ja irgendwie behaupten. Also verzog ich mich mit dem Telefon in die hinterste Ecke des Gartens und brüllte in einen Rhododendron hinein.

»Was ist denn mit dem Sebi?«

»Er ist im Herrenwinkel und schmeißt das Geld zum Fenster raus.«

»Na ja, das ist … ich meine …« Du meine Güte, wie verklickerte ich der Frau, dass so etwas vorkam? Dass der Sebi das anscheinend regelmäßig machte?

»Nein«, rief sie, »ich weiß schon. Aber diesmal ist es viel Geld, richtig viel.«

»Wie viel?«

»1.000 oder so.«

»Was?«

»1.000 Euro. Mindestens.«

»Woher hat Ihr Mann das Geld?«

»Er hat es bekommen. Ich weiß nicht, von wem. Es hat geklingelt, der Joshua hat aufgemacht, und dann ist der Sebi mit ihm raus.«

»Mit dem Joshua?«

»Was?« Ihre Stimme kippte ins Metallische, als sie – zum Glück nicht direkt ins Telefon – schrie: »Nun haltet doch mal eure Gosch!« Dann wieder zu mir: »Was is?«

»Ist er mit dem Joshua raus?«

»Wer?«

»Ihr Mann.«

»Der Sebi? Nein, mit dem anderen. Dem Besucher. Der Joshua ist dann auch raus und hat die zwei ein bisschen …

Sie wissen ja, wie Jungs sind. Und da hat er gesehen, dass der Sebi Geld bekommen hat.«

»Wofür?«

»Keine Ahnung.«

»Und wer der Mann ist, wissen Sie nicht? Wie sah er aus, was hat der Joshua gesagt?«

»Na, normal ... so wie alle. Normal halt.«

»Aber dass es 1.000 Euro waren, da ist er sich sicher?«

»Sie wissen ja, wie Jungs sind.«

»Und was soll ich tun, Ihrer Meinung nach?«

»Mit dem Sebi reden. Ihn daran erinnern, dass er Familie hat. Die Medikamente für den Dylan sind so teuer, und dann geht der zu den Nutten! Ich hab ihn schon zig Mal angerufen, aber er drückt mich weg.«

»Frau Kumpe, Sie wissen, dass ich nicht mehr für Ihren Mann ermittle?«

»Ich würd ja selbst hingehen und ihm eine scheuern«, brüllte sie. »Aber die haben mich dort schon mal rausgeschmissen, und ich muss ja nach den Kindern sehen.«

»Alles klar«, rief ich erschöpft. »Ich kümmere mich drum.«

31

Auf dem Weg zum »Herrenwinkel« verfluchte ich Sebastian Kumpe nach allen Regeln der Kunst. So ein verrotteter Charakter war mir noch selten begegnet. Für nichts hatte der Geld, für seine Kinder nicht, für mich nicht; aber kaum drückte ihm jemand ein paar Kröten in die Hand, flitzte er in den Puff und verjubelte sie mit den Mädels.

Ersäufen sollte man den Sebi! In Weizenbier! Oder in die Ukraine schicken, damit er mal merkte, was echte Not war.

Ein paar Straßenzüge weiter hatte sich meine Wut ein wenig gelegt – Fahrtwind und leichter Regen sorgten für Abkühlung. Viel interessanter als Kumpes Eskapaden war die Frage, wer ihm das Geld hatte zukommen lassen. Ein Mann, aber wer? Anscheinend gab es ihn doch, den großen Unbekannten, für den Greven die Pizza Quattro formaggi bestellt hatte. Das mit der Pizza konnte man auch weglassen; Hauptsache, da war jemand gewesen. Einer, der es irgendwie geschafft hatte, Antonia Kumpe zu einer Falschaussage zu bewegen. Und der ihr jetzt über ihren Sohn die versprochene Belohnung zukommen ließ. Bei ihr selbst wollte er nicht vorbeischauen, weil das den Nachbarn auffallen könnte, zum Beispiel dem Kauz von gegenüber. Oder den Demonstrantinnen, die da ständig herumlungerten. Die Kumpe wiederum hatte sich auf den Deal eingelassen, weil sie mit der Vergewaltigungsnummer auf Notwehr plädieren konnte und womöglich mit einer Bewährungsstrafe davonkam. So hatte es der Sebi ihr ja selbst unterstellt.

Aber anstatt schnurstracks zur Polizei zu gehen und den Mann anzuzeigen, nahm er die Mäuse und machte sich einen schönen Tag! Dieser Schrumpfkopf!

Am »Herrenwinkel« angekommen, schloss ich mein Rad gar nicht erst ab. Das hier würde schnell gehen.

Also rein in die gute Stube! Schwere Vorhänge vor dem Eingang, Schummerlicht, Klimpermusik, viel zu viel Parfüm in der Luft. Ansonsten nix los im bekanntesten Puff der Stadt; hinterm Tresen stand ein gelangweilter Kim-Kardashian-Verschnitt und trocknete Gläser ab. Ah, doch, in der Ecke dort hinten regte sich etwas. Als ich näherkam, sah ich den Sebi mit zwei Damen auf einem Sofa lümmeln. Das Kichern der Mädels war so falsch wie ihre Oberweite. Kumpe spielte den großen Macker, hatte die Arme ausgebreitet und grinste von Wieblingen bis Ziegelhausen.

»Hallöchen«, begrüßte er mich weniger überrascht als erfreut. »Je später der Abend …«

»Desto schneller ist er zu Ende«, ergänzte ich. »Mensch, Alter, der Arzt hat dir doch verboten zu bumsen, bis die Werte wieder unten sind.«

Jetzt glotzte er aber, der Sebi. Die Mädels hörten auf zu kichern, und die blondere von beiden fragte: »Was für Werte?«

»Die Entzündungswerte. Der Kerl ist noch mindestens eine Woche ansteckend. Den darf man nicht mal zu lange angucken, da kriegt man schon Pickel untenrum.«

Sofort rückten die zwei von ihm ab.

»Bi… Bitte?«, stotterte Kumpe. »Was soll das jetzt?«

»Nun tu nicht so, Sebi. Wär doch schade, wenn die zwei wochenlang wegen Intimkrätze ausfallen, nur weil bei dir das Rohr überläuft. Ein paar Tage wirst du dich noch zusammenreißen können.«

»Ey, was redest du für 'n Scheiß?«

»Beim ersten Jucken gleich Chlor drauf«, sagte ich zu den Mädels. »Oder Zitrone, aber bio. So, und du kommst jetzt, Freundchen, bevor das Gesundheitsamt den kompletten Laden schließt.«

»Spinnst du?«, fuhr der Sebi auf. »So einen Schwachsinn hab ich ja noch nie …«

»Raus mit dir, Alter.« Ich packte ihn am Arm.

»Finger weg!«, keifte er.

Die beiden Damen ergriffen die Flucht. Schade, dass ich keine Gelegenheit hatte, ihre Gesichter zu fotografieren. Auch der Starschnitt hinterm Tresen sondierte schon mal Rückzugsmöglichkeiten. Dafür öffnete sich eine Tür im Hintergrund, und ein halbhohes Paket von Mensch gesellte sich zu uns. In seiner Glatze spiegelte sich die Puffbeleuchtung, seine Finger knackten beim Gehen.

»Irgendein Problem?«, fragte der Typ mit breitem Grinsen. Er erinnerte mich an den Schleifer: dieselbe geballte Kraft, dieselbe lauernde Beweglichkeit. Aber dort, wo bei meinem Chef ein perfektes Gebiss blitzte, bröselte es bei dem hier traurig vor sich hin. Deshalb kamen auch nur schadhafte Konsonanten aus seinem Mund.

»Nö«, sagte ich. »Alles bestens. Wir machen gerade den Abflug.«

»Nichts machen wir«, rief Kumpe.

»Aus gesundheitlichen Gründen.«

»Der Kerl redet nur Müll. Glaubt ihm kein Wort!«

»Na, na, na.« Der Glatzköpfige grinste immer noch.

»Wer wird sich gleich aufregen? Wenn Sie was zu besprechen haben, machen Sie das doch bitte draußen.«

»Machen wir«, sagte ich.

»Von wegen«, rief der Sebi. »Ich bleibe hier! Darko, schmeiß diesen Mann hier raus, der macht mich nur schlecht vor den Mädchen, und es ist alles gelogen.«

»Nun, wenn das so ist«, sagte Darko. »Wissen Sie, Herr Kumpe gehört zu unseren Stammgästen, und Sie sehe ich hier zum ersten Mal.«

»Und zum letzten Mal«, ergänzte ich. »Genau wie Herrn Kumpe übrigens. Mein Name ist Max Koller, ich bin privater Ermittler und arbeite eng mit der Polizei zusammen. Seine Frau hat mich beauftragt, ihn hier rauszuholen, und zwar für immer. Sie können mich jetzt vor die Tür setzen, das ist Ihr gutes Recht. Aber ich garantiere Ihnen, das Erste, was ich draußen mache, wird ein Anruf bei den Kommissaren Fischer, Sorgwitz und Greiner sein. Und wenn die anrücken und Ihren Laden auseinandernehmen, können Sie die Einnahmen der nächsten acht Wochen in der Pfeife rauchen. Das ist heftiger, als wenn einer Ihrer Kunden Tripper hat.«

»Große Worte, Herr Koller.« Der Typ blieb die Freundlichkeit selbst. »Leider habe ich von diesen angeblichen Kommissaren noch nie gehört. Wie waren die Namen?«

»Fischer, Sorgwitz, Greiner. Falls Sie die tatsächlich nicht kennen, dann nur deshalb, weil sich die drei normalerweise um Mord und Totschlag kümmern. Nicolas Greven, klingelt da was bei Ihnen? Der Start-up-Gründer, der in der Bahnstadt aus dem fünften Stock gestürzt wurde. Und wer ist die Hauptverdächtige in diesem Fall? Antonia Kumpe, die Mutter von dem hier.«

»Lass meine Mutter aus dem Spiel!«, plärrte der Sebi.

»Und warum hast du dann die Taschen voller Geld? Los, sag's uns!«

»Moment, stopp!« Der Glatzkopf hob beide Hände. »Noch einmal, meine Herren: Wenn Sie diskutieren wollen, dann bitte nicht hier. Suchen Sie sich draußen ein ruhiges Plätzchen und nehmen Sie Rücksicht auf die Nachbarschaft, ja? Dankeschön.«

»Gehen wir«, sagte ich zum Sebi. Der sträubte sich natürlich, sah sich aber nun zwei Kontrahenten gegenüber, die das gleiche Ziel hatten. Und wenn er dem Max schon nicht folgte – am Ende kuschte er vor dem Darko und seinem schmierigen Lächeln. Mit dem wollte er es sich nicht verscherzen.

»Danke für Ihren Besuch«, sagte der Glatzkopf, als wir den »Herrenwinkel« verließen. »Nächstes Mal vielleicht als Kunde?«

»Nicht bei den Bierpreisen«, entgegnete ich. Grinsend schloss der Typ die Tür.

So, und nun ging das Gezeter erst richtig los. Der Sebi schimpfte, dass sich sein Bartgefussel kräuselte, er bekam rote Flecken im Gesicht, seine Stimme überschlug sich. Was mir einfalle, mich in sein Leben einzumischen, er könne schließlich tun und lassen, was er wolle, ich sei doch kein Deut besser als er, erst den Auftrag aufkündigen und ihm dann hinterherschleichen, so richtig spannermäßig, genau, ich sei ein Spanner, ein moralinsaurer Spanner, und ein Sadist sei ich auch, einer, der den Leuten noch einen Tritt versetzt, wenn sie bereits am Boden liegen.

Ich stand daneben, ließ ihn brabbeln und sich aufregen und mit den Händen herumfuchteln, aber irgendwann musste sogar der Sebi Luft holen, und diese Gelegenheit nutzte ich für ein paar Hinweise in eigener Sache.

»Erstens«, sagte ich, »ist mir scheißegal, was du in deiner Freizeit treibst und mit wem, aber erzähl mir nicht, dass du am Boden liegst. Das tust du nämlich nicht. Wenn einer am Boden liegt, dann mein Kumpel, der heute zum ersten Mal seit Jahren wieder ein Wort gesprochen hat. Dagegen geht es dir blendend, du kleine Wurst.«

Er wollte protestieren, doch ich schnitt ihm das Wort ab.

»Zweitens bin ich nicht aus eigenem Antrieb hier, sondern weil deine Frau mich gebeten hat. Schon vergessen? Du hast eine Frau, und du hast Kinder, du Arschloch. Also lass dich nie wieder im Herrenwinkel oder sonst wo blicken. All das sage ich dir nur ein Mal. Beim nächsten Mal hetze ich dir die Polizei, das Jugendamt oder wen auch immer auf den Hals, ich werde schon was finden. Aber das Dritte und Wichtigste kommt jetzt. Überleg nicht lange und sag's mir: Wer hat dir die 1.000 Euro gegeben?«

»Lass meine Familie aus dem Spiel«, keuchte er. »Die gehen dich nichts an, überhaupt nichts!«

»Wer hat dir die 1.000 Euro gegeben?«

»Du kannst mir nicht drohen. Alles, was ich mache, ist legal, da brauche ich mir nichts vorzuwerfen. Aber dich kriege ich wegen übler Nachrede dran. Dass ich infiziert wäre und so. Das haben die alle da drin gehört.«

»Wer hat dir die 1.000 Euro gegeben, Sebi?«

Er grinste überlegen. »Welche 1.000 Euro?«

»Frag den Joshua.«

Das Grinsen erlosch. »Was geht euch das an? Vielleicht habe ich sie gekriegt, vielleicht auch nicht. Meine Sache.«

»Und das sagt der Sohn der Hauptverdächtigen in einem Mordfall. Bist du so blöd oder stellst du dich nur so?«

Kumpes Augen blitzten. Er atmete schwer, schwieg aber.

»Mann, Kumpe«, rief ich, »schalt einmal dein Hirn ein! Was wird die Polizei denken, wenn sie davon erfährt? Dasselbe wie ich: dass das Geld vom Mörder stammt, damit deine Mutter bei ihrem falschen Geständnis bleibt. Du deckst einen Verbrecher!«

»Quatsch!«, stieß er hervor. »Totaler Schwachsinn, was du da redest.«

Mein Handy brummte. Während ich es hervorholte, um die Nachricht zu lesen, sagte ich: »Wenn es nur um dich ginge, wäre mir das alles egal. Aber du reitest deine Familie mit rein, und das finde ich zum Kotzen.«

»Weißt du was?«, entgegnete er. »Lass mich in Ruhe, Schnüffler, ein für alle Mal. Ich weiß nicht, was der Joshua da gesehen hat, aber Geld war es nicht. Der Junge bildet sich was ein. Also zieh Leine.«

Ich steckte das Handy wieder ein. »Mache ich. Du brauchst mir nicht zu sagen, wer der Mann war. Ich weiß es jetzt. Und warum? Weil dein kleiner Sohn mehr Grips hat, als du in deinem ganzen verschissenen Leben jemals haben wirst.«

Damit ließ ich ihn stehen. Hätte natürlich ein Bluff von mir sein können nach all dem sinnlosen Hin und Her. War es aber nicht. Die Nachricht kam von Sebis Frau, und sie lautete: »Das Auto von dem Mann war ein Porsche. Sagt Joshua. Ein Oldtimer.«

Zum zweiten Mal an diesem Tag fuhr ich nach Wieblingen.

32

Ach ja, das gute alte Gewerbegebiet. Aushängeschild der westdeutschen Nachkriegsära, zusammen mit Fußgängerzone und Autobahn, seinen gehätschelten Geschwistern. Aber während an Letzteren der Zahn der Zeit nagt, die eine zu leer ist, die andere zu voll, boomt und brummt es in Ersterem wie in einem Bienenstock. Die Arbeiterinnen arbeiten, der Drohn erfüllt seinen Zweck, und die Königin sorgt für Nachwuchs. So war es, und so wird es immer bleiben.

Weil Deutschlands Gewerbegebiete aber nur im übertragenen Sinn ein Bienenstock sind und in Wahrheit eine große, wuselnde Menschenansammlung, menschelt es in ihnen. Und zwar kräftig. Da wird gemauschelt und getrickst, rausgeekelt und gemobbt, scharwenzelt und gelogen. Vor allem Letzteres. Lügen, dass sich die Balken biegen. Nein, wir hatten keinen Streit, Greven und ich. Ach doch, wir hatten Streit, aber mit seinem Tod habe ich nichts zu tun. Alles sauber, alles einvernehmlich.

Verdammt, de Jager, du alter Märchenerzähler! Was er mir jetzt wohl für eine Geschichte servieren würde?

Ich drückte lange auf die Türklingel. Sollte der Kerl ruhig merken, dass es gleich zur Sache gehen würde! Drüben beim Parkhaus war alles ruhig. Täuschte ich mich, oder lag da noch ein pinker Schimmer über den »Männertraum«-Schaufenstern? Na, für solche Details fehlten mir dann doch die nötigen Dioptrien.

Diesmal meldete sich Frau de Jager. Als sie hörte, wer vor der Tür stand, schaltete sie auf stur.

»Ich glaube nicht, dass mein Mann jetzt noch bereit ist, sich mit Ihnen zu unterhalten. Wir wollten eben ins Bett gehen.«

»Das ist mir klar, und ich entschuldige mich auch für die späte Störung. Aber ich wäre nicht hier, wenn es nicht wichtig wäre.«

»Das ist es auch morgen noch.«

»Frau de Jager, ich glaube, Ihnen ist nicht klar, dass Ihr Mann sich gerade mächtig in die Scheiße reinreitet. Er hat mir die Unwahrheit gesagt. Besser, wir klären das gemeinsam, bevor die Polizei auf der Matte steht.«

»Hören Sie auf, das ist absurd. Mein Mann hat nichts zu verbergen.«

»Dann soll er mir das selbst sagen. Ich habe nur eine einzige Frage an ihn.«

Jetzt zögerte sie. »Nur eine?«

»Versprochen.«

»Ich zähle mit.«

Sie ließ mich ein.

Drinnen dieselbe Leier. De Jager, ganz Hausmann, kam mit einem Geschirrhandtuch aus der Küche, und sobald er meiner ansichtig wurde, begann er sich zu echauffieren; diese Rücksichtslosigkeit, so spät noch und dann seine schwangere Frau … Ob das denn nie aufhöre. Was ich nur immer von ihnen wolle.

Ich wartete auf das Ende seines Lamento, das auch irgendwann kam, allerdings mit einer unerwarteten Volte.

»Warum hast du ihn überhaupt eingelassen?«, wandte er sich an seine Frau.

Schau an, der Drohn rebellierte!

»Er sagte, er hätte nur eine Frage an dich«, entgegnete die Königin kühl. Dabei legte sie eine Hand auf ihren Bauch, als müsse sie ihn schützen.

De Jager sah mich finster an.

»Es geht um Sebastian Kumpe«, sagte ich. »Wir können auch unter vier Augen sprechen, wenn Ihnen das lieber ist.«

Er presste die Lippen zusammen. Das Geschirrtuch wanderte von der einen Hand in die andere.

»Kein Problem, ich muss nicht dabei sein«, sagte seine Frau noch eine Spur kälter als zuvor. »Wollte sowieso ins Bett.«

Sie stolzierte davon. Königlich. Einen Moment lang sah es aus, als wolle de Jager sie zurückhalten, aber dazu fehlte ihm der Mumm. Kaum hatte sich die Tür hinter seiner Frau geschlossen, kam, was kommen musste: Er richtete all seine Wut auf mich. Besser gesagt, er wollte es tun. Sein Oberkörper schnellte herum, er ballte die Fäuste (eine mit Handtuch, eine ohne), sein Mund öffnete sich.

Aber ich war schneller.

»1.000 Euro«, sagte ich in seine Bewegung hinein. »Warum?«

De Jager starrte mich an. Sein Mund blieb halb geöffnet. Gut so, denn jetzt begann das Keuchen. Immer raus mit der Erregung, rein mit dem Sauerstoff! Dazu rotierten seine Gedanken, ich sah es ihm an.

»Was?«, stieß er hervor.

»Sie haben sich heute mit Sebastian Kumpe getroffen und ihm 1.000 Euro gegeben. Ich will wissen, warum.«

»Wer sagt das?«

Ich verdrehte die Augen. »Mann, was wollen Sie eigentlich noch alles anstellen, de Jager? Merken Sie nicht, was für eine unsägliche Figur Sie abgeben? Sie schummeln und tricksen und denken, damit kommen Sie durch. Und mit jeder Lüge, die auffliegt, werden Sie ein Stück unglaubwürdiger. Haben Sie so Ihre Firma geführt? Ist das der Weg zum Erfolg? Ich kenne mich da nicht aus, aber eines weiß ich: Hier ist ein Mensch zu Tode gekommen, und wenn einer dauernd die Unwahrheit sagt, dann macht er sich verdächtig. Sie sind verdächtig, kapieren Sie das? Ein Mordverdächtiger! Also geben Sie mir ganz schnell eine Erklärung für die Zahlung an Kumpe. Glauben werde ich sie erst mal nicht, aber überprüfen werde ich sie, darauf können Sie sich verlassen.«

»Ich hab ... ich hab nur mit ihm reden wollen. Seine Mutter hat schließlich den Mord gestanden.«

»Sie lügen schon wieder«, konstatierte ich nüchtern. »Scheint so eine Krankheit bei Ihnen zu sein.«

»Man wird ja wohl noch ...«

»Sie wurden beobachtet, wie Sie Kumpe Geld gegeben haben. Und der hatte anschließend nichts Besseres zu tun, als in den Puff zu rennen und mit Scheinen zu wedeln.«

»Aber da kann ich doch nichts ...« De Jager hob verzweifelt die Schultern. »Selbst wenn ich ihm was zugesteckt haben sollte, was ist dabei? Den Kumpes geht es nicht gut, die haben nichts drauf.«

»Sie meinen, Sie haben aus Mitleid gehandelt?«

»Warum nicht? Passt das nicht in Ihr Weltbild?«

»Es passt nicht in Ihres. Sie haben Kumpe Geld gegeben, damit seine Mutter bei ihrer Aussage bleibt. Und den wahren Täter deckt. Für mich hat dieser Täter seit heute einen Namen: Carsten de Jager.«

»Nein«, stammelte er. »Nein, nein … Das stimmt nicht. Ich habe Nicolas nichts getan. Das ist absurd. Ich bin kein Mörder.«

»Sie sind ein Lügner.«

Für einen kurzen Moment dachte ich, er würde einknicken und alles gestehen. Aber dann riss er sich zusammen, der flehentliche Ausdruck in seinem Blick machte grimmiger Entschlossenheit Platz.

»Ich weiß gar nicht, warum ich überhaupt mit Ihnen rede. Sie beleidigen mich ja nur. In meinem eigenen Haus! Bitte gehen Sie jetzt.«

»Zur Polizei?«, grinste ich. »Kein Problem, Herr de Jager. Da wollte ich sowieso hin.«

»Auf Wiedersehen.«

Okay, da war nichts zu machen. Allein die Tatsache, dass er Kumpe Geld gegeben hatte – viel Geld! – stempelte ihn noch nicht zum Mörder. Auch gegenüber der Polizei würde er sich damit herausreden, dass er aus reiner Menschenfreundlichkeit gehandelt habe. Und der Sebi war bestimmt entsprechend instruiert. Das war so, Herr Kommissar, als der Herr de Jager hörte, wie dreckig es uns geht, hat er spontan seine Geldbörse gezückt … Total nett von dem Herrn de Jager! Ob die beiden ihre Version der Geschichte auch noch nach dem dritten oder vierten Verhör durchziehen würden, stand auf einem anderen Blatt. Aber es war ja nicht einmal ausgemacht, dass es überhaupt zu einem solchen Verhör kam.

»Wie Sie meinen«, sagte ich und wandte mich zum Gehen. In diesem Moment öffnete sich die Tür, hinter der de Jagers Frau verschwunden war. Sie kam herein, stolzer als zuvor und vor allem wütend. Was sage ich, sie war eine Blitze schleudernde Göttin, eine Furie, eine schwangere zumal, und allein ihr Blick hätte gereicht, um ihren Mann zum Gartenzwerg schrumpfen zu lassen.

»Carsten«, fauchte sie. »Sag endlich die Wahrheit!«

Der Gartenzwerg knetete das Geschirrtuch und sah sie fassungslos an.

»Hast du ... Hast du etwa gelauscht?«, fragte er.

»Ja!«

Keine Erklärung, keine Rechtfertigung, einfach nur »Ja!«. De Jager schluckte.

»Du warst am Abend von Grevens Tod unterwegs«, fuhr sie fort. »Ich habe nicht gewagt, dich zu fragen, wo du warst. Es geht mich ja auch nichts an. Aber jetzt muss ich es wissen. Wo warst du, Carsten? Sag es mir!« Und nach einer Pause fügte sie leiser an: »Sag es uns.«

De Jager starrte auf ihren Bauch. Dann schlug er beide Hände samt Geschirrtuch vors Gesicht und begann zu wimmern.

Wir warteten. Und während wir warteten, musste ich an die vielen Erzählungen aus Kreißsälen und Geburtshäusern denken: Die Frau liegt in den Wehen, aber es ist der Mann, der aus den Latschen kippt. Frau de Jager stand in all ihrer Größe da, den Bauch vorgereckt, und schaute streng auf ihren Gatten herab, der in gekrümmter Haltung in sein Tuch schluchzte. Irgendwann wischte er sich die Tränen vom Gesicht und trottete zu dem Möbel hinüber, auf dem seine Frau bei meinem letzten Besuch gethront hatte. Er thronte nicht, sondern lag darin wie ein Häufchen Elend.

»Es tut mir so leid, Schatz«, stöhnte er.

Der Schatz schwieg.

»Wollen Sie sich nicht setzen?«, sagte ich und zeigte auf die beiden Stühle im Hintergrund.

Sie schüttelte den Kopf. »Es wird nicht lange dauern.«

Ihre Zuversicht in allen Ehren, aber woher wollte sie das wissen? Der Vater ihres Kindes machte jedenfalls keine Anstalten, den Vorgang zu beschleunigen. Er schniefte, rotzte und vergrub sein Gesicht im Geschirrtuch.

Irgendwann wurde es seiner Gattin zu bunt. »Du warst bei Greven«, sagte sie.

Er nickte. Bevor sie weitersprechen konnte, riss er sich von dem Tuch los und sah uns an. »Aber umgebracht habe ich ihn nicht«, rief er beschwörend. »Das müsst ihr mir glauben! Ich weiß auch nicht, wer es getan hat und wie es passiert ist. Ich war zu dem Zeitpunkt längst wieder weg.«

»Und was wollten Sie bei ihm?«, fragte ich.

»Mit ihm reden. Ihm meine Meinung sagen, dem verlogenen Arschloch. Nach dem Einstieg von Wetterstein hatte ich so einen Hass auf ihn. Es musste einfach raus. Ich habe Ihnen erzählt, dass ich am Morgen bei ihm war. Aber das stimmt nicht, es war abends.«

»Und dann?«

»Wir sind in die Küche, Nicolas hatte sich einen Wein aufgemacht. Dort haben wir uns dann gegenseitig angeschrien. Ich war so wütend und er so … so arrogant. All die Jahre, die wir zusammen durchgestanden hatten, waren plötzlich weg, wie nie vorhanden. Irgendwann habe ich es nicht mehr ausgehalten und ihn …« Er brach ab und verbarg sein Gesicht wieder im Geschirrtuch.

»Was hast du getan, Carsten?«, flüsterte seine Frau. Sie war ganz blass geworden.

»Geschlagen habe ich ihn«, rief er. »Mit der Faust. Ins Gesicht. So fest ich konnte. Ich war nicht mehr ich selbst.

Aber es musste raus. Es musste raus!« Stöhnend wand er sich hin und her. Der Liegesessel ächzte.

»Wie hat Greven reagiert?«, fragte ich.

»Gelacht hat er, der Idiot. Obwohl er geblutet hat. Er meinte, er hätte sich schon viel früher von mir trennen müssen.«

»Und weiter?«

»Dann bin ich abgehauen. Ich war so entsetzt über mich und mein Verhalten. Ich habe noch nie jemanden geschlagen, mein ganzes Leben nicht. Und ich werde es auch nie wieder tun. Ich will doch, dass mein Kind gewaltfrei aufwächst.« Er warf seiner Frau einen so flehenden, so erbärmlichen Blick zu, dass mir ganz anders wurde. »Schatz, ich verspreche dir, das wird nie, nie wieder vorkommen. Es war nur ein Mal, und ich bereue es zutiefst.«

Sie sah ihn verständnislos an. »Das war alles? Du hast ihm eine gescheuert und bist anschließend gegangen?«

»Nicht bloß gescheuert! Nicolas hat geblutet, hier.« Er deutete auf seine linke Schläfe.

»War denn außer Ihnen noch jemand bei Greven?«, fragte ich.

»Na, die Kumpe. Die hat mich gesehen. Deshalb bin ich ja zu ihrem Sohn.«

»Sonst niemand? Was ist mit der Pizza, die Greven bestellt hatte?«

»Keine Ahnung. In der Küche lagen Pizzakartons herum, aber ob die von dem Tag waren, weiß ich nicht.«

»Okay. Sie sind also heute zu Sebastian Kumpe. Warum genau?«

De Jager raufte sich die spärlichen Haare. »Um herauszufinden, ob seine Mutter bei ihrem Geständnis bleibt. Ob sie Nicolas wirklich von der Terrasse gestoßen hat. Vor allem aber, ob sie irgendjemandem von mir erzählt hat. Ich musste vorsichtig sein mit meinen Fragen, also habe ich mich nur allgemein erkundigt, ob noch von anderen Personen die Rede war. Aber sie scheint meinen Namen nicht erwähnt zu haben, weder ihrem Sohn noch der Polizei gegenüber.«

»Scheint?«

»Ich konnte ihren Sohn ja nicht direkt nach mir fragen. Und was genau sie der Polizei erzählt hat, weiß er auch nicht.«

»Verstehe. Und dann haben Sie dem Sebi Geld gegeben.«

»Ja, vielleicht war das ein Fehler«, wand er sich. »Ich habe ihm gesagt, wenn seine Mutter bei ihrem Geständnis bleibt, muss sie bestimmt nicht ins Gefängnis. Wegen Notwehr und so. Ich würde ihn und seine Familie in diesem Fall finanziell unterstützen.«

»Das heißt, Sie haben versucht, sich Antonia Kumpes Schweigen über Ihre Anwesenheit in der Bahnstadt zu erkaufen. Auch wenn das auf direktem Weg natürlich nicht möglich war.«

Er nickte.

Danach herrschte Stille. Ich rief mir meine Begegnung mit Nicolas Greven ins Gedächtnis zurück. Als er mit mir sprach, hatte er keine Wunde an der Schläfe gehabt. De Jager war also erst nach mir gekommen; dafür sprachen ja auch die Pizzakartons, die er in der Küche gesehen hatte. Bis hierhin schien sein Bericht der Wahrheit zu entsprechen. Und danach? Was, wenn das Geld für Kumpe doch zur Vertuschung eines Verbrechens diente? Worüber genau sollte Antonia Kumpe schweigen? Nur über de Jagers Anwesenheit? Oder über mehr: den Mord an seinem Ex-Partner?

Ich linste zu de Jagers Frau hinüber. Ihr gingen wahrscheinlich ähnliche Gedanken durch den Kopf.

Zwei Dinge sprachen allerdings gegen diese Theorie. Zum einen die alte Kumpe. Ja, sie verheimlichte uns etwas. Aber kaufen, um einen Mörder zu decken, ließ sie sich meiner Meinung nach nicht. Es sei denn, sie sympathisierte mit ihm. Und zweitens dieses schniefende Häuflein Elend, das da gerade den Liegesessel seiner schwangeren Frau missbrauchte. Wenn de Jagers Verzweiflung über seinen Ausraster echt war, und daran bestand wenig Zweifel, dann hätte er sich für einen Mord längst auf die Schienen gelegt. Nein, er hätte sich selbst angezeigt. Unter Tränen und mit einem Geschirrtuch in der Hand.

»Carsten«, durchbrach seine Frau die Stille, und ihr Mann zuckte wie unter einem Peitschenhieb zusammen. »Das mit dem Geld war nicht nur dumm, es war deiner unwürdig. Mach das nie wieder. Hörst du? Nie wieder.«

Der Porschefahrer, der zum Gartenzwerg geschrumpft war, zog die Nase hoch und nickte gleichzeitig.

»Aber dass du Greven eine gelangt hast, war überfällig. Ich habe mich schon gefragt, ob du es jemals hinkriegst. Soll ich meinem Kind erzählen, dass sein Vater nicht in der Lage war, sich zu wehren? Ich hoffe, es hat ihm ordentlich wehgetan.«

Der Bienenstock brummte.

33

Schon am nächsten Morgen kehrte die Stadt wieder zu ihrer frühsommerlichen Normalität zurück: Es regnete. War das immer noch das legendäre »Heidelberg«-Tief oder bereits eine solidarisch gestimmte Nachfolgewetterlage? Egal, die Nässe war die gleiche.

Gut, dass wir die Tourmalet-Aktion gestern durchgeführt hatten!

Ganz fit fühlte ich mich übrigens nicht. Irgendeins der Bierchen vom Aufstieg oder danach rumpelte noch in meinem Schädel herum wie ein vergessener Gegenstand. Also heute mal kein Alkohol, sondern kristallklare, nüchterne Ermittlertätigkeit. Ich überlegte eine Weile, was das bedeuten konnte, dann wählte ich die Privatnummer von Kommissar Fischer.

»Sie müssen schon einen verdammt guten Grund haben«, knurrte der alte Mann, »mich am Sonntagmorgen zu stören.«

»Ach, heute ist Sonntag?«

»Seien Sie froh, dass Sie das Gesicht meiner Frau nicht gesehen haben.«

»Dann liefere ich Ihnen hiermit einen Grund. Es gibt einen neuen Verdächtigen im Fall Greven.«

Der Kommissar schwieg.

»Hatte Greven eine Wunde im Gesicht?«, fragte ich.

»Was für eine Wunde? Natürlich hatte er Wunden, jede

Menge! Fallen Sie mal aus dem fünften Stock aufs Pflaster, da werden Sie …«

»An der Schläfe«, unterbrach ich ihn. »Ein Cut oder so was, das von einem Faustschlag herrührt.«

»Welche Seite?«

»Links.« So, wie de Jager gestern das Geschirrtuch gehalten hatte, war er Rechtshänder.

»Da muss ich Sie enttäuschen. Greven ist beim Aufprall auf die linke Gesichtshälfte gefallen, und wie die danach aussah, können Sie sich vorstellen. Nein, können Sie nicht, ihr jungen Leute esst ja nur noch vegetarisch. Entschuldige bitte, aber ich muss es doch dem Herrn Koller …«

Das Letztere dürfte seiner Frau gegolten haben, die sich derartige Gespräche am Frühstückstisch vermutlich verbat.

»Und rechts, war da was?«, hakte ich nach.

»Zumindest keine Wunde, wie Sie sie beschreiben. Um wen geht es denn nun?«

Ich erzählte ihm von de Jager, von seinem Streit mit Greven und dem Geld, das er Sebastian Kumpe gegeben hatte. Der Kommissar hörte sich alles schweigend an, um am Ende zu sagen: »Ich dachte, Sie ermitteln nicht mehr in diesem Fall?«

»Tue ich auch nicht. Kumpes Frau bat mich, mit ihrem Mann zu sprechen. So kam die Sache wieder ins Laufen. Ich werde nach wie vor die Augen offen halten, aber den Ermittlungserfolg überlasse ich natürlich Ihnen.«

»Erfolg?«, rief er mit vor Hohn triefender Stimme. »Welcher Erfolg? Aus unserer Hauptverdächtigen machen sie eine Jeanne d'Arc, die unschuldig verbrannt wird, ständig steckt jemand Sachen an die Presse durch, und wir müssen uns bei jeder öffentlichen Äußerung aufs Komma genau überlegen, welche Formulierungen wir verwenden, um niemandem auf die Füße zu treten.« Er schnaubte, dann senkte er seine Stimme zu einem Flüstern herab. »Sogar in meinem eigenen Haus muss ich aufpassen, was ich sage. Meine Frau hat gedroht, mir nichts zu kochen, wenn diese Kumpe verurteilt wird.«

»Na, dann sollten Sie den Tag preisen, an dem ich Ihnen einen neuen Verdächtigen präsentiert habe. Auf dem Silbertablett sozusagen.«

Er lachte unfroh. »Wir werden uns darum kümmern, keine Sorge. Aber solange Frau Kumpe bei ihrem Geständnis bleibt, sehe ich da wenig Spielraum. Trotzdem danke.«

»Gern geschehen«, sagte ich großzügig und legte auf.

Soso, dann war also auch die gute Frau Fischer vom Virus der Solidarität angesteckt. Wenn sie tatsächlich das Kochen einstellte, würde es bald noch mehr männliche Opfer geben. Ob Antonia Kumpe geahnt hatte, was sie mit ihrem Geständnis anrichtete?

Passenderweise betrat in diesem Moment meine Ex-Frau den Raum.

»Du bist schon wieder so früh auf«, konstatierte sie.

»Der Regen hat mich geweckt. Nach zwei Tagen ohne war ich ihm völlig entwöhnt. Außerdem habe ich darüber nachgedacht, was wir heute Abend essen könnten.«

»Und? Ergebnis?«

»Weiß ich noch nicht. Aber: Ich koche! Was wünschst du dir?«

Sie lachte. »Wie wär's mit dem, was im Kühlschrank ist? Läuft auf Spaghetti mit Pesto hinaus. Oder warst du gestern noch einkaufen?«

Gestern? Nein, gestern hatte ich ziemlich viele Dinge gemacht, die alle überhaupt nichts mit einkaufen zu tun hatten. Auch wenn sie sich darauf reimten: laufen, schnaufen, saufen … Und natürlich die Haare raufen. Über Idioten wie Kumpe und de Jager, die sich ihr kleines, unansehnliches Leben mit Geld schönschminken wollten.

»Ich zaubere dir was«, sagte ich. »Vergiss dein blödes Pesto. Wie war's eigentlich noch bei Eva?«

Sie wiegte den Kopf. »Besonders, würde ich sagen. Als du weg warst, hat Eva Friedhelm ins Bett gebracht, und dann haben wir gesoffen. Ging nicht anders. Es war zu viel für Leib und Seele.«

Ich nickte. Mit dem »zu viel« meinte sie unter anderem mich. Aber ich war ja bereits dabei, meine Schulden abzutragen, durch ein superleckeres Abendessen zum Beispiel, bei dem Christine keinen Finger rühren musste. Denn genau das war Kommissar Fischers Problem: Nur weil der alte Pascha nie selbst in der Küche stand, war er jetzt erpressbar. So etwas konnte mir nicht passieren.

Während Christine sich ins Bad verzog, kontrollierte ich den Kühlschrankinhalt. Au wei. An dem hätte sich sogar die Frau Kommissarin die Zähne ausgebissen. Falls man sich an einem Nichts die Zähne ausbeißen kann. Mit etwas Glück würde in irgendeinem Vorratsschrank noch eine Packung Spaghetti rumfliegen. Aber wie ich aus einer halben Milch, zwei alten Karotten und einem knallharten Stück Parmesan etwas Essbares zaubern sollte, war die Frage. Dass in der Tür drei Flaschen Bier Gewehr bei Fuß standen, half mir auch nicht weiter. Warum dachte ich nicht wenigstens an Samstagen mal einen Tag in die Zukunft?

Egal, mir würde schon eine Lösung einfallen. Zur Not ließ ich uns eben von Oleg und den anderen etwas Gescheites nach Hause bringen.

So, genug privatisiert. Wie standen die Dinge bei meinem aktuellen Auftrag? Maxym hatte auf meine wirre Botschaft von gestern nicht reagiert, was wahrscheinlich besser so war, und der olle Wetterstein hatte sich auch nicht gerührt. Vielleicht gab es ja heute was zu tun. Ich griff zum Handy, wählte aber nicht die Nummer des Patriarchen, sondern die seiner Tochter.

»Gut, dass Sie sich melden«, sagte Jana. »Maxym kommt gleich vorbei und möchte uns irgendetwas zeigen.«

»Was denn?«

»Das wollte er mir am Telefon nicht sagen. Er meinte nur, wir würden Augen machen.«

»Klingt nicht unbedingt nach Alarmstufe 1.«

»Nein, so meinte ich es auch nicht. Trotzdem, er klang aufgeregt. Wütend irgendwie. Vielleicht ist es besser, wenn Sie dazukommen.«

»Bin schon auf dem Weg. Aber eine Frage habe ich noch, bevor wieder zu viele Leute dabei sind. Nicolas Greven. Wusstest du, dass er Drogen nahm?«

Sie zögerte mit der Antwort. »Ja ...«

Ich wartete.

»Ab und zu.«

»Du meinst, er war eher so ein Gelegenheitskiffer? Just for fun?«

Wieder zögerte sie. »Ich glaube, er hat das Zeug vor allem gebraucht, um Stress abzubauen. Oder um sich hochzupushen, keine Ahnung. Aber abhängig war er nicht.«

»Und weißt du, bei wem er sich den Stoff besorgt hat?«

»Bei wem wohl?«, lachte sie.

»Karim und Juri?«

»Klar.«

»Aber einmal hat ihm auch Maxym etwas besorgt.«

»Echt?«

»Maxym sagt, er dealt nicht. Nur ein Mal habe er jemandem etwas verkauft, weil Karim und Juri gerade nichts auf Lager hatten. Und dieser Jemand war Greven, ausgerechnet.«

»Das wusste ich nicht.«

»Da frage ich mich natürlich, was für ein Verhältnis Greven und die Jungs hatten. Ging es nur darum, ab und zu Stoff für ihn zu beschaffen, oder war da noch mehr? Und kann das etwas mit seinem Tod zu tun haben?«

Stille. Jana hoffte wohl, meine Fragen als rhetorisch abtun zu können. Nach dem Motto: Da denkt einer laut, mit mir hat das nichts zu tun. Aber als ich nicht weitersprach, rief sie irgendwann: »Keine Ahnung! Warum fragen Sie mich das? Wie soll ich das wissen?«

»Du kennst die Jungs, und du kanntest Greven.«

»Aber ich habe sie nie zusammen gesehen. Ich dachte mir, dass Karim und Juri ihn beliefern, aber es war mir egal. Ich wollte damit nichts zu tun haben.«

»Okay. Wenn dir doch noch etwas einfällt, sag mir Bescheid. Ansonsten bis gleich.«

Ich legte auf. So ganz traute ich der jungen Wetterstein nicht über den Weg. Es mochte ja stimmen, dass sie keinen Bock auf all die Drogengeschichten hatte. Trotzdem hatte ich das Gefühl, sie verheimlichte mir etwas.

Und was soll ich sagen, im Hause Wetterstein bekam dieses Gefühl weitere Nahrung. Der Hausherr persönlich öffnete mir die Tür, höflich wie immer, nüchtern wie immer, aber die Falte auf seiner Stirn war nicht zu übersehen. Er kam auch gleich zur Sache.

»Wir hatten eine Vereinbarung, Herr Koller«, sagte er noch im Treppenhaus.

»Nämlich?«

»Sie konzentrieren sich auf meinen Auftrag. Und überlassen den Fall Greven der Polizei.«

»Das habe ich getan.«

»Warum löchern Sie dann meine Tochter mit Fragen nach Greven und seinem Drogenkonsum?«

Sieh an, da war das Mädchen also gleich zu Daddy gerannt, um sich zu beschweren. »Gelöchert würde ich es nicht nennen«, erwiderte ich. »Sie sagten, ich solle mich um Maxym kümmern. Dazu gehört meiner Meinung auch, seine Persönlichkeit auszuleuchten, seinen Hintergrund. Und wenn ich dann erfahre, dass er einem Mann, der unter ungeklärten Umständen zu Tode gekommen ist, Drogen beschafft hat, muss ich dem nachgehen. Sehen Sie das nicht so?«

Die Falte wurde tiefer. »Sofern es den Jungen betrifft, ja. Aber müssen Sie deswegen meine Tochter ins Verhör nehmen? Jana hatte den Eindruck, Sie unterstellen ihr, mehr zu wissen, als sie sagt. Sie fühlt sich von Ihnen regelrecht in die Ecke gedrängt.«

»Das war nicht meine Absicht. Wenn es so ankam, dann …«

»Schon gut.« Es hatte geläutet. Wetterstein ging zur Tür und legte eine Hand um den Griff. »Lassen Sie den Fall Greven aus dem Spiel, dann ist alles in Ordnung.« Er öffnete.

Draußen stand Maxym mit einer Aldi-Plastiktüte. In Sachen Stirnfalte machte er Arnold Wetterstein glatt Konkurrenz. In Sachen Höflichkeit auch. Brav sagte er uns Guten Tag und machte vor Janas Vater sogar einen kleinen Diener. Meine Anwesenheit schien ihn nicht zu stören, vielleicht hatte er sogar mit ihr gerechnet.

»Worum geht es denn nun, junger Mann?«, fragte der Hausherr ungeduldig.

»Herr Wetterstein«, sagte der Ukrainer in seiner unnachahmlichen Art, halb finster, halb feierlich, mit rollenden, grollenden Rs. »Ich möchte Ihnen etwas zeigen. Können Sie Jana rufen? Bitte.«

Wetterstein nickte, aber in diesem Moment kam seine Tochter schon die Treppe herab. Schade, dass sie meinem Blick auswich. Auf diese Weise entging ihr nämlich das Grinsen, das ich ihr zuliebe aufgesetzt hatte. Soso, du fühlst dich also von mir in die Ecke gedrängt? Weißt du was? Genau das war meine Absicht!

»Hallo, Jana«, sagte Maxym, und seine Stirn war plötzlich so glatt wie ein See bei Windstille. Die Aldi-Tüte wechselte von einer Hand in die andere. »Ich habe euch etwas mitgebracht.«

Jetzt musste ich noch mehr grinsen. Einfach zum Schießen, wie Maxym, ohne es zu wissen, das Sandmännchen zitierte. Wir lieben Kinder gaben jedenfalls fein acht, als er mit einer Hand in die Tüte griff und einen Gegenstand hervorzog. Der Gegenstand war länglich und graubraun. Zum größten Teil zumindest. Der Rest war getränkt in Rot.

Jana schrie auf, Wetterstein und ich zuckten unwillkürlich zurück. Es war ein Karnickel, was Maxym da an den Pfoten in die Höhe hielt. Ein Karnickel mit aufgeschlitzter Kehle.

»Das hier«, sagte Maxym mit rauer Stimme, »lag vorhin auf meinem Bett.« Er schüttelte das Tier theatralisch. »Schauen Sie!«

Na, und wie wir schauten. Angeekelt, aber auch ein wenig fasziniert. Maxym stand da wie ein Hohepriester, der gerade eine uralte Zeremonie vollzog. Grimmige Miene, blitzende Augen, erhobener Arm. In seiner Hand das Opfertier. Nur die Aldi-Tüte passte nicht ins Bild.

»Das ist geschmacklos«, sagte Wetterstein. »Widerwärtig. Wer tut so etwas?«

»Ja, wer?«, echote Maxym und blickte Jana an.

Das war natürlich die falsche Methode. Vielleicht funktionierte es in anderen Ländern so, dass man der Angebeteten ein totes Kaninchen vorbeibrachte und sie schuldbewusst anguckte, um sie weich zu stimmen. In Heidelberg jedenfalls nicht und hier, im Schatten des Philosophenwegs, schon mal gar nicht. Jana ging sofort in Angriffshaltung über. »Mir egal, wer das war«, schrie sie. »Scheißegal! Ihr spinnt doch alle, ihr Typen. Warum kommst du hierher und zeigst uns das? Es interessiert mich nicht, verstehst du? Es interessiert mich nicht!«

Damit drehte sie sich um und rannte nach oben.

»Ich zeige Ihnen das«, sagte Maxym ungerührt, »damit Sie sehen, wer hier das Opfer ist. Nämlich ich. Die anderen provozieren mich. Sie wollen mir Angst machen. Ich wehre mich nur. Aber wen lassen Sie überwachen, Herr Wetterstein? Mich! Sie sollten Juri, Karim und die anderen überwachen lassen. Das sind die Jungs, die Ärger machen, nicht ich.«

»Ich lasse niemanden überwachen«, entgegnete Wetterstein kühl. »Ich habe Herrn Koller bloß gebeten, hin und wieder auf meine Tochter aufzupassen. Wegen genau solcher Aktionen wie dieser hier. Nicht zu fassen, was bei euch jungen Männern abgeht. Wirklich, nicht zu fassen!«

»Dann tun Sie was«, sagte Maxym zu mir gewandt. »Reden Sie mit Juri. Er soll aufhören.«

»Weißt du denn, dass er dahintersteckt?«

»Wer sonst?«

»Du weißt es also nicht. Aber okay, er wird schon in irgendeiner Weise involviert sein. Pass auf, ich habe bereits mit ihm geredet und mit einem seiner Freunde. Das Problem ist, dass ihr euch gegenseitig hochschaukelt. Ohne die Sache mit dem Bleistift wäre das hier nicht passiert, das ist dir doch klar, oder?«

»Er hat ein Foto von mir …«

»Weiß ich«, unterbrach ich ihn brüsk. »Ihr werdet immer einen Grund finden, euch am anderen für irgendetwas zu rächen. Und wenn das so weitergeht, liegt am Ende einer tot auf der Straße. Wenn es dir recht ist, werde ich noch mal den Kontakt mit Juri suchen. Aber du hältst bitte die Füße still, ja? Keine unüberlegten Handlungen!«

»Sonst müssen wir die Polizei einschalten«, ergänzte der Hausherr.

»Genau das möchte Juri«, sagte Maxym grimmig. »Dann werde ich in die Ukraine zurückgeschickt.«

»Wir versuchen es ohne die Polizei«, versprach ich.

»Und was mache ich mit dem Tier?«

»Das kannst du mir geben.«

34

Weder von Juri noch von Karim hatte ich eine Telefonnummer. Aber vermutlich war es ohnehin geschickter, es nicht direkt, sondern über einen Mittelsmann bei ihnen zu versuchen. Oleg schien ja einen guten Draht zu den Jungs zu haben. Also funkte ich ihn an. Keine Reaktion, vielleicht hatte er Dienst. Gönnen würde ich es ihm bei diesem Wetter.

Anschließend kehrten meine Gedanken zu dem Abendessen zurück, das ich Christine versprochen hatte. Am Bahnhof hatte bestimmt noch ein Laden auf. Oder eine Tanke. Es musste jedenfalls etwas Besonderes sein, nicht nullachtfünfzehn.

Mitten in meine Überlegungen hinein meldete sich das Handy. Sieh an, Carsten de Jager wollte etwas. War sein Geständnis am Ende doch nicht vollständig gewesen?

»Ich weiß nicht, ob es wichtig ist«, begann er zögernd, »aber ich dachte, ich sage Ihnen Bescheid, dass sich eben jemand nach Grevens Wagen erkundigt hat.«

»Nach welchem Wagen?«

»Nicolas hatte zwei Autos. Einen chinesischen Sportwagen für den Alltag und einen alten Austin-Healey, ein Sammlerstück. Der ist im selben Parkhaus untergestellt wie mein Porsche. Vorhin klingelten zwei Mitarbeiter eines Autohauses bei uns und sagten, sie sollten Grevens Wagen abholen. Im Auftrag der Polizei. Sie dachten, er steht irgendwo auf dem Firmengelände.«

»Und dann?«

»Weil sie einen Schlüssel für den Wagen hatten, gab meine Frau ihnen den Parkhaus-Code, aber mir kam die Sache komisch vor.«

»Was waren das für Mitarbeiter?«

»Ganz junge Leute. Der eine sah aus, als sei er noch keine 18, sagt meine Frau.«

»Ich komme sofort.«

Von meiner Wohnung zum Wieblinger Gewerbegebiet brauchte ich nur fünf Minuten mit dem Rad, aber auch nach fünf Minuten war ich nass wie ein Pudel, als ich eintraf. De Jagers Frau öffnete.

»Ich hoffe, ich habe nichts falsch gemacht«, sagte sie mit besorgter Miene. »Mein Gott, dieser Regen! Soll ich Ihnen was Trockenes bringen?«

»Nein, erzählen Sie mir lieber, was die beiden wollten.«

»Nun ja, sie meinten, Grevens Wagen müsste kriminaltechnisch untersucht werden. Sie hätten den Auftrag, ihn zur Polizei zu bringen.«

»Hatten sie nichts Schriftliches? Eine Anordnung der Staatsanwaltschaft oder so?«

Sie schüttelte den Kopf. »Daran habe ich in diesem Moment überhaupt nicht gedacht.«

»Die beiden hatten ja den Schlüssel«, ergänzte ihr Mann, der eben zu uns trat.

»Wo das Auto steht, wussten die zwei allerdings nicht?«

»Nein, deshalb klingelten sie ja bei uns«, sagte die Frau. »Es war dumm von mir, ihnen den Code zu geben, stimmt's?«

»Können Sie die beiden beschreiben?«

»Der eine war vielleicht Anfang 20, mittelgroß, blonde

Haare, rundes Gesicht. Der andere noch jünger, kleiner, sehr dunkel, mit schwarzen Haaren …«

»Danke, das reicht.« Wenn ich schon keine Nummern von Juri und Karim hatte, dann erst recht keine Fotos, um sie Frau de Jager zu zeigen. War in diesem Fall aber auch nicht nötig. Verdammt, was wollten die beiden mit Grevens Oldtimer? Die hatten doch garantiert noch keinen Führerschein! Und wie waren sie an den Schlüssel gekommen? »Ich kümmere mich drum«, sagte ich. »Würden Sie mir auch den Code verraten?«

De Jager nannte ihn mir. »Der Austin steht auf Parkdeck 2«, fügte er an. Dann schwang ich mich wieder aufs Fahrrad und sauste los.

Am Parkhaus angekommen, lehnte ich mein Rad gegen die Wand und lauschte ein paar Augenblicke, ob sich der Fahrstuhl bewegte. Nichts zu hören. Ich gab den vierstelligen Code ein, bekam Einlass und stürmte das hell erleuchtete Treppenhaus nach oben. Schwer hingen die Regenklamotten an meinem Körper. Im zweiten Stock öffnete ich vorsichtig die Tür und schloss sie ebenso vorsichtig wieder. Hoffentlich waren die zwei noch nicht getürmt.

Erst mal umschauen. Das Parkdeck war etwa zur Hälfte belegt. Nobelkarossen, Oldtimer, SUVs, sogar ein Motorrad – eine bunte Mischung. Erster Eindruck: Es roch deutlich besser als in normalen Parkhäusern. Entdecken konnte ich niemanden, aber aus einer entfernten Ecke kamen Geräusche. Immer hinter Fahrzeugen Deckung suchend, schlich ich durch den Mittelgang nach vorne, bis ich freien Blick bis zum anderen Ende des Decks hatte. Dort standen zwei Typen in blauen Overalls über ein grünes Cabrio gebeugt und werkelten in seinem Inneren. Auch wenn sie mir den Rücken zuwandten, erkannte ich Juri und Karim sofort. Verdammt, Jungs, was macht ihr da?

Und dann sah ich noch etwas. Beziehungsweise jemanden. Nicht weit entfernt von den beiden kniete einer im Schutz eines Lamborghinis und hielt etwas in der ausgestreckten Hand. Im ersten Moment dachte ich, der Typ zielte auf sie, und zwar mit einer Waffe. Aber es war keine Waffe, sondern ein Handy, und damit filmte er die Szene.

»Maxym«, knirschte ich.

Ja, er war es. Nach dem Gespräch im Hause Wetterstein hatte sich der junge Ukrainer wohl entschlossen, die Sache mit Juri und Karim selbst in die Hand zu nehmen, und war den beiden gefolgt. Immerhin, solange er filmte und dabei nicht entdeckt wurde, gingen sich die drei nicht an die Gurgel. Allerdings bereitete es ihm sichtlich Mühe, die langen Beine hinter dem filigranen Sportwagen so zusammenzufalten, dass kein Knie und keine Schuhspitze hervorlugten. Der Mensch als 3D-Puzzle!

Im nächsten Moment hätte ich fast losgeschrien vor Schreck. Ein ohrenbetäubendes Jaulen erfüllte das Parkhaus. Maxym musste beim Versuch, sich kleinzumachen, ein sensibles Teil des Lamborghini berührt haben, und prompt ging dessen Alarmanlage los. Und wer jetzt sagt, na und, ist doch bloß eine Alarmanlage, der soll sich so ein Ding mal im geschlossenen Raum reinziehen. Hier drin hatte es noch einmal einen ganz anderen Wumms als draußen im Freien. Unbarmherzig bohrte sich jeder Ton in den Gehörgang.

Auch den anderen war der Schreck in die Glieder gefahren. Ich sah Juri und Karim wie paralysiert vor dem Austin stehen. Das Maxym-Puzzle war in sich zusammengefallen und lag lang dahingestreckt auf dem Parkdeckboden. Karims Finger schnellte nach vorne und zeigte auf den Jungen. Sie hatten ihn entdeckt!

Jetzt ging alles ganz schnell. Während der Alarm des Lambo weiter heulte, stürzten die beiden auf Maxym zu. Der rappelte sich auf, griff nach dem Handy und wollte fliehen. Aber Karim war schon bei ihm. Da richtete Maxym das Handy auf ihn … Jedenfalls hielt ich das Ding für ein Handy.

Aber diesmal war es eine Waffe.

Als der Schuss aus Maxyms Pistole krachte, war es, als bräche das Haus zusammen. Ich spürte die Eruption am ganzen Körper bis hoch in die Haarspitzen. Gerade da! Im Bugschatten des Lärms gellte die Alarmanlage weiter. Sie war der wütende kleine Kläffer, der dem bösen großen Hofhund folgte.

Fluchend kam ich aus der Deckung. Maxym, du verdammter Idiot! Zitternd stand er da und starrte auf den vor ihm liegenden Karim. In den Pausen der Alarmanlage hörten wir die Schreie des Syrers. Juri war wie vom Erdboden verschluckt.

»Lass die Waffe fallen, Maxym!«, rief ich und eilte zu ihm hin. Vielleicht war das ein Fehler. Vielleicht hätte ich ruhig bleiben sollen; konnte ja keiner ahnen, was in dem Jungen vorging. Einem Jungen mit Kriegserfahrung! Jedenfalls zuckte er zusammen, drehte sich zu mir um und richtete die Waffe auf mich.

Sofort blieb ich stehen. Maxym hatte nicht überlegt, als er eben auf Karim schoss. Es war ein Reflex gewesen. Gut möglich, dass dieser Reflex ein zweites Mal griff. Auch wenn ich nicht sein Feind war. Oder mich zumindest nicht als solcher sah.

Aber wie sah er das?

»Ganz ruhig«, sagte ich und hob beide Hände. Zwecklos; meine Worte wurden vom Geheul geschluckt. »Ganz ruhig, Maxym«, wiederholte ich etwas lauter, ohne aggressiv zu klingen. »Leg das Ding da weg, ja? Bitte!«

Ich war noch ein Stück von ihm entfernt, aber ich sah seine aufgerissenen Augen, seine Angst, sein Zittern. Und ich konnte nicht anders, als an Flugzeuge und Bomben, an Sirenen und Explosionen zu denken. Für diesen Jungen klang jeder Schuss nach Krieg, jedes Geheul nach Vernichtung. Wie kam man an so einen ran?

Bevor ich eine Antwort auf diese Frage fand, registrierte ich plötzlich eine Bewegung in Maxyms Rücken. Juri war hinter ihm aufgetaucht, holte mit einem dünnen, langen Gegenstand aus und zog ihn Maxym über den Kopf. Der brach zusammen und fiel hin.

Karim schrie immer noch.

Einen Augenblick später stand ich neben Juri und verpasste ihm eine, dass er ins Torkeln geriet. Die Brechstange fiel scheppernd zu Boden. Wobei ... Schon als ich zuschlug, wurde mir klar, dass ich mich getäuscht hatte. Das hier war nicht Juri. Mondgesicht und Segelohren, ja. Trotzdem: Er war es nicht.

»Oleg, verdammt«, keuchte ich. »Was machst du hier?«

Mein schmalbrüstiger Kollege hielt sich die Backe und funkelte mich wütend an. Bevor er die Brechstange vom Boden aufheben konnte, packte ich ihn und drehte ihm einen Arm auf den Rücken.

»Ihr spinnt doch alle!«, schrie ich. »Was geht hier eigentlich ab?«

Oleg wand sich in meinem Griff, aber dann wurde er plötzlich ganz ruhig. Und das lag weder an mir noch an

Maxym, der sich gerade stöhnend aufsetzte und den blutenden Hinterkopf abtastete.

Es lag an Karim.

Was jetzt geschah, ist im Nachhinein kaum zu beschreiben. Wenn ich sage, dass Karim aufgestanden war und schreiend auf uns zukam, wird das der Wirkung seines Auftritts in keiner Weise gerecht. Auch nicht, wenn ich ergänze, dass sein Gesicht schmerzverzerrt war und dass er das rechte Bein, das Maxym offenbar getroffen hatte, hinter sich herzog wie einen fremden Gegenstand. Nicht das, was man sah, war wichtig. Sondern das, was man hörte. Nach wie vor trieb die Alarmanlage des Lamborghini ihr Unwesen, sie zerrte an uns und unseren Nerven. Zu allem Überfluss begann nun Karim in Arabisch zu rufen und zu deklamieren, vielleicht auch zu predigen oder sogar: zu singen? Jedenfalls humpelte er in Zeitlupe auf uns zu, heulte und schrie mit dem Alarm um die Wette, blieb immer wieder stehen und fuchtelte mit den Armen.

Aber das Schlimmste war sein Blick. Der Knabe war wie in Trance, weggetreten, in einer anderen Welt. Ich bin mir sicher: Er nahm uns nur als Schemen wahr, als skizzierte Ränder menschlicher Gestalten.

Unwillkürlich wichen wir zurück, alle drei. Ich zerrte an Oleg, ohne den Griff zu lockern. Maxym robbte uns hinterher, wobei er in einer Hand wieder die Pistole hielt. Als Karim immer näher kam, richtete er sie auf ihn und schrie: »Bleib stehen oder ich schieße noch mal!«

»Vergiss es«, hörte ich Oleg murmeln. »Der bleibt nicht stehen.«

»Karim!«, brüllte Maxym. Er rappelte sich in die Höhe und stellte sich neben uns. Die Pistole zitterte in seiner Hand.

»Der Typ ist verrückt«, zischte ich. »Will er noch eine Kugel abkriegen?«

»Er ist nicht verrückt«, sagte Oleg. »Er hat den Bürgerkrieg erlebt. Die Schüsse, die Sirenen. Das kommt jetzt alles wieder hoch.«

»Bleib stehen, Karim!«, schrie Maxym verzweifelt. »Ich bring dich um!«

Karim sah einfach durch ihn hindurch.

Ich sage es ungern, aber in diesem Moment hatte ich keine Ahnung, was ich tun sollte. Weder wollte ich Oleg loslassen, noch Maxym entwaffnen. Aber wenn niemand Karim aufhielt, würde es zur Katastrophe kommen. Unausweichlich! Schade, es war nicht der stärkste Auftritt in meiner Ermittlerkarriere. Eher ein schwacher. Weil ich nicht handelte, tat es ein anderer. Oleg, immer noch im Polizeigriff gefangen, holte mit dem rechten Bein aus und trat gegen die Pistole. Er hatte wohl geglaubt, er könne sie Maxym aus der Hand treten. Stattdessen bogen sich beide, Hand und Waffe, in Richtung von Maxyms Oberkörper, und dann löste sich ein Schuss.

Maxym schrie auf und landete zum dritten Mal hintereinander auf dem Boden.

»Du Idiot! Du verdammtes Arschloch!«, brüllte ich Oleg an und schüttelte ihn derart durch, dass er ebenfalls aufheulte. Ja, kann sein, dass ich seinen Arm ein bisschen zu stark … egal. Ich drückte ihn neben Maxym zu Boden und krallte mir die herumliegende Waffe. Dann sah ich nach Karim. Und was machte der? Blieb stehen, ging auf die Knie und donnerte die Stirn auf den Beton. Ein Mal, zwei Mal, drei Mal.

Es war grauenhaft.

»Hör auf!«, rief ich, flüsterte ich. Keine Reaktion. Seine Stirn begann schon zu bluten. Ich nahm die Pistole in die andere Hand und packte ihn an der Schulter. Rüttelte ihn. Nichts.

»Leg ihm was unter«, hörte ich Oleg sagen. »Was Weiches.«

Scheiße, das Arschloch hatte recht. Ich erreichte Karim nicht, wir konnten nur die Folgen mildern. Also zog ich meine Regenjacke aus, faltete sie dick zusammen und legte sie auf die Stelle, die der junge Syrer mit seiner Stirn bearbeitete. Bald mischte sich das Blut in seinem Gesicht mit dem Wasser von meiner Jacke.

Und endlich, endlich schwieg auch die Alarmanlage.

So, und jetzt zu Maxym. Leise stöhnend hielt er sich die linke Seite. Während ich Oleg mit einem Knie zu Boden drückte, versuchte ich, erste Hilfe zu leisten. Er verlor viel Blut, also Pulli aus und drauf auf die Wunde.

»Schaffst du das?«, fragte ich ihn. »Kräftig draufdrücken, um den Blutfluss zu stoppen?«

Er nickte.

Gut, dann Handy raus und die 112 wählen. Und im Anschluss gleich noch Kommissar Fischers Privatnummer. Ja, auch wenn es Sonntag war! Geistesgegenwärtig gab ich sogar den Code vom Eingang durch. Nicht, dass sie erst noch die Tür zum Parkhaus aufbrechen mussten.

Unter meinem Knie regte sich etwas.

»Sag mal«, meldete sich Oleg, »kann ich aufstehen?«

»Du bleibst, Arschloch!«, herrschte ich ihn an.

»Ich will nur helfen.«

»Helfen? Der Typ hier stirbt, und du willst …?«

»Ja, helfen.« Er drückte sich ein Stück zur Seite. »Lass mich das mit dem Pulli machen. Er hat ja keine Kraft.«

Fassungslos sah ich ihm zu, wie er sich mir entwand, zu Maxym kroch und ihm dem Pulli aus der Hand nahm. Als er ihn auf die Wunde drückte, verzog Maxym schmerzlich das Gesicht. Ich kapierte es nicht. Erst beförderte Oleg den Jungen schier ins Jenseits, und jetzt versorgte er ihn!

»Herr Koller«, flüsterte der Verletzte. »Max …«

»Was ist?« Maxym hatte die Augen geschlossen. Nur seine Lippen bewegten sich.

»Ich muss Ihnen etwas sagen.«

»Jetzt?«

»Ja. Ich war da. Bei Greven.«

»Bei Greven?« Ich brachte mein Gesicht näher an seines. »Wann?«

»An dem Abend … als er starb. Ich stand unten vorm Haus.« Er hustete. »Im Regen.«

»Und? Was hast du gesehen?«

Selbst Oleg schaute interessiert.

35

»So, und jetzt zu Ihnen!« Wie eine Dampflok kam Kommissar Fischer durch das Parkhaus auf uns zugepoltert. Der Boden vibrierte, auf seinen Schultern glänzten Regentropfen. Den Dampf aus seinen Nüstern dachte ich mir dazu. »Was ist hier los, Koller? Erklären Sie es mir! Warum dieses Rumgeballere mit zwei Schwerverletzten und einem halb Durchgedrehten? Können Sie mir einen vernünftigen Grund dafür nennen?«

Ich schielte ihn von unten an. Sein Zorn, sein Abscheu und vor allem seine Sorge – alles war echt, nichts künstlich aufgebauscht, und doch unterstellte ich meinem Lieblingskommissar, dass er auch ein wenig sauer war, weil wir seine Sonntagsruhe so jäh unterbrochen hatten. Denken Sie an Ihren porösen Herzmuskel, Herr Fischer! Immerhin, für den Fall der Fälle stand der Sanitätsdienst schon bereit. Während Maxym und Karim auf dem Weg ins Krankenhaus waren, saßen Oleg und ich einträchtig nebeneinander im Notarztwagen zwischen den aufgeklappten Hecktüren. Oleg hatte ein paar Schrammen im Gesicht, die mit Spray und Pflaster versorgt worden waren, außerdem hielt er sich die Schulter. Mir wollten sie auch irgendwas auf die Stirn kleben, wogegen ich mich aber erfolgreich gewehrt hatte. Und jetzt also der Kommissar frontal von vorn. Dabei konnte ich doch am allerwenigsten für die Eskalation!

»Raus mit der Sprache!«, wütete Fischer weiter. »Was wollten Sie hier? Krieg spielen, oder was? Und warum ausgerechnet in einem Parkhaus?«

»Weil es hier schön warm ist«, murmelte ich. Im Hintergrund verhörten zwei von Fischers Leuten einen Obdachlosen. Der hatte es sich offenbar just in dem Moment, als wir unser Spektakel veranstalteten, am gegenüberliegenden Ende des Parkdecks gemütlich gemacht. Klar, ein trockenes, ruhiges Plätzchen war in diesen Tagen Gold wert.

»Chef«, sagte Kommissar Sorgwitz, der eben zu uns trat. »Ich glaube, das hier war der Grund für die Ballerei.« Er reichte seinem Vorgesetzten ein längliches, dick in Klarsichtfolie gewickeltes Päckchen. Fischer machte große Augen, drehte das Päckchen von einer Seite auf die andere und nickte schließlich.

»So sieht die Sache natürlich schon anders aus«, brummte er. »Sehr anders.« Er wandte sich an Oleg. »Dann erzählen Sie mal. Was genau ist hier drin?«

Oleg warf dem Päckchen einen kurzen Blick zu. »Was man so braucht für den Tag.«

»Bitte?«

»Bisschen was zu rauchen, Stimmungsaufheller, Partyschnickschnack. Einmal querbeet durchs Angebot. Wie die Vorspeisenplatte beim Griechen.«

»Beim Griechen, soso.« Fischers Augen verengten sich. Ich rechnete schon mit einer weiteren Explosion, doch das Gegenteil trat ein: Er wurde ganz ruhig. Seine Stimme bekam einen metallischen Klang, als er sagte: »Wegen einer Vorspeisenplatte gibt es hier Mord und Totschlag. Ich habe verstanden, junger Mann. Und Sie«, das galt mir, »was war Ihre Rolle, wenn ich fragen darf?«

»Die des stillen Beobachters, der versucht, das Schlimmste zu verhindern«, sagte ich. »Das Ehepaar de Jager hat mich informiert, dass die beiden auf der Suche nach Grevens Zweitwagen waren. Als ich hierherkam, ging es sofort los mit der Schießerei.«

»Grevens Wagen? Was hat der mit der Sache zu tun?«

»In dem war das Zeug wohl versteckt«, erklärte Sorgwitz. »Die Verkleidung an der Fahrertür ist entfernt worden.« Er wies auf das grüne Cabrio, das gerade von einigen Kriminaltechnikern unter die Lupe genommen wurde.

Kommissar Fischer runzelte die Stirn. Er blickte abwechselnd zu Grevens Wagen und zu dem Päckchen in seiner Hand, ohne die beiden Dinge zusammenzubekommen. »Erklären Sie mir das!«, forderte er Oleg schließlich auf.

Oleg schaute ihn groß an. »Ich?«, fragte er.

Fischers Gesicht verfärbte sich.

»Was gibt es da zu erklären?«, meinte Oleg gelangweilt. Fehlte nur noch, dass er gähnte! »Wir haben uns bloß unser Eigentum zurückgeholt. Den Stoff, den uns Greven vor ein paar Wochen abgekauft hat.«

»So viel auf einmal?«

»Wollte wohl 'ne Party schmeißen. Oder es war, weil wir einmal nichts hatten, da ging er jetzt auf Nummer sicher. Jedenfalls meinte er, er wüsste schon ein gutes Versteck und klimperte mit einem Autoschlüssel.«

»Und dann?«

»Als er tot war, dachten wir uns, jetzt braucht er das Zeug ja nicht mehr. Aber wir konnten es gut gebrauchen. Die Frage war bloß, wo sein Auto stand. Also nicht seine Standardkarre, sondern die andere. Sein Oldtimer. Nach dem haben wir ewig gesucht.«

»Deshalb hast du dir in letzter Zeit so oft freigenommen«, entfuhr es mir. Und dafür strampelte unsereins durch den Regen!

Er zuckte die Achseln. »Auf dem alten Firmengelände stand auch nichts. Also mussten wir irgendwann aus der Deckung und uns erkundigen.«

»Und die Autoschlüssel haben Sie beim Einbruch in Handschuhsheim mitgehen lassen«, ergänzte Kommissar Fischer grimmig.

Oleg schwieg.

»Wie kam euer Kontakt zu Greven zustande?«, fragte ich. »Über die Schule?«

»Nö, so wie immer. Ich hab ihm mal eine Pizza gebracht, und da kamen wir ins Gespräch.« Oleg warf mir einen Seitenblick zu. »Weißt du, ich erkenne sofort, ob jemand was nimmt oder nicht. Hab ich ein Näschen für.«

Fassungslos schüttelte ich den Kopf. Der Kerl hatte doch tatsächlich den Lieferdienst für seine Kundenakquise genutzt!

»Und Sie?«, fuhr mich der Kommissar an. »Wussten Sie davon?«

»Nein«, sagte ich. »Leider.«

Bevor er die nächste Frage stellen konnte, klingelte sein Handy. Er stieß einen leisen Fluch aus, nahm das Gespräch an und schlurfte davon. Den Höflichkeitsfloskeln nach zu urteilen, die er dabei absonderte, rangierte der Anrufer drei Gehaltsstufen über ihm.

»Sie beide rühren sich nicht von der Stelle«, verkündete der Kampfhund mit aller ihm zu Gebote stehenden Autorität und zückte ebenfalls ein Handy. Keiner von uns reagierte.

So, nun saßen wir also da, wir beiden Hübschen, zerbeult und angekratzt, während unsere Kollegen die Stadt mit frischer Ware beglückten. Dass ausgerechnet Oleg, der Phlegmatiker, nebenher noch einen ganz anderen Lieferdienst aufgezogen hatte, wäre mir nie in den Sinn gekommen. Aber klar, er hatte den Kontakt zu Juri, der wiederum war mit Karim verbandelt, und im Gegensatz zu den beiden war Oleg volljährig. Während die Jungs die Neckarwiese beglückten, zog er im Hintergrund die Fäden. Und hielt auf Nachfrage schützend die Hand über die beiden. Schau mal, mein Freund …!

»Arschloch«, sagte ich.

»Hm?« Er hob eine Braue.

»Du bist ein verdammtes Arschloch, Oleg.«

»Warum?«

Ich schüttelte nur den Kopf. Wie war es möglich, dass ich diesen Typen jemals sympathisch gefunden hatte? Einen Blutsauger, der Drogen unters Volk warf und jetzt vielleicht sogar einen Menschen auf dem Gewissen hatte? Wo war meine Menschenkenntnis geblieben?

»Warum, Max?«, wiederholte Oleg. »Wegen der Drogen, meinst du? Ach komm, nun mach hier nicht auf Spießer.«

»Lieber Spießer als Drogenhändler. Echt, Oleg, du bist das Letzte.«

Schweigend betastete er seine Schulter. Dann sagte er: »Du nennst es Drogenhändler. Ich nenne es Geschäftsmann. In dieser Stadt gibt es jede Menge Leute, die Stoff brauchen. Weil sie immer gut drauf sein wollen, weil sie 14 Stunden am Stück arbeiten müssen, solche Sachen. Leute wie Greven. Und ich kann ihnen das Zeug liefern. Über Karim und seine Jungs. Also steigen wir ein in das Geschäft. Hier die

Nachfrage, da das Angebot. Wenn keiner den Scheiß will, verkaufen wir ihn nicht. Aber die Leute wollen.«

»Falsche Reihenfolge, Oleg. Es heißt Angebot und Nachfrage und nicht anders herum. Ihr füttert die Minderjährigen auf der Neckarwiese an, bis sie süchtig sind. Das ist der Punkt.«

»Sorry, Max, aber du hast keine Ahnung. Die Kids kommen von selbst zu uns. Die gieren nach dem Zeug. Lauter gestresste Mittelschichtkinder, denen zu Hause Druck gemacht wird. Noten, Leistung, peng, peng, peng! Die müssen sich am Wochenende abschießen, um den ganzen Mist irgendwie zu vergessen. Wir regulieren nur. Wenn ein 14-Jähriger ankommt und sich was einwerfen will, sagen wir No. Und wenn er noch so bettelt.«

»Aber kaum ist er 15 …«, höhnte ich.

»Klare Regeln, Max.«

»Ja, sehr klar. Bin gespannt, was der Richter sagt, wenn du ihm diese Geschichte erzählst. Er wird dich fürs Bundesverdienstkreuz vorschlagen.«

Oleg seufzte. »Ich weiß. Aber schau mal, mein Freund …«

»Vergiss das mit dem Freund!«

»Dann ohne. Was ich sagen will: Drogen verticken ist in diesem Land illegal. Okay. Aber Waffen verticken, mit denen Menschen totgeschossen werden, soll legal sein? Da scheiß ich drauf, Max.«

»Ach komm, das ist doch jetzt …«

»Nein!«, unterbrach er mich unerwartet heftig. »Ist es nicht. Warum schickt ihr Panzer und Raketenwerfer in die Ukraine? Um Russen abzuknallen. Und die Russen ballern mit deutscher Munition auf die Ukrainer. Auf beiden Seiten verrecken die Menschen, und für euch ist es ein prima Geschäft. Je länger der Krieg geht, umso besser. Und so ein Rüstungsfuzzi, der kriegt dann dein Bundesverdienstkreuz, Max.«

Ich schwieg.

»Deshalb«, fuhr er wieder ruhiger fort, »mit Moral brauchst du mir nicht zu kommen. Frag mal die palästinensischen Freunde von Karim, was sie von eurer deutschen Moral halten. Das sind ganz normale Jungs, die wollen nur ihre Ruhe haben, nichts weiter, aber in Gaza krepieren ihre Familien. Und wenn sie dagegen protestieren, labert ihr Deutschen irgendwas von historischer Verantwortung. So viel Stoff kann ich gar nicht unter die Leute bringen, dass die eure Verlogenheit akzeptieren.«

Ich wollte etwas entgegnen, doch er redete schon weiter.

»Du wirst lachen, Max, aber ich sage dir: Seit ich das mit Juri und Karim durchziehe, sind die beiden viel stabiler geworden. Die haben genau so was gebraucht. Eine Aufgabe. Schau dir den Karim an, der hat voll das Trauma vom Bürgerkrieg, und glaubst du, bei euch ist er mit offenen Armen empfangen worden? Scheiß Asylant, kann nicht richtig Deutsch, und seine Schwester trägt Kopftuch! Zack, war er gleich drin in der Schublade.« Mit Daumen und Zeigefinger zupfte er an dem Werkstattschild seines Overalls. »Hier, bei denen hat er eine Ausbildung angefangen. Und was war? Neger haben sie ihn genannt, ins Essen haben sie ihm gepinkelt. Ist er halt wieder weg. Ich habe ihn dann zum Geschäftsmann gemacht, und seitdem erkennst du ihn nicht wieder. Jetzt kommst du, mein Freund, und sagst, aber die bösen Drogen. Hast du was Besseres für Karim?«

Endlich schwieg er. Ich lachte leise vor mich hin. Eine hübsche eigene Weltsicht hatte sich mein Kollege zurechtgelegt, da gab es auf jeden kritischen Einwand eine Antwort, für jeden Vorwurf eine Erklärung. Natürlich lebte unsere Gegenwart von der Lüge; ich war der Letzte, der das bestreiten würde. Aber was folgerte daraus? Ein zynisches Drogengeschäft? Oder vielleicht doch der Versuch, es im Kleinen, in der eigenen Umgebung, ein wenig besser zu machen? Außerdem blendete Oleg konsequent aus, was ihm nicht in den Kram passte. Stabil waren sie angeblich geworden, Juri und Karim. Eine scheiß Stabilität war das, wenn sie nur dazu diente, einen wie Maxym zu drangsalieren und zu demütigen.

»Ehrlich«, hörte ich Oleg sagen, »es tut mir leid, wie das gelaufen ist. Maximal blöd ist das gelaufen.«

»Es ist nicht gelaufen, sondern du hast zugetreten. Mit voller Absicht. Wenn Maxym stirbt, bist du dran, Oleg.«

»Wie bitte?«

»Was, wie bitte?«

Wir starrten uns an. Redeten wir die gleiche Sprache? Gehörten wir derselben Spezies an?

»Max, mein Freund«, sagte Oleg, »ich glaube, du bist irgendwie auf dem falschen … Du sagst Sachen, da denke ich …«

»Was für Sachen?«

»Ich wollte dem Langen doch nicht wehtun. Glaubst du das? Glaubst du das wirklich?«

»Ich hab's gesehen, du Idiot!«, lachte ich.

»Ja, aber was hast du gesehen? Ich habe ihm die Pistole aus der Hand getreten. Und warum? Weil er Karim sonst plattgemacht hätte! Der hätte ihn erschossen, einfach so.«

»Quatsch, hätte er nicht!«

»Und der Schuss ins Bein?«

»Der wird sich versehentlich gelöst haben. Aus Schreck, wegen der Alarmanlage.«

»Ach so, und dann hätte er Karim auch versehentlich totgeschossen? Max, ich habe die ganze Zeit darauf gewartet, dass du etwas tust. Dass du den Typen zurückhältst, dass du ihn zur Vernunft bringst … Aber du hast nichts getan. Außer mir den Arm zu verdrehen. Wenn ich nicht gehandelt hätte …«

»Was?«

»Wäre Karim jetzt tot«, sagte Oleg schlicht.

»Dafür ist Maxym jetzt fast tot!«

»Ja. Weil du nicht eingegriffen hast, mein Freund.«

Ich war sprachlos. Der lebte wirklich auf seinem eigenen Planeten! Drehte sämtliche Tatsachen einmal auf links. »Du vergisst eine Kleinigkeit, Oleg«, knirschte ich. »Karim ist wie ein Irrer auf uns losgegangen. Der hätte uns … keine Ahnung, was der mit uns angestellt hätte.«

»Eben.«

Ich glotzte ihn an.

»Eben«, wiederholte er. »Du hast keine Ahnung. Karim ist kein Irrer, der ist traumatisiert. Lass dir mal von dem Tag erzählen, an dem sie seine Leute niedergemetzelt haben. Genau das kam vorhin alles wieder hoch. In so einem Moment wird er zu einem kleinen Jungen, der sich an sein Kopfkissen klammert und in die Hose macht. Karim hätte keinem etwas angetan. Nur sich selbst.«

Gut, dass ich mich nicht selbst sehen konnte. Wahrscheinlich lief ich gerade puterrot an. In Olegs Augen hatte ich offenbar alles falsch gemacht, alles. Und wenn Maxym starb, war ich schuld an seinem Tod!

»Und was ist mit Maxym?«, rief ich. »Der ist genauso

traumatisiert, der Junge. Bei dem kommt in Stresssituationen auch alles wieder hoch.«

»Klar«, nickte Oleg. »Aber es gibt einen Unterschied.«

»Nämlich?«

»Er hatte die Waffe.«

36

Wieder hatte ich das Gefühl, die Orientierung zu verlieren. So wie vor ein paar Tagen, als im Dauerregen alles verschwamm. Während ich zu den Wettersteins fuhr, regnete es immer noch, Wasser sprühte von oben und unten, da war nichts, an dem man sich festhalten konnte. Was einem die Richtung wies. Überzeugungen lösten sich auf. Man tat etwas, und es stellte sich als das Falsche heraus. Ein Drogendealer erklärte einem die Welt. Die Gegenwart wurde von der Vergangenheit terrorisiert. Keine Sicherheit, nirgends.

Zum Glück hatte wenigstens mein Auftraggeber eine Idee, wie man sich gegen den allgemeinen Fatalismus stemmte, und schenkte mir ein Glas Whisky ein. Ein Ardnamurchan – da schmeckte ja schon der Name. Ich schloss die Augen, legte den Kopf zurück und genoss das Brennen in meiner Kehle. Genau das hatte ich jetzt gebraucht.

»Das ist schrecklich, was Sie da erzählen«, hörte ich Arnold Wetterstein sagen. »Wirklich ganz furchtbar. So junge Leute, und dann das.«

Ich klappte die Augen wieder auf. Zu viert saßen wir in Wettersteins Bibliothek, dem Zimmer mit der grandiosen Aussicht. Diesmal sah ich gar nicht nach draußen, es war ja eh alles grau heute, die ganze Stadt ein Aquarium. Außer Jana hatte sich auch ihre Mutter eingefunden, die Frau mit den kurzen Haaren. Sie wirkte in jeder Hinsicht patent, wie das schöne alte Wort lautet, also mit umfassenden praktischen Fähigkeiten, vom Kindererziehen bis Fahrradreparieren, und einen Doktor in Linguistik hatte sie bestimmt auch noch. Dass damit eine gewisse Hölzernheit einherging, gehörte wohl dazu, wenn man gegen einen Arnold Wetterstein bestehen wollte.

»Wird er es überleben?«, fragte Jana leise.

»Maxym? Ich denke schon.«

»Und Karim?«

»Körperlich wird sich das alles regeln lassen. Aber seelisch?« Ich zuckte die Achseln.

Eine Weile herrschte Stille im Rund. Bis Janas Vater Luft holte und murmelte: »Tja, dass es so enden musste …«

Was genau er damit meinte, blieb unklar. Geendet hatte so einiges im Wieblinger Parkhaus, nicht nur das ewige Hickhack der Jungs und ihr Kampf um die Drogen, sondern – davon musste man ausgehen – auch Maxyms Aufenthalt in Deutschland und mein Auftrag, mich um ihn zu kümmern. Ja, wahrscheinlich zielte Wetterstein auf Letzteres. Mit seinem weltschweren Seufzer bereitete er den Boden für die Vertragsauflösung: Angesichts der Umstände bedauern wir Ihnen mitteilen zu müssen …

Aber so leicht wollte ich mir das Heft des Handelns nicht aus der Hand nehmen lassen. Wenn schon Ende, dann nach meinen Vorstellungen! Ich stellte das Whiskyglas auf ein Beistelltischchen und sagte: »Um es auf den Punkt zu bringen, Herr Wetterstein: Ich habe versagt. Als Sie mir den Auftrag gaben, war Ihr Wunsch, dass ich Maxym im Auge behalte. Sie haben das zwar mit Blick auf Ihre Tochter formuliert, aber das Ziel war eindeutig: keine Eskalation, keine Gewalt. Dazu ist es nun doch gekommen, und ich habe es nicht verhindert. Von daher: Auftrag nicht ausgeführt. Sie sind mir nichts schuldig.«

»Aber Sie können doch nichts dafür, dass die Sache so aus dem Ruder gelaufen ist«, widersprach Frau Wetterstein. »Im Gegenteil, Sie haben das Schlimmste noch verhindert.«

»Das wird nicht jeder so sehen.«

»Wenn ich an den Vorfall in der Schule denke, nach der Abifeier, da waren wir froh, dass Sie eingeschritten sind.«

»Meine Frau hat recht«, nickte Wetterstein. »Sie tragen keine Schuld, dass die Dinge sich so entwickelt haben. Natürlich bekommen Sie Ihr Honorar, alles andere wäre unredlich.«

»Bist du auch dieser Meinung?«, wandte ich mich an Jana.

»Ja, klar«, sagte sie überrascht.

»Danke. Ich weiß das zu schätzen. Trotzdem werde ich in diesem Fall nichts annehmen können, und zwar aus dem einfachen Grund, weil ich vertragsbrüchig geworden bin.« Meine Finger begannen sich selbstständig zu machen und das Glas auf dem Tisch in kreisende Bewegung zu versetzen. »Keine Ermittlungen zum Tod Grevens: Das war Ihre Bedingung, Herr Wetterstein. So gerne ich sie befolgt hätte – es ging nicht. Ich habe es einfach nicht geschafft. Ständig wurde ich mit neuen Erkenntnissen in dieser Sache konfrontiert, ständig fiel Grevens Name. Er war in die Drogengeschichte verwickelt, er hatte Kontakt zu Maxym, zu Karim und Juri. Ich konnte dem Kerl nicht entkommen.« Ich sah auf. »Und deshalb sitze ich jetzt hier und bin wieder Ermittler im Fall Greven.«

»Was bedeutet das?«, fragte Wetterstein stirnrunzelnd.

»Es bedeutet, dass wir endlich die Wahrheit hören sollten. Jana, was ist am Abend von Grevens Tod passiert? Du warst bei ihm, ich weiß es.«

Janas Gesichtszüge entgleisten. Hilfesuchend wandte sie sich an ihre Mutter.

»Wie kommen Sie darauf?«, fauchte die.

»Maxym hat es mir erzählt. Vorhin im Parkhaus, als wir auf den Notarzt warteten. Er war eifersüchtig auf Greven. Letzten Samstag hat er irgendwie spitzgekriegt, dass du zu ihm wolltest, Jana. Daraufhin ist er dir gefolgt. In die Bahnstadt. Er hat dich ins Haus gehen sehen.«

»Er lügt«, schrie Jana. »Er lügt, der Scheißkerl!«

»Nein«, sagte ich. »Maxym hat dem Tod ins Auge gesehen. In so einem Moment lügt man nicht.«

»Er lügt«, wiederholte sie leiser. Dann begann sie zu weinen.

»Herr Koller«, begann Wetterstein mit mühsam gezügelter Wut, »Sie verlassen jetzt augenblicklich mein Haus …«

»Bitte, Herr Wetterstein«, unterbrach ich ihn schroff, »das ist doch nicht Ihr Niveau. Sie wissen, dass Jana uns etwas verschweigt, und Sie wissen auch, dass dieses Schweigen irgendwann ein Ende haben muss. Hier ist jemand gewaltsam zu Tode gekommen. Wollen Sie, dass nachher die Polizei vor der Tür steht? Sie müssen mich und meine Vorgehensweise nicht sympathisch finden, aber so bleibt die Sache erst mal im kleinen Kreis.«

Wetterstein starrte mich an. War das Majestätsbeleidigung, im eigenen Haus? Würde er mich jetzt anschreien? Nein, er bewahrte die Fassung, doch seine Kiefer mahlten. Mit einem Ruck stemmte er sich aus dem Sessel und stellte sich ans Fenster, Rücken zu uns. Wanderer über dem Nebelmeer, falls das jemandem was sagt. Seine Frau wollte Jana einen Arm um die Schulter legen. Er wurde abgeschüttelt.

Eine Weile herrschte Stille. Nur Janas Schluchzen und das ferne Rauschen des Regens waren zu hören. Irgendwann drehte sich Wetterstein um und fauchte: »Nun red schon! Erspar uns die Warterei, Jana!«

»Arnold!«, zischte seine Frau. Blitze flogen.

»Was?«, gab er zurück. »Schau mich nicht so an! Ich habe alles getan, was in meiner Macht steht. Hab sogar den einzigen Ermittler von dem Fall abgezogen, nur damit unsere Tochter unbehelligt bleibt. Mehr kann ich nicht tun. Sie soll jetzt endlich erzählen, was passiert ist.«

»Ach ja, soll ich das?«, schrie Jana und warf ihm einen hasserfüllten Blick zu. »Bei dir ist alles immer so einfach, so vernünftig. Man redet oder man redet nicht, Wahrheit oder Lüge, aber wie es mir dabei geht, interessiert dich einen Scheiß!«

»Willst du lieber mit der Polizei sprechen?«

Statt einer Antwort verbarg sie ihr Gesicht in den Händen. Ihre Mutter versuchte es erneut mit dem Arm, und diesmal durfte er liegen bleiben.

Die nun folgende Pause war noch länger als die davor. Stiller war sie auch, weil Jana nicht mehr schluchzte. Hatte sie sich mit der Lage abgefunden?

Endlich nahm sie die Hände von den Augen und sagte, ohne jemanden anzublicken: »Ich hasse euch. Wirklich, ich hasse euch alle. Ihr seid genauso schlimm wie Nicolas.«

Ihre Stimme war wie getränkt in Bitternis. Niemand sprach.

»Scheiß Männer«, flüsterte sie. »Scheiß Männer.«

Ich kratzte mich unwillkürlich im Ohr.

Dann schob sie den Arm ihrer Mutter beiseite und setzte sich aufrecht hin. »Er hat versucht, mich zu vergewaltigen«, stieß sie hervor. »Jetzt wisst ihr's. Seid ihr nun zufrieden?«

Ihre Mutter legte eine Hand vor den Mund. Wettersteins Gesicht wurde aschfahl.

»Dein toller Geschäftspartner«, fuhr Jana fort. »Von dem alle geschwärmt haben. Du hast gesagt, er ist was Besonderes, ein Genie, auf so einen trifft man nur alle paar Jahre.« Sie zog die Nase hoch. »Ein besonderes Arschloch war er, dein Nicolas Greven.«

»Das tut mir leid«, sagte ihr Vater leise. Er schien kleiner geworden zu sein, ein geschrumpfter Professor mit einem traurig zu Boden zeigenden Schnauzer. »Wirklich, das tut mir abgrundtief leid. Ich habe Greven immer für einen …« Hilflos hob er die Schultern. »Das haben wir doch alle, oder?«

»Klar haben wir das«, rief seine Tochter. »Er konnte ja nett sein, charmant und all das. Scheiße! Deshalb bin ich ja auch …« Sie presste beide Fäuste gegen die Schläfen. »Klar fand ich ihn toll«, stöhnte sie. »Und wie!«

Frau Wetterstein holte tief Luft. »Ich habe ihm nie über den Weg getraut«, sagte sie. »Nie. Du warst so begeistert von ihm, Arnold, deshalb habe ich geschwiegen, aber ich fand ihn schon immer … ja, ich fand ihn falsch.«

Ihr Mann reagierte nicht. Da mochte seine Frau noch so recht haben: Besserwisserei konnte in diesem Moment keiner gebrauchen.

»Vielleicht erzählst du uns, was an dem Abend passiert ist«, warf ich ein.

Jana starrte vor sich hin. Dann nickte sie und sagte: »Es hat geregnet. Gestürmt und alles. Das schlimmste Wetter, das man sich vorstellen kann. Der Himmel wollte nicht, dass ich hingehe. Aber ich bin trotzdem hin. Ich hab mich auf einen schönen Abend gefreut, wir wollten feiern, dass das jetzt klappt mit Papas Einstieg, er wollte mir die neuen Räume zeigen ... Ich hätte nie gedacht, dass es so ausarten könnte.«

»Dann war die Pizza für dich?«, mutmaßte ich.

»Wahrscheinlich. Ich wusste aber nichts davon. Und wir kamen auch gar nicht zum Essen. Nicolas war von Anfang an scheiße drauf. Er hatte Blut im Gesicht und meinte, da hätte ihm Carsten, sein Partner, eine reingehauen. Das muss kurz vorher gewesen sein. Sie hatten Streit, und de Jager ist ausgerastet.«

»Wie bitte?«, sagte Wetterstein. »De Jager hat Greven blutig geschlagen?«

»Und bereut es jetzt zutiefst«, nickte ich. »Aber gesehen hast du ihn nicht mehr?«

Jana schüttelte den Kopf. »Jedenfalls war Nicolas total angepisst, hat rumgeflucht, dass er so doch nicht zur Pressekonferenz gehen kann, und dass ihm immer, wenn er durchstarten will, einer wie de Jager in die Quere kommt. Die Stimmung war also komplett anders, als ich dachte, und um sie zu retten, hab ich ...« Ihr Brustkorb hob sich. »Scheiße, ich hab ihn halt umarmt und ihm einen Kuss gegeben, und da hat er ... Erst hat er gar nicht reagiert, war kalt und abweisend, und dann sagt er plötzlich, okay, wenn du es möchtest, und packt mich.« Ihr Blick suchte Halt an meinem Whiskyglas, das immer noch auf dem kleinen Beistelltisch stand. »Ich hab ihm gesagt, so will ich das nicht, so nicht ... dann hab ich geschrien und mich gewehrt ... und dann ...« Sie machte eine Pause, als müsse sie ihre Erinnerungen sortieren. »Dann steht plötzlich die Kumpe im Raum und glotzt uns an.«

»Was?«, rief Wetterstein. »Frau Kumpe war im Haus? Sie hat euch gesehen?«

Seine Tochter hob den Kopf und starrte ihn aus leeren Augen an.

»Und dann?«, drängte ihre Mutter. »Was ist passiert?«

»Es war vorbei«, sagte Jana. »Nicolas hat die Kumpe angeschnauzt, was die sich denkt, einfach so reinzukommen. Die Arme, die war viel zu perplex, um zu reagieren. Ich hab die Situation genutzt, um mich loszumachen und abzuhauen. Das war's.« Sie nickte. »Das war's.«

»Du hast also nichts mit Grevens Tod zu tun?«, fragte ihr Vater heiser.

»Natürlich nicht«, sagte sie. Und dann noch einmal, doppelt so laut: »Natürlich nicht, Papa! Hast du das geglaubt? Hast du das wirklich geglaubt? Ich bringe doch keinen um!«

»Ich hätte dich nicht dafür verurteilt«, murmelte er grabesschwer.

Hoppla, dachte ich und griff zum Whisky. Da kam also auch der Menschenfreund Wetterstein an seine Grenzen.

Im Anschluss herrschte erst einmal Schweigen. Dunkles, schweres Schweigen. Ich nippte an meinem Whisky, um mich irgendwann zu melden wie ein Pennäler. »Eine Frage, Jana«, sagte ich. »Wie genau hast du dich von Greven losgemacht? Kannst du dich noch erinnern?«

Wenn sie diese Frage wunderte, ließ sie sich nichts anmerken. »Ich hab ihn gestoßen«, erwiderte sie. »Und als das keine Wirkung hatte, hab ich ihn getreten.« Pause. »Zwischen die Beine.« Noch eine Pause. »Das hat dann geholfen.«

»Fest?«

Sie wich meinem Blick aus und nickte.

»Gut«, sagte ich. »Sehr gut sogar.« Und bevor das falsch verstanden werden konnte, fügte ich hinzu: »Grevens Leiche wies entsprechende Verletzungen im Genitalbereich auf. Hat mir der ermittelnde Kommissar gesteckt.«

Wetterstein kapierte sofort. »Sie meinen, das beweist, dass Jana die Wahrheit sagt?«

»Nicht ganz unwichtig im Fall der Fälle.«

»Verdammt, ich sage die Wahrheit«, fuhr Jana auf. »Wenn Maxym mir gefolgt ist, hat er mich dann nicht auch rausgehen sehen? Rausrennen, besser gesagt?«

»Tut mir leid, so lange hat er es bei dem Wetter nicht ausgehalten.«

»Und diese Frau Kumpe«, warf ihre Mutter ein. »Sie wird doch bestätigen können, was du uns erzählt hast. Oder?«

»Tja«, machte ich und stellte das Glas ab. »Das ist das Seltsame an der Sache. Bislang hat Frau Kumpe diesen Vorfall mit keiner Silbe erwähnt. Sie verschweigt ihn einfach.«

»Aber warum?«

»Um Ihre Tochter zu schützen? Das wäre die einfachste Erklärung. Sie will Jana genau das ersparen, wozu wir sie gerade gezwungen haben: den Vergewaltigungsversuch noch einmal durchzumachen, nur dann eben vor einer großen Öffentlichkeit.« Ich wandte mich an Jana. »Oder wie siehst du das? Du musst dir doch deine Gedanken gemacht haben, als du von Frau Kumpe und ihrem Geständnis erfuhrst.«

»Klar habe ich das«, entgegnete sie heftig. »Schier umgehauen hat es mich. Das erste Mal hörte ich es ja von Ihnen, damals in der Neuenheimer Kneipe. Ich dachte nur: Wieso erzählt die meine Story? Hat sich Nicolas auch noch über sie hergemacht? Aus lauter Wut oder so? Okay, er hatte was getrunken und vielleicht was eingeworfen – aber die Kumpe?« Sie schüttelte den Kopf.

»Was wäre dann deine Erklärung?«

»Auch wenn es pathetisch klingt: Ich glaube, sie hat mich gerächt. Ich kenne die Kumpe nicht, aber sie wirkte auf mich wie eine feine, altmodische Frau. So nach dem Motto: Das macht man nicht. Punkt. Vielleicht hat sie ihn auf der Terrasse zur Rede gestellt, er wurde frech, und da hat sie ihn runtergestoßen.« Sie zuckte mit den Achseln. »Keine Ahnung, ob es so war.«

Nein, das wusste natürlich nur Frau Kumpe selbst. Ich fragte mich, wie die Öffentlichkeit auf die neue Entwicklung reagieren würde – vorausgesetzt, Janas Vermutung erwies sich als zutreffend. Das mit der Gewalt gegen Ältere war vom Tisch, aber die Solidarität mit einer wehrhaften Frau blieb erhalten. Und als könne sie Gedanken lesen, hieb Janas Mutter auch gleich in diese Kerbe.

»Wenn es tatsächlich so war«, sagte sie, »muss man den Hut ziehen vor dieser Frau Kumpe.«

»Ich nicht«, erwiderte Jana scharf. »Ich habe sie nicht darum gebeten, mich zu rächen.«

»Sie nimmt alle Schuld auf sich. Für dich.«

»Ich kann mich schon selbst wehren, Mama! Warum mischt ihr euch immer in mein Leben ein?«

Vielleicht weil du noch keine 18 bist, dachte ich. Und vielleicht kannst du Antonia Kumpes Tat auch deshalb nicht gutheißen, weil du ihn eben doch geliebt hast, diesen Scheißkerl. Aber selbst wenn es so war: Sie hatte recht. Sie hatte recht mit ihrer Wut auf all diese gut meinenden, Bescheid wissenden Erwachsenen, die ihr helfen, die sie beschützen wollten und ihr stattdessen nur die Luft zum Atmen nahmen. Und einen wie mich nahm ich da gar nicht aus.

In die Diskussionen der Wettersteins hinein, was wohl das Beste für ihr Töchterlein sei, leerte ich mein Glas, stand auf und verabschiedete mich.

Das Prasseln des Regens auf den Dächern draußen klang wie Hohngelächter.

37

Auf dem Weg zu Antonia Kumpe ließ ich den Samstagabend vor einer Woche noch einmal Revue passieren. Was wusste ich, was musste ich ergänzen? Das Wetter hatte diesmal keine Macht über meine Gedanken, der Ardnamurchan gab ihnen die nötige Schärfe. Und die Reihenfolge der Ereignisse stand ja nun fest. Endlich!

Greven hatte einen netten Abend mit Jana geplant. Vielleicht wollte er was mit ihr anfangen, vielleicht nur spielen oder sich in ihrer Bewunderung sonnen. Egal. Er bestellt Pizza im Doppelpack, schon ist sie da, kleiner Plausch mit Max Koller. So. Der Pizzabote hetzt weiter, melancholisch rauscht der Regen, aber dann steht nicht Jana vor der Tür, sondern de Jager. Sofort gibt es Stress, die beiden geigen sich ordentlich die Meinung, und irgendwann feuert de Jager einen rechten Haken ab. Zack! Der Boxer gibt Fersengeld, aber Grevens Laune ist komplett verhagelt. Bei der Pressekonferenz am Montag wird es statt um seine Erfolge nur um die Wunde an seiner Schläfe gehen. Hochglanzfotos mit Pflaster! Aus Frust kippt er sich Weißwein hinter die Binde. Dann ist Jana endlich da, der Ärger aber nicht weg, und als sie mit ihm flirtet, brennen seine Sicherungen durch. Blöderweise hat er vergessen, dass Frau Kumpe noch durch die Räume wuselt. Als sie ihn bei seinem Vergewaltigungsversuch erwischt, ist der Abend endgültig gelaufen. Und dann rammt ihm Jana auch noch ihr Knie in die Eier!

»Aua«, sagte ich zu der Weststadt-Ampel, vor der ich warten musste.

Fehlte nur noch der Rest, die Zeit bis zu Grevens Tod. Antonia Kumpe war die Einzige, die mir darüber Auskunft erteilen konnte. Auf welche Weise, würden wir sehen.

Ich hatte ihr wie immer eine Nachricht geschickt: »Muss dringend mit Ihnen reden. Bitte seien Sie da!« Und wie immer hatte sie nicht darauf geantwortet. Als ich an ihrem Haus eintraf, war es dunkel. Stoisch fiel der Regen durch das funzlige Licht einer Straßenlaterne, hinter irgendeinem Fenster dudelte Schlagermusik.

Ich läutete. Nichts. Versuchte es noch einmal. Wieder nichts. Schrieb ihr eine Nachricht, sind Sie da, bitte machen Sie auf, aber es war natürlich alles für die Katz.

Also warten. Aber wie lange? Und wo? Wenn sich die Kumpe in ihrer Wohnung verbarrikadiert hatte, konnte ich hier die ganze Nacht stehen. Lieber mal nachschauen, ob sie überhaupt zu Hause war.

Ich umrundete die kurze Seite des Wohnblocks und nahm seine Rückseite in Augenschein. Gleich der erste Balkon im Erdgeschoss, das musste ihrer sein. Kein Licht in der Wohnung. Entweder schlief sie schon, oder sie war nicht da.

Im nächsten Moment erstarrte ich. Da bewegte sich doch etwas auf dem Balkon! Ein Schatten, der fast völlig mit der dunklen Fassade und den dunklen Fenstern verschmolz. Ich hielt den Atem an. Und jetzt hörte ich auch etwas. Mit leisem Quietschen wurde die Balkontür geöffnet, der Schatten verschwand. Ein leichtes Klicken, dann herrschte wieder Stille. Stille, Regen, Dunkelheit.

Verdammt, was war das? Ein Einbrecher? Mir fiel die Bemerkung von Kumpes Nachbar ein. Über einen Kerl, der angeblich gefensterlt hatte. Der hier hatte nicht gefensterlt, sondern eher balkont, aber das Ergebnis war das gleiche. Ein Mann – nehmen wir mal an, dass es ein Mann war –, der sich auf ungewöhnliche Weise Zutritt zur Wohnung verschaffte. Aber warum? Hatte Frau Kumpe einen festen Freund? Einen, den sie der Nachbarschaft verheimlichte?

In der Wohnung blieb alles dunkel.

Ein Gedanke schoss mir durch den Kopf: Was, wenn Antonia Kumpe tatsächlich eine sexuell aktive Frau war? Aber so richtig aktiv! Eine Frau, die nicht nur einen Liebhaber hatte, sondern auf ihren jugendlichen Chef stand. Die ... verdammt, jetzt wurde es aber wirklich haarsträubend ... die eifersüchtig auf Jana gewesen war. Dann hätte sie Greven aus Rache für ihre Zurückweisung vom Balkon gestoßen, und die Version mit der Vergewaltigung diente lediglich als Ablenkung.

Nein, das war pure Spekulation. Verrückt war das! Aber vielleicht musste man in diesem Fall tatsächlich verrückt denken.

Egal, jetzt war Handeln angesagt. Ich flitzte zu meinem Fahrrad zurück, das neben dem Hauseingang lehnte, und löste das Vorderlicht aus der Halterung. Gleich war ich wieder auf der anderen Seite und überprüfte den Balkon. Alles ruhig, die Wohnung immer noch dunkel. Hinter dem Haus gab es etwas Pseudogrün, um das ein niedriger Zaun lief. Da brauchte ich nicht mal ein Türchen. Und neben dem Balkon hatte jemand praktischerweise einen umgedrehten Pflanzentopf als Steighilfe bereitgestellt. Wenn das mal nicht für einen regelmäßigen Besucher sprach! So, noch einmal umgeschaut ... und schon war ich oben. Kaum stand ich da, ging hinter der Balkontür das Licht an.

Ich machte mir fast in die Hose.

Okay, Entwarnung folgte auf dem Fuß. Erstens stand ich so weit seitlich, dass mich das Licht nicht direkt erfasste. Und zweitens waren von innen jetzt die Vorhänge zugezogen, sodass ohnehin nur schmale Streifen Helligkeit nach außen drangen.

Also erst einmal durchatmen. Was war das für eine Heimlichtuerei? Verstohlen den Hintereingang benutzen und dann gleich die Wohnung verdunkeln? Einbrecher machten das – aber welcher Einbrecher besaß einen Schlüssel? Die Balkontür war nicht mit Gewalt geöffnet worden, das hätte ich ja gehört.

Bevor ich mir weiter den Kopf zerbrechen konnte, ging das Licht wieder aus. Die Tür wurde von innen aufgezogen. Jemand trat halb auf den Balkon hinaus, beugte sich vor und machte sich an einem auf dem Boden befindlichen Gegenstand zu schaffen. Hinterher sagte ich mir, dass der Typ da gerade den Schlüssel wieder an seinen Platz legte. In diesem Moment interessierte mich allerdings nur eins: Würde er mich bemerken?

Ich bekam nie eine Antwort auf diese Frage, und das lag an mir selbst. Wie ferngesteuert knipste ich die Fahrradlampe an und richtete sie auf den Unbekannten. Es war eine Art Reflex, aber einer mit Wirkung. Der Typ – es war tatsächlich ein Mann – ließ einen unterdrückten Schrei hören und plumpste auf den Hosenboden. Er riss einen Arm in die Höhe, um seine Augen vor dem beißenden LED-Licht zu schützen.

»Was machen Sie da?«, zischte ich.

Er wimmerte. »Nix«, hörte ich. »Nix. Kann erklären. Alles gut.«

Ich schwieg. Zu meinen Füßen saß ein nicht mehr junger, ziemlich korpulenter Mann mit Halbglatze und blassem Gesicht. Sein Hintern wurde nass. Selbst wenn er ein Einbrecher war: Gefährlichkeit strahlte er nicht aus.

»Bitte«, sagte er, »nix Polizei. Kann alles erklären.«

»Dann aber lieber drinnen. Oder?«

Er nickte und rappelte sich auf, den Arm noch immer vor den Augen. »Nix Polizei, ja?«, wiederholte er.

»Ist ja gut.«

Ich ließ ihn vorgehen, sicher war sicher. In der Wohnung angekommen, schloss ich die Balkontür und zog die Vorhänge wieder zu. Erst als er das Licht angeknipst hatte, löschte ich das der Fahrradlampe. Wir standen in Antonia Kumpes Wohnzimmer, dort, wo ich mit ihr und ihrem Sohn das erste und bislang einzige Gespräch geführt hatte. Der Korpulente starrte mich furchtsam an. Er trug eine Jogginghose aus Baumwolle und ein verwaschenes schwarzes T-Shirt. Über einem Sessel hing eine nasse dünne Windjacke.

»Und Sie?«, fragte er. »Nachbar?«

»So ungefähr«, antwortete ich. »Ein Bekannter von Frau Kumpe. Sie ist nicht da?«

Er schüttelte den Kopf. »Putzen.«

»Ach, sie putzt schon wieder. Wo?«

Achselzucken.

»Okay, dann erzählen Sie mal, was Sie hier machen. Sie brauchen keine Angst zu haben, dass ich zur Polizei gehe. Aber ich will wissen, wer Sie sind und warum Sie bei Frau Kumpe über den Balkon einsteigen. Verstanden?«

Er nickte.

»Setzen wir uns doch.«

Zwei Sessel, zwei Männer, das passte also. Über dem einen hing ja schon seine Jacke. Ich zog mein nasses Oberteil ebenfalls aus und legte es zusammengefaltet in meinen Schoß. Mit Flucht, Gegenwehr oder einer Attacke rechnete ich längst nicht mehr. Der Typ war handzahm wie ein Kaninchen.

Apropos Kaninchen … Ich musste mich unbedingt bei Christine melden.

Aber nicht jetzt. Jetzt nickte ich dem Korpulenten zu und sagte: »Ich bin Max. Max Koller.«

»Alexandru.« Die Erleichterung war ihm anzusehen, als er mir seine Hand hinstreckte.

»Gut. Sie sind woher? Aus welchem Land?«

»Moldau.«

Noch so ein Land, das besorgt nach Osten schaute. Bald hatten wir sie durch, die Post-Sowjetstaaten.

»Und was machen Sie hier bei Frau Kumpe?«

Er schielte auf seine Hände. »Wohnen.«

»Wohnen, hier?« Unwillkürlich schaute ich mich um. Bei meinem Besuch vor ein paar Tagen war mir die Wohnung ziemlich klein vorgekommen, nicht gerade geeignet für einen Untermieter. »Dauerhaft?«

»Nur Tage. Ein Mal in Woche, zwei Mal.«

»Weil Sie … nur zeitweise hier sind? Beruflich?«

»Fahrer«, nickte er. »Lkw. Autobahn.«

»Verstehe. Aber wenn Sie hier wohnen, warum nehmen Sie dann den Hintereingang?«

Jetzt druckste er rum, der gute Alexandru. Und zwar nicht nur aufgrund der sprachlichen Hürden, vermutete ich. »Frau Kumpe … will so. Wegen Nachbarn. Nix wissen. Nix sehen.«

»Die Nachbarn sollen es nicht wissen, okay. Weil sie nicht offiziell vermietet, nehme ich an.«

Achselzucken.

»Sie zahlen die Miete bar?«, sagte ich.

Er nickte.

»Und wo schlafen Sie, wenn ich fragen darf?«

Er stand auf, ging zur Anrichte und öffnete sie. Sie enthielt eine Sporttasche, ein Paar Sandalen und eine aufblasbare Isomatte.

»Also hier«, folgerte ich. »Auf dem Boden.«

»Komme immer spät«, sagte er, »gehe früh. Wenn dunkel. Frau will so.« Er schloss die Anrichte wieder und kehrte an seinen Platz zurück.

Ich überlegte. Wenn Antonia Kumpe sich ein bisschen was hinzuverdiente, indem sie schwarz vermietete, war das ihre Sache. Trotzdem kam mir das Ganze komisch vor. Wegen der paar Kröten so ein Aufwand? Für einen Schlafplatz auf dem Wohnzimmerboden konnte sie ja nicht viel verlangen.

»Darf ich fragen, was Sie pro Nacht zahlen?«

»Zehn Euro.«

»Na, reich wird sie damit nicht, die gute Frau Kumpe.«

»Reich?«, lachte er. »Nein, nein. Nix reich. Frau Kumpe arm.«

Ich zog eine Braue in die Höhe. Natürlich war die Kumpe nicht reich. Aber sie deswegen gleich als arm zu bezeichnen, klang dann doch ein wenig komisch. Eine deutsche Rentnerin, und das aus dem Mund ihres Untermieters. Eines Brummi-Fahrers aus Moldau!

»Sehr arm«, nickte er. »Kein Geld. Nix essen, kein Kaffee.«

Kaffee? Das erinnerte mich an etwas. Damals, beim Gespräch mit Frau Kumpe, als sie mir erst Kaffee angeboten und dann doch nichts dagehabt hatte. Zufall?

»Sie meinen«, sagte ich, »Frau Kumpe hat nicht genug

Geld, um sich Kaffee zu leisten? Deshalb muss sie untervermieten?«

Er stand auf und winkte mich in die Küche. Sie war blitzblank und aufgeräumt wie alles in dieser Wohnung. Hieß aber auch: Es stand nichts herum. Keine Mikrowelle, keine Kaffeemaschine, kein Toaster. Alexandru öffnete einen der Hängeschränke. Er war leer. Der daneben ebenfalls. Im dritten standen zwei Teller, eine Tasse und drei unterschiedliche Gläser. Okay, für eine alleinstehende Frau genügte das zur Not. Aber was, wenn sie mal Gäste hatte?

»Und da.« Der Moldawier öffnete einen Schrank neben der Spüle, der Lebensmittel enthielt: Grieß, Haferflocken, Tütensuppen, eine Packung Kartoffelpüree und weiteren Kleinkram. Alles preisreduziert, die Haferflocken abgelaufen. Der gesamte Bestand füllte nicht mal eines der drei Schrankfächer. Mir wurde flau … Das konnte doch nicht alles sein!

»Wo ist der Kühlschrank?«, fragte ich. Alexandru schüttelte den Kopf. Verdammt, er hatte recht: Es gab hier keinen Kühlschrank. Antonia Kumpes Küche war ein Potemkinsches Dorf, das Mangel als Disziplin verkaufte und Leere als Sauberkeit.

»Moment«, sagte ich eher zu mir selbst als zu Alexandru, »wie passt das zusammen? Sie geht doch putzen, sie verdient Geld. Und nicht nur das, sie unterstützt ihren Sohn auch noch regelmäßig.« Nun, im Aussprechen dieser Sätze war die Antwort schon enthalten: Frau Kumpe ging putzen, damit sie wenigstens dem Sebi ab und zu etwas zustecken konnte. Wenn sie selbst von Grieß und Tütensuppen lebte, sollten es ihre Enkel nicht tun. Der Joshua. Die Bibi. Der Dylan.

Und ihre Einrichtung, das bürgerliche Ambiente? Wir gingen ins Wohnzimmer zurück. Max, du Blindfisch! Wie immer, wenn man Sein und Schein trennen wollte, musste man nur genau hinschauen. In der Anrichte befand sich bis auf Alexandrus Sachen nichts. Der Flachbildschirm war vermutlich vom Sperrmüll und nicht einmal angeschlossen; auf der Rückseite hingen die Kabel aus dem Gehäuse. Das zusammengerollte TV-Heft stammte aus Vor-Corona-Zeiten, alles andere war noch älter. Selbst die Sessel hatten ihre besten Jahre hinter sich; Macken im Holz waren mit braunem Stift übermalt worden.

Und der Rest der Wohnung? Auch das kleine Badezimmer war von bedrückender Leere. Es gab keinerlei Kosmetika bis auf eine aufgerissene Parfümprobe. Eine Seife, zwei Handtücher, eine Packung Pflaster, aus. Die Kumpe war 72. Brauchte sie keine Medikamente? War sie überhaupt krankenversichert?

Zum Schluss ihr Schlafzimmer. Alexandru weigerte sich, es zu betreten. »Verboten«, sagte er und schüttelte den Kopf. »Verboten.« Ich ging trotzdem hinein und kapierte sofort, warum. Der Raum enthielt nichts außer einer Matratze mit Decke und Kopfkissen und daneben ein paar Kleidungsstücke. Sorgsam gefaltet und gestapelt, wie man es von Antonia Kumpe erwarten durfte. Bloß: auf dem Boden. Es gab weder Bett noch Kleiderschrank, nur kahle, nackte Wände.

Ich bekam Gänsehaut.

38

Ganz in der Nähe, in Sichtweite von Antonia Kumpes Haus, gab es eine überdachte Bushaltestelle. Natürlich hätte ich auch bei ihr zu Hause auf sie warten können, aber das Wohnzimmer war ja nun belegt. Und im Vergleich zu der Mönchszelle, in der sie schlief, hatte das Wartehäuschen regelrecht Charme. Die Sitzbank war nur zur Hälfte von Kaugummis verklebt, an den Wänden hingen gerahmte Werbeplakate und ein Fahrplan, Graffiti ersetzten die Tapete. Und der Regen rauschte sein heimeliges Lied dazu.

In den anderthalb Stunden, die ich dort verbrachte, leistete mir eine einzige Person Gesellschaft. Junger Kerl mit Stöpsel im Ohr, Schirmmütze falsch rum auf dem Kopf, Augen starr auf dem Handy. Er schwieg, ich schwieg. Ein Bus kam nicht, und er schien auch auf keinen zu warten. Was er stattdessen hier wollte, blieb sein Geheimnis. Okay, das Gleiche konnte man auch von mir sagen. Irgendwann steckte er das Handy ein und ging.

Also, was macht ein Privatermittler 90 Minuten lang bei Regenwetter an einer Bushaltestelle? Warten, klar. Immer mal zum Haus hinüberschielen, ob sich da jemand blicken ließ. Ansonsten: recherchieren. Einiges fand ich im Internet, den Rest erzählte mir die Gattin vom Sebi. Brühwarm und bei überraschend wenig Hintergrundlärm; die Mehrzahl der Kinder war offenbar schon im Bett. Schreien tat sie trotzdem. Und dann, drittens: vertrösten. Ich rief Christine an, zeigte mich angemessen zerknirscht, dass es doch nichts geworden war mit dem fantastischen Abendessen, schuld seien aber andere, syrische Diktatoren zum Beispiel und Lkw-Fahrer aus Moldau. Wir würden alles nachholen, versprach ich, morgen schon, sie werde Augen machen.

»Und was ist mit dieser komischen Tüte im Kühlschrank?«, fragte sie. »Hast du die da deponiert?«

»Nicht öffnen! Nicht reinschauen! Ist eine Überraschung.«

Knurrend legte sie auf.

Und wo wir schon mal beim Essen waren: Kurz danach knurrte noch jemand, mein Magen nämlich, woraufhin ich mir bei meinem eigenen Arbeitgeber zwei Pizzen bestellte. Anchovis und Quattro formaggi, ganz dem Anlass entsprechend. Als das Zeug eintraf, hielt ich dem Fahrer, einem Neuen mit vielen Pickeln, meine Uhr unter die Nase und sagte: »Zwölfeinhalb Minuten. Lass das mal nicht den Schleifer erfahren.«

Mit gischtsprühenden Reifen fuhr er davon.

»Denk an die Blitzer!«, rief ich ihm hinterher.

Nun gab es also auch was zu futtern in meinem Open-Air-Wohnzimmer. Und dann kam sie endlich. Antonia Kumpe. Natürlich nicht mit dem Bus, logisch, sondern zu Fuß, aus Richtung Stadtzentrum getippelt. Zum Schutz gegen den Regen trug sie ein durchsichtiges Plastikcape. Sie nahm mich erst wahr, als ich einen Schritt aus der Haltestelle machte und winkte.

»Frau Kumpe«, rief ich. »Darf ich Sie auf eine Pizza einladen?«

Sie blieb stehen und schaute mich irritiert an.

»Oder sollen wir zu Ihnen nach Hause gehen?«

Sofort schüttelte sie den Kopf und machte Gesten wie: bin müde, muss schlafen. Tut mir leid, Herr Koller!

»Schon klar«, sagte ich. »Es dauert auch nicht lange. Aber ich weiß jetzt, warum Sie Nicolas Greven von der Terrasse gestoßen haben. Alexandru hat mich draufgebracht.«

Sie erstarrte am ganzen Körper. Nur um ihre Mundpartie arbeitete es. Aus den Augenwinkeln warf sie mir einen furchtsamen Blick zu, dann gab sie sich einen Ruck und setzte ihren Weg fort.

»Ich werde der Polizei nichts sagen, Frau Kumpe. Auch Ihrem Sohn nicht. Es bleibt alles unter uns, wenn Sie das möchten. Ich will nur mit Ihnen reden. Außerdem haben Sie bestimmt noch nichts gegessen.«

Ob es die Aussicht auf eine Pizza war, die sie zum Umdenken bewegte? Unwahrscheinlich. Jemand wie sie hatte sich längst an Tütenkram und Haferflocken gewöhnt. Trotzdem hielt sie jetzt inne. Das Handtäschchen, das sie trug, wechselte von der Rechten in die Linken.

»Ich will nur mit Ihnen reden«, wiederholte ich. »Versprochen.«

Sie schaute zu Boden und atmete mehrmals tief durch. Dann gab sie sich erneut einen Ruck.

Kurz danach saßen wir nebeneinander im Schutz der Bushaltestelle. Das Täschchen lag in ihrem Schoß, beide Hände darauf. Die Pizza, die ich ihr anbot, lehnte sie ab.

»Was wir zwei hier besprechen, Frau Kumpe, bleibt unter uns. Es verlässt sozusagen diese Bushaltestelle nicht. Sie müssen auch gar nicht mit mir reden. Ich will Ihnen bloß meine Sicht der Dinge darlegen. Sie dürfen gern Ihren Senf dazugeben, aber wenn nicht, ist es auch gut. Also: Ich wollte vorhin schon mit Ihnen sprechen, doch Sie waren nicht da. Stattdessen habe ich Ihren Untermieter kennengelernt, Alexandru, den Lkw-Fahrer. Keine Angst, mich interessiert nicht, dass Sie schwarz vermieten. Was mich dagegen schon interessiert: warum Sie vermieten, obwohl Ihre Wohnung viel zu klein dafür ist. Sie können Ihrem Gast ja nicht einmal ein Bett anbieten.«

Ich machte eine Pause. Antonia Kumpe schaute auf ihre Hände.

»Ich habe eben mit Ihrer Schwiegertochter telefoniert. Sie hat mir erzählt, dass Ihr Mann Vertreter war. Eigentlich ein netter Mensch, bloß mit dem Geld hatte er es nicht so.« Ich lächelte ihr zu. »Er war wohl eher wie Ihr Sohn: Spaß haben und nicht an später denken. Als er starb, hat er Ihnen Schulden hinterlassen. Viele Schulden. Ihre Schwiegertochter meint, Sie hätten es nicht leicht gehabt, aber ich glaube, vom wahren Ausmaß Ihrer Probleme hat sie keine Ahnung. Sie sind innerhalb des Hauses in eine kleinere Wohnung gezogen, haben angefangen zu putzen, aber viel kommt dabei ja nicht rum. Und dann hat der Sebi Schwierigkeiten gemacht. Er hat Geld gebraucht, mit jedem Kind mehr. Einer der Jungs ist auch noch krank, der Joshua, glaube ich.«

Sie schüttelte den Kopf. Ihre Lippen formten tonlos den Namen »Dylan«, in ihren Augen standen Tränen.

»Ich kann mir vorstellen, wie sehr Sie ihn verflucht haben, Ihren Sohn und seine ewigen Sperenzchen. Aber er ist halt Ihr Sohn, und seine Kinder können ja nichts dafür. Ging mir übrigens genauso, als ich den Auftrag für ihn übernommen habe. Egal, andere Baustelle. Jedenfalls leben Sie ein Leben, das es so in unserem Land eigentlich nicht geben dürfte, das es aber vermutlich noch viel öfter gibt, als wir alle wahrhaben wollen. Und wenn ich die Informationen Ihrer Schwiegertochter richtig einordne, können Sie am allerwenigsten für Ihre Lage. Sie sind unverschuldet da reingeraten.«

Jetzt zuckte es wieder um ihre Mundwinkel. Sie legte mir eine Hand auf den Unterarm, wollte etwas sagen, zeigte auf sich und ihren Kopf. Ich verstand nicht. Erst als sie das Handy aus ihrer Handtasche zog und ein einziges Wort eintippte: »dumm«.

»Hören Sie auf, Sie sind doch nicht zu dumm für diese Welt, Frau Kumpe! Vielleicht zu dumm, etwas Unrechtes zu tun. Sich anderen gegenüber einen Vorteil zu verschaffen. Der Ehrliche, ja, der ist manchmal der Dumme. Wenn Sie das meinen, okay.«

Sie schaute skeptisch, widersprach aber nicht. Stattdessen überwand sie sich und nahm ein Stück Pizza.

»Hauen Sie rein, Frau Kumpe. Sie sind jedenfalls klug genug gewesen, allen Ihre Situation zu verheimlichen. Sogar Ihrem Sohn. Das Einzige, was ich mich frage: ob Sie nicht ein wenig zu stolz sind. Denn dass unser Staat keine Möglichkeiten hat, Ihnen zu helfen, will ich nicht glauben. Sie müssten nicht auf dem Boden schlafen.«

Sie lachte ein bitteres Lachen und winkte mit einer Hand ab. Wahrscheinlich empfand sie meinen Satz als naiv, weil sie schon x-mal von genervten Sachbearbeitern abgewiesen worden war, weil sie Witwe, Rentnerin und Stumme in einem war und deshalb in keine Schublade passte oder weil sie zu den Millionen von Normalbürgerinnen gehörte, die sich im Antrags-, Formular- und Nachweisdschungel dieser Republik einfach nicht zurechtfanden.

»Egal«, sagte ich. »Kommen wir zum Samstag vor einer Woche. Zu dem Tag, an dem Nicolas Greven starb.« Ich zückte mein Handy und rief das Interview aus dem Wirtschaftsmagazin auf, das ich vor ein paar Tagen im Netz gefunden hatte. »Hier, schauen Sie sich das mal an. Ein Gespräch mit Greven, etwa ein Jahr alt. In dem Text geht es um Grevens Aufstieg und seine Herkunft, und dazu gibt es ein Foto, das zeigt, wo er aufgewachsen ist. Das ist doch Ihr Haus, nicht wahr?«

Sie betrachtete das Foto aufmerksam. Ich zoomte erst auf das Haus und dann auf den breit lächelnden Greven, der in Siegerpose dastand. Wieder lachte sie bitter, dann atmete sie tief durch und machte mit den Händen eine Wiegebewegung. Dazu summte sie.

»Er war wie ein Sohn für Sie? Ich erinnere mich, so etwas haben Sie schon in unserem ersten Gespräch angedeutet. War bestimmt nicht ganz einfach für Sie, bei ihm zu putzen, während er immer höher stieg, immer erfolgreicher wurde.« Ich steckte das Handy weg. »Aber zur Sache. Es ist Samstagabend, stürmisches Wetter. Greven hat Ihnen gesagt, dass alles sauber sein muss, Sie machen sich an die Arbeit. Und jetzt kommen Leute, einer nach dem anderen. Als Erstes ein Lieferant mit zwei Pizzen.« Dass ich dieser Bote war, verkniff ich mir. »Dann Carsten de Jager, Grevens Ex-Partner. Sie müssen den Streit zwischen den beiden miterlebt haben.«

Sie hielt im Kauen inne und sah mich aufmerksam an. Ja, liebe Frau Kumpe, Max Koller hat seine Hausaufgaben gemacht. Und das war erst der Anfang! Als ihr klar wurde, dass es hier nichts zu leugnen gab, legte sie erst eine Hand hinters Ohr und zeigte dann auf ihre Backe.

»Okay, Sie haben den Streit gehört und hinterher die Wunde in Grevens Gesicht gesehen. Greven war sauer, das haben Sie ja erzählt. Kaum ist de Jager weg, klingelt es wieder, und Jana Wetterstein steht vor der Tür. Haben Sie das Mädchen gesehen?«

Ihr Blick wurde noch etwas starrer. Sie presste die Lippen zusammen und schüttelte den Kopf.

»Anfangs vielleicht nicht, aber später. Als Greven Jana vergewaltigen wollte. Da kamen Sie versehentlich ins Zimmer und haben ihn gestört. Zum Glück für Jana.«

Jetzt geriet ihr ganzes Gesicht in Aufruhr. Wo hatte ich das schon einmal so empfunden: dass der Körper mit seinen kleinen Bewegungen mehr sagte als Stimme und Worte? Natürlich, in der Hauptstraße! Bei Janas vergeblichem Versuch, ihre Bekanntschaft mit Greven zu leugnen. Jetzt war es Antonia Kumpe, die Mühe hatte, ihre Mundwinkel unter Kontrolle zu halten. Um ihre Augen zuckte es, die Hände walkten und kneteten.

»Jana hat mir alles erzählt«, erklärte ich. »Sie haben darauf gesetzt, dass sie aus Scham schweigt beziehungsweise aus Erleichterung darüber, dass Sie die Schuld an Grevens Tod auf sich nehmen. Es hätte auch fast geklappt. Allerdings wurde Jana in der Bahnstadt gesehen.«

Sie drehte den Kopf zur Seite. Ich wartete eine Weile, ohne dass sie ihre Haltung veränderte.

»Das Mädchen ist natürlich sofort abgehauen. Und Greven war noch wütender als vorher, jetzt vor allem auf Sie. Für das, was danach passiert ist, gibt es zwei Erklärungen. Die eine: Er hat die unterbrochene Vergewaltigung einfach an einer anderen Person fortgesetzt. An Ihnen. Möglich, aber nicht sehr wahrscheinlich. Seit ich Ihre wahren Lebensumstände kenne, tendiere ich zur zweiten Erklärung: Es hat einen anderen Grund gegeben, ihn zu töten. Einen Grund, über den Sie ungern sprechen, der Ihnen noch unangenehmer ist als eine Vergewaltigung.

Und die mussten Sie ja nicht einmal erfinden, sie hatte ja stattgefunden, nur eben nicht an Ihnen.« Ich lachte leise. »Sie haben sogar den Tritt in Grevens Weichteile zu Protokoll gegeben.«

Jetzt schwieg sie lange. Sehr lange. Ich ließ ihr alle Zeit der Welt, sich zu sammeln, ihre Gedanken zu ordnen. Und natürlich ihre Gefühle. In ihren alten Augen standen Tränen, aber sie fielen nicht. Sie hielt sie in Zaum, selbst jetzt. Diese Antonia Kumpe war klein, unscheinbar, leise, man übersah sie auf der Straße. Und doch war sie eine Persönlichkeit. Wir alle konnten von ihr lernen: Stolz, Rückgrat, Ehrlichkeit, Disziplin, Bescheidenheit bis zur Selbstverleugnung. Natürlich hatte sie sämtliche Orden dieser Welt verdient, aber nicht für das, was sie an jenem Samstag getan hatte. Sondern in all den Jahren davor.

Irgendwann begann sie zu sprechen. Nachdem sie tief und lange durchgeatmet hatte. »Nicolas«, sagte sie, »hat mich gehasst. Verachtet und gehasst. Dass ich bei ihm geputzt habe, hat ihn an früher erinnert. An die Welt, die er für immer hinter sich lassen wollte. Am liebsten hätte er mich ganz aus seinem Leben entfernt. Er ekelte sich vor mir, ich war ihm zuwider. Und dann ertappe ich ihn auch noch in dem Moment, als er sich auf diese junge Frau stürzte. Das war zu viel für ihn.«

Ach ja, ich sollte vielleicht erwähnen, dass Antonia Kumpe natürlich nicht selbst sprach. Also selbst schon, aber nicht in Worten. Ich meine: in hörbaren Worten. Wie zuvor sprach sie in Gesten, Blicken, mit ihrer Mimik und mithilfe des Handys. Vielleicht auch mit Gedankenübertragung, wer weiß. Jedenfalls hatte ich keine Mühe, sie zu verstehen, ich hatte ganz im Gegenteil das Gefühl, jeden Begriff, jede emotionale Nuance präzise zu erfassen. Deshalb ist das, was ich hier wiedergebe, eine Übersetzung.

Sie sprach; und ich spreche für sie.

»Nicolas hat mich nicht angefasst«, sagte sie. »Schon aus Ekel nicht. Aber beschimpft hat er mich. Ich stand mit meinen Putzsachen auf der Terrasse, da kam er an, betrunken, und sagte, er wolle mich nicht mehr sehen. Er habe genug von Leuten, die ihm nur Steine in den Weg legten. Die nichts leisteten, die keine Existenzberechtigung hätten. Er sagte, ich hätte in meinem ganzen Leben noch nichts auf die Reihe gekriegt und ließe mich nun durchschleppen. Ich sei der Dreck unter seinen Fingernägeln. Manchmal frage er sich, für wen er seine Forschung überhaupt betreibe. Für Menschen wie mich jedenfalls nicht.«

So sagte es Antonia Kumpe, und ich musste wieder an Grevens Interview denken. In dem er ein Preislied auf sich selbst gesungen hatte, auf sein Durchsetzungsvermögen und seinen stählernen Optimismus.

Die alte Frau hielt mir ihr Handy hin. »Du bist nichts wert«, las ich.

»Das hat er Ihnen gesagt?«, fragte ich.

Sie nickte. Du bist nichts wert. In diesem Moment sei etwas in ihr gekippt. Sie habe sich – und um das zu formulieren, brauchte sie mehrere Anläufe –, sie habe sich ihrer Würde beraubt gefühlt. Wenn ein Fremder das gesagt hätte, okay. Aber Greven, der sie kannte, der bei ihr aufgewachsen war … »Ich habe doch nichts mehr«, sagte sie und schaute mich an. »Nichts außer meiner Würde. Wenn mir die auch noch genommen wird, was bleibt dann von mir?«

Ich schwieg. Würde … komischer Begriff. Für die meisten von uns war er mit inneren Werten verbunden. Charakter, Moral, Standfestigkeit, so was in der Art. Aber

Würde konnte auch etwas sehr Äußerliches sein, eine Fassade, die man sich aufgebaut hatte, der Anschein von Bürgerlichkeit, ein geordnetes kleines Leben. Diese Dinge waren es, die Antonia Kumpe noch aufrecht hielten. Wenn sie zusammenbrachen, war es vorbei. Dann existierte sie nicht mehr.

Und deshalb würde sie außerhalb dieser Bushaltestelle niemals zugeben, was wirklich geschehen war. Dass sie um ihre Würde gekämpft hatte und dass das der wahre Grund gewesen war, einen Menschen zu töten. Niemals würde sie das zugeben.

Aber ich, was fing ich mit dieser Wahrheit an?

Antonia Kumpe war längst nach Hause gegangen, als ich immer noch auf der Haltestellenbank saß, den Pizzakarton neben mir. Der Regen plätscherte, die Stadt schlief.

Und glaubt es oder nicht, irgendwann kam doch noch ein Bus vorbei. Aber mit Schmackes. Der Fahrer machte eine Vollbremsung, als er mich da sitzen sah, und spritzte mich von oben bis unten nass. Die Türen öffneten sich.

»Sorry«, sagte der Fahrer. Ein Schwarzer, blaues Hemd und Schultern wie ein Kleiderschrank. »Keine Absicht. Sorry, Mann.«

»Kein Problem. Ich bin mit dem Fahrrad da.«

39

»Moment«, sagte Kommissar Fischer ungläubig. »Das ist Ihre Version? So soll es abgelaufen sein?«

Ich nickte.

»Keine Vergewaltigung? Dieser Greven beleidigt sie, daraufhin greift sie zum Wischmopp und hebelt ihn über die Brüstung?«

»Moment, es war mehr als eine Beleidigung«, korrigierte ich. »Deutlich mehr. Er hat diese alte Dame ihrer Würde beraubt.«

»Na, so ist das doch bei Vergewaltigungen.« Verwirrt schaute der Kommissar von mir zu Christine. Ich schüttelte den Kopf, meine Ex rollte mit den Augen. Okay, der gute Mann gehörte der Generation Pleistozän an, da verrutschten schon mal die Begrifflichkeiten. Er sah es auch gleich ein und entschuldigte sich wortreich für seinen Missgriff. Darin hatte er in den letzten Tagen anscheinend Routine gewonnen.

»Trotzdem«, fügte er an, »es fällt mir schwer zu glauben, dass eine Frau wie die Kumpe … ich meine, seht sie euch doch an. Eine Lady! Dass die einen jungen Schnösel, nur weil er …«

»Nur?«, unterbrach ich scharf.

Irritiert sah mich der alte Mann an.

»Nur?«, wiederholte ich und dehnte den Vokal von einer Tischkante zur anderen. »Schauen Sie sich Antonia

Kumpes abgelaufenes Essen an. Gehen Sie in ihr Schlafzimmer, wo es keinen Schrank gibt, um die Kleider zu verstauen. Fragen Sie den Brummifahrer. Dann sagen Sie nicht mehr nur.«

Er zuckte die Achseln. »Genau das werden wir ja nun tun. Uns bei ihr umsehen.«

»Nein«, sagte ich. Immer noch scharf.

»Nein?«

»Nein.«

Jetzt sagte er gar nichts mehr, der Arme. Hilflos blickte er zu Christine hinüber, die schon wieder die Augen verdrehte. Diesmal wegen mir.

»Okay, ihr Lieben.« Ich lehnte mich zurück und tupfte mir den Mund mit einer Serviette ab. Ja, ich hatte sogar Servietten gedeckt. Weil: wenn schon besonders, dann richtig besonders! »Als Erstes würde ich gern wissen, ob es euch geschmeckt hat. Bitte ehrlich und ohne Verrenkungen.«

Wenn die beiden dieser abrupte Themawechsel wunderte, ließen sie sich nichts anmerken, sondern nickten brav. »Bisschen zu stark gewürzt, aber sehr lecker«, sagte Christine, und davon ermutigt murmelte der Kommissar: »Für einen Privatermittler gar nicht übel.«

»Wie du allerdings ausgerechnet auf Kaninchen kommst, musst du mir verraten«, fügte meine Ex noch an.

»Später. Jetzt Punkt zwei, und der ist wichtig. Sehr wichtig. Ich habe Ihnen den wahren Tathergang unter einer Bedingung erzählt, Herr Fischer: dass Sie nie Gebrauch davon machen.«

»Bitte?«

»Sie werden schweigen. Für jetzt und immer. Christine, du auch. Wenn einer von euch plaudert, ist er tot.«

Stille.

»Oder sie«, setzte ich sicherheitshalber hinzu.

»Meinst du das ernst?«, fragte meine Ex.

»Todernst.«

»Warum präsentieren Sie uns dann den ganzen Mist?«, fuhr der Kommissar auf.

»Damit Sie Bescheid wissen. Ich könnte Ihnen doch nie wieder unter die Augen treten und denken: Der glaubt immer noch, was Frau Kumpe ihm erzählt hat.«

»Ach Schmarrn!«

»Und damit Sie wissen, wofür man einen Menschen umbringen kann. Und vor allem damit Sie wissen, was für Zustände in diesem Land herrschen. Haferflocken und Tütensuppen!«

»Das weiß ich.«

»Ja, jetzt. Bewahren Sie es in Ihrem Herzen, aber lassen Sie Frau Kumpe damit in Frieden.«

»Sein Vater ist Pfarrer«, erklärte Christine.

»Auch das weiß ich«, polterte der Kommissar. »Sie werden doch nicht im Ernst annehmen, dass ich mir brav anhöre, was Sie herausgefunden haben, und dann so tue, als sei nichts gewesen? Hier geht es um Mord! Oder meinetwegen Totschlag, aber jedenfalls nicht mehr um Notwehr. Das ist alles ermittlungsrelevant!«

»Für mich war es Notwehr«, sagte ich.

»Ja, für Sie!«

Ich nahm einen Schluck Rotwein. Wie gesagt: ein besonderes Essen. Kein Bier, sondern was Edles aus dem Koller'schen Weinkeller.

»Wenn Sie die Wahrheit an die Öffentlichkeit bringen«, sagte ich, »was hätte das für Folgen? Malen Sie sich's nur mal aus. Frau Kumpes Fassade wird zusammenbrechen.

Spätestens vor Gericht wird man sie auseinandernehmen wie ein … wie eine Weihnachtsgans.« Fast hätte ich Kaninchen gesagt! »Das wird sie nicht überleben, Herr Fischer. Glauben Sie mir, sie wird es nicht überleben. Dann die Familie ihres Sohnes. Die sind am Arsch, da geht nichts mehr. Und nicht zu vergessen Jana. Wollen Sie das dem Mädchen antun: dass sie aussagen muss, mit 17 Jahren, dass sie in die Öffentlichkeit gezerrt wird, dass sie …«

»Schon gut«, brummte er.

»Dass eine übereifrige Polizistin Details an die Presse durchsteckt, die sich dann mit Gebrüll …«

»Ist ja gut!«, rief er. »Ich habe verstanden.«

»Hoffentlich«, nickte ich. »Hoffentlich. Sie haben mich gebeten, Ihnen eine Alternative zu Frau Kumpes Geständnis zu liefern, Herr Fischer. Angefleht haben Sie mich! Ich habe geliefert, aber was Sie mit der Lieferung anfangen, bestimme ich. Sonst war das hier das letzte Kaninchen, das wir jemals zusammen gegessen haben. Verstehen Sie: das letzte.«

»Es war auch das erste«, flüsterte Christine. Konnte einfach nicht ernst bleiben, die Frau!

Der Kommissar wischte sich den Schweiß von der Stirn. Zu viel Pfeffer in der Soße oder argumentativer Durchhänger? »Sie bringen mich noch um den Verstand«, stöhnte er. »Erst große Vorträge halten, und dann so tun, als wär nie was gewesen!« Er richtete einen Finger auf mich und sah mich mit zusammengekniffenen Augen an. »Kann es nicht vielmehr sein, dass Sie sich vor uns beiden im Erfolg sonnen wollten? Deshalb die große Präsentation beim Abendessen?«

»Nein«, sagte ich.

»Doch!«

»Okay, Sie haben recht. Ich wollte Ihre Anerkennung. Die haben Sie beide ja nun wortreich bekundet«, ich wartete einige Sekunden, ohne dass Christine und der Kommissar auch nur mit der Wimper zuckten, »wofür ich mich ausdrücklich bedanke. Vielen Dank, zu gütig, wär doch nicht nötig gewesen. Aber«, und jetzt fuhr ich meinen Finger aus, um ihn auf den alten Mann zu richten, »mit dem anderen ist es mir todernst. Vom wahren Ablauf und von Frau Kumpes wahrem Motiv verlässt kein Wort, keine Andeutung, nicht der Hauch eines Gedankens diesen Raum. Sie haben ihr Geständnis, und dabei bleibt es. Jana Wetterstein wird in Ruhe gelassen, und um Frau Kumpes Enkel kümmere ich mich.«

»Was heißt das?«, fragte Christine, plötzlich hellhörig. Immer diese Trigger-Vokabeln!

»Der alte Wetterstein hat sich schon bereit erklärt, der Familie etwas zu überweisen. Ich werde ihm vorschlagen, dass er diesen Betrag deutlich erhöht, falls wir Jana aus dem Fall heraushalten können.« Fischers Schnauben wischte ich mit einer Hand weg. »Außerdem werde ich ihn bitten, dafür zu sorgen, dass nicht Sebastian, sondern Diana Kumpe das Geld bekommt. Seine Frau«, setzte ich hinzu, weil Christine fragend schaute.

»Na, die scheint ja Eindruck bei dir hinterlassen zu haben«, sagte sie.

»Sie hat den Heiligen Gral eintätowiert, genau da.« Ich zeigte es. »Hättest du an so was nicht auch Interesse?«

»Lenken Sie nicht ab«, grätschte der Kommissar dazwischen. »Ich sehe Ihren Punkt, aber ich werde Ihnen nichts versprechen, Herr Koller. Ich bin Polizist, da kann ich doch nicht einfach … und wenn Sie mich noch so unter Druck setzen!« Er gestikulierte wild mit beiden Armen.

»Wo kämen wir hin, wenn jeder mit der Wahrheit umgehen würde wie mit einem Kinderspielzeug? Du kriegst sie, aber du nicht! Darüber haben Sie nicht zu bestimmen!«

»Dann«, sagte ich, jede Silbe betonend, »muss ich zum Äußersten greifen und Ihrer Frau erzählen, was Sie für ein …«

»Stopp«, unterbrach er mich heiser. »Kein Wort mehr.«

Christine sah verwundert zwischen uns beiden hin und her. Sie kannte Frau Fischer nicht, und deshalb konnte sie sich auch nicht vorstellen, dass unsere Diskussion an diesem Punkt schlagartig zu Ende war. Aber genau das war sie. Wir schwiegen uns an, irgendwann schaute der Kommissar auf seine Uhr, ach Gottchen, schon so spät, jetzt muss ich aber wirklich. Christine meinte, er solle wenigstens noch bis zum Nachtisch bleiben, aber ich sagte, es gebe keinen Nachtisch.

Finster tappte mein Lieblingskommissar davon.

»Mann!«, rief ich, kaum dass die Tür ins Schloss gefallen war. »Jetzt habe ich vergessen, ihn zu fragen, ob seine Kollegen nicht die Anzeige fallen lassen könnten.«

»Welche Anzeige?«

»Na, die wegen Trunkenheit am Steuer.« Ich kratzte mich am Kopf. »Am Lenker … an den Rollstuhlgriffen … und dann darf man das Ding ja auch gar nicht zu zweit fahren, glaube ich.«

Christine sah mich mit unergründlicher Miene an. »Weißt du, was ich an der neuen Version von Grevens Tod so verrückt finde? Versteh mich nicht falsch, es ist schrecklich, dass dieser Mann gestorben ist, das hatte er nicht verdient, egal, was vorher passiert ist. Aber wenn Frau Kumpe ihn tatsächlich in die Tiefe stieß, weil er sie so verachtet hat …« Sie überlegte.

»Ja?«

»Dann finde ich es konsequent, dass sie es mit einem Wischmopp getan hat.«

Ich zog eine Braue nach oben. »Das imponiert dir?«

»Es passt zumindest ins Bild. Metaphorisch sauber, findest du nicht?«

Darauf entgegnete ich lieber nichts. Manchmal war mir Christine unheimlich. Da tat sie immer so harmlos, so versöhnlich, und plötzlich …

»Genau«, rief ich stattdessen, »und deshalb finde ich es einfach tragisch, dass ich Fattys Unterstützung diesmal nicht hatte. Ich meine, es ist sowieso tragisch, dass er krank ist, nicht nur jetzt, sondern schon die ganzen letzten Jahre, aber in diesem Fall besonders.«

»Weil?«

»Na, du kennst ihn doch, den alten Marxisten. Okay, ein echter Marxist ist er schon ewig nicht mehr – ich würde sagen, seit er 14 ist, nicht mehr –, aber er hätte sofort erkannt, was mit der Kumpe los ist. Die hätte ihn nicht täuschen können. Fatty hat ein Näschen für so was. Der merkt, wenn jemand am Hungertuch nagt.«

»Meinst du?«, sagte sie skeptisch.

»Im Kindergarten hat er es den Familien immer angesehen und auf den Kopf zugesagt.« Ich ließ mich auf meinen Stuhl fallen. »Glaub mir, mit Fatty hätte ich den Fall im Handumdrehen gelöst.«

Christine schwieg. Die Deckenlichter spiegelten sich in den Rotweingläsern. Draußen regnete es Bindfäden.

Und dann machte es zwei Mal kurz hintereinander Ping. Automatisch griffen wir zu unseren Handys, um zu sehen, wer uns da mit Post beglückte.

Wir hatten beide dieselbe Nachricht bekommen. Sie

stammte von Eva und zeigte Fatty, wie er im Rollstuhl saß und grinste. Es war noch kein routiniertes Grinsen, sondern ein eher eckiges, unbeholfenes.

Aber: ein Grinsen.

Claudia Schmid
Blumenlust
Kriminalroman
336 Seiten, 13,5 x 21 cm,
Premiumklappenbroschur
ISBN 978-3-8392-0754-3

Edelgards Buchhandlung »Bücherhimmel« wird anlässlich des Mannheimer Luisenpark-Jubiläums erneut zum beliebten Treffpunkt. Dort macht sie die Bekanntschaft eines charmanten Herrn. Wenn nur ihr Ehemann Norbert nicht wäre … Als eine Mordserie die Stadt erschüttert, ist Edelgard tief getroffen, denn sie kannte eines der Opfer persönlich. Kurzerhand widmet die Miss Marple von Mannheim den »Bücherhimmel« zur Schaltzentrale ihrer Ermittlungen um. Denn auch ihre kräuterkundige Freundin Luisa bittet sie um Nachforschungen, wittert sie doch erbitterte Konkurrenz von der pfiffigen Kräuterhexe Chloé.

GMEINER SPANNUNG

WWW.GMEINER-VERLAG.DE
Wir machen's spannend